HEYNE BÜCHER

HAFFMANS KRIMINALROMANE
BEI HEYNE

LAWRENCE BLOCK

Endstation Friedhof

THRILLER

AUS DEM AMERIKANISCHEN
VON
SEPP LEEB

WILHELM HEYNE VERLAG
MÜNCHEN

HAFFMANS KRIMINALROMANE BEI HEYNE
Herausgegeben von Gerd Haffmans und Bernhard Matt
Nr. 05/68. Im Mai 1994.

Die Originalausgabe
»A Walk Among The Tombstones«
erschien 1992 bei William Morrow and Company, Inc., New York.

Deutsche Erstausgabe

Printed in Germany 1994
Konzeption und Gestaltung: Urs Jakob
Umschlagillustration: Michael Sowa
Umschlaggestaltung: Atelier Ingrid Schütz, München
Gesamtherstellung: Ebner Ulm

ISBN 3-453-07878-0

Lawrence Block
A Walk Among The Tombstones

für Lynne

Danksagung

Es ist mir eine besondere Freude, auf die nachhaltige Unterstützung von seiten des Writers Room hinzuweisen, wo ein wesentlicher Teil der Vorarbeiten zu diesem Buch geleistet wurde, sowie der Ragdale Foundation, wo es geschrieben wurde. Darüber hinaus gilt mein Dank George Cabanas und Eddie Lama sowie Jack Hitt und Paul Tough, die mich mit den Kongs bekanntgemacht haben. Und nicht zuletzt auch Sarah Elizabeth Miles, die allen Ernstes behauptet, sie würde alles – alles! – tun, um in einem Buch erwähnt zu werden.

Baby, baby, naughty baby
Hush, you squalling thing, I say
Peace this moment, peace, or maybe
Bonaparte will pass this way

Baby, baby, he's a giant
Tall and black as Monmouth steeple
And he breakfasts, dines and suppers
Every day on naughty people

Baby, baby, if he hears you
As he gallops past the house
Limb from limb at once he'll tear you
Just as pussy tears a mouse

And he'll beat you, beat you, beat you
And he'll beat you all to pap
And he'll eat you, eat you, eat you
Every morsel snap snap snap!

Englisches Wiegenlied

I

Am letzten Donnerstag im März, irgendwann zwischen halb elf und elf Uhr vormittags, sagte Francine Khoury zu ihrem Mann, sie müsse kurz weg, ein paar Sachen besorgen.

»Nimm meinen Wagen«, bot er ihr an. »Ich brauche ihn heute nicht.«

»Er ist mir zu groß«, sagte sie. »Letztes Mal kam ich mir damit vor, als würde ich in einem Schiff durch die Gegend fahren.«

»Wie du meinst.«

Die Autos, sein Buick Park Avenue und ihr Toyota Camry, teilten sich die Garage hinter dem Haus, einem Fachwerkbau im Pseudo-Tudorstil, der im Brooklyner Stadtteil Bay Ridge stand, in der Colonial Road zwischen Seventy-eighth und Seventy-ninth Street. Sie ließ den Camry an, stieß rückwärts aus der Garage, schloß mit einem Druck auf die Fernbedienung das Tor und fuhr rückwärts auf die Straße hinaus. An der ersten roten Ampel schob sie eine Kassette mit klassischer Musik in den Radiorecorder. Beethoven, eines der späten Streichquartette. Zu Hause hörte sie Jazz – Kenans Lieblingsmusik –, aber im Auto spielte sie am liebsten klassische Kammermusik.

Sie war eine attraktive Frau, knapp eins siebzig groß, etwas über fünfzig Kilo schwer, üppige Oberweite, schmale Taille und schlanke Beine. Dunkles Haar, üppig und gelockt, nach hinten aus dem Gesicht gekämmt. Dunkle Augen, scharfe Nase und volle, sinnliche Lippen.

Auf Fotos hat sie den Mund immer geschlossen. Soviel ich weiß, hatte sie vorstehende obere Schneidezähne und einen starken Überbiß, und deshalb hatte sie es möglichst vermieden zu lächeln. Auf ihren Hochzeitsfotos strahlt sie zwar übers ganze Gesicht, aber ihre Zähne bleiben unsichtbar.

Von Natur aus ein dunkler Typ, wurde sie rasch braun. Sie hatte auch schon den Grundstock für eine intensive Sommerbräune gelegt; zusammen mit Kenan hatte sie die letzte Februarwoche am Strand von Negril in Jamaika verbracht. Wenn Kenan nicht darauf bestanden hätte, daß sie regelmäßig Sonnenschutzmittel auftrug und nicht zu lange in der Sonne blieb, wäre sie noch wesentlich brauner geworden. »Es steht dir nicht, wenn du zu braun bist«, hatte er gesagt. »Von diesem ewigen In-der-Sonne-Braten wird aus einer Pflaume schnellstens eine vertrocknete Zwetschge.« Was soll an Pflaumen schon so toll sein, hatte sie wissen wollen. Sie sind reif und saftig, hatte er erwidert.

Nach ein paar hundert Metern, etwa als sie die Kreuzung von Seventy-eighth und Colonial Road erreichte, startete der Fahrer eines blauen Lieferwagens mit seitlichen Holzimitationen den Motor. Er ließ ihr noch einmal ein paar hundert Meter Vorsprung, bevor er losfuhr und ihr folgte. Sie bog nach rechts in die Bay Ridge Avenue, dann nach links in die Fourth Avenue und fuhr in Richtung Norden. Als sie sich dem D'Agostino's an der Ecke der Sixty-third Street näherte, verlangsamte sie ihre Fahrt und fand einen halben Block weiter eine Parklücke.

Der Lieferwagen fuhr an dem Camry vorbei, drehte eine Runde um den Block und parkte direkt vor dem Supermarkt neben einem Feuerhydranten.

***

Als Francine Khoury das Haus verließ, saß ich noch über meinem Frühstück.

Bei mir war es am Abend zuvor ziemlich spät geworden. Elaine und ich waren bei einem Inder in der East Sixth Street abendessen gewesen und hatten uns anschließend im Public Theatre in der Lafayette eine Aufführung von *Mutter Courage* angesehen. Allerdings hatten wir keine guten Plätze, und einige Schauspieler waren kaum zu verstehen. Deshalb wären wir in der Pause sicher gegangen, wenn in dem Stück nicht der Freund einer Wohnungsnachbarin von Elaine mitgespielt hätte, den wir nach der Aufführung in seiner Garderobe aufsuchen wollten, um ihm zu sagen, wie toll er gewesen war. Das Ganze endete damit, daß wir auf einen Drink in eine Bar gleich um die Ecke gingen, die aus mir unerfindlichen Gründen gerappelt voll war.

»Wirklich toll«, sagte ich zu Elaine, als wir endlich gingen. »Erst konnte ich ihn drei Stunden lang auf der Bühne nicht verstehen, und dann noch einmal eine Stunde lang in dieser Kneipe. Da fragt man sich wirklich, ob der Kerl überhaupt eine Stimme hat.«

»Drei Stunden hat das Stück doch gar nicht gedauert«, korrigierte mich Elaine. »Eher zweieinhalb.«

»Mir kam es jedenfalls wie drei Stunden vor.«

»Mir sogar wie fünf. Laß uns nach Hause fahren.«

Wir gingen zu ihr. Sie machte mir Kaffee und sich selbst eine Tasse Tee. Dann sahen wir eine halbe Stunde lang CNN und unterhielten uns während der Werbung. Anschließend legten wir uns schlafen, aber nach einer Stunde oder so stand ich wieder auf und zog mich im Dunkeln an. Ich wollte gerade aus dem Schlafzimmer schleichen, als sie mich fragte, wo ich hin wolle.

»Tut mir leid, wenn ich dich geweckt habe«, sagte ich.

»Das macht doch nichts. Kannst du nicht schlafen?«

»Wie es scheint, nicht. Ich fühle mich total überdreht. Aber ich weiß nicht, warum.«

»Du kannst im Wohnzimmer lesen – oder meinetwegen auch fernsehen. Das stört mich bestimmt nicht.«

»Nein«, sagte ich. »Dazu bin ich zu unruhig. Vielleicht tut mir der Spaziergang durch die Stadt gut.«

Elaines Wohnung liegt in der Fifty-first zwischen First und Second Avenue. Mein Hotel, das Northwestern, in der Fifty-seventh zwischen Eighth und Ninth. Im Freien war es so kalt, daß ich einen Moment mit dem Gedanken spielte, mir ein Taxi zu nehmen, aber nachdem ich einen Block gegangen war, spürte ich die Kälte nicht mehr.

Während ich an einer roten Ampel wartete, erhaschte ich zwischen ein paar hohen Gebäuden hindurch einen Blick auf den Mond. Er war fast voll, was mich nicht überraschte. Die Nacht hatte dieses typische Vollmondfeeling – irgend etwas, was das Blut in Wallung brachte. Mir war danach, etwas zu unternehmen. Bloß wußte ich nicht, was.

Wenn Mick Ballou in der Stadt gewesen wäre, hätte ich vielleicht in seiner Kneipe vorbeigeschaut. Aber er war im Ausland, und in meinem momentanen aufgewühlten Zustand war eine Kneipe, ganz gleich welche, nicht der richtige Ort für mich. Ich ging nach Hause und nahm mir ein Buch, und irgendwann gegen vier machte ich das Licht aus und legte mich schlafen.

Am nächsten Morgen um zehn Uhr saß ich im Flame gleich um die Ecke. Ich aß ein leichtes Frühstück und las eine Zeitung, wobei sich mein Interesse vor allem auf die lokalen Verbrechensmeldungen und den Sportteil konzentrierte. Global gesehen war gerade keine Krise angesagt, so daß ich der weltpolitischen Lage keine Beachtung schenkte. Die Kacke muß schon ganz schön am Dampfen sein, damit ich anfange, mich für die großen nationalen und internationalen Themen zu interessieren. Sonst waren sie mir einfach zu belanglos, um mich näher mit ihnen zu beschäftigen.

Dabei hätte ich weiß Gott genügend Zeit gehabt – nicht nur für den Nachrichtenteil, sondern auch noch für die Anzeigen und die Börsenberichte. Die Woche zuvor hatte ich drei Tage für Reliable gearbeitet; das ist eine große Detektivagentur im Flatiron Building. Seitdem hatten sie allerdings keine Aufträge mehr für mich gehabt, und der letzte Fall, den ich privat übernommen hatte, lag schon eine Ewigkeit zurück. Da ich noch genügend Geld hatte, mußte ich nicht arbeiten, und ich hatte eigentlich noch nie Probleme gehabt, finanziell über die Runden zu kommen, aber ich wäre trotzdem froh gewesen, wenn ich etwas zu tun gehabt hätte. Die Rastlosigkeit, die mich in der vergangenen Nacht befallen hatte, war mit dem Untergang des Monds keineswegs verflogen. Sie war immer noch da, ein schwaches Fieber im Blut, ein Jucken unter der Haut, wo man sich nicht kratzen konnte.

***

Francine Khoury blieb eine halbe Stunde im D'Agostino's, um ihre Lebensmitteleinkäufe zu machen. An der Kasse bezahlte sie in bar. Ein junger Bursche lud ihre drei Tüten in einen Einkaufswagen und brachte sie nach draußen zu ihrem Wagen. Der blaue Lieferwagen stand noch immer neben dem Hydranten.

Die Hecktür war offen. Die zwei Männer, die aus dem Kombi gestiegen waren, standen auf dem Gehsteig; sie waren über eine Schreibunterlage gebeugt, die einer von ihnen hielt, und schienen einen Plan zu studieren. Als Francine mit dem Jungen an ihnen vorbeiging, schauten sie kurz in ihre Richtung. Bis sie die Heckklappe am Camry geöffnet hatte, saßen sie wieder in ihrem Kombi und hatten die Türen geschlossen.

Der Junge verstaute die Einkaufstüten im Kofferraum. Francine gab ihm zwei Dollar. Das war doppelt so viel, wie er von den meisten Kunden des Supermarkts bekam, ganz zu schweigen von dem erstaunlich hohen Prozentsatz derer, die ihm überhaupt kein Trinkgeld gaben. Kenan hatte ihr eingeschärft, am Trinkgeld nie zu sparen – nicht übertrieben viel, aber großzügig. »Wir können es uns leisten, großzügig zu sein«, hatte er gesagt.

Der Junge schob den Einkaufswagen in den Supermarkt zurück. Francine setzte sich ans Steuer, ließ den Motor an und fuhr auf der Fourth Avenue in Richtung Norden.

Der blaue Lieferwagen hängte sich mit ein paar hundert Metern Abstand hinter sie.

Ich weiß nicht genau, welche Strecke Francine fuhr, um vom D'Agostino's zu dem arabischen Lebensmittelgeschäft in der Atlantic Avenue zu kommen. Sie hätte bis zur Atlantic auf der Fourth Avenue bleiben können, aber sie hätte auch den Gowanus Expressway nach South Brooklyn hinein nehmen können. Es gibt keine Möglichkeit, das nachträglich festzustellen, aber es ist auch nicht weiter wichtig. Jedenfalls fuhr sie mit ihrem Camry zur Kreuzung von Atlantic Avenue und Clinton Street. An deren Südwestecke befindet sich das Aleppo, ein syrisches Restaurant, und daneben, in der Atlantic, liegt ein Lebensmittelgeschäft oder eigentlich mehr ein Schnellimbiß, der sich The Arabian Gourmet, der arabische Gourmet, nennt. (So nannte ihn Francine allerdings nie. Wie die meisten Leute, die dort einkauften, nannte sie den Laden Ayoub's, nach seinem früheren Besitzer, der das Geschäft vor zehn Jahren verkauft hatte und nach San Diego gezogen war.)

Francine stellte den Wagen an einer Parkuhr auf der Nordseite der Atlantic ab, fast direkt gegenüber vom Eingang des Arabian Gourmet. Sie ging zu der Kreuzung, wartete, bis es grün wurde, und überquerte die Straße. Bis sie das Lebensmittelgeschäft betrat, hatte der blaue Lieferwagen in der Ladezone vor dem Aleppo, direkt neben dem Arabian Gourmet, angehalten.

Sie blieb nicht lange in dem Geschäft. Da sie nur ein paar Kleinigkeiten gekauft hatte, brauchte sie niemanden, der ihr die Sachen zum Wagen brachte. Sie verließ das Geschäft etwa zwanzig nach zwölf. Sie trug eine dunkelgraue Hose und eine halblange Kamelhaarjacke und darunter eine beige Zopfmusterstrickjacke über einem schokoladenbraunen Turtleneck. Sie hatte ihre Handtasche über die Schulter gehängt und hielt in der einen Hand eine Plastikeinkaufstüte, in der anderen die Wagenschlüssel.

Die Hecktür des Lieferwagens war offen, und die zwei Männer standen wieder auf dem Gehsteig. Als Francine aus dem Laden kam, näherten sie sich ihr von hinten und nahmen sie in die Zange. Gleichzeitig startete ein dritter Mann, der Fahrer des Kombi, den Wagen.

Einer der Männer sagte: »Mrs. Khoury?«, und als sie sich zu ihm umdrehte, klappte er kurz seine Brieftasche auf und zu, um sie einen kurzen Blick auf einen Dienstausweis oder auch nichts werfen zu lassen. Der zweite Mann sagte: »Wir müssen Sie bitten, mit uns zu kommen.«

»Wer sind Sie?« wollte sie wissen. »Was soll das Ganze? Was wollen Sie?«

Sie packten sie, jeder an einem Arm, und bevor sie wußte, wie ihr geschah, hatten sie sie über den Gehsteig in den offenen Laderaum des Lieferwagens verfrachtet. Im selben Moment waren sie hinter ihr eingestiegen und hatten die Hecktür hinter sich zugezogen, während der Lieferwagen bereits vom Straßenrand losfuhr und sich in den Verkehr einordnete.

Obwohl es hellichter Tag war und obwohl sich die Entführung auf einer belebten Einkaufsstraße abspielte, bekam so gut wie niemand mit, was passiert war, und die wenigen Personen, die Zeugen des Vorfalls geworden waren, wußten nicht recht, was sie von der Sache halten sollten. Es muß alles sehr schnell gegangen sein.

Wenn Francine zurückgewichen wäre und einen Schrei ausgestoßen hätte, als die Männer auf sie zukamen ...

Aber das tat sie nicht. Bevor sie irgend etwas tun konnte, war sie bereits im Laderaum des Wagens. Natürlich hätte sie auch jetzt noch schreien oder sich wehren können oder es zumindest versuchen. Aber dazu war es längst zu spät.

***

Ich weiß ganz genau, wo ich war, als sie entführt wurde. Ich ging zum Mittagstreffen der Fireside-Gruppe, das an Wochentagen von 12 Uhr 30 bis 13 Uhr 30 im YMCA in der West Sixty-third Street stattfindet. Da ich schon etwas früher da war, dürfte ich ziemlich sicher mit einer Tasse Kaffee auf meinem Platz gesessen sein, als die beiden Männer Francine in den Laderaum des blauen Lieferwagens verfrachteten.

An irgendwelche Einzelheiten des Treffens kann ich mich nicht mehr erinnern. Schon seit mehreren Jahren nehme ich mit erstaunlicher Regelmäßigkeit an Treffen der Anonymen Alkoholiker teil. Auch wenn ich nicht mehr so oft zu den Treffen gehe wie zu der Zeit, als ich gerade mit dem Trinken aufgehört hatte, bringe ich es im Durchschnitt immer noch auf circa fünf Treffen pro Woche. Das Treffen lief nach dem üblichen Schema ab. Ein Sprecher oder eine Sprecherin erzählte etwa fünfzehn bis zwanzig Minuten lang seine beziehungsweise ihre Lebensgeschichte, und der Rest der Stunde stand zur allgemeinen Diskussion zur Verfügung. Ich glaube nicht, daß ich bei der Diskussion etwas sagte. Wenn doch, müßte ich mich eigentlich daran erinnern können. Aber ich bin sicher, daß bei dem Treffen interessante Dinge gesagt wurden, und auch komische. Das ist immer der Fall, aber ich kann mich an nichts Spezielles mehr erinnern.

Nach dem Treffen ging ich irgendwo mittagessen, und nach dem Mittagessen rief ich Elaine an. Ich bekam aber nur ihren Anrufbeantworter zu sprechen. Das hieß, daß sie entweder nicht zu Hause war oder Besuch hatte. Elaine ist Callgirl, und Besuch zu haben ist ihr Job.

Kennengelernt habe ich Elaine schon vor Lebzeiten, als ich noch ein versoffener Cop mit einem funkelnagelneuen goldenen Abzeichen in der Tasche und einer Frau und zwei Söhnen draußen auf Long Island war. Ein paar Jahre hatten wir ein Verhältnis miteinander, bei dem jeder von uns auf seine Kosten kam. Ich spielte ihren Beschützer, der sie vor jeglichem Unheil zu bewahren hatte, und unter anderem mußte ich in dieser Funktion mal einen toten Freier aus ihrem Bett in einen dunklen Hinterhof im Bankenviertel schaffen. Und sie war meine Wunschgeliebte, schön, intelligent, witzig, beruflich erfolgreich und dabei so zuvorkommend und anspruchslos, wie nur eine Nutte sein kann. Was wollte ich also mehr?

Als ich mein Heim, meine Familie und meinen Job aufgab, lebten wir uns mehr und mehr auseinander und verloren uns schließlich ganz aus den Augen. Doch dann tauchte eines Tages ein Gespenst aus unserer gemeinsamen Vergangenheit auf, das uns beiden nach dem Leben trachtete, und der Zufall führte uns wieder zusammen. Und erstaunlicherweise sind wir zusammengeblieben.

Sie hatte ihre Wohnung, und ich hatte mein Hotelzimmer. Wir sahen uns zwei, drei oder vier Abende die Woche. In der Regel endeten diese Abende in ihrer Wohnung, wo ich in den meisten Fällen den Rest der Nacht verbrachte. Gelegentlich fuhren wir für eine Woche oder ein Wochenende aufs Land. An den Tagen, an denen wir uns nicht sahen, telefonierten wir fast immer miteinander, manchmal sogar mehrmals.

Obwohl wir keine Abmachung getroffen hatten, keine anderen Beziehungen einzugehen, lief das Ganze mehr oder weniger darauf hinaus. Ich traf mich mit niemand anderem und sie auch nicht – mit Ausnahme ihrer Kunden, versteht sich. Zu bestimmten Zeiten machte sie sich auf den Weg in irgendein Hotelzimmer oder bekam Besuch in ihrer Wohnung. In der Anfangsphase unserer Beziehung hatte mich das nie gestört – um ehrlich zu sein, hatte es vermutlich sogar einen Teil ihres Reizes ausgemacht –, deshalb sah ich nicht ein, warum es mich jetzt stören sollte.

Wenn es mir wirklich mal was ausmachte, konnte ich sie ja

immer noch bitten, damit Schluß zu machen. Sie hatte im Lauf der Jahre gut verdient und den größten Teil davon auf die hohe Kante gelegt beziehungsweise in Immobilien angelegt. Sie hätte also ihren Job aufgeben können, ohne sich, was ihren Lebensstandard betraf, in irgendeiner Weise einschränken zu müssen.

Irgend etwas hielt mich davon ab, sie darum zu bitten.

Vermutlich sträubte ich mich dagegen, ihr oder auch mir selbst einzugestehen, daß es mir etwas ausmachte. Und mindestens genausosehr sträubte ich mich dagegen, irgend etwas zu tun, was etwas am Status quo unserer Beziehung geändert hätte. Sie war nicht in die Brüche gegangen, und ich wollte sie nicht kitten. Aber das Leben ist nun mal ständigem Wandel unterworfen. Das liegt in der Natur der Sache. Und wenn sonst durch nichts, dann ändert es sich allein aufgrund der Tatsache, daß sich nichts ändert.

Wir vermieden es, ein Wort mit L in den Mund zu nehmen, obwohl es eindeutig Liebe war, was ich für sie und sie für mich empfand. Wir vermieden es auch, über die Möglichkeit einer Heirat – oder eines Zusammenlebens – zu sprechen, obwohl ich mir bewußt bin, daß ich mehrmals mit diesem Gedanken gespielt habe, und ganz sicher wußte, daß sie das auch tat. Aber bisher haben wir dieses Thema immer ausgeklammert.

Früher oder später würden wir natürlich nicht darum herumkommen, uns über diesen Punkt Gedanken zu machen und darüber zu sprechen und schließlich etwas zu unternehmen. In der Zwischenzeit gingen wir die Sache jedoch immer schön Tag für Tag an – genau so, wie ich auch den Rest meines Lebens anzugehen gelernt habe, seit ich aufgehört habe, solche Mengen Whiskey in mich hineinzuschütten, daß sie kaum mehr mit dem Brennen nachgekommen sind. Wie mal jemand ganz richtig bemerkt hat, sollte man am besten die ganze Chose immer schön Tag für Tag angehen. So bekommt man sie ja auch vom Leben vorgesetzt.

***

Am selben Donnerstagnachmittag klingelte um Viertel nach vier im Haus der Khourys in der Colonial Road das Telefon. Als

Kenan Khoury den Hörer abnahm, sagte eine Männerstimme: »Na, Khoury, sie ist nicht nach Hause gekommen, wie?«

»Wer ist da?«

»Das geht dich einen feuchten Dreck an. Wir haben deine Frau, du Arabersau. Willst du sie zurück oder nicht?«

»Wo ist sie? Lassen Sie mich mit ihr sprechen.«

»Fick dich ins Knie, Khoury«, sagte der Mann und hängte ein.

Khoury stand noch eine Weile da, schrie »Hallo« in den Hörer und überlegte fieberhaft, was er tun sollte. Er rannte aus dem Haus und in die Garage. Sein Buick war da, aber nicht ihr Camry. Dann lief er die Einfahrt zur Straße hinunter, schaute in beide Richtungen, kehrte ins Haus zurück und griff nach dem Telefon. Er hörte das Tuten des Freizeichens und überlegte, wen er anrufen sollte.

»Herr im Himmel«, stieß er hervor. Dann legte er den Hörer auf die Gabel zurück und brüllte: *»Francey!«*

Immer wieder ihren Namen rufend, rannte er nach oben und stürmte ins Schlafzimmer. Natürlich war sie nicht da, aber er konnte nicht anders, er mußte in jedem Zimmer nachsehen. Es war ein großes Haus, und er rannte, ständig ihren Namen rufend, von einem Raum zum anderen, gleichzeitig Beobachter und Betroffener seiner Panik. Wieder zurück im Wohnraum, stellte er fest, daß er den Hörer nicht aufgelegt hatte. Wirklich sehr schlau. Wenn sie ihn zu erreichen versuchten, kamen sie nicht durch. Er legte den Hörer auf die Gabel und versuchte das Telefon mit bloßer Willenskraft zum Läuten zu bringen, was es fast im selben Augenblick tat.

Diesmal war es eine andere Männerstimme, ruhiger und kultivierter. Der Anrufer sagte: »Mr. Khoury, ich habe Sie anzurufen versucht, aber es kam ständig das Belegtzeichen. Mit wem haben Sie telefoniert?«

»Mit niemandem. Ich habe versehentlich nicht aufgehängt.«

»Sie haben doch hoffentlich nicht die Polizei angerufen?«

»Ich habe niemanden angerufen. Es war ein Versehen. In der Aufregung habe ich nicht gemerkt, daß ich den Hörer nicht aufgelegt habe. Wo ist meine Frau? Lassen Sie mich mit meiner Frau sprechen.«

»Sie sollten den Hörer nicht neben die Gabel legen. Und Sie sollten niemanden anrufen.«

»Habe ich ja auch nicht.«

»Und schon gar nicht die Polizei.«

»Was wollen Sie?«

»Ihnen helfen, Ihre Frau zurückzubekommen. Das heißt, falls Sie sie zurückhaben wollen. Wollen Sie sie wieder zurück?«

»Mein Gott, was soll . . .«

»Beantworten Sie meine Frage, Mr. Khoury.«

»Aber natürlich will ich sie zurückhaben.«

»Und ich will Ihnen helfen. Sorgen Sie bitte in Zukunft dafür, daß Ihr Anschluß frei bleibt, Mr. Khoury. Sie werden wieder von mir hören.«

»Hallo?« sagte er. »Hallo?«

Aber die Verbindung war unterbrochen.

Zehn Minuten ging er im Zimmer auf und ab und wartete, daß das Telefon läutete. Dann ergriff eine eisige Ruhe von ihm Besitz, und er entspannte sich. Er hörte auf, hin und her zu gehen, und setzte sich in einen Sessel neben dem Telefon. Als es läutete, nahm er ab, sagte aber nichts.

»Khoury?« Es war wieder der erste Mann, der ordinäre.

»Was wollen Sie?«

»Was ich will? Was, glaubst du wohl, daß ich will?«

Er antwortete nicht.

»Geld«, sagte der Mann nach einer kurzen Pause. »Wir wollen Geld.«

»Wieviel?«

»Seit wann stellst du hier die Fragen, du stinkender Sandnigger? Kannst du mir das mal sagen?«

Er wartete.

»Eine Million. Wie findest du das, du Wichser?«

»Völlig ausgeschlossen. Hören Sie, mit Ihnen kann ich nicht reden. Sagen Sie Ihrem Freund, er soll mich anrufen. Vielleicht kann ich mit ihm reden.«

»He, du Sack, was bildest du dir . . .«

Diesmal war es Khoury, der aufhängte.

Er hatte den Eindruck, daß alles eine Frage der Kontrolle war. Wenn man eine Situation wie diese unter Kontrolle zu bringen versuchte, machte man sich nur verrückt. Weil das völlig unmöglich war. Weil die anderen alle Trümpfe in der Hand hatten.

Wenn man aber aufhörte, die Lage unter Kontrolle bekommen zu wollen, konnten sie einen wenigstens nicht mehr wie einen Tanzbären aus einem bulgarischen Wanderzirkus nach ihrer Pfeife tanzen lassen.

Er ging in die Küche und machte sich in einem langstieligen Messingtöpfchen eine Tasse süßen, starken Kaffee. Während er ihn abkühlen ließ, nahm er eine Flasche Wodka aus dem Kühlschrank, schenkte sich einen kräftigen Schluck ein, trank das Glas in einem Zug leer und spürte, wie die eisige Ruhe vollends von ihm Besitz ergriff. Er ging mit dem Kaffee in den Wohnraum und trank ihn gerade aus, als das Telefon wieder klingelte.

Es war der zweite Mann, der zivile. »Sie haben meinen Freund ziemlich verärgert, Mr. Khoury«, sagte er. »Und es ist nicht gut mit ihm verhandeln, wenn er verärgert ist.«

»Ich fände es besser, wenn nur noch Sie anrufen würden.«

»Ich verstehe nicht recht . . .«

»Nur so läßt sich vermeiden, daß es zu einer Katastrophe kommt. Er hat eine Million Dollar verlangt. Das ist vollkommen ausgeschlossen.«

»Finden Sie nicht, daß sie soviel wert ist?«

»Selbstverständlich ist kein Preis zu hoch für sie, aber . . .«

»Wieviel wiegt Ihre Frau, Mr. Khoury? Fünfzig, fünfundfünfzig Kilo, irgendwas um den Dreh?«

»Ich weiß nicht . . .«

»Einigen wir uns der Einfachheit halber auf fünfzig Kilo.«

Wirklich reizend.

»Fünfzig Kilo zu zwanzigtausend das Kilo – helfen Sie mir kurz beim Rechnen, Mr. Khoury? Macht genau eine Million, wenn ich mich nicht täusche.«

»Worauf wollen Sie hinaus?«

»Ich will damit sagen, daß Sie eine Million Dollar für Ihre

Frau zahlen würden, wenn sie eine Ware wäre, Mr. Khoury. Soviel würden Sie zahlen, wenn sie ein weißes Pulver wäre. Ist sie da in Fleisch und Blut nicht mindestens genausoviel wert?«

»Was ich nicht habe, kann ich Ihnen nicht geben.«

»Sie haben viel.«

»Aber ich habe keine Million.«

»Wieviel haben Sie?«

Sich darauf eine Antwort zurechtzulegen, hatte er ausreichend Zeit gehabt. »Vierhundert.«

»Vierhunderttausend?«

»Ja.«

»Das ist nicht mal die Hälfte.«

»Es sind vierhunderttausend«, sagte er. »Es ist weniger als manches und mehr als anderes. Es ist alles, was ich habe.«

»Sie könnten sich den Rest besorgen.«

»Ich wüßte nicht, wie. Natürlich könnte ich ein paar Leuten Zusicherungen machen und von anderen alte Gefallen einfordern und auf diese Weise noch ein bißchen was zusammenbekommen, aber auf keinen Fall so viel. Außerdem würde es mindestens ein paar Tage dauern, wenn nicht sogar eine Woche.«

»Wie kommen Sie darauf, wir haben es eilig?«

»*Ich* habe es eilig. Ich will meine Frau zurück und vor Ihnen meine Ruhe haben. Und was diese zwei Punkte betrifft, habe ich es verdammt eilig.«

»Fünfhunderttausend.«

Aha. Es gab also doch ein paar Dinge, die er unter Kontrolle hatte. »Nein«, sagte er. »Ich will nicht mit Ihnen handeln – schließlich geht es hier um das Leben meiner Frau. Ich habe einfach nicht mehr. Vierhunderttausend ist alles, was ich Ihnen geben kann.«

Eine Pause, dann ein Seufzen. »Na gut. Wie konnte ich auch so dumm sein zu glauben, ich könnte jemanden Ihres Schlags bei einem Geschäft über den Tisch ziehen. Mit solchen Dingen haben Leute wie Sie einfach mehr Erfahrung. Sie sind genauso schlimm wie die Juden.«

Da er nicht wußte, was er darauf antworten sollte, ließ er es einfach auf sich beruhen.

»Also vierhunderttausend«, sagte der Mann. »Bis wann können Sie das Geld besorgen?«

In einer Viertelstunde, dachte er. »In ein paar Stunden«, sagte er.

»Dann kann die Übergabe also heute abend stattfinden.«

»Ja.«

»Halten Sie das Geld bereit. Und rufen Sie niemanden an.«

»Wen sollte ich anrufen?«

***

Eine halbe Stunde später saß er am Küchentisch und hatte vierhunderttausend Dollar vor sich liegen. Er hatte einen Safe im Keller, einen über eine Tonne schweren alten Mosler, der hinter der Holzvertäfelung in die Wand eingelassen war. Es waren lauter Hunderter, fünfzig pro Bündel, achtzig Bündel zu fünftausend Dollar. Nachdem er sie abgezählt hatte, warf er sie, drei oder vier Bündel auf einmal, in einen Plastikkorb, den Francine für die Wäsche benutzte.

An sich hätte sie nicht selbst zu waschen gebraucht. Immer wieder hatte er ihr klarzumachen versucht, daß sie sich für die Hausarbeit ohne weiteres ein Mädchen leisten konnten. Aber davon wollte sie nichts hören, in diesem Punkt war sie sehr altmodisch, es machte ihr Spaß, zu kochen und sauberzumachen und sich um den Haushalt zu kümmern.

Er nahm den Hörer ab, hielt ihn mit gestrecktem Arm von sich und legte ihn wieder auf die Gabel zurück. Rufen Sie niemanden an, hatte der Mann gesagt. Wen sollte ich anrufen? hatte er geantwortet.

Wem hatte er das zu verdanken? Wer hatte seine Frau entführt? Wer war zu so etwas imstande?

Möglicherweise eine ganze Menge Leute. Möglicherweise sogar jeder, solange er sich nur eine reelle Chance ausrechnen konnte, ungeschoren davonzukommen.

Er griff wieder nach dem Telefon. Es war abhörsicher, nicht angezapft. Genauso, wie es auch im ganzen Haus keine Wanze gab. Er hatte zwei Spezialgeräte, beide angeblich auf dem neuesten Stand der Technik, was bei dem Preis auch nicht zu viel verlangt war. Eines davon war ein Abhördetektor, der an das Telefonkabel angeschlossen war. Kam es in der Leitung zu der geringsten Schwankung der Stromspannung, des Widerstands oder der Kapazität, zeigte es das Gerät an. Das andere Gerät war ein sogenanntes Track-Lock, das den gesamten Funkfrequenzbereich automatisch auf versteckte Mikrophone absuchte. Fünf- bis sechstausend, irgend etwas um den Dreh herum, hatte er für die zwei Geräte gezahlt, und das waren sie ihm auch wert, wenn sie dafür sorgten, daß seine Privatgespräche auch privat blieben. Fast bedauerte er es, daß in den letzten paar Stunden die Polizei nicht mitgehört hatte – dann hätten sie feststellen können, von wo die Entführer angerufen hatten, sie hätten sie in ihrem Versteck überraschen und Francine zu ihm zurückbringen können . . .

Nein, die Polizei konnte er jetzt am allerwenigsten gebrauchen. Sie hätte alles nur noch schlimmer gemacht. Er hatte das Geld. Er würde es zahlen, und entweder bekam er sie zurück oder nicht. Manche Dinge hat man unter Kontrolle, andere nicht – er hatte ein gewisses Maß an Kontrolle, indem er das Geld zahlte. Er konnte mitbestimmen, wie die Übergabe abgewickelt wurde, aber über das, was danach passierte, hatte er keine Kontrolle.

Rufen Sie niemanden an.

Wen sollte ich anrufen?

Er griff noch einmal nach dem Telefon und wählte eine Nummer, die er nicht nachzusehen brauchte. Beim dritten Läuten meldete sich sein Bruder.

Kenan Khoury sagte: »Petey, ich brauche dich hier draußen. Nimm dir ein Taxi, selbstverständlich auf meine Kosten, aber sieh zu, daß du so schnell wie möglich herkommst, hast du gehört?« Eine Pause. Dann: »Babe, du weißt, daß ich alles für dich tue, aber . . .«

»Dann sieh schon zu, daß du ein Taxi kriegst!«

». . . aber geschäftlich möchte ich mich mit dir auf nichts einlassen. Das kann ich einfach nicht.«

»Es geht um nichts Geschäftliches.«

»Worum dann?«

»Um Francine.«

»Um Himmels willen, was ist passiert? Nein, erzähl mir das lieber, wenn ich da bin. Du bist doch zu Hause, oder?«

»Ja, ich bin zu Hause.«

»Ich sehe gleich zu, daß ich ein Taxi kriege. Bin schon unterwegs.«

***

Während Peter Khoury einen Taxifahrer zu finden versuchte, der bereit war, ihn zu seinem Bruder nach Brooklyn zu fahren, sah ich mir auf ESPN eine Diskussionsrunde an, in der sich ein paar Sportjournalisten darüber ausließen, ob die Spielergehälter eingefroren würden. Es brach mir nicht gerade das Herz, als das Telefon klingelte. Es war Mick Ballou, der aus Castlebar in Mayo County anrief. Die Verbindung war glockenklar; genausogut hätte er aus dem Hinterzimmer im Grogan's anrufen können. »Einfach toll hier«, sagte er. »Wenn du schon die Iren in New York für total verrückt hältst, dann solltest du erst mal die Typen hier sehen. In jedem zweiten Haus ist eine Kneipe, und vor der Sperrstunde geht hier niemand nach Hause.«

»Aber sie machen doch schon zeimlich früh dicht.«

»Viel zu früh, das auf jeden Fall. Aber in einem Hotel müssen sie einem Gast immer was zu trinken geben, wenn er das will. So was nenne ich echt zivilisiert.«

»Absolut.«

»Allerdings qualmen sie hier alle wie die Schlote. Ständig steckt sich jemand eine Zigarette an und reicht die Schachtel rum. Die Franzosen sind da sogar noch schlimmer. Als ich in Frankreich war, um die Familie meines Vaters zu besuchen, waren die richtig sauer, daß ich nicht rauche. Anscheinend sind die Amerikaner das einzige Volk auf der ganzen Welt, das genügend Hirn hat, mit diesem Quatsch aufzuhören.«

»Auch hier wirst du noch genügend Raucher finden, Mick.«

»Können einem fast leid tun, diese armen Teufel. Was die allein durchmachen müssen, wenn sie sich einen Film ansehen wollen oder in einem Flugzeug sitzen, und die ganzen Rauchverbote in der Öffentlichkeit.« Er erzählte mir eine lange Geschichte über einen Mann und eine Frau, die er ein paar Abende zuvor kennengelernt hatte. Sie war ziemlich komisch, und wir mußten beide lachen, und dann wollte er wissen, wie es mir ging, und ich sagte, ganz gut. »Geht's dir nun wirklich ganz gut, oder was?« wollte er wissen.

»Bin bloß ein bißchen wepsig. Hab vielleicht die letzten paar Tage zuviel Zeit gehabt. Außerdem ist gerade Vollmond.«

»Tatsächlich? Hier auch.«

»Was für ein Zufall.«

»In Irland ist immer Vollmond. Nur gut, daß es hier ständig regnet. Da hat man ihn wenigstens nicht ständig vor der Nase. Matt, was hältst du davon? Setz dich einfach ins nächste Flugzeug und komm rüber.«

»Was?«

»Sicher warst du noch nie in Irland.«

»Ich bin noch nie aus Amerika rausgekommen – halt, das ist nicht ganz richtig. Ein paarmal war ich in Kanada und einmal in Mexiko, aber –«

»Du warst noch nie in Europa?«

»Nein.«

»Na, dann setz dich schnellstens in ein Flugzeug und komm hier rüber. Nimm meinetwegen auch sie mit« – damit war Elaine gemeint – »oder komm allein; ganz, wie du willst. Ich habe mit Rosenstein gesprochen, er meint, ich sollte besser noch eine Weile warten, bis ich wieder in die Staaten zurückkomme. Er behauptet zwar, er kriegt das Ganze schon wieder hin, aber sie haben da diese neue Sondereinheit, und er möchte nicht, daß ich meinen Fuß auf amerikanischen Boden setze, bevor wir uns nicht gegen alle Eventualitäten abgesichert haben. Könnte also durchaus sein, daß ich noch einen Monat oder sogar länger in diesem Scheißkaff festsitze. Was ist daran so komisch?«

»Eben war es noch das Paradies auf Erden, und jetzt ist es plötzlich das letzte Scheißkaff.«

»Jeder Ort ist ein Scheißkaff, wenn du deine Freunde nicht um dich hast. Also komm schon rüber, ja?«

Peter Khoury traf im Haus seines Bruders ein, nachdem dieser gerade noch einmal mit dem umgänglicheren der beiden Kidnapper gesprochen hatte. Diesmal war der Mann jedoch nicht mehr annähernd so umgänglich gewesen, vor allem gegen Ende des Telefongesprächs, als Khoury einen Beweis verlangte, daß seine Frau noch am Leben war. Das Gespräch verlief etwa so:

KHOURY: Ich möchte mit meiner Frau sprechen.

KIDNAPPER: Das geht nicht. Sie befindet sich an einem sicheren Ort. Ich rufe von einer Zelle an.

KHOURY: Wie können Sie dann wissen, daß es ihr gut geht?

KIDNAPPER: Weil uns viel daran liegt, daß ihr nichts zustößt. Sie wissen doch, wieviel sie für uns wert ist.

KHOURY: Herrgott, ich weiß doch nicht mal, ob Sie sie wirklich haben?

KIDNAPPER: Sind Sie mit ihren Brüsten vertraut?

KHOURY: Wie bitte?

KIDNAPPER: Würden Sie eine von ihnen erkennen? Das wäre die einfachste Lösung. Ich schneide eine ihrer Titten ab und lege sie Ihnen vor die Tür – damit Sie endlich wieder ruhig schlafen können.

KHOURY: Bitte, sagen Sie so was nicht. So etwas dürfen Sie nicht einmal sagen.

KIDNAPPER: Dann lassen Sie mich mit Ihren Beweisen in Frieden, ja? Wir müssen einander vertrauen, Mr. Khoury. Glauben Sie mir, in diesem Geschäft ist Vertrauen alles.

Das war's dann auch schon gewesen, erzählte Kenan seinem Bruder. Er hatte keine andere Wahl, als ihnen zu vertrauen. Aber wie sollte er das? Er wußte ja nicht einmal, wer sie waren.

»Ich habe mir den Kopf zerbrochen, wen ich anrufen könnte«, fuhr er fort. »Leute aus der Branche, weißt du. Jemand, der mir helfen, mir Rückendeckung geben könnte. Aber ich kann bei niemandem ausschließen, daß er nicht selbst dahinter steckt. Es gibt niemanden, der dafür nicht in Frage kommt. Irgend jemand muß das eingefädelt haben.«

»Woher wußten sie . . .«

»Keine Ahnung. Ich tappe völlig im dunkeln. Alles, was ich weiß, ist: Sie ist einkaufen gegangen und nicht mehr zurückgekommen. Sie geht aus dem Haus, nimmt den Wagen, und fünf Stunden später klingelt das Telefon.«

»Fünf Stunden?«

»So genau weiß ich das auch nicht. Ungefähr jedenfalls. Petey, ich habe keine Ahnung, was ich tun soll. Mit so einer Scheiße habe ich keinerlei Erfahrung.«

»Aber du wickelst doch ständig irgendwelche Deals ab, Babe.«

»Ein Drogendeal ist ganz was anderes. Du ziehst das so durch, daß alle Beteiligten abgesichert sind und niemand was zu befürchten hat. Aber diese Geschichte –«

»Bei Drogengeschäften gibt es ständig Tote.«

»Natürlich, aber in der Regel nie ohne Grund. Nummer eins: Man macht keine Geschäfte mit Leuten, die man nicht kennt. Das geht fast immer in die Hose. Es sieht nach einem Bombengeschäft aus und entpuppt sich als Riesenbeschiß. Nummer zwei – oder vielleicht ist es auch Nummer eineinhalb: Man macht keine Geschäfte mit Leuten, die man zu kennen glaubt, aber in Wirklichkeit gar nicht kennt. Und Nummer drei oder welche Nummer auch immer: Jemand kommt in Schwierigkeiten, weil er sich vor dem Zahlen drücken will. So jemand versucht einen Deal ohne das nötige Geld durchzuziehen, weil er glaubt, er könnte das Kind schon irgendwie schaukeln. Ein paarmal kommt er damit vielleicht sogar durch, aber irgendwann wächst ihm die Sache über den Kopf, und schon fällt er auf die Schnauze. Und du weißt ja, woran das in neun von zehn Fällen liegt: Die Leute finden Geschmack an ihrer Ware, und schon fangen sie an, unvorsichtig zu werden.«

»Oder du machst alles richtig, und dann treten dir sechs Jamaikaner die Tür ein und knallen dich über den Haufen.«

»Das kann dir auch passieren«, nickte Kenan. »Es müssen aber nicht unbedingt Jamaikaner sein. Was habe ich da erst kürzlich gelesen? Laoten in San Francisco. Jede Woche taucht eine neue Minderheit auf, die einem an den Kragen will.« Er schüttelte den Kopf. »Die Sache ist die: Bei einem ordentlich abgewickelten Deal kannst du jederzeit aussteigen, wenn dir irgendwas faul vorkommt. Du mußt das Geschäft nicht machen.

Wenn du das Geld hast, kannst du es für was anderes ausgeben. Wenn du die Ware hast, kannst du sie jemand anderem verkaufen. Du machst nur so lange mit, wie die Sache nach deinen Vorstellungen läuft, und du kannst dich absichern, dir Rückzugsmöglichkeiten offenhalten, und überhaupt hast du die andere Seite ja schon kennengelernt und weißt, ob du ihnen vertrauen kannst oder nicht.«

»Während wir hier . . .«

»Während wir hier absolut nichts in der Hand haben. Wir stecken bis zu den Nasenlöchern in der Scheiße. Ich habe ihnen vorgeschlagen, wir bringen das Geld, und ihr bringt meine Frau mit. Aber sie haben gesagt, nein, nicht mit uns. Was soll ich darauf sagen? Bitte, behaltet meine Frau? Verkauft sie einem anderen, wenn euch meine Art, Geschäfte zu machen, nicht paßt? Das geht in dem Fall leider nicht.«

»Nein.«

»Außer es ginge doch. Er hat gesagt, eine Million. Ich, vierhunderttausend. Ich habe gesagt, du kannst mich mal, mehr habe ich nicht, und er hat es geschluckt. Angenommen, ich hätte gesagt –«

Das Telefon klingelte. Kenan sprach ein paar Minuten und machte sich auf einem Block Notizen. »Ich komme nicht allein«, sagte er irgendwann. »Mein Bruder ist bei mir; er wird mich begleiten. Keine Diskussionen.« Er hörte noch eine Weile zu und wollte gerade etwas sagen, als ein leises Klicken aus dem Hörer kam.

»Es geht los«, sagte er. »Sie wollen das Geld in zwei großen Mülltüten. Darin sehe ich weiter kein Problem. Warum allerdings zwei, frage ich mich? Vielleicht wissen sie nicht, wieviel Platz vierhunderttausend in Hundertern einnehmen.«

»Vielleicht dürfen sie nichts Schweres heben.«

»Auch möglich. Wir sollen zur Kreuzung von Ocean Avenue und Farragut Road kommen.«

»Ist das nicht in Flatbush?«

»Ich glaube.«

»Aber sicher, die Farragut Road. Das ist nicht weit vom Brooklyn College. Was soll dort sein?«

»Eine Telefonzelle.« Nachdem sie das Geld in zwei Mülltüten verstaut hatten, gab Kenan seinem Bruder eine 9-mm Automatik. »Steck das ein«, forderte er ihn auf. »Unbewaffnet rükken wir auf keinen Fall an.«

»Lieber sollten wir die Finger ganz von der Sache lassen. Was soll mir da schon eine Kanone nützen?«

»Keine Ahnung. Steck sie trotzdem ein.«

Auf dem Weg nach draußen packte Peter seinen Bruder am Arm. »Du hast vergessen, die Alarmanlage einzuschalten.«

»Wieso? Die haben Francey, und wir haben das Geld. Was gibt's da noch zu stehlen?«

»Nachdem du die Alarmanlage schon mal hast, kannst du sie ruhig einschalten. Sinnloser als die blöden Kanonen kann das auch nicht sein.«

»Da hast du auch wieder recht.« Er verschwand ins Haus. Als er wieder nach draußen kam, sagte er: »Da habe ich mich nun gegen alles abgesichert. Du kannst nicht in mein Haus einbrechen, nicht mein Telefon anzapfen und keine Wanzen anbringen – du kannst mir nur die Frau klauen und mich mit zwei Mülltüten voller Hunderter durch die Stadt scheuchen.«

»Wie fahren wir am besten, Babe? Ich würde vorschlagen, wir nehmen den Bay Ridge Parkway und dann den Kings Highway zur Ocean.«

»Meinetwegen. Es gibt ein Dutzend Möglichkeiten, da rauszufahren, und die ist genausogut wie jede andere. Willst du fahren, Petey?«

»Möchtest du das?«

»Klar, warum nicht? In meinem momentanen Zustand ramme ich noch ein Polizeiauto – oder überfahre eine Nonne.«

***

Sie sollten um halb neun an der Telefonzelle in der Farragut Road sein. Sie waren drei Minuten zu früh da, zumindest nach Peter Khourys Uhr. Er blieb im Wagen sitzen, während sein Bruder in die Telefonzelle ging und wartete, daß es läutete. Irgendwann während der Fahrt hatte sich Peter Khoury die Automatik in den Gürtel gesteckt. Er hatte sie beim Fahren ständig gegen seinen Rücken drücken gespürt. Jetzt nahm er sie heraus und hielt sie in seinem Schoß.

Das Telefon klingelte, und Kenan Khoury nahm ab. Auf Peters Uhr war es Punkt halb neun. Zogen die das stur nach Uhrzeit durch, oder überwachten sie jeden ihrer Schritte? Letzteres hätte bedeutet, daß sie jemanden in Sichtweite postiert hatten, der sie heimlich beobachtete.

Kenan kam im Laufschritt zum Wagen zurück, stützte sich mit den Händen auf dem Dach ab und sagte: »Veterans Avenue.«

»Nie gehört.«

»Das ist irgendwo zwischen Flatlands und Mill Basin. Er hat mir erklärt, wie ich hinkomme. Wir nehmen die Farragut bis zur Flatbush, dann die Flatbush bis Avenue N, und die führt direkt zur Veterans Avenue.«

»Und wie geht's dann weiter?«

»Wieder eine Telefonzelle. An der Ecke Veterans und East Sixty-sixth Street.«

»Warum schicken uns die wie blöd in der Gegend rum, hast du eine Ahnung?«

»Um uns ein bißchen durcheinander zu bringen. Um sicherzugehen, daß wir keine Verstärkung mitbringen. Ich weiß auch nicht, Petey. Vielleicht wollen sie uns auch nur den letzten Nerv ziehen.«

»Das ist ihnen bereits geglückt.« Kenan Khoury ging um den Wagen herum und stieg auf der Beifahrerseite ein. Sein Bruder sagte: »Also, die Farragut bis zur Flatbush, die Flatbush zur N, und an der N vermutlich nach links.«

»Ja.«

»Wieviel Zeit haben wir?«

»Das haben sie nicht gesagt. Von einem Zeitpunkt war nicht die Rede. Sie haben nur gesagt, wir sollen uns beeilen.«

»Für einen Kaffee reicht es also nicht mehr?«

»Nein«, sagte Kenan Khoury. »Ich glaube nicht.«

***

An der Ecke von Veterans und Sixty-sixth war es wieder das gleiche. Peter wartete im Wagen. Kenan ging in die Zelle, und es klingelte fast sofort.

Der Kidnapper sagte: »Sehr gut. Das ging ja fix.«

»Und was nun?«

»Wo ist das Geld?«

»Auf dem Rücksitz. In zwei Mülltüten, wie Sie gesagt haben.«

»Gut. Sie und Ihr Bruder gehen jetzt die Sixty-Sixth Street zur Avenue M rauf.«

»Wir sollen zu Fuß gehen?«

»Ja.«

»Mit dem Geld?«

»Nein, das lassen Sie, wo es ist.«

»Auf dem Rücksitz des Wagens?«

»Ja. Und Sie schließen den Wagen nicht ab.«

»Wir lassen das Geld in einem nicht abgeschlossenen Wagen und gehen eine Straße –«

»Zwei, um genau zu sein.«

»Und was dann?«

»Sie warten fünf Minuten an der Kreuzung Avenue M. Dann gehen Sie zu Ihrem Wagen zurück und fahren nach Hause.«

»Und was ist mit meiner Frau?«

»Ihrer Frau geht es gut.«

»Woher soll ich –«

»Sie wird im Wagen auf Sie warten.«

»Das will ich auch hoffen.«

»Was soll das nun wieder?«

»Nichts. Da ist nur eines, was mir Sorgen macht. Ich lasse das Geld nur sehr ungern in einem offenen Wagen zurück. Was ist zum Beispiel, wenn es jemand klaut, bevor Sie es abholen?«

»Machen Sie sich deshalb mal keine Sorgen«, sagte der Mann. »Das ist eine sichere Gegend.«

***

Sie schlossen den Wagen nicht ab, ließen das Geld auf dem Rücksitz und gingen einen kurzen und einen langen Block bis zur Avenue M. Dort warteten sie fünf Minuten. Dann gingen sie zu ihrem Buick zurück.

Wenn mich nicht alles täuscht, habe ich die beiden bisher noch gar nicht beschrieben. Man konnte ihnen ansehen, daß sie Brüder waren, Kenan und Peter. Kenan war mit seinen eins fünfundsiebzig zwei Zentimeter größer als sein Bruder. Beide waren gebaut wie Mittelgewichtler mit großer Reichweite, bloß Peter hatte um die Hüften schon ein bißchen Speck angesetzt. Sie hatten einen olivfarbenen Teint und glattes schwarzes Haar, links gescheitelt und ordentlich nach hinten gekämmt. Mit seinen dreiunddreißig Jahren zeigten sich bei Kenan erste Anzeichen einer erhöhten Stirn. Sein Bruder, obwohl zwei Jahre älter, hatte noch alle Haare.

Sie waren gutaussehende Männer, mit langen, geraden Nasen und tiefliegenden dunklen Augen unter vorspringenden Brauen. Peter hatte einen ordentlich gestutzten Schnurrbart. Kenan war glatt rasiert.

Hätte man es mit beiden zusammen aufnehmen müssen, hätte man zuerst Kenan unschädlich gemacht. Oder das zumindest versucht. Irgend etwas an ihm vermittelte einem den Eindruck, daß er der gefährlichere von beiden war, daß er schneller und entschlossener reagieren würde.

So sahen sie also aus, als sie rasch, aber nicht zu rasch zu der Kreuzung zurückgingen, an der Kenans Wagen stand. Er war immer noch da und immer noch offen. Nur die Säcke mit dem Geld waren nicht mehr auf dem Rücksitz. Von Francine Khoury keine Spur.

»Was soll die Scheiße?« fluchte Kenan.

»Im Kofferraum vielleicht?«

Er machte das Handschuhfach auf und löste die Kofferraumverriegelung. Dann ging er nach hinten und öffnete den Kofferraum. Bis auf den Ersatzreifen und den Wagenheber war er leer. Er hatte den Kofferraum gerade wieder zugemacht, als in der Zelle zehn Meter weiter das Telefon klingelte.

Er rannte darauf zu und riß den Hörer von der Gabel.

»Fahren Sie nach Hause«, sagte der Mann. »Vermutlich ist sie schon vor Ihnen da.«

Wie gewohnt nahm ich an einem Abendtreffen in St. Paul the Apostle gleich um die Ecke von meinem Hotel teil, ging aber schon in der Pause. Zurück in meinem Zimmer rief ich Elaine an und erzählte ihr von Micks Anruf.

»Mach das doch« sagte sie. »Ich finde das eine prima Idee.«

»Hättest du Lust mitzukommen?«

»Ach, ich weiß nicht, Matt. Das hieße, ich würde mehrere Kurse versäumen.«

Donnerstagabends nahm sie im Hunter an einem Kurs teil, von dem sie übrigens gerade nach Hause gekommen war, als ich anrief. ›Indische Kunst und Architektur unter den Mogulkaisern.‹ »Wir würden doch sowieso nur eine Woche oder zehn Tage bleiben«, sagte ich. »Du würdest höchstens einen Abend versäumen.«

»Ein Abend wäre nicht weiter tragisch.«

»Na also, warum –«

»Das kann eigentlich nur heißen, daß ich nicht wirklich Lust habe mitzukommen. Ich wäre sowieso nur das fünfte Rad am Wagen. Ich kann dich doch jetzt schon sehen, wie du mit Mick durch die Gegend ziehst und den Iren beibringst, wie man ordentlich einen drauf macht.«

»Was du manchmal siehst.«

»Was ich damit meine, ist doch nur: Im Grunde genommen liefe das Ganze auf eine Art verlängerten Männerabend hinaus; und was hätte dabei eine Frau zu suchen? Nein, ich habe wirklich keine besondere Lust, und außerdem weiß ich, daß du im Moment wieder eine deiner unruhigen Phasen hast. Deshalb würde dir eine kleine Luftveränderung sicher guttun. Du warst tatsächlich noch nie in Europa?«

»Nein, nie.«

»Wie lange ist Mick schon drüben? Einen Monat?«

»In etwa.«

»Ich finde, du solltest fliegen.«

»Mal sehen«, sagte ich. »Ich werde es mir überlegen.«

***

Sie war nicht da.

Nirgendwo im Haus. Zwanghaft ging Kenan Khoury von einem Raum zum anderen, obwohl er wußte, daß es sinnlos war; sie hätte unmöglich ins Haus kommen können, ohne entweder einen Alarm auszulösen oder die Anlage vorher abzuschalten. Als er alle Zimmer durch hatte, ging er in die Küche zurück, wo sein Bruder Kaffee machte.

Er sagte: »Also, wenn du mich fragst, Petey, die Sache stinkt zum Himmel.«

»Ich weiß, Babe.«

»Machst du gerade Kaffee? Ich glaube nicht, daß ich im Moment welchen mag. Macht es dir was aus, wenn ich was trinke?«

»Es würde mir höchstens was ausmachen, wenn *ich* was trinken würde. Was du tust, ist deine Sache.«

»Ich dachte nur . . . ach was, vergiß es. Eigentlich will ich gar nichts zu trinken.«

»Da ist der Punkt, in dem wir uns unterscheiden, Babe.«

»Kann schon sein.« Er wirbelte herum. »Warum machen die das mit mir, Petey? Erst sagen sie, sie ist im Wagen, aber sie ist nicht da. Dann sagen sie, sie ist hier, und sie ist wieder nicht da. Was soll diese Scheiße?«

»Vielleicht stecken sie irgendwo im Stau.«

»Was sollen wir jetzt machen? Hier rumsitzen und warten? Ich weiß nicht mal, worauf wir warten sollen. Sie haben das Geld, und was haben wir? Einen Dreck haben wir. Ich weiß nicht, wer diese Kerle sind oder wo sie sind, ich weiß überhaupt nichts und . . . was sollen wir jetzt tun, Petey?«

»Keine Ahnung.«

»Ich glaube, sie ist tot«, sagte er.

Sein Bruder sagte nichts.

»Klar, das liegt doch auf der Hand. Schließlich könnte sie diese Wichser identifizieren. Da ist es doch wesentlich einfacher, sie umzubringen, als sie zurückzugeben. Umbringen, irgendwo verscharren und damit hat sich's. Fall erledigt. Das hätte ich jedenfalls getan, wenn ich sie wäre.«

»Nein, hättest du nicht.«

»Ich habe gesagt: wenn ich sie wäre. Aber das bin ich natürlich nicht. Erstens würde ich keine Frau kidnappen, eine unschuldige nette Frau, die keinem Menschen je etwas zuleide getan hat, die nicht mal einen bösen *Gedanken* hatte –«

»Jetzt beruhige dich erst mal wieder, Babe.«

Eine Weile fielen sie in bedrücktes Schweigen, und dann fing das Gespräch wieder von vorne an. Was hätten sie auch anderes tun sollen? Nach einer halben Stunde läutete das Telefon. Kenan Khoury stürzte an den Apparat.

»Mr. Khoury.«

»Wo ist sie?«

»Es tut mir aufrichtig leid, aber wir haben es uns anders überlegt.«

»Wo *ist* sie?«

»Gleich bei Ihnen um die Ecke, in der, äh, Seventy-ninth Street; ich glaube, auf der Südseite der Straße, drei oder vier Häuser von der Ecke –«

»Was?«

»Dort steht ein Wagen neben einem Feuerhydranten im Parkverbot. Ein grauer Ford Tempo. In dem ist Ihre Frau.«

»Sie ist in dem Wagen?«

»Im Kofferraum.«

»Sie haben sie in den Kofferraum gesperrt?«

»Keine Sorge, sie bekommt genügend Luft. Aber es ist ziemlich kühl heute abend, deshalb kann ich mir vorstellen, daß Sie sie möglichst schnell rausholen wollen.«

»Gibt es einen Schlüssel? Wie komme ich –«

»Das Schloß ist kaputt. Sie werden keinen Schlüssel brauchen.«

Während er mit Peter die Straße hinunterrannte, stieß er keuchend hervor: »Was hat er damit gemeint: Das Schloß ist kaputt? Wenn der Kofferraum nicht abgeschlossen ist, warum kommt sie dann nicht allein raus? Was soll das Ganze?«

»Keine Ahnung, Babe.«

»Vielleicht ist sie gefesselt. Und geknebelt. Damit sie sich nicht bewegen und nicht um Hilfe rufen kann.«

»Vielleicht.«

»Mein Gott, Petey –«

Der Wagen stand an der angegebenen Stelle, ein verbeulter Tempo, schon einige Jahre alt, mit Sprüngen in der Windschutzscheibe und eingedellter Beifahrertür. Das Kofferraumschloß fehlte ganz. Kenan Khoury riß den Deckel auf. Kein Mensch zu sehen. Nur mehrere Pakete. Verschieden groß, mit schwarzer Plastikfolie umwickelt und mit Klebeband befestigt.

»Nein«, stieß er hervor.

Er stand da und sagte nur immer wieder: »Nein, nein, nein.« Schließlich nahm sein Bruder eines der Pakete aus dem Kofferraum, zog sein Taschenmesser heraus und schnitt das Klebeband durch. Er entfernte die schwarze Plastikumhüllung – sie war aus einem ähnlichen Material wie die Mülltüten, in denen sie das Geld übergeben hatten – und zog einen menschlichen Fuß heraus, der ein Stück über dem Knöchel abgeschnitten war. Auf drei Zehennägeln waren Kreise aus rotem Nagellack zu sehen. Die anderen zwei Zehen fehlten.

Kenan warf den Kopf in den Nacken und heulte los wie ein Hund.

2

Das war am Donnerstag. Als ich am Montag darauf vom Mittagessen zurückkam, lag an der Rezeption eine Nachricht für mich. Peter Curry anrufen, stand auf dem Zettel, und die dazugehörige Nummer fing mit 718 an; es mußte also irgendwo in Brooklyn oder Queens sein. Ich kannte keinen Peter Curry in Brooklyn oder Queens oder sonst irgendwo, aber es ist nicht weiter ungewöhnlich, daß ich von Leuten angerufen werde, die ich nicht kenne. Ich ging auf mein Zimmer und wählte die Nummer auf dem Zettel, und als sich eine Männerstimme meldete, sagte ich: »Mr. Curry?«

»Ja?«

»Mein Name ist Matthew Scudder. Ich sollte Sie zurückrufen.«

»Sie sollten mich zurückrufen?«

»Ja. Ich habe hier eine Nachricht, daß Sie um Viertel nach zwölf angerufen haben.«

»Wie war Ihr Name gleich wieder?« Als ich ihn noch mal sagte, dämmerte es ihm. »Ach so, Sie sind der Detektiv, richtig? Mein Bruder hat Sie angerufen, mein Bruder Peter.«

»Hier steht Peter Curry.«

»Einen Moment bitte.«

Ich wartete, und nach kurzem sagte eine andere Stimme, ähnlich der ersten, aber etwas tiefer und sonorer: »Matt, hier ist Pete.«

»Tag, Pete«, sagte ich. »Kenne ich Sie zufällig, Pete?«

»Ja, wir kennen uns. Das heißt aber nicht unbedingt, daß Ihnen mein Name etwas sagt. Ich gehe ziemlich regelmäßig zu den Treffen in St. Paul; erst vor fünf oder sechs Wochen war ich als Redner an der Reihe.«

»Peter Curry«, sagte ich.

»Eigentlich Khoury. Ich bin libanesischer Abstammung. Mal sehen, wie ich mich Ihnen am besten beschreiben kann. Ich bin seit etwa anderthalb Jahren trocken, wohne in einer Pension ziemlich weit drüben im Westen in der Fifty-fifth Street und arbeite als Bote. Eigentlich bin ich Cutter, aber ich weiß nicht, ob ich da noch mal Fuß fassen kann –«

»Sie haben ziemlich viel Drogen genommen.«

»Richtig, aber den Rest hat mir der Alkohol gegeben. Wissen Sie jetzt, wer ich bin?«

»Mhm. Ich war bei dem Treffen, bei dem Sie gesprochen haben. Ich wußte bloß Ihren Nachnamen nicht.«

»So sollte es bei einem AA-Treffen ja auch sein.«

»Was kann ich für Sie tun, Pete?«

»Könnten Sie vielleicht zu uns rauskommen. Ich und mein Bruder hätten da was mit Ihnen zu besprechen. Sie sind Detektiv, und genau so jemanden brauchen wir im Moment.«

»Könnten Sie mir schon mal ungefähr sagen, worum es sich handelt?«

»Hm –«

»Nicht am Telefon?«

»Nein, lieber nicht, Matt. Aber es ist auf jeden Fall was für einen Detektiv und ziemlich ernst, und was die Bezahlung angeht, überlassen wir das ganz Ihnen.«

»Ich weiß bloß nicht, ob ich im Moment überhaupt einen Fall übernehmen kann. Eigentlich wollte ich nämlich verreisen. Ich habe vor, am Wochenende nach Europa zu fliegen.«

»Wohin?«

»Nach Irland.«

»Hört sich gut an. Aber könnten Sie nicht trotzdem mal zu uns rauskommen und sich unser Problem anhören? Dann können Sie sich ja immer noch entscheiden, ob Sie für uns arbeiten wollen. Völlig unverbindlich, versteht sich, und selbstverständlich tragen wir, was Ihre Arbeitszeit und das Taxi angeht, sämtliche Kosten.« Im Hintergrund konnte ich den Bruder etwas sagen hören, das ich allerdings nicht verstand, und dann sagte Pete: »Ich werd's ihm sagen. Matt, Kenan meint, wir könnten auch in die Stadt reinkommen und Sie abholen. Allerdings müßten wir wieder hierher zurück, und deshalb ginge es vermutlich schneller, wenn Sie sich ein Taxi nehmen würden.«

Allmählich kam es mir etwas seltsam vor, daß jemand, der als Bote arbeitete, ständig von Taxis redete, doch dann begann es bei mir zu dämmern. Ich fragte ihn: »Haben Sie mehr als einen Bruder, Pete?«

»Nein, nur einen.«

»Ich glaube, Sie haben ihn in Ihrer Qualifikation erwähnt. War da nicht etwas mit seinem Job?«

Eine kurze Pause. Und dann: »Matt, ich bitte Sie nur, zu uns rauszukommen und sich anzuhören, was wir zu sagen haben.«

»Wo sind Sie?«

»Kennen Sie Brooklyn?«

»Da müßte ich schon tot sein.«

»Wie bitte?«

»Ach nichts. Hab eben nur laut gedacht. Es gibt eine bekannte Kurzgeschichte mit dem Titel ›Nur die Toten kennen Brooklyn‹. In bestimmten Teilen des Borough kannte ich mich sogar mal ganz gut aus. Wo in Brooklyn sind Sie genau?«

»In Bay Ridge. In der Colonial Road.«

»Das ist leicht zu finden.«

Er gab mir die Adresse, und ich schrieb sie mir auf.

***

Der R-Train, auch als Broadway-Nahverkehrszug des BMT bekannt, geht von der 179th Street in Jamaica fast bis zur Verrazano Bridge in der Südwestecke von Brooklyn. Ich stieg an der Station in der Fifty-seventh, Ecke Seventh Avenue ein und zwei Haltestellen vor der Endstation wieder aus.

Es gibt Leute, die meinen, man ist nicht mehr in New York, wenn man Manhattan verläßt. Das ist nicht richtig. Man ist bloß in einem anderen Teil New Yorks, auch wenn völlig außer Frage steht, daß der Unterschied sehr deutlich zu spüren ist. Man würde ihn sogar mit geschlossenen Augen merken. Es fehlt einfach dieses Knistern in der Luft, diese prickelnde Intensität.

Ich ging einen Block die Fourth Avenue hinunter, vorbei an einem chinesischen Restaurant, einem koreanischen Lebensmittelgeschäft, einem Schönheitssalon und ein paar irischen Kneipen. Dann bog ich in die Colonial Road, und nach kurzem hatte ich Kenan Khourys Haus gefunden. Es gehörte zu einer Gruppe freistehender Einfamilienhäuser, solide gebaut und vermutlich aus der Zeit zwischen den beiden Weltkriegen. Davor ein paar Quadratmeter Rasen und eine Holztreppe, die zur Eingangstür hinaufführte. Ich stieg die Stufen hinauf und klingelte.

Pete öffnete mir und führte mich in die Küche. Dort stellte er mich seinem Bruder vor, der aufstand, um mir die Hand zu schütteln, und mich dann aufforderte, Platz zu nehmen. Er selbst blieb stehen, ging zum Herd und drehte sich um, um mich anzusehen.

»Vielen Dank, daß Sie gekommen sind«, sagte er. »Dürfte ich Ihnen ein paar Fragen stellen, Mr. Scudder? Bevor wir anfangen?«

»Selbstverständlich.«

»Möchten Sie etwas trinken? Nichts Alkoholisches, meine ich. Ich weiß, daß Sie Petey von den Anonymen Alkoholikern kennen. Aber wir haben Kaffee gemacht, und Sie können auch gern einen Saft oder ein Mineralwasser haben. Der Kaffee ist nach libanesischer Art zubereitet; das ist im Grund genommen dasselbe wie türkischer oder armenischer – sehr stark und mit dem Satz aufgekocht. Wenn Sie wollen, haben wir auch Pulverkaffee hier.«

»Der libanesische Kaffee hört sich ganz gut an.«

Er schmeckte auch gut. Ich nahm einen Schluck, und er sagte: »Sie sind Detektiv. Ist das richtig?«

»Aber ich habe keine Lizenz.«

»Was heißt das?«

»Daß ich keinerlei offiziellen Status habe. Gelegentlich arbeite ich tageweise für eine große Agentur, und bei diesen Gelegenheiten operiere ich unter deren Lizenz. Aber was ich sonst mache, läuft rein privat und inoffiziell.«

»Und Sie waren mal bei der Polizei.«

»Ja. Aber das ist schon ein paar Jahre her.«

»Mhm. Uniform oder Zivil oder was?«

»Ich war bei der Kripo.«

»Mit einem goldenen Abzeichen also?«

»Ja. Ein paar Jahre war ich beim Sechsten Revier im Village, und davor war ich eine Weile in Brooklyn stationiert – beim 78. Revier. Das ist die Gegend um Park Slope und das Gebiet nördlich davon, das sie Boerum Hill nennen.«

»Ich weiß, wo das ist. Ich bin im achtundsiebzigsten Revier aufgewachsen. Kennen Sie zufällig die Bergen Street? Zwischen Bond und Nevins?«

»Natürlich.«

»Dort sind wir aufgewachsen, Petey und ich. In diesem Viertel, in den paar Blocks zwischen Court und Atlantic, wohnen eine Menge Leute aus dem Vorderen Orient. Libanesen, Syrer, Jemeniten, Palästinenser. Meine Frau war Palästinenserin; ihre Familie hat in der President Street gelebt, gleich an der Henry. Das ist in South Brooklyn, aber soviel ich weiß, nennen sie das jetzt Carroll Gardens. Ist der Kaffee in Ordnung?«

»Sehr gut.«

»Wenn Sie mehr wollen, rühren Sie sich einfach.« Er wollte noch etwas sagen, wandte sich aber statt dessen seinem Bruder zu. »Ich weiß nicht, Petey. Ich kann mir nicht recht vorstellen, wie das hinhauen soll.«

»Erzähl ihm einfach, was passiert ist, Babe.«

»Na, ich weiß nicht.« Er wandte sich wieder mir zu, drehte einen Stuhl herum und setzte sich rittlings darauf. »Die Sache ist folgende, Matt. Ist doch okay, wenn ich Sie so nenne?« Ich nickte. »Also, die Sache ist folgende: Zuallererst muß ich wissen, ob ich Ihnen ein paar Dinge erzählen kann, ohne mir Sorgen machen zu müssen, an wen Sie das alles weitertragen. Im Grund genommen läuft es vermutlich auf die Frage hinaus, wie sehr Sie sich noch als Polizist fühlen.«

Das war eine gute Frage, die ich mir selbst schon des öfteren gestellt hatte. Ich sagte: »Ich war ziemlich lange Polizist, und ich habe mich, seit ich bei der Polizei aufgehört habe, von Jahr zu Jahr weniger als Polizist gefühlt. Was Sie von mir wissen wollen, ist doch, ob ich das, was Sie mir erzählen, für mich behalten werde. Rein rechtlich habe ich nicht den Status eines Anwalts. Was Sie mir erzählen, unterliegt also nicht meiner Schweigepflicht. Zugleich bin ich jedoch auch kein Vertreter der Staatsgewalt und deshalb nicht mehr und nicht weniger als jede andere Zivilperson verpflichtet, einen Gesetzesverstoß zu melden.«

»Und wie sieht das dann in der Praxis aus?«

»Das hängt ganz davon ab, was Sie mir erzählen wollen. Aber solange ich das nicht weiß, kann ich mich da nicht festlegen. Ich bin den weiten Weg hier raus gekommen, weil mir Ihr Bruder am Telefon nichts erzählen wollte, und wie es scheint, wollen Sie mir auch jetzt, wo ich hier bin, nichts erzählen. Vielleicht ist es das beste, ich fahre wieder nach Hause.«

»Vielleicht wäre das tatsächlich das beste«, sagte er.

»Babe –« wollte ihn sein Bruder zurückhalten.

»Nein, Petey.« Er stand auf. »An sich war es keine schlechte Idee, aber irgendwie haut es trotzdem nicht so recht hin. Wir werden sie selber finden.« Er nahm ein Bündel Scheine aus seiner Tasche, pflückte einen Hunderter davon ab und streckte ihn mir über den Tisch zu. »Fürs Taxi und für Ihre Bemühungen, Mr. Scudder. Tut mir leid, daß wir Sie umsonst herbemüht haben.« Als ich den Schein nicht nahm, sagte er: »Anscheinend ist Ihr Stundensatz höher, als ich dachte. Da, und nichts für ungut, ja?« Er legte einen zweiten Schein dazu, aber ich griff noch immer nicht zu.

Statt dessen schob ich meinen Stuhl zurück und stand auf. »Sie sind mir nichts schuldig. Ich habe keinen festen Stundensatz. Belassen wir es doch dabei: Sie haben mich zum Kaffee eingeladen, und damit sind wir quitt.«

»Nehmen Sie das Geld, ich bitte Sie. Das Taxi hier raus muß mindestens fünfundzwanzig Dollar gekostet haben.«

»Ich habe die U-Bahn genommen.«

Er sah mich an. »Sie sind in der U-Bahn hier rausgekommen? Hat Ihnen denn mein Bruder nicht gesagt, Sie sollen sich ein Taxi nehmen? Was sparen Sie bei solchen Pfennigbeträgen – vor allem, wenn ich für alles aufkomme?«

»Stecken Sie Ihr Geld ruhig wieder ein«, sagte ich. »Ich habe die U-Bahn genommen, weil das einfacher und schneller ist. Wie ich von einem Ort zum anderen komme, ist meine Sache, Mr. Khoury, und ich mache auch meinen Job, wie es mir paßt. Sie erzählen mir nicht, welche Verkehrsmittel ich nehme, und ich erzähle Ihnen nicht, wie Sie an Schulkinder Crack verkaufen, bloß damit wir uns da richtig verstehen.«

Und zu Pete sagte ich: »Tut mir leid, daß wir gegenseitig unsere Zeit verschwendet haben. Trotzdem vielen Dank, daß Sie an mich gedacht haben.« Er fragte mich, ob er mich in die Stadt zurückbringen solle oder wenigstens zur nächsten U-Bahnstation. »Nein, danke«, winkte ich ab. »Ich glaube, ich mache noch einen kleinen Spaziergang durch Bay Ridge. Bin schon jahrelang nicht mehr hier gewesen. Ich hatte mal einen Fall, bei dem ich hier in der Gegend zu tun hatte, sogar direkt in der Colonial Road, allerdings ein Stück weiter nördlich. Auf der anderen Seite des Parks. Owl's Head Park hieß er, glaube ich.«

»Das ist etwa acht bis zehn Straßen von hier«, sagte Kenan Khoury.

»Das dürfte in etwa hinkommen. Der Mann, der mich damals engagiert hat, wurde beschuldigt, seine Frau ermordet zu haben, und ich habe durch meine Arbeit dazu beigetragen, daß die Anklage zurückgezogen wurde.«

»War er denn unschuldig?«

»Nein, er hat sie umgebracht. Aber das wußte ich nicht. Das habe ich erst später herausgefunden.«

»Als Sie nichts mehr tun konnten?«

»O doch. Tommy Tillary, so hieß der Mann. An den Namen seiner Frau kann ich mich nicht mehr erinnern, aber seine Freundin war Carolyn Cheatham. Als sie starb, wurde er deswegen verknackt.«

»Hat er sie auch umgebracht?«

»Nein, sie beging Selbstmord. Aber ich habe es so hingedreht, daß es wie Mord aussah, und ich habe auch dafür gesorgt, daß er dafür verknackt wurde. Ich hatte ihm aus einer Klemme geholfen, in der er eigentlich gar keine Hilfe verdient hatte, und deshalb fand ich es völlig in Ordnung, ihm was anderes anzuhängen.«

»Wie lange ist er gesessen?«

»So lange er konnte. Er ist im Gefängnis gestorben. Jemand hat ihm ein Messer zwischen die Rippen gerammt.« Ich seufzte. »Eigentlich wollte ich an seinem Haus vorbeigehen – um zu sehen, ob dadurch irgendwelche Erinnerungen wachgerufen werden. Aber wie es scheint, ist das schon so passiert.«

»Belastet Sie das?«

»Wenn ich an diese Geschichte erinnert werde? Nicht besonders. Ich habe eine Menge Dinge getan, die mich wesentlich mehr belasten.« Ich sah mich nach meinem Mantel um, bis mir einfiel, daß ich gar keinen angehabt hatte. Draußen herrschten frühlingshafte Temperaturen, Sportsakkowetter, aber am Abend würde es noch empfindlich kühl werden.

Ich wollte gerade gehen, als er sagte: »Einen Augenblick noch, Mr. Scudder.«

Ich sah ihn an.

»Entschuldigen Sie bitte«, sagte er. »Ziemlich unmöglich, wie ich mich eben benommen habe.«

»Sie brauchen sich nicht zu entschuldigen.«

»Doch. Ich habe einfach die Beherrschung verloren. Aber das

war noch harmlos. Sie hätten mich vor ein paar Stunden sehen sollen, da habe ich in einem plötzlichen Wutanfall ein Telefon zertrümmert. Ich wollte jemanden anrufen, und als besetzt war, ist mir der Kragen geplatzt, und ich habe mit dem Hörer so lange gegen die Wand gedroschen, bis das Gehäuse zerbrochen ist.« Er schüttelte den Kopf. »Das ist an sich sonst nicht meine Art. Aber ich hatte in letzter Zeit ziemlichen Streß.«

»Das geht, glaube ich, gerade rum.«

»Kann schon sein. Vor ein paar Tagen haben ein paar Kerle meine Frau entführt. Sie haben sie in Stücke geschnitten, in Plastik eingewickelt und mir im Kofferraum eines Autos zurückgeschickt. Vielleicht ist das derselbe Streß, den auch die anderen haben. Kann ja durchaus sein.«

»Jetzt reg dich mal wieder ab, Babe«, schaltete sich Pete an dieser Stelle ein.

»Wieso? Ich habe doch gar nichts«, sagte Kenan. »Bitte bleiben Sie noch, Matt. Ich möchte Ihnen die ganze Geschichte erzählen, von Anfang bis Ende, und dann können Sie selbst entscheiden, ob Sie lieber nach Hause fahren wollen oder nicht. Nehmen Sie mir bitte nicht übel, was ich vorhin gesagt habe. Es ist gar nicht, daß ich mir Sorgen mache, ob Sie's jemand weitererzählen oder nicht. Es ist nur, daß ich es nicht laut aussprechen will, weil es erst dadurch Wirklichkeit wird. Aber das ist es natürlich längst, oder?«

***

Er erzählte mir den Hergang im wesentlichen genau so, wie ich ihn zu Beginn wiedergegeben habe. Ein paar Einzelheiten kamen erst im Zuge meiner Ermittlungen an den Tag, aber ein paar Dinge hatten die Khoury-Brüder bereits selbst herausgefunden. Am Freitag hatten sie den Toyota Camry in der Atlantic Avenue gefunden, wo sie ihn zuletzt abgestellt hatte. Das hatte sie ganz zwangsläufig zum Arabian Gourmet geführt. Daß sie bei D'Agostino's einkaufen gewesen war, hatten sie dagegen aus den Einkaufstüten im Kofferraum geschlossen.

Als Khoury zu Ende erzählt hatte, fragte er mich, ob ich noch eine Tasse Kaffee wolle. Ich lehnte dankend ab und bat ihn statt dessen um ein Club Soda. Dann sagte ich: »Ich habe ein paar Fragen.«

»Schießen Sie los.«

»Was haben Sie mit der Leiche gemacht?«

Die Brüder tauschten Blicke aus, und dann nickte Pete seinem Bruder aufmunternd zu. Der holte tief Luft und begann: »Ein Cousin von uns ist Tierarzt; er hat eine Tierklinik in ... ist ja an sich egal, wo, jedenfalls in dem Viertel, in dem ich aufgewachsen bin. Ich habe ihn angerufen und gefragt, ob er mir für ein paar Stunden seine Klinik zur Verfügung stellen könnte.«

»Wann war das?«

»Am Freitagnachmittag habe ich ihn angerufen, am Freitagabend habe ich den Schlüssel bei ihm abgeholt, und anschließend sind wir gleich hingefahren. Er hat da so ein Gerät, im Grunde genommen nichts anderes als ein Ofen, in dem er eingeschläferte Tiere verbrennt. Wir benutzten also den, äh, wir benutzten den ...«

»Immer schön ruhig, Babe.«

Unwirsch schüttelte er den Kopf. »Schon gut. Ich weiß nur nicht, wie ich mich ausdrücken soll. Wie nennt man das Ding nun eigentlich? Jedenfalls haben wir die Teile von ... von Francine genommen und sie damit eingeäschert.«

»Sie haben alles, äh, ausgepackt und ...«

»Nein. Wozu denn auch? Das Klebeband und das Plastik sind mit dem Rest verbrannt.«

»Aber sind Sie auch sicher, daß sie es wirklich war?«

»Ja. Ja, wir haben genügend ausgepackt, um, äh, sicher zu sein.«

»Tut mir leid, aber ich muß Sie das fragen.«

»Das kann ich verstehen.«

»Tatsache ist jedenfalls, daß von der Leiche nichts mehr übrig ist. Ist das richtig?«

Er nickte. »Nur noch Asche. Asche und ein paar Knochensplitter. Eigentlich denkt man, nach so einer Einäscherung bliebe nichts mehr übrig außer einem Häufchen Asche, aber was dann tatsächlich aus dem Ofen kommt, ist eine andere Sache. Deshalb hat mein Cousin noch ein zweites Gerät, mit dem man die Knochenreste pulverisiert, um auch die letzten Spuren zu tilgen.« Er hob den Kopf und sah mir in die Augen. »Als ich noch zur High School ging, habe ich nachmittags immer in Lou's Klinik gejobbt. Scheiße, eigentlich wollte ich ja seinen Namen aus dem Spiel lassen. Aber ich meine, was soll's. Mein Vater wollte, daß ich Arzt werde, und er dachte, daß ich auf diese Weise schon mal was lernen könnte. Keine Ahnung, ob das tatsächlich der Fall war. Jedenfalls kenne ich mich mit den Geräten in der Klinik ganz gut aus.«

»Weiß Ihr Cousin, was Sie in der Klinik wollten?«

»Jeder weiß immer nur so viel, wie er wissen will. Trotzdem dürfte ihm zumindest soviel klar sein, daß ich nachts nicht heimlich in die Klinik wollte, um mir eine Tollwutspritze zu geben. Wir hatten die ganze Nacht zu tun. Der Ofen ist an sich für Haustiere gedacht. Es waren mehrere Durchgänge nötig, und zwischendurch mußten wir den Ofen immer wieder abkühlen lassen. Mein Gott, muß das wirklich sein? Es bringt mich fast um, darüber zu sprechen.«

»Tut mir leid.«

»Ist ja nicht Ihre Schuld. Weiß Lou, daß ich den Kocher benutzt habe? Vermutlich schon. Er muß ziemlich genau im Bilde sein, womit ich meine Geschäfte mache. Vermutlich denkt er, ich habe einen Konkurrenten umgebracht und seine Leiche verschwinden lassen. Bei der Scheiße, die die Leute ständig im Fernsehen sehen, denken doch die meisten, so ist es auch im wirklichen Leben.«

»Jedenfalls hatte er nichts dagegen?«

»Er gehört zur Familie. Er wußte, daß die Sache wichtig war und daß es etwas war, worüber wir lieber nicht sprechen sollten. Außerdem habe ich ihm Geld gegeben. Eigentlich wollte er nichts nehmen. Aber er hat zwei Kinder auf dem College. Wie hätte er es sich da leisten können, es nicht zu nehmen. Besonders viel war es außerdem nicht.«

»Wie viel?«

»Zwei Mille. Nicht sehr viel für ein Begräbnis, oder? Ich meine, man kann schon allein für einen Sarg wesentlich mehr ausgeben.« Er schüttelte den Kopf. »Die Asche habe ich unten im Safe, in einer Blechdose. Keine Ahnung, was ich damit machen soll. Ich weiß auch nicht, was sie gern gewollt hätte. Über so etwas haben wir nie gesprochen. Sie war ja auch erst vierundzwanzig. Neun Jahre jünger als ich – oder acht Jahre und elf Monate, um genau zu sein. Wir waren zwei Jahre verheiratet.«

»Keine Kinder?«

»Nein. Wir wollten uns noch ein Jahr Zeit lassen, aber dann . . . mein Gott, ich darf gar nicht daran denken. Macht es Ihnen was aus, wenn ich was trinke?«

»Nein.«

»Petey sagt das auch immer. Nein, ich werde nichts trinken. Nur am Donnerstagnachmittag, nachdem ich mit ihnen telefoniert hatte, habe ich was getrunken, aber seitdem habe ich keinen Tropfen mehr angerührt. Wenn mich das Bedürfnis überkommt, schiebe ich es einfach beiseite. Möchten Sie wissen, warum?«

»Warum?«

»Weil ich den Schmerz voll spüren will. Glauben Sie, das war ein Fehler? Ich meine, sie in Lous Klinik zu bringen und zu verbrennen? Glauben Sie, das war falsch?«

»Ich glaube, es war gegen das Gesetz.«

»Das natürlich auch. Bloß habe ich mir deswegen eigentlich keine großen Gedanken gemacht.«

»Ich weiß. Sie haben lediglich zu tun versucht, was Sie für richtig hielten. Allerdings haben Sie dabei Beweismaterial vernichtet. Eine Leiche kann für jemanden, der weiß, wonach er zu suchen hat, eine Vielzahl von Informationen enthalten. Wenn davon allerdings nur noch ein Häufchen Asche und ein paar Knochenreste übrig sind, sind alle diese Informationen unwiederbringlich verloren.«

»Ist das schlimm?«

»Es hätte vielleicht nicht schaden können zu wissen, wie sie umgekommen ist.«

»Das Wie ist mir ziemlich egal. Ich will nur wissen, *wer* es war.«

»Das eine könnte zum andern führen.«

»Sie denken also, ich habe einen Fehler gemacht? Mein Gott,

ich konnte doch nicht die Polizei rufen, ihnen die Pakete mit den Körperteilen geben und sagen: ›Das ist meine Frau, gehen Sie bitte vorsichtig damit um.‹ Ich rufe grundsätzlich nicht die Polizei. Das ist in meiner Branche nicht üblich. Wenn ich vielleicht den Kofferraum des Tempo aufgemacht hätte und sie wäre ganz da gelegen – tot, aber ganz –, dann vielleicht, dann hätte ich die Sache *vielleicht* gemeldet. Aber so –«

»Ich kann Sie sehr gut verstehen.«

»Aber Sie glauben, es war falsch.«

»Du hast getan, was du tun mußtest«, sagte Peter.

War das nicht genau das, was alle immer taten? Ich sagte: »Ich möchte mich hier nicht zum Richter darüber aufspielen, was falsch und was richtig ist. Wenn ich einen Cousin mit einem Krematorium im Hinterzimmer hätte, hätte ich vermutlich das gleiche getan. Aber es geht hier nicht darum, was ich getan hätte. Was geschehen ist, ist geschehen. Die Frage ist: Wie soll es jetzt weitergehen?«

»Wie?«

»Das ist die Frage.«

***

Das war nicht die einzige Frage. Ich stellte ihm noch eine Menge anderer Fragen und die meisten davon mehr als einmal. Ich ging mit beiden die ganze Geschichte mehrere Male von vorne bis hinten durch und machte mir dabei eine Menge Notizen. Es begann mehr und mehr so auszusehen, daß die zerstükkelte Leiche von Francine Khoury das einzige konkrete Beweisstück war, und ausgerechnet das war in Flammen aufgegangen.

Als ich schließlich mein Notizbuch zuklappte, saßen die Khoury-Brüder da und warteten auf einen Kommentar von mir. »Wie es bis jetzt aussieht«, sagte ich, »haben die Entführer nicht viel zu befürchten. Sie haben die Sache ohne Zwischenfall durchgezogen – und ohne Ihnen irgendeinen Anhaltspunkt zu geben, wer sie sind. Falls sie trotzdem irgendwo Spuren hinterlassen haben, sind sie bisher noch unentdeckt geblieben. Es ist natürlich nicht auszuschließen, daß sie im Supermarkt oder in dem Laden in der Atlantic Avenue jemandem aufgefallen sind oder daß sich zufällig jemand ihre Autonummer gemerkt hat. Deshalb sollten wir nichts unversucht lassen, einen Tatzeugen aufzutreiben, auch wenn keineswegs gesagt ist, daß ein solcher tatsächlich existiert. Jedenfalls ist ziemlich unwahrscheinlich, daß jemand die Entführung beobachtet hat oder daß uns das, was er gesehen hat, weiterbringt.«

»Sie meinen also, wir haben keine Chance.«

»Das habe ich nicht gesagt. Ich sage nur: Wenn unsere Nachforschungen zu etwas führen sollen, dürfen wir uns nicht nur auf die Spuren stützen, die die Entführer hinterlassen haben. Ein möglicher Anhaltspunkt wäre zum Beispiel die Tatsache, daß sie fast eine halbe Million abkassiert haben. Es gibt zwei Dinge, die sie damit machen könnten, und beide könnten uns auf ihre Fährte führen.«

Darüber dachte Khoury kurz nach. »Sie können es ausgeben, das wäre die eine Möglichkeit. Und was ist die andere?«

»Daß sie darüber reden. Ganoven können nie den Mund halten – vor allem nicht, wenn sie etwas haben, womit sie angeben können. Und nicht selten reden sie auch mit Leuten, die nur darauf warten, sie zu verkaufen. Deshalb kommt es in erster Linie darauf an, daß sich das Ganze herumspricht, damit diese Leute auch wissen, wer am Kauf interessiert ist.«

»Haben Sie auch schon eine Idee, wie wir das machen könnten?«

»Ich habe eine Menge Ideen«, gab ich zu. »Sie wollten vorhin wissen, wie weit ich mich noch als Polizist fühle. Das ist etwas, was ich selbst nicht weiß, aber an so ein Problem gehe ich immer noch genauso heran wie zu der Zeit, als ich noch einer war: Ich drehe und wende es so lange, bis ich es in den Griff bekomme. In einem Fall wie diesem bieten sich mehrere Möglichkeiten an, an die Sache heranzugehen. Die Chancen, daß eine zu etwas führt, sind zwar verschwindend gering, aber im Moment ist das alles, was wir tun können.«

»Sie wollen es also auf einen Versuch ankommen lassen?«

Ich sah in mein Notizbuch und sagte: »Da wären nur zwei Probleme. Das erste habe ich, glaube ich, Pete bereits am Telefon gesagt. Ich wollte eigentlich Ende der Woche nach Irland fliegen.«

»Geschäftlich?«

»Nein, auf Urlaub. Ich habe erst heute vormittag gebucht.«

»Sie könnten den Flug stornieren.«

»Das könnte ich.«

»Falls Ihnen dadurch irgendwelche Kosten entstehen, würde ich selbstverständlich dafür aufkommen. Und was ist das andere Problem?«

»Das andere Problem ist: Was werden Sie mit dem anfangen, was ich unter Umständen herausbekomme?«

»Das können Sie sich doch denken.«

Ich nickte. »Und das ist das Problem.«

»Rechtliche Schritte kann man nicht gegen sie einleiten. Man kann sie nicht wegen Entführung und Mord vor Gericht stellen. Es gibt keinerlei Beweise, daß ein Verbrechen begangen wurde, nur eine Frau, die verschwunden ist.«

»Richtig.«

»Demnach können Sie sich also denken, was ich vorhabe. Möchten Sie wirklich, daß ich es laut ausspreche?«

»Warum nicht?«

»Ich möchte diese Schweine umbringen. Ich will es selbst tun, ich will sie mit eigenen Augen sterben sehen.« Das sagte er ganz ruhig und sachlich, mit emotionsloser Stimme. »Das ist, was ich will. Im Augenblick will ich es sogar so sehr, daß ich nichts anderes mehr will und mir auch nicht vorstellen kann, je wieder etwas anderes zu wollen. Ist es das, was Sie sich gedacht haben?«

»In etwa.«

»Liegt Ihnen wirklich etwas daran, was aus Leuten wird, die so etwas tun – Leute, die eine unschuldige Frau entführen und in Stücke schneiden?«

Ich dachte nach, aber nicht sehr lange. »Nein«, sagte ich.

»Wir werden tun, was getan werden muß, ich und mein Bruder. Sie haben damit nichts zu schaffen.«

»Mit anderen Worten: Ich würde sie bloß zum Tod verurteilen.«

Er schüttelte den Kopf. »Dazu haben sie sich selbst verurteilt. Durch das, was sie getan haben. Also, was ist?«

Ich zögerte.

Er sagte: »Sie haben noch ein drittes Problem, nicht wahr? Meinen Beruf.«

»Der spielt eine gewisse Rolle.«

»Diese Bemerkung von wegen Schulkindern Crack verkaufen. Ich verhökere meinen Stoff nicht auf Schulhöfen.«

»Das habe ich auch nicht gedacht.«

»Um genau zu sein: Ich bin kein Dealer. Ich bin, was man einen Verteiler nennt. Wissen Sie, was da der Unterschied ist?«

»Sicher. Sie sind der dicke Fisch, der es schafft, nie ins Netz zu gehen.«

Er lachte. »Ich weiß nicht, ob ich wirklich so ein dicker Fisch bin. Das sind eher die Zwischenhändler. Die machen den meisten Umsatz. Bei mir macht es eher die Menge; das heißt, ich importiere die Ware in großen Mengen oder kaufe sie von einem Importeur und leite sie an einen Zwischenhändler weiter, der sie in kleineren Mengen verkauft. Mein Kunde macht also vermutlich mehr Geschäft als ich, weil er ständig am Kaufen und Verkaufen ist, während ich unter Umständen nur zwei oder drei Geschäfte pro Jahr abwickle.«

»Bei denen Sie aber kräftig absahnen.«

»Das allerdings. Aber es ist auch nicht ganz ungefährlich. Zum einen sitzen einem ständig die Behörden im Nacken, zum anderen muß man sich vor den Leuten in acht nehmen, die einen übers Ohr hauen wollen. Wo das Risiko hoch ist, ist in der Regel auch der Gewinn hoch. Und die Nachfrage besteht eindeutig. Die Leute wollen die Ware.«

»Mit Ware meinen Sie doch Kokain.«

»Mit Koks handle ich an sich kaum. Ich mache das Hauptgeschäft mit Heroin. Auch ein bißchen Haschisch, aber seit ein paar Jahren in erster Linie Heroin. Damit wir uns nicht mißverstehen: Ich will mich hier keineswegs rechtfertigen. Die Leute nehmen es, werden süchtig, stehlen der eigenen Mutter das letzte Geld, brechen in anderer Leute Häuser ein, spritzen sich eine Überdosis und sterben mit einer Nadel im Arm oder tauschen die Nadeln untereinander aus und holen sich Aids. Diese Geschichte kenne ich zur Genüge. Es gibt Leute, die stellen Waffen her, andere brennen Schnaps oder bauen Tabak an. Wie viele Menschen sterben, verglichen mit der Zahl der Drogentoten, jährlich an Alkohol oder Zigaretten?«

»Alkohol und Zigaretten sind nicht verboten.«

»Wo ist da der Unterschied?«

»Ein gewisser Unterschied ist es schon, auch wenn ich nicht sicher bin, wie gravierend er ist.«

»Meinetwegen. Ich für meine Person kann jedenfalls keinen sehen. In beiden Fällen handelt es sich um eine schmutzige Ware. Sie bringt Menschen um, beziehungsweise die Menschen benutzen sie, um sich oder andere umzubringen. Außerdem kann ich mir zugutehalten, ich mache keine Werbung für mein Produkt; ich habe keine Lobby im Kongreß und ich beauftrage keine PR-Leute damit, der Öffentlichkeit weiszumachen, daß die Scheiße, die ich ihnen verkaufe, gut für sie ist. An dem Tag, an dem die Leute keine Drogen mehr wollen, werde ich anfangen, etwas anderes zu verkaufen, und ich werde groß rumjammern und auf die Regierung Druck ausüben, daß sie mir gefälligst mit Subventionen unter die Arme greift.«

»Trotzdem verkaufst du keine Dauerlutscher, Babe«, schaltete sich an dieser Stelle Peter ein.

»Nein, natürlich nicht. Das Produkt ist nicht sauber. Ich habe ja auch nie das Gegenteil behauptet. Aber was ich mache, mache ich korrekt. Ich haue niemanden übers Ohr. Ich bringe niemanden um, ich wickle meine Geschäfte korrekt ab und ich mache nicht mit jedem Geschäfte. Das ist der Grund, warum ich noch am Leben bin, und das ist der Grund, warum ich nicht im Gefängnis sitze.«

»Sind Sie denn mal gesessen?«

»Nein. Ich bin noch nicht mal verhaftet worden. Falls Sie sich deswegen Sorgen machen sollten – ich meine, wie es aussähe, wenn Sie für einen stadtbekannten Drogenhändler arbeiten . . .«

»Nein, deswegen mache ich mir keine Sorgen.«

»Von Amts wegen gelte ich jedenfalls nicht als Dealer. Damit will ich nicht sagen, beim Rauschgiftdezernat oder der DEA gäbe es niemanden, der weiß, wer ich bin, aber zumindest bin ich noch nicht aktenkundig geworden und war meines Wissens auch noch nie Gegenstand irgendwelcher Ermittlungen. Mein Haus ist nicht verwanzt und mein Telefon nicht angezapft. Wenn das der Fall wäre, wüßte ich es, habe ich Ihnen doch schon gesagt?«

»Ja.«

»Wenn Sie einen Moment warten, zeige ich Ihnen was.« Er verließ den Raum und kam mit einem Foto zurück, einer 13x18-Farbvergrößerung in einem Silberrahmen. »Das war bei unserer Hochzeit. Vor zwei Jahren. Das heißt, nicht ganz. Im Mai werden es zwei Jahre.«

Er war im Smoking, sie ganz in Weiß. Während er ein breites Lächeln auf den Lippen hatte, lächelte sie nicht, aber das habe ich, glaube ich, bereits erwähnt. Trotzdem war ganz deutlich zu erkennen, daß sie strahlte vor Glück.

Ich wußte nicht, was ich sagen sollte.

»Ich weiß nicht, was sie mit ihr gemacht haben«, sagte er. »Das ist eines der Dinge, über die ich auf keinen Fall anfangen darf nachzudenken. Aber sie haben sie umgebracht und erniedrigt und in Stücke geschnitten. Ich könnte unmöglich weiterleben, wenn ich das auf mir sitzen ließe. Wenn es irgendwie möglich wäre, würde ich es am liebsten ganz allein in die Hand nehmen. Im Grunde genommen haben wir das ja auch versucht, Petey und ich. Bloß wissen wir nicht, wie wir dabei vorgehen sollen. Wir haben mit so etwas keine Erfahrung und wissen nicht, wie man so etwas anpackt. Die Fragen, die Sie mir vorhin gestellt haben, und die Art, wie Sie an die Sache herangehen – das hat mir, wenn sonst schon nichts, gezeigt, daß es sich hier für mich um völliges Neuland handelt. Ich bin also auf Ihre Hilfe angewiesen, und ich zahle Ihnen, was Sie wollen. Geld spielt keine Rolle. Ich habe genügend Geld, und ich scheue keine Kosten. Und wenn Sie nein sagen, werde ich mich entweder nach jemand anderem umsehen, oder ich werde es allein versuchen. Was soll ich denn sonst machen?« Er langte über den Tisch, nahm mir das Foto aus der Hand und sah es an. »Mein

Gott, war das ein Tag. Und auch die Tage danach. Und das haben diese Schweine mit einem Schlag zunichte gemacht.« Er sah mich an. »Ja, ich bin ein Drogenboß oder ein Dealer oder wie immer Sie es nennen wollen, und ja, ich habe vor, diese Schweine umzubringen. Jetzt ist es heraus. Also, was ist? Sind Sie dabei?«

Mein bester Freund, der Mann, den ich in Irland besuchen wollte, war ein richtiger Bilderbuchgangster. Unter anderem wird über ihn erzählt, daß er eines Abends in der Hell's Kitchen von Kneipe zu Kneipe ging und in einer Bowlingtasche den abgeschnittenen Kopf eines Rivalen herumzeigte. Ich möchte mich nicht dafür verbürgen, daß das tatsächlich passiert ist, aber erst vor kurzem wurde ich Zeuge, wie er in einem Keller draußen in Maspeth mit einem Schlachtermesser einem Mann die Hand abgehackt hat. Ich selbst hatte an besagtem Abend eine Pistole in der Hand, und ich habe auch Gebrauch davon gemacht. Wenn ich mich also in mancher Hinsicht immer noch als Polizist fühlte, hatte sich meine Einstellung in anderen Punkten ziemlich grundlegend geändert. Die dicken Klopse hatte ich längst geschluckt, warum also noch an den kleinen Happen rumwürgen?

»Ich bin dabei«, sagte ich.

3

Es war kurz nach neun, als ich in mein Hotel zurückkam. Ich hatte eine lange Sitzung mit Kenan Khoury hinter mir, bei der ich mehrere Seiten meines Notizbuchs mit Namen seiner Freunde, Geschäftspartner und Verwandten vollgeschrieben hatte. Außerdem hatte ich mir in der Garage den Toyota angesehen und bei dieser Gelegenheit die Beethoven-Kassette im Radiorecorder entdeckt. Falls es in Francines Wagen sonst noch Anhaltspunkte gab, konnte ich keine finden.

Der andere Wagen, der graue Tempo, in dem ihre zerstückkelte Leiche abgeliefert worden war, stand für eine Inspektion nicht mehr zur Verfügung. Die Entführer hatten ihn im Parkverbot abgestellt, und er war irgendwann im Verlauf des Wochenendes abgeschleppt worden. Natürlich hätte ich versuchen können, ihn ausfindig zu machen. Aber wozu? Er war sicher gestohlen, und seinem Zustand nach zu schließen, war er von seinem Besitzer möglicherweise schon abgemeldet worden. Ein Spurensicherungsteam der Polizei hätte im Innern oder im Kofferraum vielleicht irgendwelche Flecken oder Fasern oder sonstige Spuren festgestellt, die den weiteren Ermittlungen eine Richtung hätten geben können. Aber für derlei Untersuchungen fehlte es mir an den nötigen Mitteln. Ich hätte also nur in ganz Brooklyn nach einem Auto gesucht, das mich keinen Schritt weitergebracht hätte.

In Kenan Khourys Buick fuhren wir drei noch einmal die einzelnen Stationen der Entführung ab, erst zum D'Agostino's und zu dem arabischen Lebensmittelgeschäft in der Atlantic Avenue, dann nach Süden zu der Telefonzelle in der Ocean, Ecke Farragut, von dort auf der Flatbush ein Stück weiter in südlicher Richtung und dann auf der Avenue N nach Osten bis zu der zweiten Telefonzelle in der Veterans Avenue. An sich hätte ich mir das sparen können. Es ist nicht fürchterlich aufschlußreich, eine Telefonzelle anzuglotzen, aber ich habe die Erfahrung gemacht, daß es nicht schadet, sich mit den Schauplätzen des Geschehens vertraut zu machen, mit eigenen Füßen Pflaster zu treten und Treppen zu steigen und sich alles mit eigenen Augen anzusehen. Auf diese Weise wird das Ganze realer.

Außerdem bot es mir eine Gelegenheit, die ganze Geschichte noch einmal von vorne bis hinten mit den Khourys durchzukauen. Bei polizeilichen Ermittlungen beklagen sich die Zeugen häufig, allen möglichen Leuten immer wieder die gleiche Geschichte erzählen zu müssen. Auch wenn sie keinen Sinn dahinter sehen können, hat das durchaus Methode. Wenn man etwas genügend oft genügend vielen Leuten erzählt, fällt einem nicht selten wieder etwas ein, woran man bisher nicht gedacht hat, oder jemand wird auf etwas aufmerksam, worauf bis dahin niemand geachtet hat. Irgendwann machten wir im Apollo, einem Coffee Shop in der Flatbush, Pause. Wir bestellten alle Suflaki. Es war gut, aber Kenan rührte seines kaum an. Nachher, im Wagen, sagte er: »Ich hätte mir Eier oder sonst was bestellen sollen. Mir ist der Appetit auf Fleisch gründlich vergangen. Ich kriege keinen Bissen mehr runter. Wenn ich bloß welches sehe, dreht sich mir der Magen um. Das wird sich zwar im Lauf der Zeit sicher wieder geben, aber vorerst sollte ich mir lieber was anderes bestellen. Es hat doch keinen Sinn, etwas zu bestellen, was man dann nicht runterkriegt, oder?«

***

Peter fuhr mich im Camry nach Hause. Seit der Entführung wohnte er bei seinem Bruder in der Colonial Road – er schlief auf der Couch im Wohnzimmer – und mußte in die Stadt, um aus seinem Zimmer ein paar frische Sachen zu holen.

Andernfalls hätte ich mir ein Taxi kommen lassen. Normalerweise macht es mir nichts aus, mit der U-Bahn zu fahren; es kommt nur sehr selten vor, daß ich mich dort nicht sicher fühle. Aber sich mit zehntausend Dollar in der Tasche kein Taxi nehmen, hieße eindeutig am falschen Platz sparen. Jedenfalls wäre ich mir ziemlich blöd vorgekommen, wenn mich jemand überfallen hätte.

Die zehn Mille waren mein Vorschuß, zwei mit Gummiband zusammengehaltene Bündel mit jeweils fünfzig Hundertern, die sich in nichts von den achtzig Bündeln unterschieden, mit denen Francine Khourys Lösegeld gezahlt worden war. Ich hatte immer schon Probleme damit gehabt, wie viel ich für meine Arbeit verlangen sollte, aber in diesem Fall wurde mir die Entscheidung abgenommen. Khoury hatte die zwei Bündel auf den Tisch gelegt und gefragt, ob das für den Anfang genug wäre. Das konnte ich nur bejahen.

»Ich kann es mir leisten«, meinte er. »Ich habe genug Geld. Sie haben mir nicht annähernd alles abgeknöpft, was ich habe.«

»Hätten Sie auch die Million zahlen können?«

»Nicht, ohne kurz auf die Caymans zu fliegen. Dort habe ich ein Konto mit einer halben Million drauf. Im Safe hier hatte ich knapp siebenhunderttausend. Wenn ich ein bißchen rumtelefoniert hätte, hätte ich die restlichen dreihunderttausend auch hier auftreiben können. Manchmal frage ich mich –«

»Was?«

»Ach, was man eben in so einem Fall denkt. Angenommen, ich hätte die Million gezahlt, ob ich sie dann vielleicht lebend zurückgekriegt hätte? Angenommen, ich hätte mich am Telefon nicht quergestellt; angenommen, ich hätte von Anfang an zu allem Ja und Amen gesagt und wäre ihnen in den Arsch gekrochen und auf alle ihre Forderungen eingegangen.«

»Sie hätten sie in jedem Fall umgebracht.«

»Das sage ich mir auch die ganze Zeit, aber man kann schließlich nie wissen. Jedenfalls quäle ich mich ständig mit dem Gedanken, ob ich nicht doch etwas hätte tun können. Angenommen, ich hätte von Anfang an auf stur geschaltet und keinen Cent gezahlt, bevor sie mir keinen Beweis geliefert hatten, daß sie noch am Leben war.«

»Vermutlich war sie längst tot, als sie Sie angerufen haben.«

»Ich hoffe, Sie haben recht. Aber sicher bin ich natürlich nicht. Jedenfalls denke ich die ganze Zeit, daß es vielleicht doch eine Möglichkeit gegeben hätte, sie zu retten. Ich denke die ganze Zeit, es war meine Schuld.«

***

Wir nahmen den Expressway zurück nach Manhattan, den Shore Parkway und den Gowanus in den Tunnel. Um diese Zeit herrschte kaum Verkehr, aber Pete hatte es nicht eilig und fuhr selten schneller als siebzig. Wir sprachen nur wenig, und die Phasen des Schweigens wurden immer länger.

»Das waren vielleicht Tage«, seufzte er schließlich. Ich fragte ihn, wie er ohne Alkohol zurechtkam. »Ach«, meinte er, »besser, als ich dachte.«

»Gehen Sie hin und wieder zu einem Treffen?«

»Das tue ich sogar ziemlich regelmäßig.« Nach einer Weile fügte er jedoch hinzu: »Seit diese ganze Scheiße losging, bin ich allerdings nicht mehr dazu gekommen. Hatte einiges am Hals, wie Sie sich vielleicht denken können.«

»Sie werden Ihrem Bruder keine große Hilfe sein, wenn Sie wieder zu trinken anfangen.«

»Ich weiß.«

»Sie haben auch in Bay Ridge draußen verschiedene Treffen. Sie müßten gar nicht extra in die Stadt reinfahren.«

»Ich weiß. Gestern abend wollte ich zu einem gehen, hab's dann aber doch nicht geschafft.« Seine Finger trommelten auf das Lenkrad. »Ich hatte eigentlich gehofft, wir würden rechtzeitig in die Stadt kommen, um noch in St. Paul's vorbeizuschauen. Aber daraus wird wohl nichts. Bis neun schaffen wir es auf keinen Fall.«

»Um zehn ist in der Houston Street ein Treffen.«

»Ach, ich weiß nicht. Bis ich zu Hause bin und meine Sachen zusammengepackt habe –«

»Wenn Sie es bis zehn nicht schaffen, gibt es noch ein Mitternachtstreffen. Auch in der Houston, zwischen Sixth und Varick.«

»Ich weiß, wo das ist.«

Irgend etwas in seiner Stimme ließ mich nicht weiter in ihn dringen. Nach einer Weile sagte er: »Ich weiß, daß ich das mit den Treffen nicht schleifen lassen sollte. Ich sehe zu, daß ich es um zehn schaffe. Mit dem Mitternachtstreffen weiß ich allerdings nicht so recht. Ich möchte Kenan lieber nicht so lange allein lassen.«

»Vielleicht können Sie ja morgen in Brooklyn zu einem Treffen gehen.«

»Mal sehen.«

»Was ist mit Ihrem Job? Lassen Sie den auch sausen?«

»Vorerst schon. Ich habe mich am Freitag und heute krank gemeldet, und wenn sie mich rausschmeißen, ist das auch nicht weiter tragisch. So ein Job ist nicht allzu schwer zu kriegen.«

»Was machen Sie eigentlich genau?«

»Ich fahre Mittagessen aus, für den Deli in der Fifty-seventh, Ecke Ninth.«

»Muß ganz schön hart sein, sich so über Wasser zu halten, während sich Ihr Bruder dumm und dämlich verdient.«

Nach kurzem Schweigen sagte er: »Ich muß das einfach ganz

radikal trennen, wissen Sie. Kenan hat mir angeboten, für ihn zu arbeiten – oder auch mit ihm, je nachdem, wie Sie es nennen wollen. Aber ich kann unmöglich so einen Job machen und dabei trocken bleiben. Wobei es nicht so ist, daß man ständig mit Drogen zu tun hat – ganz im Gegenteil, die Ware selbst bekommt man eigentlich nie zu sehen. Es ist eher eine Einstellungssache, wie man drauf ist, wenn Sie verstehen, was ich meine.«

»Ich glaube schon.«

»Sie hatten vollkommen recht mit dem, was Sie über die Treffen gesagt haben. Seit ich das mit Francey erfahren habe, juckt es mich ständig, was zu trinken. Ich meine, als mir Kenan von der Entführung erzählt hat, als noch gar nicht klar war, daß sie . . . na ja, Sie wissen schon. Ich bin zwar noch kein einziges Mal an einen Punkt gekommen, an dem es wirklich kritisch geworden wäre, aber ich muß ständig daran denken. Kaum habe ich es mir aus dem Kopf geschlagen, schleicht es sich woanders wieder rein, und das ganze Theater geht wieder von vorne los.«

»Haben Sie sich mit Ihrem Tutor in Verbindung gesetzt?«

»Ich habe eigentlich gar keinen. Als ich gerade mit dem Trinken aufgehört habe, haben sie mir zwar vorübergehend einen zugeteilt, den ich anfangs auch ziemlich regelmäßig anrief, aber im Lauf der Zeit verloren wir uns zusehends mehr aus den Augen. Er ist außerdem telefonisch nur schwer zu erreichen. Eigentlich sollte ich mich um einen richtigen Tutor kümmern, aber irgendwie packe ich es einfach nicht.«

»Eines Tages –«

»Ich weiß. Haben Sie einen Tutor?«

Ich nickte. »Wir haben uns erst gestern abend getroffen. In der Regel gehen wir jeden Sonntag abendessen und unterhalten uns dabei über die vorangegangene Woche.«

»Erteilt er Ihnen auch Ratschläge?«

»Manchmal«, sagte ich. »Und dann gehe ich nach Hause und tue, was ich will.«

***

Zurück im Hotel rief ich als erstes Jim Faber an. »Ich hab gerade von dir gesprochen«, erzählte ich ihm. »Jemand hat mich gefragt, ob mir mein Tutor gute Ratschläge erteilt, und ich habe gesagt, daß ich immer genau das tue, was du mir rätst.«

»Du kannst von Glück reden, daß dich Gott nicht auf der Stelle hat tot umfallen lassen.«

»Ich weiß. Aber ich habe beschlossen, nicht nach Irland zu fliegen.«

»Ach ja? Gestern abend schienst du aber noch fest entschlossen. Sah die Sache plötzlich so anders aus, nachdem du sie noch mal überschlafen hast?«

»Nein«, gab ich zu. »Sie sah noch ziemlich genauso aus, und ich war heute morgen auch schon im Reisebüro und habe einen relativ günstigen Flug für Freitagabend gebucht.«

»Aha.«

»Aber dann hat mir heute nachmittag jemand einen Job angeboten, und ich habe zugesagt. Hast du Lust, drei Wochen nach Irland zu fliegen? Ich glaube nämlich nicht, daß ich das Geld für den Flug zurückbekomme.«

»Bist du sicher? Wäre schade um das viele Geld.«

»Im Reisebüro haben sie jedenfalls gesagt, der Flugpreis kann nicht mehr rückerstattet werden, und ich habe das Ticket bereits bezahlt. Aber das ist nicht weiter tragisch. Bei dem Job verdiene ich genug, um ein paar hundert Dollar verschmerzen zu können. Ich wollte dir bloß Bescheid sagen, daß aus meinem Urlaub in Sodom und Begorrah nichts wird.«

»Irgendwie hatte ich das Gefühl, als hättest du's richtig darauf angelegt, rückfällig zu werden. Deshalb habe ich mir Sorgen gemacht. Du hast es geschafft, ständig in der Kneipe deines Freundes rumzuhängen, ohne wieder damit anzufangen –«

»Er trinkt für mich mit.«

»Irgendwie scheint das ja tatsächlich zu klappen. Aber auf der anderen Seite des Atlantik, Tausende von Meilen von deiner gewohnten Umgebung entfernt, und dann auch noch in deinem momentanen überdrehten Zustand –«

»Ich weiß. Aber du kannst ab sofort wieder beruhigt schlafen.«

»Obwohl ich es nicht mir zuschreiben kann.«

»Da wäre ich mir nicht mal so sicher. Vielleicht lag es doch an dir. Gottes Wege sind oft unerforschlich.«

»Ja«, schnaubte er. »Das kannst du laut sagen.«

***

Elaine fand es schade, daß aus meinem Irlandurlaub nun doch nichts wurde. »Du hättest diesen Auftrag wohl auch nicht auf später verschieben können«, meinte sie.

»Nein.«

»Und bis Freitag ist die Sache vermutlich auch nicht erledigt.«

»Bis Freitag werde ich kaum angefangen haben.«

»Wirklich schade – obwohl du nicht besonders enttäuscht klingst.«

»Bin ich wahrscheinlich auch nicht. Wenigstens habe ich Mick noch nichts gesagt. Ich muß ihn also nicht noch mal anrufen, um ihm zu sagen, daß ich es mir anders überlegt habe. Ehrlich gestanden, bin ich richtig froh um den Job.«

»Das ist wohl wieder was, in das du dich so richtig verbeißen kannst.«

»Ja. Genau so was habe ich jetzt dringend nötig – nötiger jedenfalls als drei Wochen Urlaub.«

»Ist es denn ein guter Fall?«

Ich hatte ihr noch nichts darüber erzählt. Nach kurzem Nachdenken sagte ich: »Nein, eine schreckliche Geschichte.«

»Ja?«

»Kaum zu glauben, wozu manche Leute fähig sind. Man möchte meinen, allmählich müßte ich mich daran gewöhnt haben, aber irgendwie schaffe ich das einfach nicht.«

»Möchtest du darüber sprechen?«

»Wenn wir uns treffen. Bleibt es bei morgen abend?«

»Wenn dir dein neuer Fall nicht dazwischenkommt.«

»Im Moment sieht es nicht danach aus. Ich komme gegen sieben bei dir vorbei. Falls es später werden sollte, rufe ich dich an.«

***

Ich nahm ein heißes Bad und schlief gründlich aus, und am Morgen ging ich zur Bank und stockte die Ersparnisse in meinem Schließfach um siebzig Hundertdollarscheine auf. Zweitausend Dollar zahlte ich auf mein Girokonto ein, und die verbleibenden tausend behielt ich in meiner Gesäßtasche.

Es gab mal Zeiten, in denen ich das Geld nicht schnell genug weggeben konnte. Ich saß oft stundenlang in irgendwelchen Kirchen herum und spendete gewissermaßen jedesmal brav meinen Zehnten, indem ich exakt zehn Prozent meiner Einnahmen in den erstbesten Opferstock steckte, an dem ich vorbeikam. Diese seltsame Angewohnheit habe ich mit zunehmender Nüchternheit wieder abgelegt. Ich weiß nicht, warum ich schließlich ganz damit aufgehört habe, aber andererseits hätte ich auch nicht sagen können, warum ich damit überhaupt angefangen hatte. Ich hätte zum Beispiel mein Air Lingus-Ticket in den nächsten Opferstock werfen können, ob das nun jemandem was genützt hätte oder nicht. Statt dessen ging ich damit ins Reisebüro, wo ich jedoch nur bestätigt erhielt, was ich bereits vermutet hatte: daß der Flug nicht mehr rückerstattet werden konnte.

»Normalerweise würde ich Ihnen raten, sich von einem Arzt krankschreiben zu lassen, damit Sie den Flug aus gesundheitlichen Gründen stornieren können«, sagte der Reisebüroangestellte. »Aber das würde Ihnen in diesem Fall nichts nützen, weil Sie es hier nicht mit der Fluggesellschaft selbst zu tun haben, sondern mit einer Agentur, die von den Fluggesellschaften größere Platzkontingente kauft und diese dann zu extrem günstigen Konditionen anbietet.« Er bot mir an, es für mich weiterzuverkaufen, worauf ich ihm das Ticket da ließ und zur U-Bahn ging.

Ich verbrachte den ganzen Tag in Brooklyn. Ich hatte mir von Khoury ein Foto seiner Frau geben lassen, das ich nun vor dem D'Agostino's in der Fourth Avenue und dem Arabian Gourmet in der Atlantic Avenue herumzeigte. Die Spur, die ich verfolgte, war für meinen Geschmack schon verdammt kalt – inzwischen war es Dienstag, und die Entführung hatte am Donnerstag stattgefunden –, aber daran ließ sich nun mal nichts mehr ändern. Es wäre jedenfalls besser gewesen, wenn mich Pete schon am Freitag und nicht erst nach dem Wochenende angerufen hätte, aber die beiden hatten ja auch anderes zu tun gehabt. Zusammen mit dem Foto zeigte ich den Leuten auch einen Reliable-Ausweis, der auf meinen Namen ausgestellt war. Ich stelle in einem Versicherungsfall Ermittlungen an, erklärte ich dazu. Der Wagen meiner Klientin war von einem anderen Fahrzeug gerammt worden, das, ohne anzuhalten, weitergefahren war, und sie würde wesentlich schneller zu ihrem Geld kommen, wenn es uns gelang, den Fahrer des anderen Wagens zu ermitteln. Bei D'Agostino's sprach ich mit einer Kassiererin. Sie hatte Francine als eine Stammkundin in Erinnerung, die immer bar bezahlt hatte, ein Zug, der heutzutage ziemlich unüblich ist, aber in Drogenkreisen gang und gäbe. »Und noch etwas ist mir an der Frau aufgefallen«, erteilte mir die Kassiererin bereitwillig Auskunft. »Sie ist bestimmt eine gute Köchin.« Ich muß sie wohl ziemlich verdutzt angesehen haben. »Keine Konserven, keine Tiefkühlkost. Immer nur frische Sachen. Man findet heutzutage nicht mehr viele Frauen in ihrem Alter, die noch was Richtiges kochen. Jedenfalls kann ich mich nicht erinnern, daß sie mal Fertigmahlzeiten gekauft hat.«

Auch der Junge, der den Kunden ihre Einkäufe zum Wagen brachte, konnte sich an sie erinnern und erzählte mir auch noch ungefragt, daß sie immer zwei Dollar Trinkgeld gegeben hatte. Als ich ihn nach einem Kombi fragte, fiel ihm ein, daß direkt vor dem Eingang des Ladens ein blauer Lieferwagen gestanden war, der ihr folgte, als sie losfuhr. An das Fabrikat oder das Kennzeichen des Kombi konnte er sich nicht mehr erinnern, aber was die Farbe betraf, war er sich ziemlich sicher, und er bildete sich auch ein, an den Seiten wäre irgendwas von Fernsehreparaturdienst gestanden.

In der Atlantic Avenue konnten sie sich an mehr erinnern, weil es dort auch mehr zu erinnern gab. Die Frau hinter der Theke erkannte Francine auf dem Foto sofort und konnte mir sogar genau sagen, was sie gekauft hatte – Olivenöl, Tahin, faule Madamas und ein paar andere Begriffe, die mir nichts sagten. Die Entführung selbst hatte sie jedoch nicht mitbekommen, da sie eine andere Kundin bedient hatte. Aber ihr war nicht entgangen, daß etwas Ungewöhnliches passiert war, weil ein Kunde in den Laden gekommen war und erzählt hatte, zwei Männer und eine Frau seien aus dem Geschäft gerannt und in einen Lieferwagen gesprungen. Der Kunde hatte gedacht, sie hätten den Laden überfallen und wären geflohen.

Nachdem ich auch noch mit verschiedenen anderen Leuten gesprochen hatte, ging es bereits auf Mittag zu, und ich beschloß, nebenan eine Kleinigkeit essen zu gehen. Doch dann fielen mir die guten Ratschläge ein, mit denen ich kürzlich bei Peter Khoury so rasch zur Hand gewesen war. Seit Samstag war ich bei keinem einzigen Treffen mehr gewesen, und heute hatten wir Dienstag, und ich wollte den Abend mit Elaine verbringen. Ich rief im Intergroup-Büro an, wo man mir sagte, daß um halb eins in Brooklyn Heights, nur zehn Minuten von hier, ein Treffen war. Die Sprecherin war eine kleine, alte Dame, so bieder und proper wie nur irgendwas; bloß ließ ihre Geschichte keinen Zweifel daran, daß sie das nicht immer gewesen war. Sie hatte jahrelang auf der Straße gelebt, hatte in Hauseingängen geschlafen und sich nie gewaschen oder ihre Kleider gewechselt, und sie betonte immer wieder, wie schmutzig sie gewesen war und wie abscheulich sie gestunken hatte. Es war ziemlich schwierig, ihre Geschichte mit der Person am Kopfende des Tischs in Einklang zu bringen.

***

Nach dem Treffen ging ich in die Atlantic Avenue zurück und machte dort weiter, wo ich aufgehört hatte. In einem Deli kaufte ich mir ein Sandwich und eine Dose Cream Soda und stellte bei dieser Gelegenheit dem Inhaber auch gleich ein paar Fragen. Ich aß mein Mittagessen auf der Straße, und anschließend sprach ich mit ein paar Kunden und dem Mann an dem Zeitungsstand an der Ecke. Dann ging ich ins Aleppo und unterhielt mich mit dem Mann an der Kasse und zwei Kellnern. Danach kehrte ich noch einmal ins Ayoub's zurück – da ich ständig mit Leuten gesprochen hatten, die den Arabian Gourmet so nannten, hieß er inzwischen auch für mich nur noch so.

Ich ging also noch mal ins Ayoub's, und mittlerweile war der Frau an der Kasse der Name des Kunden eingefallen, der gedacht hatte, die Männer in dem blauen Lieferwagen hätten den Laden überfallen. Ich fand seinen Namen im Telefonbuch, aber als ich unter der Nummer anrief, meldete sich niemand.

Seit ich in der Atlantic Avenue war, hatte ich aufgehört, meine Versicherungsstory zu erzählen, da sie nicht zu dem paßte, was die Leute vermutlich gesehen hatten. Andererseits wollte ich möglichst nicht den Eindruck erwecken, als wäre etwas in der Größenordnung einer Entführung oder eines Mordes passiert, damit nicht irgend jemand auf die Idee kam, es sei seine Pflicht, die Sache der Polizei zu melden. Die Story, die ich von nun an auftischte, lautete in etwa so – je nachdem, mit wem ich es gerade zu tun hatte, war sie allerdings in Einzelheiten gewissen Veränderungen unterworfen:

Meine Klientin hatte eine Schwester, die mit einem illegalen Einwanderer eine Scheinehe eingehen wollte, damit er nicht ausgewiesen werden konnte. Der angehende Bräutigam hatte jedoch eine Freundin, deren Familie sich dieser Heirat vehement widersetzte. Zwei Männer, Verwandte der Freundin, hatten meine Klientin tagelang zu überreden versucht, ihren Einfluß geltend zu machen, um die Ehe zu verhindern. Einerseits konnte sie ihren Standpunkt verstehen, andererseits wollte sie sich aber auch nicht weiter in die Sache hineinziehen lassen.

Am Donnerstag schließlich hatten sie sich wieder an ihre Fersen geheftet und waren ihr ins Ayoub's gefolgt. Als sie den Laden wieder verließ, brachten sie sie unter einem Vorwand dazu, in ihren Wagen zu steigen. Darauf fuhren sie mit ihr kreuz und quer durch die Stadt und versuchten, sie umzustimmen. Als sie sie schließlich wieder aussteigen ließen, war sie mit ihren Nerven so am Ende, daß sie in der Aufregung nicht nur ihre Einkaufstüte (Olivenöl, Tahin und so weiter) vergaß, sondern auch ihre Handtasche, in der sich zu diesem Zeitpunkt ein ziemlich wertvolles Armband befunden hatte. Da sie weder die Namen der beiden Männer kannte noch wußte, wie sie sie erreichen konnte, hatte sie mich beauftragt –

Das Ganze hörte sich zwar nicht sonderlich überzeugend an,

aber ich hatte ja auch nicht vor, es einem Fernsehsender als Exposé für eine neue Serie anzubieten. Meine Geschichte diente lediglich dem Zweck, ein paar rechtschaffene Bürger davon zu überzeugen, daß es nicht nur ungefährlich, sondern auch edel und gut war, mich nach Kräften zu unterstützen. Das trug mir eine Menge guter Ratschläge ein wie zum Beispiel: »Mit diesen Scheinehen ist das so eine Sache; sie sollte ihrer Schwester lieber davon abraten.« Aber ich bekam auch ein paar brauchbare Informationen.

Kurz nach vier ließ ich den lieben Gott einen guten Mann sein und nahm ein paar Minuten, bevor der Feierabendverkehr einsetzte, einen Zug zum Columbus Circle. An der Rezeption hatten sie Post für mich, das meiste allerdings Schrott. Ich habe einmal in meinem Leben etwas aus einem Katalog bestellt, und jetzt bekomme ich jeden Monat Dutzende von diesen Dingern. Ich wohne in einem kleinen Hotelzimmer und hätte nicht mal Platz für alle diese Kataloge, geschweige denn für den Krempel, der einem darin angedreht wird.

Oben in meinem Zimmer warf ich bis auf die Telefonrechnung und zwei Zettel mit telefonischen Nachrichten alles weg; letztere besagten beide, daß ›Ken Curry‹ angerufen hatte – einmal um 14.30 Uhr und dann noch mal um 15.45 Uhr. Ich rief nicht sofort zurück. Ich war ziemlich kaputt.

Der Tag hatte es in sich gehabt. In körperlicher Hinsicht hatte ich zwar gar nicht so viel geleistet – ich hatte nicht acht Stunden lang Zementsäcke geschleppt –, aber die Gespräche mit all diesen Leuten hatten dennoch ihren Tribut gefordert. Man muß bei so einer Befragung voll bei der Sache sein, und das vor allem, wenn man sich selbst eine falsche Geschichte zurechtgelegt hat. Wenn man nicht gerade ein pathologischer Lügner ist, ist es wesentlich anstrengender, ständig ein und dasselbe Lügenmärchen zu erzählen als die Wahrheit; auf diesem Prinzip basiert übrigens der Lügendetektor, was meine eigenen Erfahrungen nur bestätigen können. Einen ganzen Tag lang zu lügen und eine Rolle zu spielen, kostet enorm viel Kraft, und das um so mehr, wenn man dabei auch noch ständig auf den Beinen ist.

Ich duschte und frischte meine Rasur auf, dann schaltete ich einen Nachrichtensender ein und hörte eine Viertelstunde mit geschlossenen Augen und hochgelegten Füßen zu. Gegen halb sechs rief ich Kenan Khoury an und erzählte ihm, daß ich Fortschritte gemacht hatte, auch wenn ich noch nicht mit konkreten Einzelheiten aufwarten konnte. Als er wissen wollte, ob es etwas gab, das er tun konnte, sagte ich:

»Vorerst noch nicht. Ich werde morgen noch mal zur Atlantic Avenue rausfahren und sehen, ob sich das Bild noch weiter abrunden läßt. Wenn ich dort fertig bin, komme ich bei Ihnen vorbei. Werden Sie zu Hause sein?«

»Sicher«, sagte er. »Wo sollte ich denn sonst hin?«

***

Ich stellte den Wecker und schloß die Augen, und um halb sieben riß er mich aus einem Traum. Ich zog mir einen Anzug und eine Krawatte an und machte mich auf den Weg zu Elaine. Sie schenkte mir eine Tasse Kaffee ein und sich selbst ein Glas Perrier. Anschließend nahmen wir ein Taxi nach Uptown zur Asia Society, wo sie vor kurzem eine Ausstellung eröffnet hatten, die sich vorwiegend um das Taj Mahal drehte und somit eine hervorragende Ergänzung zu ihrem Abendkurs im Hunter darstellte. Nachdem wir durch die drei Ausstellungsräume gewandert waren und dabei die entsprechenden Laute der Bewunderung von uns gegeben hatten, folgten wir der Menge in einen Saal, in dem wir uns auf Klappstühlen niederließen und dem Vortrag eines Sitarspielers lauschten. Ich habe keine Ahnung, ob er gut war oder nicht. Ich weiß nicht, wie das jemand beurteilen will oder wie er selbst merkt, ob sein Instrument richtig gestimmt ist.

Anschließend gab es einen von diesen Wein-und-Käse-Empfängen. »Damit halten wir uns lieber nicht länger auf«, flüsterte mir Elaine ins Ohr, und nach ein paar Minuten lächelnden Gemurmels standen wir auf der Straße.

»Wie unschwer zu ersehen war«, stichelte sie, »warst du rundum begeistert.«

»Es war zu ertragen.«

»Da sag mal einer noch was über die Männer«, meinte sie. »Was die nicht alles über sich ergehen lassen, um eine Frau ins Bett zu kriegen.«

»Jetzt hör aber mal, so schlimm war es nun auch wieder nicht. Es war dieselbe Musik, die sie in indischen Restaurants immer spielen.«

»Nur braucht man dort nicht zuzuhören.«

»Wer sagt denn, daß ich zugehört habe?«

Wir gingen in ein italienisches Restaurant, und beim Espresso erzählte ich ihr von Kenan Khoury und seiner Frau. Als ich fertig war, saß sie einen Moment nur da und starrte auf das Tischtuch, als stünde etwas darauf geschrieben. Dann hob sie langsam den Kopf und sah mich an. Sie ist eine Frau, die mit beiden Beinen im Leben steht und nicht so leicht unterzukriegen ist, aber in diesem Moment sah sie herzerweichend verletzlich aus.

»Gütiger Gott«, hauchte sie.

»Wozu manche Leute fähig sind.«

»Es nimmt einfach kein Ende. Ein Faß ohne Boden.« Sie nahm einen Schluck Wasser. »Diese Brutalität, dieser unvorstellbare Sadismus. Wie kann ein Mensch . . . aber was frage ich da noch?«

»Vermutlich hat es ihnen Spaß gemacht«, sagte ich. »Sie müssen auf so was stehen – nicht nur auf das Morden, auch diese ganze Geschichte, ihn ganz bewußt zu quälen, ihn an der Nase rumzuführen, ihm erst zu sagen, sie ist im Wagen, sie wird schon zu Hause sein, wenn er heimkommt, und sie ihm schließlich zerstückelt im Kofferraum eines Autos zu servieren. Daß sie sie umgebracht haben, hätte nicht unbedingt etwas mit Sadismus zu tun haben müssen. Das war für sie einfach weniger gefährlich, als sie am Leben zu lassen; schließlich hätte sie sie identifizieren können. Aber die Brutalität, mit der sie dabei vorgegangen sind, ist durch nichts zu rechtfertigen. Im Gegenteil, es war sogar mit einigem Mehraufwand verbunden, sie so zu zerstückeln – entschuldige bitte, das ist nicht gerade das ideale Tischgespräch.«

»Was wäre das erst für eine Gutenachtgeschichte?«

»Bringt einen richtig in Stimmung, hm?«

»Da könnte ich mir allerdings was Besseres vorstellen. Aber eigentlich finde ich das Ganze schrecklich – einfach grauenhaft, jemanden so zu zerstückeln. Aber das ist noch das Wenigste. Das wirklich Schlimme daran ist, daß so etwas überhaupt möglich ist und daß es im Grunde genommen jedem passieren kann – wie aus heiterem Himmel und ohne jede Vorwarnung. Das ist das wirklich Schreckliche daran, und das ist bei leerem Magen genauso schlimm wie bei vollem.«

***

Wir gingen in ihre Wohnung, und sie legte eine Solopiano-Platte von Cedar Walton auf, die wir beide mochten. Ohne viel zu reden, machten wir es uns auf der Couch gemütlich. Als die Platte zu Ende war, drehte sie sie um, und irgendwann in der Mitte der zweiten Seite gingen wir ins Schlafzimmer und liebten uns mit seltsamer Intensität. Danach lagen wir lange schweigend da, bis sie sagte: »Eines kann ich dir sagen: Wenn wir so weitermachen, werden wir eines Tages noch richtig gut darin.«

»Glaubst du?«

»Es würde mich jedenfalls nicht wundern. Matt? Willst du nicht über Nacht bleiben?«

Ich küßte sie. »Das hatte ich eigentlich vor.«

»Mmmmm. Sehr gut. Ich möchte jetzt nicht allein sein.«

Das wollte ich auch nicht.

4

Ich blieb zum Frühstück, und bis ich zur Atlantic Avenue hinaus kam, war es fast elf. Ich blieb fünf Stunden. Die meiste Zeit verbrachte ich auf der Straße und in Geschäften, aber einen Teil auch in der Stadtbücherei und am Telefon. Kurz nach vier ging ich ein paar Blocks zu Fuß und nahm einen Bus nach Bay Ridge.

Als ich ihn das letzte Mal gesehen hatte, war er zerknittert und unrasiert gewesen, aber jetzt, in grauer Gabardinehose und dezentem Plaidhemd, wirkte Kenan Khoury ruhig und gefaßt. Auf dem Weg in die Küche erzählte er mir, daß sein Bruder am Morgen zur Arbeit nach Manhattan reingefahren war. »Petey meinte zwar, er würde lieber hier bleiben, ihm wäre nicht nach arbeiten, aber wie lange sollen wir noch die ewig gleichen Gespräche führen? Ich habe ihm gesagt, er soll den Toyota nehmen, damit er jederzeit rauskommen kann. Wie sieht's bei Ihnen aus, Matt? Kommen Sie voran?«

Ich sagte: »Zwei Männer, etwa meine Größe, haben Ihre Frau vor dem Arabian Gourmet in einen dunkelblauen Lieferwagen gezerrt. Ein ähnliches Fahrzeug, vermutlich dasselbe, ist ihr gefolgt, als sie aus dem D'Agostino's kam. Der Wagen hatte eine Aufschrift an den Seiten, laut Angabe eines Zeugen war sie weiß. Fernsehreparaturdienst und darunter der Firmenname – irgendeine Abkürzung wie B & L oder H & M. In diesem Punkt widersprachen sich die einzelnen Zeugenaussagen. Zwei Leute konnten sich erinnern, daß es eine Adresse in Queens war, und einer davon war sich sicher, daß es in Long Island City war.«

»Gibt es dort so eine Firma?«

»Angesichts der vagen Angaben kämen dafür ein Dutzend oder mehr Firmen in Frage. Zwei Anfangsbuchstaben, Fernsehreparaturdienst, eine Adresse in Queens. Ich habe bei sechs oder acht Firmen angerufen, aber es war keine darunter, die dunkelblaue Kombis hat oder bei der in letzter Zeit ein Fahrzeug gestohlen wurde. Damit habe ich allerdings auch nicht gerechnet.«

»Warum nicht?«

»Weil ich nicht glaube, daß das Fahrzeug gestohlen war. Ich würde sagen, sie haben am Donnerstagmorgen Ihr Haus beobachtet – in der Hoffnung, Ihre Frau würde es allein verlassen. Als sie das tat, folgten sie ihr. Vermutlich war es nicht das erste Mal, daß sie sie beschattet haben; vermutlich haben sie so lange gewartet, bis sich ihnen eine günstige Gelegenheit bot, um zuzuschlagen. Sie dürften sich also kaum jedesmal einen neuen Kombi gestohlen haben und damit stundenlang in der Stadt herumgefahren sein, zumal sie damit rechnen mußten, daß der Wagen jeden Moment auf die Fahndungsliste für gestohlene Fahrzeuge kommen konnte.«

»Sie glauben also, der Wagen hat ihnen gehört?«

»Höchstwahrscheinlich. Ich würde sagen, sie haben einen fiktiven Firmennamen auf die Seiten gepinselt, und nach der Entführung haben sie ihn einfach überlackiert und durch einen neuen ersetzt. Außerdem würde es mich nicht wundern, wenn inzwischen der ganze Wagen neu lackiert wäre – und zwar in einer anderen Farbe als Blau.«

»Was ist mit dem Kennzeichen?«

»Das dürften sie für diesen Zweck ebenfalls geändert haben. Aber das braucht uns nicht zu interessieren, weil niemand auf die Autonummer geachtet hat. Ein Zeuge dachte, die drei hätten den Laden überfallen, und rannte gleich in das Geschäft, um sich zu vergewissern, daß niemand zu Schaden gekommen war. Ein anderer Zeuge hatte ebenfalls den Eindruck, daß da etwas nicht mit rechten Dingen zuging, und er hat sogar einen Blick auf das Nummernschild geworfen. Aber er konnte sich nur noch erinnern, daß es eine Nummer mit einer Neun war.«

»Das ist ja schon mal etwas.«

»Ja. Die Männer waren gleich angezogen – dunkle Hosen mit dazu passenden Hemden und Jacken. In Verbindung mit dem Firmenwagen verlieh ihnen diese einheitliche Firmenkleidung eine Art offiziellen Anstrich. Ich habe die Erfahrung gemacht, daß man fast überall reinkommt, wenn man eine Schreibunterlage dabei hat; dadurch erweckt man ganz automatisch den Anschein, als wäre man jemand, der lediglich seine Arbeit tut. Diesen Effekt haben sie sich zunutzegemacht. Nicht umsonst dachten zwei Zeugen völlig unabhängig voneinander, sie hätten es mit zwei Zivilfahndern der Einwanderungsbehörde zu tun, die eine illegale Einwanderin verhafteten. Das war mit ein Grund, weshalb niemand eingegriffen hat – das und die Tatsache, daß alles so schnell ging, daß niemand dazu kam, etwas zu unternehmen.«

»Verdammt clever.«

»Die einheitliche Arbeitskleidung hatte noch ein zusätzliches Plus. Sie hat sie praktisch unsichtbar gemacht, da alle nur auf ihre Kleidung geachtet haben und sich nachträglich nur erinnern konnten, daß sie völlig gleich aussahen. Habe ich übrigens erwähnt, daß sie auch Mützen aufhatten? Alles, woran sich die einzelnen Augenzeugen erinnern konnten, waren ihre Mützen und ihre Arbeitskleidung, also lauter Dinge, die sie nur während der Entführung anhatten und die sie danach schleunigst losgeworden sein dürften.«

»Genau genommen, haben wir also noch gar nichts in der Hand.«

»So würde ich es nicht sehen«, widersprach ich. »Wir haben zwar noch keine Spur, die uns zu ihnen führen könnte, aber immerhin haben wir schon mal ein paar Anhaltspunkte. Wir wissen, was sie getan haben und wie sie es getan haben, und wir wissen, daß sie das Ganze sorgfältig geplant haben. Wieso, glauben Sie, sind sie ausgerechnet auf Sie gekommen?«

Khoury zuckte mit den Achseln. »Sie wußten, daß ich im großen Stil mit Drogen handle. Das ging aus dem, was sie am Telefon gesagt haben, eindeutig hervor. Damit gibt man natürlich für so was eine prima Zielscheibe ab. Sie wissen ganz genau, daß man Geld hat und nicht zur Polizei gehen kann.«

»Was wußten sie sonst noch über Sie?«

»Daß ich libanesischer Abstammung bin. Einer von ihnen – der, der als erster angerufen hat – hat ein paar entsprechende Schimpfwörter benutzt.«

»Das haben Sie, glaube ich, bereits erwähnt.«

»Kanacke, Sandnigger – nicht übel, was? Sandnigger. Kameltreiber hat er allerdings vergessen; so haben mich die Italiener in St. Ignatius immer genannt. ›He, Khoury, du Scheißkameltreiber!‹ Dabei war das einzige Kamel, das ich je gesehen habe, auf einer Zigarettenpackung.«

»Glauben Sie, daß sie es wegen Ihrer arabischen Abstammung auf Sie abgesehen hatten?«

»Der Gedanke ist mir bisher noch gar nicht gekommen. Manche Leute haben da natürlich so ihre Vorurteile, das steht völlig außer Frage, aber an sich hatte ich damit bisher noch nie nennenswerte Probleme. Francine war übrigens palästinensischer Abstammung – ich weiß nicht, ob ich das erwähnt habe.«

»Ja.«

»Die Palästinenser haben es da schon etwas schwerer. Ich

kenne eine ganze Reihe Palästinenser, die sich als Libanesen oder Syrer ausgeben. Sie wissen schon: ›Oh, Sie sind Palästinenser. Dann sind Sie wohl Terrorist.‹ Das ist ein Vorurteil, auf das man immer wieder stößt, und dann gibt es auch Leute, die ziemlich bigotte Vorstellungen in Hinblick auf die Araber generell haben.« Er verdrehte die Augen. »Mein Vater zum Beispiel.«

»Ihr Vater?«

»Ich würde nicht unbedingt sagen, daß er antiarabisch eingestellt war, aber er vertrat die Auffassung, daß wir eigentlich gar keine Araber sind. Ich stamme aus einer christlichen Familie, wissen Sie.«

»Ich habe mich schon die ganze Zeit gefragt, wie es Sie nach St. Ignatius verschlagen hat.«

»Eine Zeitlang habe ich mich das auch selbst gefragt. Wir waren maronitische Christen, und nach Meinung meines alten Herrn waren wir Phönizier. Haben Sie schon mal von den Phöniziern gehört?«

»Ein Volk von Seefahrern und Entdeckungsreisenden – irgend etwas in der Art? In frühbiblischer Zeit?«

»Ganz richtig. Sie haben schon damals Afrika umsegelt und Spanien kolonisiert; vermutlich sind sie sogar bis England vorgedrungen. Karthago in Nordafrika war eine Gründung der Phönizier, und in England wurde eine Menge karthagischer Münzen ausgegraben. Sie haben als erste den Polarstern entdeckt; das heißt, sie haben entdeckt, daß er immer an derselben Stelle steht und sich deshalb hervorragend für die Navigation eignet. Außerdem haben sie eine eigene Schrift entwickelt, auf der später auch das griechische Alphabet aufbaute.« Leicht verlegen hielt er plötzlich inne. »Mein alter Herr hat ständig über sie gesprochen. Davon muß wohl einiges hängengeblieben sein.«

»Sieht ganz so aus.«

»Er war übrigens keineswegs irgendein esoterischer Spinner, sondern verfügte über ein sehr fundiertes Wissen. Daher auch mein Name. Die Phönizier nannten sich selbst Kena'ani oder Kanaaniter. Korrekt ausgesprochen lautet mein Name deshalb eigentlich Ke*nahn*, aber die Leute nennen mich natürlich alle *Kie*-nan.«

»Auf meinem Nachrichtenzettel stand ›Ken Curry‹.«

»Das ist typisch. Manchmal bestelle ich telefonisch etwas, und das wird dann an Keane & Curry geliefert – hört sich an wie zwei irische Anwälte. Wie dem auch sei, mein Vater vertrat die Meinung, daß die Phönizier ein völlig anderes Volk waren als die Araber. Sie waren die Kanaaniter, die schon zu Abrahams Zeiten ein eigenes Volk gebildet hatten, während die Araber Abkömmlinge Abrahams sind.«

»Ich dachte, die Abkömmlinge Abrahams wären die Juden.«

»Richtig, sie stammen von Isaak ab, der der rechtmäßige Sohn Abrahams und Saras war. Dagegen waren die Araber die Abkömmlinge Ismaels, den Abraham mit Hagar gezeugt hatte. Mein Gott, da fällt mir wieder etwas ein, woran ich schon eine Ewigkeit nicht mehr gedacht habe. Als ich noch ziemlich klein war, hatte mein Vater ständig Streit mit unserem Lebensmittelhändler gleich um die Ecke in der Dean Street, und er nannte ihn immer nur ›diesen ismaelitischen Hund‹. Mein Gott, das war vielleicht eine Type.«

»Lebt Ihr Vater noch?«

»Nein, er ist vor drei Jahren gestorben. Er war schwer zukkerkrank, und irgendwann hat sein Herz nicht mehr mitgemacht. Wenn ich hin und wieder mit mir und meinem Leben ins Hadern komme, denke ich, es hat ihm das Herz gebrochen, was aus seinen Söhnen geworden ist. Er hat gehofft, wir würden Arzt oder Architekt werden. Und was ist aus uns geworden? Ein Trinker und ein Drogenhändler. Aber das war es nicht, was ihn umgebracht hat. Das war seine Krankheit. Er hatte Zucker und zwanzig Kilo Übergewicht. Selbst wenn aus mir und Petey ein zweiter Jonas Salk oder Frank Lloyd Wright geworden wäre, hätte das nichts geholfen.«

***

Gegen sechs hatten wir einen Plan ausgearbeitet, und Kenan machte den ersten in einer Reihe von Anrufen. Er wählte eine Nummer, wartete auf das Signal, tippte seine eigene Nummer ein und legte auf. »Jetzt heißt es erst mal warten«, murmelte er. Aber wir mußten nicht lange warten. Keine fünf Minuten später klingelte das Telefon.

Er sagte: »Hey, Phil, wie geht's? Sehr gut. Die Sache ist folgende: Ich weiß nicht, ob du meine Frau mal kennengelernt hast. Jedenfalls haben wir kürzlich eine Entführungsdrohung bekommen, und deshalb habe ich sie kurz entschlossen ins Ausland geschickt. Ich weiß zwar nicht, wie ernst das Ganze ist, aber ich nehme doch stark an, daß es geschäftliche Gründe hat, wenn du weißt, was ich meine. Nun habe ich folgendes gemacht: Ich habe jemanden auf die Sache angesetzt – jemand, der was davon versteht. Außerdem möchte ich, daß sich das Ganze in der Szene rumspricht; wenn mich nämlich nicht alles täuscht, meinen es diese Leute ernst, das sind eiskalte Killer. Richtig. Ja, genau das ist der Punkt, Mann, wir hocken einfach da und geben prima Zielscheiben ab; jeder weiß, daß wir massenhaft Bargeld zu Hause rumliegen haben und nicht zur Polizei gehen können, damit bieten wir uns geradezu ideal für Einbrüche und alle mögliche andere Scheiße an ... Genau. Alles, was ich damit sagen will, ist: Sei in Zukunft vorsichtig, ja, und halte die Augen und Ohren offen. Und du kannst die Sache auch ruhig ein bißchen rumerzählen – zumindest jedem, von dem du glaubst, daß er davon wissen sollte. Und falls irgendwo die Kacke am Dampfen ist, ruf mich sofort an, ja, Mann?«

Er hängte auf und wandte sich mir zu. »Ich weiß nicht. Wenn überhaupt etwas, dann habe ich ihn bestenfalls in der Meinung bestärkt, daß ich auf meine alten Tage doch noch an Verfolgungswahn zu leiden anfange. ›Warum schickst du sie da gleich ins Ausland? Warum hast du dir keinen Hund zugelegt – oder einen Leibwächter?‹ Weil sie tot ist, du blödes Arschloch, aber das konnte ich ihm natürlich nicht sagen. Wenn das rauskommt, gibt es echt Probleme. Scheiße.«

»Was haben Sie denn plötzlich?«

»Was soll ich Francines Familie erzählen? Jedesmal wenn das Telefon läutet, denke ich, es ist einer ihrer Cousins. Ihre Eltern sind geschieden, und ihre Mutter ist nach Jordanien zurückgegangen. Aber ihr Vater wohnt noch immer in Brooklyn, und sie hat jede Menge Verwandte hier. Was soll ich denen erzählen?«

»Keine Ahnung.«

»Früher oder später werde ich ihnen wohl reinen Wein einschenken müssen. Aber erst mal werde ich ihnen sagen, sie macht eine Kreuzfahrt oder etwas in der Art. Und wissen Sie, was sie denken werden?«

»Daß es in Ihrer Ehe kriselt.«

»Genau. Wir waren doch gerade in Negril. Warum muß sie da schon wieder eine Kreuzfahrt machen? Muß wohl Probleme geben bei den Khourys. Sollen sie meinetwegen denken, was sie wollen. Tatsache ist, zwischen uns ist nie ein böses Wort gefallen, wir hatten nie ernsthaft Streit. Mein Gott.« Er griff nach dem Telefon, wählte eine Nummer und gab beim Signalton seine eigene Nummer ein. Dann legte er auf und trommelte ungeduldig auf die Tischplatte. Als es klingelte, nahm er ab und sagte: »Hey, Mann, wie geht's? Tatsächlich? Ohne Scheiß. Die Sache ist folgende . . .«

5

Ich ging zum Halbneun-Treffen in St. Paul. Unterwegs war mir der Gedanke gekommen, daß ich dort vielleicht Pete Khoury treffen würde, aber er tauchte nicht auf. Nach dem Treffen half ich, die Stühle zusammenzuklappen, und dann ging ich mit ein paar Leuten auf einen Kaffee ins Flame. Allerdings blieb ich nicht lange, weil ich um elf im Poogan's Pub in der West Seventy-second Street sein wollte; das war eines der zwei Lokale, in denen Danny Boy Bell zwischen neun Uhr abends und vier Uhr früh regelmäßig anzutreffen war. Außerhalb dieser Zeit war es dagegen nicht ganz einfach, ihn zu finden.

Sein zweites Stammlokal ist das Mother Goose, ein Jazz-Club in der Amsterdam. Da das Poogan's näher lag, versuchte ich es dort zuerst. Danny Boy saß an seinem Stammplatz im hinteren Teil und unterhielt sich mit einem extrem dunkelhäutigen Schwarzen mit einem spitzen Kinn und einer Knopfnase. Er trug eine von diesen Rundumsonnenbrillen mit Spiegelgläsern und einen ultramarinblauen Anzug mit breiteren Schultern, als Gott oder irgendein Fitness-Center ihm gegeben haben konnten. Auf seinem Kopf saß ein kleiner kakaobrauner Strohhut mit einem Hutband in leuchtendem Flamingorosa.

Ich bestellte mir an der Bar eine Coke und wartete, bis seine Audienz bei Danny Boy zu Ende war. Nach fünf Minuten wand er sich aus seinem Stuhl hoch, klopfte Danny Boy auf die Schulter, lachte herzhaft und verließ das Lokal. In der Zeit, die ich brauchte, um mich umzudrehen und das Wechselgeld vom Tresen zu nehmen, hatte ein Weißer mit schütterem Haarwuchs, struppigem Schnurrbart und mächtigem Bauch seinen Platz eingenommen. Den Schwarzen hatte ich noch nie zuvor gesehen, aber diesen Mann kannte ich. Er hieß Selig Wolf, war Besitzer mehrerer Parkplätze und nahm Wetten für Sportveranstaltungen entgegen. Vor Jahren hatte ich ihn mal wegen Tätlichkeit festgenommen, aber der Mann, der ihn angezeigt hatte, hatte die Anzeige kurz darauf wieder zurückgezogen.

Als schließlich auch Wolf ging, nahm ich meine zweite Coke und setzte mich zu Danny Boy. »Schwer beschäftigt heute abend, was?«

Danny Boy hob die Schultern. »Schon fast so schlimm wie im Zabar's: Nehmen Sie sich eine Nummer und warten Sie. Schön, dich mal wieder zu sehen, Matt. Ich hab dich zwar vorher schon bemerkt, aber ich wollte erst noch die Stunde des Wolfs hinter mich bringen. Du kennst doch Selig.«

»Klar, aber den anderen Typen habe ich noch nie hier gesehen. War das der Schatzmeister der United Negro College Fund oder was?«

»Der menschliche Verstand ist eine Sache, die man auf keinen Fall sinnlos vergeuden sollte«, entgegnete Danny Boy ernst. »Es ist doch sonst nicht deine Art, das zu tun, indem du Leute nach ihrem Aussehen beurteilst. Der Gentleman hatte einen echten Modeklassiker an, Matthew, bekannt auch unter dem Namen Zoot Suit – du weißt schon, mit einem V-Schnitt und

Messerbügelfalte. Mein Vater hatte einen in seinem Schrank hängen, ein Souvenir aus seiner Sturm und Drang-Zeit. Ab und zu holte er das Ding raus und drohte damit, es anzuziehen. Du hättest mal sehen sollen, wie meine Mutter dann die Augen verdreht hat.«

»Kann ich ihr schwerlich verdenken.«

»Er heißt Nicholson James«, klärte mich Danny Boy auf. »Eigentlich sollte es James Nicholson heißen, aber die Namen wurden schon sehr früh auf irgendeinem offiziellen Dokument vertauscht, und er fand, daß es so besser klingt. Paßt ja auch zu seinem vergangenheitsorientierten Geschmack in Sachen Mode. Mr. James ist Zuhälter.«

»Was du nicht sagst? Auf die Idee wäre ich nie gekommen.«

Danny Boy schenkte sich etwas Wodka ein. Was seine Kleidung betraf, setzte er auf unaufdringliche Eleganz, in diesem Fall einen dunklen Maßanzug und eine dunkle Krawatte mit einer auffallend gemusterten rot-schwarzen Weste. Er ist ein extrem kleiner und zierlicher Albino afro-amerikanischer Herkunft – ihn als Schwarzen zu bezeichnen, wäre eindeutig verfehlt, da er alles andere als das ist. Er verbringt die Nächte in Bars und legt allergrößten Wert auf eine gedämpfte Beleuchtung und einen niedrigen Geräuschpegel. Was seine Abneigung gegen Tageslicht betrifft, steht er Dracula in nichts nach; dementsprechend geht er tagsüber normalerweise weder ans Telefon noch empfängt er Besuch. Nachts ist er regelmäßig im Poogan's oder im Mother Goose, wo er den Leuten zuhört und ihnen Dinge sagt.

»Du hast ja Elaine gar nicht dabei«, sagte er.

»Nein, heute abend nicht.«

»Bestell ihr schöne Grüße von mir.«

»Gern. Ich hab dir was mitgebracht, Danny Boy.«

»Ach?«

Diskret drückte ich ihm zwei Hunderter in die Hand. Ohne sie zu öffnen, warf er einen kurzen Blick darauf, und sah dann stirnrunzelnd mich an.

»Ich habe einen betuchten Klienten«, sagte ich. »Er besteht darauf, daß ich mir jedesmal ein Taxi nehme.«

»Willst du, daß ich dir eines rufen lasse?«

»Nein, ich dachte nur, es könnte vielleicht nicht schaden, etwas von seinem Geld in Umlauf zu bringen. Alles, was du in Umlauf bringen sollst, sind ein paar Informationen.«

»Und was sind das für Informationen?«

Ohne Kenan Khourys Namen zu nennen, erzählte ich ihm die offizielle Version der Geschichte. Danny Boy hörte aufmerksam zu und runzelte ein paarmal nachdenklich die Stirn. Als ich geendet hatte, nahm er eine Zigarette heraus, sah sie kurz an und steckte sie wieder in die Packung zurück.

»Da wäre nur eine Frage«, sagte er.

»Ich höre.«

»Die Frau deines Klienten ist also im Ausland und vermutlich in Sicherheit vor den Leuten, die es auf sie abgesehen haben. Deshalb nimmt er an, sie werden sich jemand anderen vorknöpfen.«

»Ja.«

»An sich könnte ihm das doch vollkommen egal sein. Die Vorstellung von einem Drogenhändler, der das Wohl der Allgemeinheit im Auge hat, hat selbstverständlich etwas Bestechendes an sich – wie diese Marijuanapflanzer in Oregon, die Earth First und andere Ökogruppen mit großzügigen anonymen Spenden unterstützen. Nicht, daß ich in meiner Jugend nicht auch für Robin Hood geschwärmt hätte, aber was kümmert es deinen Klienten, wenn irgendwelche böse Buben einem anderen die bessere Hälfte entführen? Sie kassieren ihr Lösegeld und reißen einem seiner Rivalen ein dickes Loch in die Kasse, aber das ist auch schon alles. Oder sie machen Murks und werden abserviert. Ich meine, solange seine Frau nicht davon betroffen ist –«

»Herrgott noch mal, Danny Boy. An der Geschichte war nicht das geringste auszusetzen – bis ich sie dir erzählt habe.«

»Tut mir leid.«

»Seine Frau hat es nicht mehr geschafft, sich ins Ausland abzusetzen. Sie haben sie entführt und umgebracht.«

»Hat er sich quergestellt und das Lösegeld nicht gezahlt?«

»Er hat vierhunderttausend Dollar gezahlt. Trotzdem haben

sie sie umgebracht.« Seine Augen weiteten sich. »Das bleibt selbstverständlich unter uns. Bisher weiß noch niemand, daß sie tot ist, und das sollte auch besser so bleiben.«

»So ist das also. Jetzt leuchtet mir das Ganze gleich wesentlich besser ein. Er möchte es ihnen heimzahlen. Schon eine Ahnung, wer sie sind?«

»Nein.«

»Aber du glaubst, sie werden die gleiche Nummer noch mal abziehen?«

»Warum so eine todsichere Methode nicht noch mal ausprobieren?«

»Klar, warum nicht.« Er schenkte sich etwas Wodka nach. In beiden seiner Stammlokale bringen sie ihm automatisch eine Flasche in einem Eiskübel, und er schluckt ziemliche Mengen davon weg, ohne viel Aufhebens, als ob es Wasser wäre. Es ist mir unerklärlich, wo er das alles hinsteckt oder wie es sein Körper verkraftet.

»Wie viele böse Buben sind es?« wollte er wissen.

»Mindestens drei.«

»Und die teilen nun vier Zehntel einer Million unter sich auf. Könnte sein, daß die jetzt nur noch mit dem Taxi durch die Gegend fahren.«

»Der Gedanke ist mir auch schon gekommen.«

»Wenn also jemand mit offenen Händen Geld zum Fenster hinauswirft, wäre das ein nützlicher Hinweis?«

»Auf jeden Fall.«

»Und die Drogenhändler, vor allem die dicken Fische, sollen gesteckt bekommen, daß sie Opfer einer Entführung werden könnten. Warum sollten sich diese Kerle nicht auch einen Dealer schnappen? Es muß doch nicht unbedingt eine Frau sein.«

»Da bin ich mir nicht so sicher.«

»Warum?«

»Weil ich glaube, daß es ihnen Spaß macht, sie umzubringen. Darauf fahren sie richtig ab. Erst haben sie sie vermutlich sexuell mißbraucht und wahrscheinlich auch gequält, und als der Reiz nachzulassen begann, haben sie sie umgebracht.«

»Hat die Leiche Folterspuren aufgewiesen?«

»Die Leiche kam in zwanzig bis dreißig Stücken zurück – jedes einzeln verpackt. Das bleibt übrigens auch unter uns. Ursprünglich wollte ich das nicht mal dir erzählen.«

»Meinetwegen hättest du dir das auch gern sparen können. Aber mal ganz unter uns, Matthew, bilde ich mir das nur ein, oder wird die Welt tatsächlich von Tag zu Tag schlimmer?«

»Besser wird sie jedenfalls nicht.«

»Das sicher nicht. Wie war das doch gleich mit der Harmonischen Konvergenz, wenn sich alle Planeten wie Soldaten aufreihen? War das nicht angeblich das Signal für den Anbruch eines neuen Zeitalters?«

»Dafür würde ich nicht unbedingt meine Hand ins Feuer legen.«

»Wie heißt es doch so schön? Vor Anbruch der Morgendämmerung ist es immer am dunkelsten. Aber ich weiß, worauf du hinauswillst. Wenn diese Kerle auf Sex und Gewalt stehen, dann werden sie sich vermutlich nicht irgendeinen schäbigen kleinen Drogendealer mit Bierbauch und Dreitagebart unter den Nagel reißen. Und eine schwule Ader haben diese Brüder ja offensichtlich nicht.«

»Nein.«

Er überlegte einen Moment. »Sie *müssen* es einfach noch mal tun. Nach so einem Volltreffer können sie doch unmöglich aufhören. Da wäre höchstens die Frage –«

»Ob sie so was schon mal gemacht haben? Das frage ich mich auch schon die ganze Zeit.«

»Und?«

»Sie sind verdammt raffiniert vorgegangen«, sagte ich. »Wenn mich nicht alles täuscht, haben sie bereits Übung.«

***

Am nächsten Morgen ging ich nach dem Frühstück als erstes zur Polizeistation Midtown North in der West Fifty-fourth. Ich erwischte Joe Durkin hinter seinem Schreibtisch und er erwischte mich unvorbereitet, indem er mir ein Kompliment zu meinem Aussehen machte. »Du ziehst dich seit neuestem besser an«, sagte er. »Da steckt wohl diese Frau dahinter. Elaine?«

»Ja.«

»Sie übt eindeutig einen positiven Einfluß auf dich aus.«

»Das auf jeden Fall. Aber was soll das Ganze eigentlich?«

»Ich hab nur gesagt, daß mir dein Jackett gefällt, mehr nicht.«

»Der Blazer? Der muß mindestens zehn Jahre alt sein.«

»Bisher hast du ihn aber nie getragen.«

»Ich habe das Ding ständig an.«

»Dann liegt's vielleicht an der Krawatte.«

»Was soll daran so Besonderes sein?«

»Meine Güte«, stöhnte Durkin. »Manchmal machst du es einem wirklich nicht leicht. Da sage ich bloß, gut siehst du aus, und ehe ich mich's versehe, befinde ich mich im Zeugenstand. Wir können es natürlich auch so probieren. ›Tag, Matt, lange nicht mehr gesehen. Beschissen siehst du aus. Nimm Platz.‹ Besser so?«

»Viel besser.«

»Na, Gott sei Dank. Setz dich. Was führt dich zu mir?«

»Mich hat plötzlich das unwiderstehliche Bedürfnis überkommen, ein Verbrechen zu begehen.«

»Das kenne ich. Es vergeht kaum ein Tag, an dem es mir nicht genauso geht. Hast du schon ein bestimmtes Verbrechen im Auge?«

»Ja, eines der Kategorie D.«

»Davon gibt's jede Menge. Unerlaubter Besitz von Fälschungswerkzeug fällt zum Beispiel unter Kategorie D, und vermutlich machst du dich gerade eines solchen Vergehens schuldig. Du hast doch sicher einen Kugelschreiber dabei?«

»Sogar zwei. Und einen Bleistift.«

»Vielleicht sollte ich dich besser gleich auf deine Rechte aufmerksam machen und sicherheitshalber schon mal einlochen lassen. Aber ich nehme nicht an, daß du die Sorte von Kategorie D-Vergehen im Sinn hast.«

Ich schüttelte den Kopf. »Ich hatte eigentlich mehr an einen Verstoß gegen Paragraph zweihundert, Absatz null null des Strafgesetzbuchs gedacht.«

»Zweihundert, Absatz null null. Und du willst vermutlich auch, daß ich das nachschlage?«

»Warum nicht?«

Mit einem vielsagenden Blick griff er nach einem schwarzen Loseblattordner und begann darin zu blättern. »Kommt mir irgendwie bekannt vor«, brummte er. »Ach, da haben wir's ja schon. Zweihundert, Absatz null null. Bestechung dritten Grades. Eine Person macht sich einer Bestechung dritten Grades schuldig, wenn sie konferiert, vorschlägt oder sich zu konferieren bereit erklärt, einem Vertreter der Staatsgewalt einen Vorteil zukommen zu lassen, in gegenseitigem Einvernehmen und in der Absicht, die Stimmabgabe, die Meinung, das Urteil, das Handeln, die Entscheidung oder die Schweigepflicht besagten Vertreters der Staatsgewalt in irgendeiner Weise zu beeinflussen. Bestechung dritten Grades ist ein Vergehen der Kategorie D.« Er las noch einen Moment stumm weiter, bevor er sagte: »Willst du nicht vielleicht lieber gegen Paragraph zweihundert Absatz null drei verstoßen?«

»Was ist das?«

»Das ist Bestechung zweiten Grades. Im Prinzip ist es dasselbe wie zuvor, bloß daß es unter Kategorie C fällt. Um für Bestechung zweiten Grades in Frage zu kommen, muß der Vorteil, den man dem Vertreter der Staatsgewalt konferiert, anbietet oder sich zu konferieren bereit erklärt, mehr als zehntausend Dollar betragen.«

»Tut mir leid«, winkte ich ab. »Mit Kategorie D sind meine Möglichkeiten ausgeschöpft.«

»Habe ich mir fast gedacht. Dürfte ich dich vielleicht was fragen, bevor du dein Kategorie D-Vergehen begehst? Wie lange bist du schon nicht mehr bei der Polizei?«

»Schon eine ganze Weile.«

»Wie kommt es dann, daß du dich noch an die Kategorie eines Vergehen erinnern kannst, von der Nummer des Paragraphen erst gar nicht zu reden?«

»Für so was hatte ich immer schon ein gutes Gedächtnis.«

»Von wegen. In der Zwischenzeit haben sie die Paragraphen völlig neu durchnumeriert und den Inhalt dieser Schwarte zur Hälfte geändert. Ich möchte bloß wissen, woher du die Nummer hast.«

»Willst du das wirklich wissen?«

»Ja.«

»Ich hab sie auf dem Weg hier rauf in Andreottis Schwarte nachgeschlagen.«

»Und das alles nur, um mich in die Pfanne zu hauen?«

»Nur, um dich auf Trab zu halten.«

»Du hattest also nur mein Bestes im Sinn.«

»Wie konntest du je etwas anderes von mir annehmen?« Ich hatte mir schon zuvor einen Schein in die Jackentasche gesteckt. Den ich ihm nun in die Tasche schob, in der er seine Zigaretten hat, wenn er nicht gerade wieder mal mit dem Rauchen aufzuhören versucht und die Zigaretten anderer qualmt. »Kauf dir einen Anzug«, sagte ich.

Da wir allein waren, nahm er den Schein heraus und sah ihn an. »Was das betrifft, mußt du erst mal deine Terminologie auf den neuesten Stand bringen. Ein Hut ist fünfundzwanzig Dollar, ein Anzug hundert. Was heutzutage ein anständiger Hut kostet, weiß ich nicht – ist schon eine Ewigkeit her, daß ich mir einen gekauft habe. Aber ich weiß beim besten Willen nicht, wo du heute für hundert Dollar noch einen Anzug bekommen willst, wenn nicht gerade einen von der allerbilligsten Sorte. Heute heißt das: ›Da hast du einen Hunderter. Geh mal mit deiner Frau gemütlich essen.‹ Wozu das Ganze übrigens?«

»Ich muß dich um einen Gefallen bitten.«

»Aha.«

»Ich habe da mal von einem Fall gelesen. Muß mindestens sechs Monate zurückliegen, maximal ein Jahr. Zwei Kerle schnappen sich auf offener Straße eine Frau und schaffen sie in einem Lieferwagen weg. Ein paar Tage später taucht sie in einem Park wieder auf.«

»Tot, nehme ich an.«

»Tot.«

»›Die Polizei geht von einem Verbrechen aus.‹ Kann nicht behaupten, daß mir das irgendwie bekannt vorkommt. War vermutlich keiner unserer Fälle, oder?«

»Es ist nicht mal in Manhattan passiert. Wenn ich mich recht entsinne, tauchte sie auf einem Golfplatz in Queens auf. Genausogut könnte es aber auch in Brooklyn gewesen sein. Damals habe ich mich nicht weiter für die Geschichte interessiert, nur eine Meldung, die mir bei einer zweiten Tasse Kaffee unterkam.«

»Und was willst du jetzt?«

»Ich würde gern mein Gedächtnis auffrischen.«

Er sah mich an. »Dir scheint neuerdings das Geld ziemlich locker in der Tasche zu sitzen. Warum die großzügige Kleiderspende, wo du doch bloß in die nächste Stadtbibliothek gehen und im *Times Index* nachschlagen müßtest?«

»Unter was? Ich weiß weder wo noch wann es passiert ist, und auch die Namen kenne ich nicht. Ich müßte jede Ausgabe vom letzten Jahr durchgehen, und außerdem weiß ich nicht mal mehr, in welcher Zeitung ich davon gelesen habe. Vielleicht stand es gar nicht in der *Times.*«

»Da wäre es in jedem Fall einfacher, wenn ich mich kurz hinters Telefon klemmen würde.«

»Das dachte ich auch.«

»Warum vertrittst du dir inzwischen nicht ein bißchen die Füße? Trink eine Tasse Kaffee und sieh zu, daß du bei dem Griechen in der Eigth Avenue einen Tisch kriegst. In etwa einer Stunde komme ich dort auf einen Kaffee und ein Sandwich vorbei.«

Vierzig Minuten später kam er an meinen Tisch in dem Coffee Shop in der Eighth, Ecke Fifty-third. »Es war vor etwas mehr als einem Jahr«, legte er sofort los. »Sie hieß Marie Gotteskind. Hört sich irgendwie deutsch an. Heißt das ›Gott ist gütig‹?*«

»Soviel ich weiß, heißt es ›Kind Gottes‹.«

»Das paßt schon eher, weil es der liebe Gott nämlich gar nicht gut gemeint hat mit Marie. Sie wurde am hellichten Tag beim Einkaufen auf der Jamaica Avenue in Woodhaven entführt. Zwei Männer sind in einem Lieferwagen mit ihr weggefahren, und drei Tage später haben ein paar Jugendliche auf dem Forest Park Golfplatz ihre Leiche entdeckt. Vergewaltigt,

* (im Englischen heißt *kind* gütig; Anm. d. Übs.)

mit zahlreichen Stichwunden. Ursprünglich haben sie den Fall in Hundertvier übernommen, aber sobald sie sie identifiziert hatten, mußten sie ihn an Hundertzwölf abgeben – weil dort die Entführung stattgefunden hat.«

»Ist bei der Sache etwas rausgekommen?«

Er schüttelte den Kopf. »Der Typ, mit dem ich telefoniert habe, konnte sich noch ziemlich gut an den Fall erinnern. Die Sache ging den Bewohnern des Viertels ein paar Wochen lang ziemlich an die Nieren. Eine anständige Frau geht die Straße runter, zwei Kerle zerren sie in einen Wagen, einfach wie aus heiterem Himmel, wenn du verstehst, was ich meine. Wenn der so was passieren kann, kann es jedem passieren. Man ist nicht mal mehr in seinen eigenen vier Wänden seines Lebens sicher. Die Leute hatten Angst, es könnte zu mehr solchen Zwischenfällen kommen, du kennst das ja mit dieser Angst vor Serienmorden und dazu noch diese Vergewaltigungsgeschichte. Was war das doch gleich wieder für ein Fall in L. A., den sie zum Gegenstand einer Fernsehserie gemacht haben?«

»Keine Ahnung.«

»Zwei Italiener, Cousins, glaube ich. Sie hatten sich auf Nutten spezialisiert und ließen sie anschließend einfach irgendwo oben in den Hügeln liegen. Der Hügelwürger, so hießen sie in der Presse. Eigentlich hätte es *die* Hügelwürger heißen müssen, aber vermutlich haben ihnen die Medien den Namen verpaßt, bevor sie wußten, daß es zwei waren.«

»Wir waren doch bei dieser Frau in Woodhaven«, führte ich ihn zum Thema zurück.

»Ach ja. Sie hatten Angst, sie könnte die erste in einer Serie von Morden sein, aber dann passierte nichts mehr, und die Leute beruhigten sich wieder. Sie gehen der Sache noch immer nach, aber bisher ist nichts dabei herausgekommen. Inzwischen ist der Fall zu den Akten gelegt, und sie rechnen sich nur noch eine Chance aus, wenn die Kerle ein zweites Mal zuschlagen. Deshalb wollte er auch gleich wissen, ob wir irgendwas haben, was damit in Zusammenhang steht. Haben wir das?«

»Nein. Was hat der Mann der Frau unternommen? Weißt du das zufällig?«

»Soviel ich weiß, war sie nicht verheiratet. Ich glaube, sie war Lehrerin. Warum fragst du?«

»Hat sie allein gelebt?«

»Ist das denn so wichtig?«

»Ich würde zu gern die Akte mal sehen, Joe.«

»Würdest du gern, hm? Warum fährst du nicht einfach zum Hundertzwölften raus und läßt sie dir zeigen?«

»Ich glaube nicht, daß sie das täten.«

»So, glaubst du nicht? Du meinst also, es gibt in New York auch ein paar Polizisten, die sich kein Bein ausreißen, um einem Privaten einen kleinen Gefallen zu tun? Ich muß schon sagen, ich bin entsetzt.«

»Du tätest mir damit einen Riesengefallen.«

»Ein paar Anrufe sind eine Sache«, meinte er. »Dabei verstoße ich ebensowenig gegen die Vorschriften wie der Kollege am anderen Ende der Leitung. Aber was du jetzt willst, ist Einsichtnahme in vertrauliche Unterlagen. Diese Akte dürfte das Stationsgebäude eigentlich nicht verlassen.«

»Das verlangt ja auch niemand. Es dauert höchstens fünf Minuten, sie durchzufaxen.«

»Du willst die ganze Akte? Hör mal, dabei handelt es sich um Ermittlungen in einem Mordfall; das sind mindestens zwanzig, wenn nicht dreißig Seiten.«

»Die Faxgebühren werdet ihr euch wohl noch leisten können.«

»Na, ich weiß nicht«, brummte Durkin. »Der Bürgermeister liegt uns ständig in den Ohren, daß die Stadt vor der Pleite steht. Was interessiert dich eigentlich an der Sache so sehr?«

»Das kann ich nicht sagen.«

»Jetzt hör aber mal, Matt. Findest du nicht auch, daß unser Informationsaustausch etwas arg einseitig verläuft?«

»Die Sache ist streng vertraulich.«

»Was du nicht sagst? Die Sache ist also streng vertraulich, aber unsere Akten sollen für jedermann zur Einsicht offenliegen, oder wie hast du dir das gedacht?« Er steckte sich eine Zigarette an und begann zu husten. »Das Ganze hat nicht zufällig etwas mit deinem Freund zu tun?«

»Mit welchem Freund?«

»Na, mit Ballou natürlich. Steckt er dahinter?«

»Selbstverständlich nicht.«

»Bist du da auch ganz sicher?«

»Er ist im Ausland. Er ist schon über einen Monat verreist, und ich weiß nicht, wann er wieder zurückkommt. Außerdem vergewaltigt er keine Frauen und läßt sie auf dem Fairway liegen.«

»Ich weiß, er ist ein Gentleman der alten Schule, der auch jedes rausgeschlagene Rasenstück wieder festtritt. Nur zu deiner Information: Sie leiern gerade einen RICO-Fall gegen ihn an, aber das weißt du vermutlich schon.«

»Etwas in der Richtung ist mir zu Ohren gekommen.«

»Ich hoffe nur, daß sie damit durchkommen und ihn für die nächsten zwanzig Jahre aus dem Verkehr ziehen. Aber darüber denkst du vermutlich anders.«

»Er ist ein Freund von mir.«

»Das habe ich gehört.«

»Ganz unabhängig davon: Er hat nichts mit dieser Sache zu tun.« Als mich Durkin nur wortlos ansah, fuhr ich fort: »Ich habe einen Klienten, dessen Frau verschwunden ist. Die Begleitumstände weisen auffallende Ähnlichkeiten mit der Geschichte in Woodhaven auf.«

»Wurde sie auch entführt?«

»So sieht es zumindest aus.«

»Hat er den Vorfall gemeldet?«

»Nein.«

»Warum nicht?«

»Er wird schon seine Gründe gehabt haben.«

»Da mußt du dir schon was Besseres einfallen lassen, Matt.«

»Was wäre zum Beispiel, wenn er illegal hier ist?«

»Matt, ich bitte dich. Die halbe Stadt ist illegal hier. Glaubst du im Ernst, wir lösen einen Entführungsfall und haben hinterher nichts Besseres zu tun, als den Betroffenen bei der Einwanderungsbehörde hinzuhängen? Was soll das überhaupt wieder für eine Type sein? Hat nicht mal eine Green

Card, aber genügend Geld, um einen Privatdetektiv anzuheuern? So jemand kann eigentlich nur Dreck am Stecken haben.«

»Du mußt es ja wissen.«

»Ich muß es ja wissen, hm?« Er drückte seine Zigarette aus und sah mich stirnrunzelnd an. »Ist die Frau tot?«

»Darauf deutet immer mehr hin. Wenn es dieselben Leute sind –«

»Na schön, aber warum sollten es dieselben sein. Wo ist die Verbindung, irgendwelche Parallelen in ihren Arbeitsmethoden?«

Als ich darauf nichts erwiderte, griff er nach der Rechnung, schaute kurz darauf und warf sie mir über den Tisch zu. »Hier«, knurrte er. »Heute bist du dran. Bist du immer noch unter deiner alten Nummer zu erreichen? Ich ruf dich heute nachmittag an.«

»Danke, Joe.«

»Du brauchst dich nicht zu bedanken. Erst mal werde ich mich erkundigen, ob das Ganze später mal auf mich zurückfallen kann. Wenn nicht, mache ich den Anruf. Ansonsten kannst du das Ganze vergessen.«

***

Ich nahm an einem Mittagstreffen in Fireside teil. Anschließend ging ich ins Hotel zurück. Durkin hatte noch nichts von sich hören lassen, aber der Portier gab mir einen Zettel, auf dem stand, daß TJ angerufen hatte. Sonst nichts – keine Nummer, keine weitere Mitteilung. Ich zerknüllte den Zettel und warf ihn zum Abfall.

TJ ist ein junger Schwarzer, den ich vor etwa anderthalb Jahren am Times Square kennengelernt habe. TJ ist sein Straßenname, und wenn er sonst noch einen Namen hat, hat er ihn mir bisher nicht gesagt. Ich fand ihn spritzig, frech und unverschämt, ein Hauch von frischer Luft im muffigen Sumpf der Forty-second Street, und irgendwie hatten wir spontan einen Draht zueinander gefunden. Etwas später hatte ich ihn in einem Fall, der im Times Square-Milieu spielte, für mich arbeiten lassen, und seitdem meldet er sich immer wieder mal bei mir. Alle paar Wochen gingen einer oder mehrere Anrufe von ihm ein. Da er nie eine Nummer hinterließ, hatte ich keine Möglichkeit, ihn zu erreichen. Seine Anrufe waren also nur seine Art, mich wissen zu lassen, daß er gerade an mich dachte. Wenn er wirklich etwas von mir wollte, rief er so lange an, bis er mich schließlich zu Hause erwischte.

Wenn das der Fall war, unterhielten wir uns manchmal, bis sein Quarter aufgebraucht war, und manchmal trafen wir uns bei ihm oder mir in der Nähe, und ich lud ihn zum Essen ein. Schon zweimal hatte ich ihm in Verbindung mit meinen Fällen kleinere Jobs zugeschanzt, und die schienen ihm mehr Spaß gemacht zu haben, als sich allein durch den kleinen Nebenverdienst hätte erklären lassen, der dabei für ihn heraussprang.

Ich ging auf mein Zimmer und rief Elaine an. »Danny Boy läßt dich schön grüßen«, sagte ich. »Und Joe Durkin findet, daß du einen positiven Einfluß auf mich ausübst.«

»Auf jeden Fall. Aber woher will er das wissen?«

»Er meint, ich wäre besser angezogen, seit wir uns kennen.«

»Ich habe dir doch gesagt, daß dir dein neuer Anzug ganz hervorragend steht.«

»Den hatte ich aber gar nicht an.«

»Ach so.«

»Ich hatte meinen alten Blazer an. Muß schon eine Ewigkeit her sein, daß ich ihn gekauft habe.«

»Trotzdem sieht er noch gut aus. Und dazu eine graue Hose? Welches Hemd und welche Krawatte?« Als ich es ihr sagte, meinte sie: »Ist doch eine tolle Kombination.«

»Aber ein bißchen langweilig. Erst gestern abend habe ich jemanden in einem Zoot Suit gesehen.«

»Ehrlich?«

»Mit V-Schnitt und Messerbügelfalte – hat zumindest Danny Boy gesagt.«

»Aber den Zoot Suit hatte nicht Danny Boy an.«

»Nein, ein Bekannter von ihm – wie hieß er doch gleich wieder? Ist ja auch egal. Jedenfalls hatte er auch einen Strohhut mit einem rosa Hutband auf. Wenn ich vielleicht so bei Durkin angetanzt wäre –«

»Wäre er bestimmt tief beeindruckt gewesen. Vielleicht liegt es auch an deiner Haltung, Liebling, an deinem Auftreten, vielleicht war es das, was Durkin aufgefallen ist. Du trägst deine Kleider einfach mit mehr Überzeugung.«

»Weil mein Herz rein ist.«

»Das muß es wohl sein.«

So flachsten wir noch eine Weile weiter. Sie hatte Kurs an diesem Abend, und wir überlegten, ob wir uns danach treffen sollten, entschieden uns dann aber dagegen. »Lieber morgen«, sagte sie. »Hast du Lust, ins Kino zu gehen? Das heißt, am Wochenende gehe ich eigentlich nur sehr ungern; jeder halbwegs vernünftige Film ist ausverkauft. Aber wir könnten auch in eine Nachmittagsvorstellung gehen und anschließend abendessen – vorausgesetzt, du mußt nicht arbeiten.« Ich sagte, daß ich das eine gute Idee fand.

Kaum hatte ich aufgehängt, riefen sie von der Rezeption unten an, daß ein Anruf für mich eingegangen war, während ich mit Elaine telefoniert hatte. Sie haben das Telefonsystem schon mehrere Male geändert, seit ich im Northwestern wohne. Ursprünglich liefen alle Anrufe über die Rezeption. Dann richteten sie es so ein, daß man direkt nach draußen wählen konnte, während die eingehenden Anrufe weiterhin über die Rezeption liefen. Inzwischen habe ich einen eigenen Anschluß, mit dem ich direkt anrufen und angerufen werden kann, aber wenn ich nach dem vierten Läuten nicht abhebe, wird der Anruf automatisch an die Rezeption durchgestellt. Auf diese Weise bekomme ich von NYNEX meine eigene Telefonrechnung, ohne daß mir das Hotel zusätzlich etwas berechnet, und genieße darüber hinaus die Vorteile eines kostenlosen Auftragsdiensts.

Der Anruf war von Durkin gewesen, und ich rief ihn unverzüglich zurück. »Du hast hier was vergessen«, sagte er. »Willst du es abholen, oder soll ich es wegwerfen?«

Ich sagte, daß ich gleich vorbeikommen würde.

Er telefonierte gerade, als ich den Bereitschaftsraum betrat. Sein Stuhl war gefährlich weit nach hinten gekippt, und er rauchte eine Zigarette, während eine zweite im Aschenbecher vor sich hin qualmte. An dem Schreibtisch neben seinem starrte ein Detektiv namens Bellamy über den Rand seiner Brille hinweg auf den Bildschirm seines Computers.

Durkin hielt das Mundstück des Hörers zu und sagte: »Ich glaube, der Umschlag dort gehört dir. Steht jedenfalls dein Name drauf. Du hast ihn vergessen, als du vorhin hier warst.« Ohne meine Antwort abzuwarten, telefonierte er weiter. Ich griff über seine Schulter nach einem braunen DIN A4-Umschlag mit meinem Namen drauf. Hinter mir schnauzte Bellamy den Computer an: »Also, wer soll da bloß wieder draus schlau werden?«

Dem konnte ich mich nur anschließen.

6

Zurück im Hotel, breitete ich einen Packen sich aufrollender Faxe auf meinem Bett aus. Offensichtlich hatten sie die ganze Akte durchgefaxt, insgesamt sechsunddreißig Seiten. Auf einigen standen nur ein paar Zeilen, andere waren vollgepackt mit Informationen.

Während ich sie durchlas, wurde mir bewußt, wie sehr sich inzwischen die Arbeitsbedingungen geändert hatten. Als ich bei der Polizei war, hatte es noch keine Kopierer, geschweige denn Faxgeräte gegeben. Hätte ich damals in die Marie-Gotteskind-Akte Einsicht nehmen wollen, hätte ich nach Queens hinausfahren und sie mir an Ort und Stelle ansehen müssen, und das unter den argwöhnischen Blicken eines ungeduldigen Kollegen, der einen ständig zur Eile drängte.

Heutzutage schiebt man die gewünschten Dokumente einfach in ein Faxgerät, und wie durch ein Wunder kommen sie fünf oder zehn Meilen weiter wieder heraus – oder auch am anderen Ende der Welt, wenn es sein muß. Die Originalunterlagen mußten die Polizeistation, in der sie aufbewahrt wurden, nie verlassen, und niemand, der dazu nicht autorisiert war, bekam sie zu sehen; folglich hatte auch niemand Grund, sich wegen eines Verstoßes gegen die Sicherheitsbestimmungen aufzuregen. Und ich konnte mich in aller Ruhe in die Gotteskind-Akte vertiefen.

Das kam mir in diesem Fall sehr gelegen, weil ich noch keine klare Vorstellung hatte, wonach ich eigentlich suchte. Was sich allerdings nicht geändert hat, seit ich die Ausbildung an der Polizeiakademie gemacht habe, sind die Unmengen von Papierkram, die bei der Polizei anfallen. Ganz gleich, welcher Abteilung man angehört, man verbringt nicht annähernd so viel Zeit damit, etwas zu tun, wie man damit verbringt, schriftlich festzuhalten, was man getan hat. Zum Teil ist es der übliche bürokratische Leerlauf, zum Teil dient es dem Zweck, sich gegen alle Eventualitäten abzusichern, aber zum Großteil ist es wahrscheinlich unvermeidlich. Die Polizeiarbeit ist nun mal eine Gemeinschaftstätigkeit, und selbst die simpelsten Ermittlungen basieren auf der Zusammenarbeit einer Vielzahl von Personen, und wenn nicht alles irgendwo schriftlich festgehalten wird, kann sich niemand einen Überblick darüber verschaffen und seine Schlüsse ziehen, worauf das Ganze hinausläuft.

Ich las die Akte von Anfang bis Ende, und als ich durch war, blätterte ich zurück und nahm mir verschiedene Abschnitte ein zweites Mal vor. Was mir schon sehr bald auffiel, war die frappierende Ähnlichkeit zwischen den Entführungen von Marie Gotteskind und Francine Khoury. Ich notierte mir folgende Übereinstimmungen:

1. Beide Frauen wurden in einer belebten Geschäftsstraße entführt.

2. Beide Frauen hatten in der Nähe ihren Wagen abgestellt und waren zu Fuß einkaufen gegangen.

3. Beide Frauen wurden von zwei Männern entführt.

4. Diese Männer wurden in beiden Fällen als gleich groß und schwer sowie als gleich gekleidet beschrieben. Die Gotteskind-Entführer hatten khakifarbene Hosen und marineblaue Windjacken getragen.

5. Beide Frauen wurden in Lieferwagen entführt. In Woodhaven benutzten die Entführer laut Aussage verschiedener Augenzeugen einen hellblauen Kombi. Ein Zeuge hatte ihn als

einen Ford identifiziert und sich einen Teil der Autonummer gemerkt, was jedoch zu nichts geführt hatte.

6. Mehrere Zeugen hatten übereinstimmend erklärt, daß der Kombi den Namenszug einer Installationsfirma trug. Was jedoch dessen genauen Wortlaut betraf, variierten die Angaben zwischen PJ Gas-Wasser-Installation bis zu B & J Gas-Wasser-Heizung. Darunter stand KUNDENDIENST UND VERKAUF. Eine Adresse war nicht angegeben, aber mehrere Zeugen hatten eine Telefonnummer gesehen, die sich jedoch niemand gemerkt hatte. Trotz intensiver Nachforschungen war es nicht gelungen, den Wagen mit einer der zahlreichen Installationsfirmen in diesem Stadtteil in Verbindung zu bringen. Daraus schloß die Polizei, daß sowohl der Firmenname als auch das Kfz-Kennzeichen falsch waren.

7. Marie Gotteskind war achtundzwanzig Jahre alt und arbeitete an verschiedenen New Yorker Grundschulen als Aushilfslehrerin. Drei Tage lang, einschließlich des Tages ihrer Entführung, war sie für die kranke Lehrerin einer vierten Klasse in Ridgewood eingesprungen. Sie war etwa so groß und schwer wie Francine Khoury, hatte aber im Gegensatz zu dieser blondes Haar und helle Haut. Mit Ausnahme der Aufnahmen vom Tatort im Forest Park enthielt die Akte kein Foto von ihr, aber laut Aussage mehrerer Bekannter hatte sie sehr gut ausgesehen.

Es gab auch Unterschiede. Marie Gotteskind war nicht verheiratet gewesen. Sie hatte sich ein paarmal mit einem Lehrer getroffen, den sie während eines Einsatzes an einer anderen Schule kennengelernt hatte. Die Sache verlief sich jedoch bald wieder im Sand, und sein Alibi für den Zeitpunkt ihres Todes war unanfechtbar.

Marie hatte bei ihren Eltern gewohnt. Ihr Vater, ein Leitungsschlosser, der wegen eines Arbeitsunfalls frühzeitig pensioniert worden war, betrieb in seiner Wohnung einen kleinen Postversand. Ihre Mutter half ihm dabei und erledigte zusätzlich für eine Reihe kleiner Betriebe in der Nachbarschaft die Buchführung. Weder im Fall Maries noch ihrer Eltern ließ sich irgendeine Verbindug zu Drogenkreisen feststellen. Ebensowenig waren sie Araber oder Phönizier.

Selbstverständlich hatte man eine gründliche Obduktion vorgenommen, die zu einer Reihe interessanter Erkenntnisse geführt hatte. Die Todesursache waren zahlreiche Stichwunden, die ihr in Brust und Bauch beigebracht wurden und von denen zum Teil schon einzelne allein tödlich gewesen wären. Es gab Hinweise auf wiederholten sexuellen Mißbrauch, darunter Spermaspuren in Anus, Vagina und Mundhöhle sowie in einer der Stichwunden. Die gerichtsmedizinischen Untersuchungen ergaben, daß ihr die Verletzungen mit mindestens zwei verschiedenen Messern beigebracht worden waren und daß es sich dabei aller Wahrscheinlichkeit nach um Küchenmesser gehandelt hatte, von denen eines eine längere und breitere Klinge hatte als das andere. Eine Analyse der Spermaspuren deutete darauf hin, daß sich mindestens zwei Männer an ihr vergangen hatten. Neben den Stichwunden wies die Leiche zahlreiche Blutergüsse auf, die darauf hindeuteten, daß das Opfer auch geschlagen worden war.

Schließlich, und darauf war ich erst beim zweiten Lesen gestoßen, fand sich im Obduktionsbefund auch noch der Hinweis, daß Daumen und Zeigefinger der linken Hand des Opfers abgetrennt worden waren. Ersterer hatte in ihrem Rectum, letzterer in ihrer Vagina gesteckt.

Wirklich reizend.

***

Das Aktenstudium hatte eine lähmende, abstumpfende Wirkung auf mich. Vermutlich war das der Grund, weshalb ich die Sache mit den zwei Fingern beim ersten Lesen übersehen hatte. Die Beschreibung der Verletzungen der jungen Frau und das Bild, das sie von ihren letzten Stunden heraufbeschworen, gingen weit über das hinaus, was man sich als normal veranlagter Mensch zumuten wollte. In anderen Eintragungen der Akte, Auszügen aus Gesprächen mit den Eltern und Kollegen, war ein anschauliches Bild der lebenden Marie Gotteskind gezeichnet worden, und dann kam plötzlich dieser Obduktionsbefund und machte aus dieser jungen Frau einen gräßlich entstellten Klumpen Fleisch.

Ich saß da, ausgelaugt und erschöpft von meiner Lektüre, da klingelte das Telefon. Ich nahm ab, und eine Stimme, die ich kannte, sagte: »Na, was liegt an, Mann?«

»Hey, TJ.«

»Was treibst du so? Nicht gerade einfach, dich zu erwischen, Mann. Bist wohl ständig auf Achse.«

»Ich habe deine Nachrichten erhalten, aber du hast keine Nummer hinterlassen.«

»Ich habe keine Nummer. Wenn ich n Dealer wäre, hätte ich vielleicht so n Piepser. Wär dir das vielleicht lieber?«

»Wenn du ein Dealer wärst, hättest du ein Funktelefon.«

»Aber klare Sache, Mann. So nen großen Schlitten mit einem Telefon drin, un ich würde die ganze Zeit da drin hocken, große Gedanken denken un große Sachen machen. Trotzdem, Mann, du bist wirklich verdammt schwer zu erreichen.«

»Hast du mehr als einmal angerufen, TJ? Ich hab nur eine Nachricht bekommen.«

»Weißt du, manchmal is's mir einfach schade um den Quarter.«

»Wie meinst du das?«

»Na ja, ich hab inzwischen raus, wie dein Telefon funktioniert. So ähnlich wie diese Anrufbeantworter; die schalten sich meistens nach dem dritten oder vierten Läuten ein. Wie der Typ im Hotel; der läßt es auch erst viermal läuten, bevor er drangeht. Un nachdem du bloß ein Zimmer hast, schaffst du es mit dreimal Klingeln zum Telefon, wenn du nicht gerade aufm Klo hockst oder sonst was.«

»Deshalb hängst du nach dem dritten Läuten auf.«

»Un krieg mein Geld wieder zurück – wenn ich dir keine Nachricht hinterlassen will. Warum soll ich dir schließlich noch mal eine hinterlassen, wenn du sowieso schon eine gekriegt hast? Du kommst nach Hause, un da wartet ein ganzer Stapel Nachrichten auf dich, da denkst du doch: ›Mann, dieser Irre von TJ muß wohl ne Parkuhr geknackt haben. Hat jede Menge Quarter un weiß nicht, was er damit anfangen soll.‹ «

Ich lachte.

»Du arbeitest also.«

»Erraten.«

»Großes Ding?«

»Ziemlich groß.«

»Springt was für TJ dabei raus?«

»Wie es bisher aussieht, nicht.«

»Dann mußt du eben besser hinschauen, Mann. Irgendwas muß es doch geben, was ich tun kann – irgendwie muß die Knete schließlich wieder reinkommen, die ich verheize, um dich anzurufen. Was isn das überhaupt fürn Job? Hoffentlich nicht du allein gegen die Mafia?«

»Gott sei Dank nicht.«

»Froh das zu hören, Mann. Diese Typen sind gar nicht nett, Ted. Hast *Goodfellas* gesehen? Mann, echt hart drauf, die Typen. O Scheiße, mein Quarter geht gleich zu Ende.«

Eine auf Band gesprochene Stimme schaltete sich ein und verlangte fünf Cents für jede weitere Minute Sprechzeit. Ich sagte: »Gib mir die Nummer durch. Ich rufe dich zurück.«

»Geht nicht.«

»Die Nummer der Zelle, von der du anrufst.«

»Hat keine mehr. Haben von allen Zellen die Nummern abgemacht, damit sich die Kleindealer nicht zurückrufen lassen können. Aber kein Problem. Hab genügend Kleingeld.« Als er eine Münze einwarf, kam ein Glockenton. »Die Dealer, die haben bestimmte Zellen, von denen sie die Nummer wissen, auch wenn's nirgendwo draufsteht. Hat sich also nichts geändert. Bloß wenn jemand wie du jemanden wie mich zurückrufen will, is 's Essig.«

»Tolles System.«

»Klar. Cool, Mann. Wir telefonieren ja noch, oder nicht? Keiner kann uns davon abhalten zu tun, was wir tun wollen. Sie zwingen uns nur, uns was einfallen zu lassen.«

»Indem du noch einen Quarter reinschmeißt?«

»Genau, Matt. Die geistigen Reserven anzapfen. Das ist es doch, was man ›sich was einfallen lassen‹ nennt.«

»Wo bist du morgen, TJ?«

»Wo ich morgen bin? Keine Ahnung. Vielleicht fliege ich mit der Concorde nach Paris. Muß ich mir erst noch überlegen.«

Mir fiel ein, daß ich ihm mein Ticket nach Irland hätte schenken können, aber es war ziemlich unwahrscheinlich, daß er einen Paß hatte. Für genausowenig wahrscheinlich hielt ich es, daß Irland das Richtige für ihn war oder er für Irland. »Wo ich sein werde?« maulte er. »Auf der Scheiß-Deuce, wo denn sonst?«

»Ich dachte nur, ob wir vielleicht essen gehen könnten.«

»Wann?«

»Keine Ahnung. Gegen zwölf, halb eins?«

»Was nun?«

»Halb eins.«

»Halb eins mittags oder halb eins nachts?«

»Mittags. Ich habe eigentlich an ein Mittagessen gedacht.«

»Es gibt keine Tages- und Nachtzeit, an der man nicht mittagessen kann. Soll ich dich im Hotel abholen?«

»Nein. Es kann nämlich sein, daß ich kurzfristig absagen muß, und dann könnte ich dir nicht rechtzeitig Bescheid geben. Sag mir deshalb lieber ein Lokal in der Deuce, und wenn ich nicht auftauche, versuchen wir's eben ein andermal.«

»Das is' cool. Kennst du die Video-Arkade? Auf der Uptownseite; zwei, drei Häuser von der Eigth Avenue? Gleich daneben ist dieser Laden mit den Klappmessern im Schaufenster. Mann, ich weiß wirklich nicht, wie die damit durchkommen –«

»Sie verkaufen sie als Bausatz.«

»Un gleichzeitig ist das Ganze so ne Art Intelligenztest. Wenn dus nicht schaffst, son Ding zusammenzubauen, kommst du wieder in die erste Klasse un mußt von vorn anfangen. Du kennst den Laden, den ich meine.«

»Klar.«

»Daneben is der Eingang zur U-Bahn, un bevor du die Treppe runter gehst, is der Eingang zur Video-Arkade. Weißt wo?«

»Hört sich an, als müßte es zu finden sein.«

»Also um halb eins?«

»Ist gut, Ruth.«

»Hey«, sagte er. »Weißt was? Du kommst ja noch auf den Trichter.«

***

Nach dem Gespräch mit TJ fühlte ich mich gleich wieder etwas besser. Diese Wirkung hat er fast immer auf mich. Ich notierte mir unsere Verabredung zum Mittagessen und nahm mir die Gotteskind-Akte wieder vor.

Es waren dieselben Täter. Anders konnte es gar nicht sein. Die Übereinstimmungen waren zu offensichtlich, um zufällig zu sein, und die Amputation von Daumen und Zeigefinger sah ganz nach einer Probe für das wesentlich umfangreichere Gemetzel aus, das sie mit Francine Khoury veranstaltet hatten.

Aber was hatten sie in der Zwischenzeit getan? Winterschlaf gehalten? Sich ein Jahr lang irgendwo verkrochen? Das hielt ich für ziemlich unwahrscheinlich. Gewalt in Verbindung mit Sex – Serienvergewaltigungen, Lustmorde – scheint süchtig zu machen, wie jede starke Droge, die einen vorübergehend aus dem Gefängnis seines Ich befreit. Marie Gotteskinds Mörder hatten eine perfekt orchestrierte Entführung veranstaltet, die sie ein Jahr später mit geringfügigen Abänderungen und, nicht zu vergessen, mit ganz massiven Profitinteressen noch mal durchgezogen hatten. Warum hatten sie so lange gewartet? Was hatten sie in der Zwischenzeit gemacht? Gab es möglicherweise eine Reihe anderer Entführungen, die nur niemand mit dem Fall Gotteskind in Verbindung gebracht hatte? Das war durchaus möglich. Die durchschnittliche Mordrate in den fünf Boroughs liegt inzwischen über sieben pro Tag, und die meisten davon finden in den Medien kaum mehr nennenswerte Beachtung. Wenn allerdings ein paar Kerle auf offener Straße vor mehreren Augenzeugen eine Frau entführen, kommt das in die Zeitung. Und wenn auf irgendeinem Polizeirevier eine Akte zu einem ungeklärten ähnlichen Fall herumliegt, dann wird in der Regel jemand hellhörig und zieht seine Schlüsse.

Andererseits war Francine Khoury unter den Augen mehrerer Zeugen auf offener Straße entführt worden, und trotzdem wußte weder die Presse noch das zuständige Revier etwas davon. Vielleicht hatten sie sich tatsächlich ein Jahr lang verkrochen. Vielleicht war einer von ihnen oder auch alle zusammen dieses Jahr oder einen Teil dieses Jahres im Gefängnis gesessen, vielleicht hatte ihr Hang zu Mord und Vergewaltigung zu noch schlimmeren Ausschreitungen geführt, wie zum Beispiel Scheckbetrug.

Oder vielleicht waren sie auch weiter aktiv gewesen, allerdings so, daß sie keine Aufmerksamkeit auf sich gezogen hatten. Was auch immer davon zutreffen mochte – inzwischen wußte ich etwas, das ich bisher nur vermutet hatte. Sie hatten so etwas schon mal getan, allerdings nur zum Spaß und nicht wegen des Profits. Damit erhöhten sich allerdings nicht nur die Chancen, sie zu finden, sondern auch der Einsatz.

Denn sie würden es wieder tun.

7

Den Freitagvormittag verbrachte ich in der Bibliothek, dann ging ich zur Forty-second Street, um TJ in der Video-Arkade zu treffen. Gemeinsam sahen wir dort einem Jungen mit einem Pferdeschwanz und einem spärlichen blonden Schnurrbart zu, der ein Spiel spielte, das sich Freeze!!! nannte und bei dem es um dasselbe ging wie bei fast allen Videospielen: Man trat gegen irgendwelche feindlichen außerirdischen Mächte an, die jeden Augenblick ohne Vorwarnung angreifen konnten, um zum großen Vernichtungsschlag auszuholen. War man schnell genug, überlebte man eine Weile, aber früher oder später erwischte es einen immer. Daran gab es nichts zu rütteln.

Als der Junge schließlich rausflog, gingen wir. Draußen auf der Straße erzählte mir TJ, daß der Junge Socks hieß, weil seine Strümpfe nie zusammenpaßten. Mir war das nicht aufgefallen. Laut TJ gab es auf der Deuce niemanden, der so gut war wie Socks, und oft spielte er stundenlang mit einem einzigen Quarter. Früher hatte es eine ganze Reihe von Spielern gegeben, die genausogut oder sogar besser waren, aber die kamen nur noch selten vorbei. Für einen Moment gingen mir Visionen von einem bisher unbekannten Motiv für Serienmorde durch den Kopf, in Gestalt von Spielsalonpächtern, die reihenweise Videospiel-Cracks wegputzten, weil sie ihnen das Geschäft versauten. Aber so lief das nicht, erklärte mir TJ. Ab einem bestimmten Punkt konnte man einfach nicht mehr besser werden, und dann verlor man ziemlich schnell das Interesse an der Sache.

Wir gingen in ein mexikanisches Lokal in der Ninth Avenue, und TJ versuchte ein paar Einzelheiten meines neuen Falles aus mir herauszukitzeln. Obwohl ich mich hütete, zu sehr ins Detail zu gehen, erzählte ich ihm am Ende doch mehr, als ich vorgehabt hatte.

»Die Sache is ganz klar«, sagte er. »Du brauchst jemanden wie mich.«

»Und wofür?«

»Na, für alles mögliche natürlich! Es bringt doch nichts, wenn du wegen jedem Scheiß durch die halbe Stadt gurkst, um irgendwas auszuchecken. Da is's doch viel schlauer, mich loszuschicken. Oder glaubst du, ich bekomme so was nicht raus? Mann, was glaubst du eigentlich, daß ich hier mache. Ich mache den ganzen Tag nichts anderes, als irgendwelches Zeugs auszuchecken.«

***

»Also gab ich ihm was zu tun«, sagte ich zu Elaine. Wir hatten uns vor dem Baronet in der Third Avenue getroffen, um uns die Vier-Uhr-Vorstellung anzusehen. Anschließend gingen wir in ein neues Lokal, in dem sie englischen Tee mit Biskuits und Clotted Cream hatten. »Er hat mich auf eine Idee gebracht, was ich noch nachprüfen könnte. Deshalb fühlte ich mich verpflichtet, ihm wenigstens diese Sache zu übergeben.«

»Was für eine Sache?«

»Die Telefonzellen. Bei der Übergabe des Lösegelds mußten Kenan Khoury und sein Bruder zu einer Telefonzelle fahren. Dort bekamen sie einen Anruf und mußten noch mal zu einer anderen Zelle fahren, wo sie wieder einen Anruf bekamen, und diesmal forderten sie die Entführer auf, das Geld im Wagen zu lassen und einen Spaziergang zu machen.«

»Stimmt, das hast du mir erzählt.«

»Na ja, und gestern hat mich TJ angerufen und sich mit mir unterhalten, bis sein Quarter aufgebraucht war, und als ich ihn zurückrufen wollte, ging das nicht, weil an dem Telefon, von dem er anrief, keine Nummer angegeben war. Heute morgen, auf dem Weg zur Bibliothek, habe ich mir verschiedene Telefonzellen angesehen, und die meisten hatten tatsächlich keine Nummer.«

»Du meinst, diese kleinen Zettel haben gefehlt? Bekanntlich gibt es ja nichts, was die Leute nicht klauen, aber das ist mit Abstand das Blödeste, was ich je gehört habe.«

»Sie sind von der Telefongesellschaft entfernt worden«, klärte ich sie auf, »um den Dealern einen Strich durch die Rechnung zu machen. Sie piepen sich gegenseitig von Telefonzellen aus an – wie das funktioniert, weißt du ja –, und das können sie jetzt nicht mehr.«

»Und deswegen ist jetzt der ganze Drogenhandel lahmgelegt?«

»Na ja, auf dem Papier sah das Ganze vermutlich gar nicht so schlecht aus. Jedenfalls kam ich dadurch auf die Idee nachzuprüfen, ob auch an diesen Telefonzellen in Brooklyn keine Nummern angebracht waren.«

»Und was würde das bedeuten?«

»Keine Ahnung. Vermutlich irgendwas zwischen nicht viel und gar nichts. Deshalb bin ich ja auch nicht selbst nach Brooklyn rausgefahren. Andererseits kann es nicht schaden, das zu wissen. Deshalb habe ich TJ ein paar Dollar in die Hand gedrückt und ihn nach Brooklyn rausgeschickt.«

»Kennt er sich denn dort überhaupt aus?«

»Das wird er zumindest, bis er wieder zurück ist. Die erste Zelle ist ein paar Blocks von der Endstation der Flatbush IRT; sie dürfte also relativ einfach zu finden sein. Wie er allerdings zur Veterans Avenue rauskommt, ist eine andere Frage. Vielleicht mit dem Bus die Flatbush rauf und anschließend einen längeren Fußmarsch.«

»Was ist das für eine Gegend?«

»Ach, es geht einigermaßen. Den Eindruck hatte ich zumindest, als ich kürzlich mit den Khourys da draußen rumgefahren bin. So genau habe ich allerdings auch nicht darauf geachtet. Ein typisches Arbeiterviertel, vorwiegend weiß, soweit ich das beurteilen kann. Warum?«

»So ähnlich wie Bensonhurst oder Howard Beach? Aber was ich damit gemeint habe: Wird TJ dort nicht ziemliches Aufsehen erregen?«

»Darüber habe ich mir bisher noch keine Gedanken gemacht.«

»Es gibt nämlich Teile von Brooklyn, wo sie ganz schön unangenehm werden können, wenn ein junger Schwarzer die Straße runtergeht – selbst wenn er mit seinen Basketballschuhen und seiner Raiders-Jacke relativ konservativ gekleidet ist. Aber hat er nicht einen ziemlich ausgefallenen Haarschnitt?«

»Er hat sich irgendein geometrisches Muster in den Hinterkopf rasieren lassen.«

»So etwas habe ich mir fast gedacht. Hoffentlich kommt er lebend wieder zurück.«

»Mach dir da mal keine Gedanken.«

Später am Abend sagte sie: »Matt, das hast du doch nur getan, um ihn mit irgendwas zu beschäftigen, oder nicht? TJ, meine ich.«

»Nein, er erspart mir tatsächlich eine Fahrt nach Brooklyn. Früher oder später würde ich nicht drum rumkommen, selbst rauszufahren oder mich von einem der Khourys mitnehmen zu lassen.«

»Warum? Du kennst doch sicher irgendeinen alten Polizistentrick, um die Nummer bei der Auskunft rauszubekommen? Oder kannst du sie nicht einfach in einem Nummern-Telefonbuch nachschlagen?«

»Dazu müßte ich erst mal die Nummer wissen. In einem Nummern-Telefonbuch sind die Anschlüsse nach Nummern geordnet; du schlägst unter einer bestimmten Nummer nach und erfährst dann, zu welchem Anschluß sie gehört.«

»Ach so.«

»Aber es gibt ein Verzeichnis, in dem alle Telefonzellen nach Standort aufgeführt sind. Und ich könnte auch die Auskunft anrufen und mich als Polizist ausgeben, um die Nummer herauszubekommen.«

»Also wolltest du TJ doch nur einen Gefallen tun.«

»Einen Gefallen? Hast du nicht eben selbst gesagt, ich hätte ihn in den sicheren Tod geschickt. Nein, das war nicht nur gut gemeint. Außerdem geht es mir nicht darum, welche Nummer diese Zellen haben, sondern ob die Nummern angegeben sind. Das ist, was ich wissen möchte.«

»Ach so«, sagte sie. Und ein paar Minuten später: »Warum?«

»Was warum?«

»Warum willst du wissen, ob die Nummern der Telefonzellen angegeben sind? Was läßt sich daraus schließen?«

»Ich weiß nicht, ob sich daraus etwas schließen läßt. Fest steht jedenfalls, daß die Kidnapper die Nummern dieser Zellen kannten. Sind die Nummern angegeben, ist natürlich klar, woher sie sie wußten. Wenn nicht, müssen sie sie irgendwie herausbekommen haben.«

»Indem sie jemandem bei der Auskunft was vorgemacht haben oder in diesem Telefonbuch nachgeschlagen haben.«

»Das würde schon mal heißen, daß sie wußten, wie man die Auskunft austrickst oder an ein Telefonzellenverzeichnis herankommt. Allerdings weiß ich nicht, worauf das schließen ließe. Höchstwahrscheinlich auf gar nichts. Vielleicht interessiert mich das Ganze nur, weil es das einzige ist, was ich über die Telefonzellen herausbekommen kann.«

»Wie meinst du das?«

»Das ist etwas, das mir schon die ganze Zeit im Kopf herumgeht. Nicht diese Sache, deretwegen ich TJ nach Brooklyn rausgeschickt habe; das läßt sich auch ohne seine Hilfe problemlos herausfinden. Aber ich konnte gestern ziemlich lange nicht einschlafen, und irgendwann kam mir der Gedanke, daß sämtliche Kontakte mit den Entführern übers Telefon liefen. Das ist die einzige Spur, die sie hinterlassen haben. Ihnen ist bei der Entführung kein einziger Fehler unterlaufen. Sie wurden zwar von ein paar Leuten gesehen, und als sie sich diese junge Lehrerin in der Jamaica Avenue geschnappt haben, gab es sogar noch mehr Zeugen, aber sie haben keinerlei Spuren hinterlassen, die zu ihrer Entdeckung führen könnten. Sie haben lediglich ein paar Anrufe gemacht. Sie haben vier- oder fünfmal in Khourys Haus in Bay Ridge angerufen.«

»Aber sobald die Verbindung unterbrochen ist, gibt es doch keine Möglichkeit mehr festzustellen, von wo ein Anruf erfolgt ist?«

»Es sollte aber eine geben. Gestern nachmittag habe ich über eine Stunde lang mit allen möglichen Leuten bei verschiedenen Telefongesellschaften gesprochen. Dabei habe ich eine ganze Menge über Telefone herausgefunden. Zum Beispiel wird jeder Anruf, den du machst, registriert.«

»Sogar Ortsgespräche?«

»Mhm. So stellen sie fest, wie viele Einheiten du pro Monat verbrauchst. Das ist nicht wie bei einem Stromzähler, der einfach den Gesamtverbrauch mißt, sondern es wird jeder Anruf einzeln registriert und auf deine Rechnung gesetzt.«

»Wie lange bewahren sie diese Daten auf?«

»Sechzig Tage.«

»Demnach müßtest du also eine Aufstellung–«

»–aller Gespräche bekommen können, die von einem bestimmten Anschluß geführt wurden. Unter diesem Gesichtspunkt werden die Daten gespeichert. Angenommen, ich bin Kenan Khoury. Ich rufe bei der Telefongesellschaft an und sage, ich will wissen, welche Anrufe an einem bestimmten Tag von meinem Anschluß gemacht wurden. Dann können sie mir einen Computerausdruck zuschicken, in dem das Datum, der Zeitpunkt und die Dauer eines jeden Gesprächs aufgeführt ist, das ich geführt habe.«

»Aber das ist nicht, was du wissen willst.«

»Nein. Was ich wissen will, ist, welche Anrufe bei Khoury *ein*gegangen sind. Aber die registrieren sie nicht – das hätte ja auch keinen Sinn. Es gibt zwar inzwischen Geräte, mit denen du, noch bevor du überhaupt abgenommen hast, feststellen kannst, von welcher Nummer du angerufen wirst. Du läßt dir irgend so einen elektronischen Schnickschnack in dein Telefon einbauen, der dir automatisch die Nummer des Anrufers anzeigt, und dann bleibt es dir überlassen, ob du drangehst oder nicht.«

»Aber so ein Gerät ist noch nicht im Handel erhältlich, oder?«

»Zumindest nicht in New York. Diese Geräte sind ziemlich umstritten. Dadurch gingen zwar vermutlich diese obszönen Anrufe, mit denen Frauen ständig belästigt werden, drastisch zurück, aber zugleich befürchtet die Polizei, daß das auch auf die anonymen Anrufe zuträfe, durch die sie zahlreiche wichtige Hinweise erhält, weil sich die Anrufer nicht mehr anonym fühlen würden.«

»Falls so ein Gerät bereits erhältlich wäre und falls Khoury eines eingebaut hätte –«

»Dann wüßten wir, von welchen Telefonen die Entführer angerufen haben. Aller Wahrscheinlichkeit nach haben sie dafür Telefonzellen benutzt, da sie ja auch sonst absolut professionell vorgegangen sind. Aber zumindest wüßten wir dann, von welchen Telefonzellen.«

»Ist das denn wichtig?«

»Keine Ahnung«, mußte ich zugeben. »Ich weiß nicht, was wichtig ist. Aber das tut ja auch nichts zur Sache, weil es sich nicht feststellen läßt. Ich werde nur das Gefühl nicht los, daß sich die Anrufe, da sie elektronisch gespeichert sind, auch unter dem Gesichtspunkt sortieren lassen müßten, von welchem Anschluß sie erfolgt sind, aber bisher haben mir alle, mit denen ich gesprochen habe, versichert, daß das nicht möglich ist. Da die Anrufe nicht unter diesem Gesichtspunkt gespeichert sind, können sie auch nicht darauf hin sortiert werden.«

»Ich kenne mich mit Computern nicht aus.«

»Ich auch nicht. Das kann manchmal ganz schön lästig sein. Da versuche ich mit jemandem zu reden, und schon beim ersten Satz verstehe ich nur die Hälfte von dem, was er sagt.«

»Das kenne ich«, tröstete sie mich. »Genauso geht es mir, wenn ich mir mit dir ein Footballmatch ansehe.«

Ich blieb über Nacht, und am nächsten Morgen vertelefonierte ich ein paar von ihren Einheiten, während sie im Fitness-Center war. Ich rief eine Menge Polizisten an und erzählte ihnen eine Menge Lügen.

Meistens gab ich mich als ein Journalist aus, der für ein True Crime-Magazin ein Feature über Entführungen machte. Ich geriet an eine Menge Cops, die nichts zu sagen hatten oder zu beschäftigt waren, um mit mir zu sprechen, und ich geriet an ein paar, die mir zwar gern behilflich gewesen wären, aber von Fällen anfingen, die entweder schon mehrere Jahre zurücklagen oder von Tätern begangen worden waren, die sich unglaublich blöd angestellt hatten oder aufgrund besonders guter Arbeit der Polizei gefaßt worden waren. Was ich wollte – tja, das war das Problem. Im Grunde genommen wußte ich gar nicht, was ich wollte. Ich warf lediglich meine Netze aus und hoffte, daß etwas hängenblieb.

Im Idealfall hätte ich gern eine Frau aufgetan, die entführt worden war und mit dem Leben davongekommen war. Es war nicht auszuschließen, daß die Kidnapper, sozusagen zum Aufwärmen, ein paar Entführungen durchgezogen hatten, bei denen sie die Opfer hinterher wieder laufen ließen, und daß sie erst nach und nach dazu übergegangen waren, sie umzubringen. Zudem bestand auch die Möglichkeit, daß es einem ihrer Opfer gelungen war, ihnen zu entkommen. Allerdings war es eine Sache, von der Existenz einer solchen Frau auszugehen, eine andere, sie auch tatsächlich zu finden.

Meine Auftritte als Reporter in Sachen Sex and Crime brachten mich auf der Suche nach einem überlebenden Opfer jedoch nicht weiter. Wenn es gilt, ein Vergewaltigungsopfer von der Öffentlichkeit abzuschirmen, leisten unsere Behörden ganze Arbeit – zumindest bis es vor Gericht zitiert wird, wo ihm der Verteidiger des Angeklagten vor Gott und der Welt noch einmal auf jede nur erdenkliche Weise Gewalt antun kann. Jedenfalls wurde mir rasch klar, daß am Telefon niemand den Namen eines Vergewaltigungsopfers herausrücken würde.

Also versuchte ich es mit einer anderen Masche. Ich wurde wieder Privatdetektiv Matthew Scudder, der im Auftrag eines

Produzenten, der einen Fernsehfilm über Entführungs- und Vergewaltigungsopfer plante, Recherchen anstellte. Die Hauptdarstellerin – ihren Namen durfte ich noch nicht nennen – bereitete sich sehr gründlich auf ihre Rolle vor; sie war sehr um Authentizität bemüht und wollte deshalb mit einer Frau, die so etwas schon einmal erlebt hatte, über ihre Erfahrungen sprechen. Letztlich ging es ihr darum, eine solche Erfahrung so intensiv wie nur irgend möglich nachvollziehen zu können, ohne sich ihr selbst unterziehen zu müssen. Die Frauen, die sich dafür zur Verfügung stellten, würden den Status einer technischen Beraterin erhalten und entsprechend bezahlt werden; falls sie das wollten, würden sie auch im Vorspann des Films als solche aufgeführt werden.

Selbstverständlich wollte ich keine Namen oder Telefonnummern und hatte auch nicht vor, den ersten Kontakt selbst herzustellen. Vielmehr hatte ich mir das Ganze so vorgestellt, daß ein Mitarbeiter der für Sexualdelikte zuständigen Abteilung, möglichst eine Frau, die in der Rehabilitation tätig war, mit in Frage kommenden Entführungsopfern Kontakt aufnahm. Die Frau aus *unserem* Drehbuch, erklärte ich dazu, war von zwei sadistischen Sexualverbrechern in einem Lieferwagen entführt worden, die sie mißbraucht und ihr damit gedroht hatten, sie zu verstümmeln. Dementsprechend waren wir vorzugsweise an einer Frau interessiert, deren Schicksal dem unseres fiktiven Opfers möglichst ähnlich war. Wenn es also eine Frau gab, die bereit war, uns und damit vielleicht auch anderen Frauen zu helfen, denen etwas ähnliches zustoßen würde oder bereits zugestoßen war, und wenn sich diese Frau vielleicht auch noch einen kathartischen, um nicht zu sagen einen therapeutischen Effekt davon erhoffte, ihre schrecklichen Erlebnisse noch einmal zu durchleben, um einem Hollywoodstar zu helfen, ihre Rolle möglichst überzeugend darzustellen –

Die Geschichte kam erstaunlich gut an. Selbst in New York, wo ständig irgendwelche Filmteams an Originalschauplätzen drehen, zeigt ein Hinweis auf ›Filmarbeiten‹ noch immer erstaunliche Wirkung. »Falls Sie jemanden haben, der an der Sache interessiert ist, rufen Sie mich einfach an«, schloß ich und vergaß nicht, Namen und Telefonnummer zu hinterlassen. »Niemand braucht seinen Namen zu nennen. Und es versteht sich von selbst, daß wir, wenn das jemand wünscht, für den gesamten Verlauf der Produktion absolute Anonymität garantieren.«

Ich hatte gerade eine für Sexualdelikte zuständige Beamtin der Polizei von Manhattan am Apparat, als Elaine zur Tür hereinkam. Als ich mit meiner Story fertig war, sagte sie: »Wie sollen dich diese Leute im Hotel erreichen? Du bist doch nie zu Hause.«

»Sie können an der Rezeption eine Nachricht hinterlassen.«

»Ich dachte, das sind Leute, die möglichst nicht ihren Namen und ihre Telefonnummer nennen wollen? Warum gibst du nicht meine Nummer an? Ich bin meistens zu Hause, und wenn nicht, meldet sich zumindest ein Anrufbeantworter mit einer Frauenstimme. Ich bin deine Assistentin, ich kann eine erste Vorauswahl unter den Kandidatinnen treffen und dir ihre Namen und Adressen notieren, falls sie bereit sind, sie zu nennen. Was hast du denn?«

»Nichts. Aber willst du dir das wirklich antun?«

»Klar, warum nicht?«

»Dann sage ich natürlich nicht nein. Eben habe ich mit der für Manhattan zuständigen Abteilung gesprochen und vorher mit der Bronx. Brooklyn und Queens habe ich mir für den Schluß aufgespart, weil wir wissen, daß sie dort schon mal zugeschlagen haben. Ich wollte erst ein bißchen üben und mögliche Widersprüche ausmerzen, bevor ich dort anrufe.«

»Für mich hat sich deine Geschichte recht überzeugend angehört. Ich möchte mich zwar nicht aufdrängen, aber was hältst du davon, wenn ich diese Anrufe mache? Du warst zwar unbestritten sehr gut, sehr seriös und sehr verständnisvoll, aber wenn ein Mann mit dem Thema Vergewaltigung ankommt, gerät er unterschwellig immer in den Verdacht, daß er vielleicht insgeheim auf so was abfährt.«

»Ich weiß.«

»Du brauchst doch nur ein Schlagwort wie ›Verfilmung eines brisanten Themas‹ fallen zu lassen, und der erste Gedanke der

Frau am anderen Ende der Leitung ist, daß da nur wieder einmal die Leiden und Nöte ihrer Geschlechtsgenossinnen für einen reißerischen Kassenschlager ausgeschlachtet werden sollen. Wenn dagegen ich so was sage, ist die Botschaft, die unterschwellig darin mitschwingt, eine ganz andere: daß das Ganze den Segen von NOW oder sonst einer Frauenorganisation hat.«

»Das kann ich nur bestätigen. Ich finde zwar, daß es bisher erstaunlich gut lief, vor allem das letzte Gespräch, aber ich mußte trotzdem erst mal gegen recht massive Widerstände anrennen.«

»Du warst wirklich gut, Matt, aber soll ich es nicht trotzdem mal probieren?«

Erst sprachen wir die einzelnen Punkte durch, damit sie sich über das Grundschema im klaren war. Dann ließ ich mich zur Abteilung für Sexualdelikte bei der Staatsanwaltschaft Queens durchstellen und reichte ihr den Hörer. Sie telefonierte etwa zehn Minuten, ernst und sachlich, wortgewandt und professionell, und als sie auflegte, hätte ich am liebsten applaudiert.

»Wie fandest du mich?« fragte sie. »Ein bißchen zu seriös?«

»Keine Spur. Du warst perfekt.«

»Wirklich?«

»Mhm. Ich fand es fast beängstigend zu sehen, was für eine raffinierte Lügnerin du bist.«

»Ganz ähnlich ging es mir bei dir. Du warst so überzeugend, daß ich mich unwillkürlich gefragt habe, wo hat der Kerl nur so zu lügen gelernt?«

»Ich habe bisher noch keinen guten Polizisten kennengelernt, der kein hervorragender Lügner war. Man schlüpft ständig in eine andere Rolle, um sich der Person, mit der man gerade zu tun hat, optimal anzupassen. Für einen Privatdetektiv ist diese Fähigkeit übrigens noch wichtiger, weil man ständig Fragen stellt, die zu stellen man gar kein Recht hat. Wenn ich darin also ganz gut bin, kann man durchaus sagen, daß das zu meinem Job gehört.«

»Bei mir ist es genau dasselbe«, sagte sie. »Wenn ich mir's recht überlege, spiele ich ständig eine Rolle.«

»In der, die du gestern nacht gespielt hast, warst du jedenfalls einsame Spitze.«

Sie warf mir einen vielsagenden Blick zu. »Aber es ist ganz schön anstrengend, sich zu verstellen, meine ich.«

»Willst du dir's doch noch mal überlegen?«

»Von wegen, ich bin gerade dabei, so richtig in Fahrt zu kommen. Wo soll ich noch anrufen? In Brooklyn und Staten Island?«

»Staten Island kannst du vergessen.«

»Warum? Gibt es dort keine Sexualverbrechen?«

»Auf Staten Island ist alles, was mit Sex zu tun hat, ein Verbrechen.«

»Ha ha.«

»Spaß beiseite. Soviel ich weiß, dürften sie dort zwar auch eine Abteilung für Sexualdelikte haben, aber ihre Rate reicht sicher nicht annähernd an die in den anderen Stadtteilen heran. Jedenfalls kann ich mir unsere drei sauberen Freunde nicht so recht vorstellen, wie sie in ihrem Kombi über die Verrazano Bridge brausen, um auf Staten Island die Sau rauszulassen.«

»Demnach muß ich nur noch einen Anruf machen?«

»Es gibt natürlich auch in den einzelnen Polizeirevieren Sonderkommandos für Sexualdelikte oder zumindest einzelne Beamte, die auf so was spezialisiert sind. Du brauchst dich also nur zu dem zuständigen Mann durchstellen zu lassen. Wenn du willst, kann ich dir gern eine Liste zusammenstellen, aber ich weiß nicht, ob du dafür überhaupt Zeit hast.«

Sie bedachte mich mit einem Komm-mal-her-Blick. »Wenn du das Geld hast, Schätzchen« sagte sie schelmisch, »habe ich die Zeit.«

»Übrigens, es besteht kein Grund, weshalb du dafür keine entsprechende Bezahlung bekommen solltest. Ich kann dich jederzeit auf Khourys Gehaltsliste setzen.«

»Jetzt hör aber mal. Kaum bekomme ich etwas zu tun, das mir Spaß macht, und schon kommst du daher und versuchst mir Geld dafür aufzudrängen. Nein, im Ernst, ich möchte kein Geld dafür. Wenn das alles mal vorbei ist, kannst du mich ja mal richtig nobel zum Essen ausführen, okay?«

»Wenn du meinst.«

»Und danach«, fügte sie hinzu, »kannst du mir einen Hunderter fürs Taxi zustecken.«

8

Ich blieb noch da, während sie jemanden von der Brooklyner Staatsanwaltschaft nach allen Regeln der Kunst um den Finger wickelte. Dann gab ich ihr eine Liste der Leute, die sie anrufen sollte, und ging in die Bibliothek. Es bestand kein Grund für mich zu bleiben. Sie war ein Naturtalent.

In der Bibliothek machte ich dort weiter, wo ich am Morgen zuvor angefangen hatte, und arbeitete mich durch sechs Monate *New York Times* auf Mikrofilm. Allerdings hielt ich nicht nach Entführungen Ausschau, weil ich nicht davon ausging, daß das, wonach ich suchte, unter dieser Rubrik aufgeführt wurde. Aller Wahrscheinlichkeit nach hatten sie sich lediglich ab und zu auf offener Straße eine Frau geschnappt, ohne daß es jemand bemerkt oder gemeldet hatte. Statt dessen hielt ich nach Meldungen von toten Frauen Ausschau, deren Leichen in Parks oder Hinterhöfen aufgetaucht waren, und vor allem nach Frauen, die sexuell mißbraucht oder verstümmelt worden waren.

Das Problem dabei war, daß solche Details normalerweise nicht in die Zeitung kommen. Es ist gängige Polizeipraxis, Einzelheiten über Verstümmelungen zurückzuhalten, um sich die damit verbundenen Folgeerscheinungen zu ersparen: falsche Geständnisse, Nachahmungstäter und erfundene oder eingebildete Augenzeugenberichte. Außerdem tendieren auch die Zeitungen dazu, ihren Lesern allzu blutrünstige Details zu ersparen. Bis eine solche Meldung schließlich den Leser erreicht, läßt sich deshalb kaum mehr sagen, was tatsächlich passiert ist. Vor ein paar Jahren trieb in der Lower East Side ein Sexualverbrecher sein Unwesen, der halbwüchsige Jungen ermordete. Er lockte sie auf ein Hausdach, erstach oder erwürgte sie, amputierte ihnen die Penisse und nahm sie mit nach Hause. Das trieb er lange genug, um von der Polizei einen Spitznamen verpaßt zu bekommen. Sie nannten ihn Charlie Chopoff, Charlie Hackab.

Wie nicht anders zu erwarten, übernahmen den Namen auch die Polizeireporter – allerdings nicht im Druck. Keine New Yorker Zeitung wäre bereit gewesen, ihre Leserschaft über dieses Detail zu informieren, und genausowenig konnten sie den Spitznamen verwenden, da die Leser sicher schnell ihre Schlüsse gezogen hätten, was da abgehackt worden war. Deshalb verpaßten sie ihm gar keinen Namen und berichteten nur, daß der Täter seine Opfer entstellt oder verstümmelt hatte, was von rituellem Bauchaufschlitzen bis zu einem beschissenen Haarschnitt alles bedeuten konnte.

Heutzutage sind sie in diesem Punkt vielleicht nicht mehr so zurückhaltend.

***

Sobald ich den Dreh heraushatte, kam ich ziemlich rasch voran. Ich brauchte nicht die ganze Zeitung durchzugehen, sondern nur den Lokalteil, in dem sich die Verbrechensmeldungen befanden. Wie immer, wenn ich in einer Bibliothek bin, vertat ich die meiste Zeit dadurch, daß ich mich beim Überfliegen der Seiten von interessanten Meldungen ablenken ließ, die nichts mit dem zu tun hatten, weshalb ich hier war. Zum Glück haben sie in der *Times* keine Comics. Sonst hätte ich ständig gegen die Versuchung ankämpfen müssen, mich in sechs Monaten *Doonesbury* zu suhlen.

Bis ich die Bibliothek wieder verließ, hatte ich mir ein halbes Dutzend in Frage kommender Fälle herausgeschrieben. Besonders augenfällig waren die Übereinstimmungen im Fall einer Wirtschaftsfachschülerin vom Brooklyn College, die drei Tage lang vermißt war, bevor sie eines Morgens von einem Vogelkundler auf dem Green-Wood Friedhof entdeckt wurde. Laut Zeitungsbericht war sie sexuell mißbraucht und verstümmelt worden, woraus ich schloß, daß sie jemand mit einem Tranchiermesser bearbeitet hatte. Verschiedene Indizien am Fundort der Leiche hatten darauf hingedeutet, daß die junge Frau woanders getötet und erst danach auf den Friedhof gebracht worden war; ganz ähnlich war die Polizei im Fall Marie Gotteskind davon ausgegangen, daß sie bereits tot gewesen war, als sie die Täter auf dem Forest Park Golfplatz liegen ließen.

***

Gegen sechs kam ich ins Hotel zurück. Neben Nachrichten von Elaine und den beiden Khourys gab mir der Portier drei Zettel mit der simplen Mitteilung, daß TJ angerufen hatte.

Zuerst rief ich Elaine an, die mir voller Stolz mitteilte, daß sie alle Anrufe erledigt hatte. »Zum Schluß habe ich meine Geschichte fast selbst geglaubt«, sagte sie. »Ich habe mich dabei ertappt, wie ich mir gesagt habe: Macht wirklich Spaß, das Ganze, aber richtig toll wird es erst, wenn wir den Film drehen. Bloß wird es natürlich nie einen Film geben.«

»Würde mich nicht wundern, wenn ihn schon jemand gemacht hätte.«

»Glaubst du, daß sich tatsächlich jemand melden wird?«

Als ich Kenan Khoury anrief, wollte er wissen, wie ich vorankam. Ich erzählte ihm, daß ich verschiedenen Spuren nachging, aber nicht mit schnellen Ergebnissen rechnete.

»Aber für völlig aussichtslos halten Sie die Sache nicht?«

»Auf keinen Fall.«

»Gut. Aber der Grund, warum ich eigentlich angerufen habe: Ich muß geschäftlich ein paar Tage ins Ausland – nach Europa. Mein Flug geht morgen vom JFK, und ich bin Donnerstag, spätestens Freitag wieder zurück. Falls irgendwas Dringendes ansteht, rufen Sie einfach meinen Bruder an. Seine Telefonnummer haben Sie doch, oder?«

Sie stand auf dem Nachrichtenzettel, der vor mir lag, und ich wählte sie, sobald wir aufgehängt hatten. Da sich Peter ziemlich verschlafen anhörte, entschuldigte ich mich, daß ich ihn geweckt hatte. Aber er sagte: »Das macht nichts. Ich bin sogar froh, daß Sie mich geweckt haben. Ich hab mir ein Basketballspiel angesehen und bin vor dem Fernseher eingeschlafen. Es gibt nichts, was ich mehr hasse. Davon kriege ich jedesmal einen steifen Hals. Der Grund, warum ich angerufen habe: Werden Sie heute abend zu einem Treffen gehen?«

»Das hatte ich an sich vor, ja.«

»Was halten Sie davon, wenn ich Sie abhole und wir gemeinsam gehen? In Chelsea haben sie ein Samstagabendtreffen, an dem ich regelmäßig teilnehme. Nette, kleine Gruppe. Treffen sich um acht in der spanischen Kirche in der Nineteenth Street.«

»Wo ist das denn?«

»Liegt ein bißchen abseits, aber als ich mit dem Trinken aufgehört habe, habe ich in der Gegend an einem ambulanten Entzugsprogramm teilgenommen, und deshalb wurde das mein festes Samstagstreffen. Mittlerweile komme ich zwar nicht mehr so oft in diese Gegend, aber da ich gerade einen Wagen habe – Sie wissen doch, daß ich Francines Toyota habe?«

»Ja.«

»Wie wär's, wen ich Sie gegen halb acht in Ihrem Hotel abhole?«

Dagegen hatte ich nichts einzuwenden, und als ich um halb acht das Hotel verließ, stand er bereits vor dem Eingang. Ich war froh, nicht zu Fuß gehen zu müssen. Am Nachmittag hatte es mit Unterbrechungen zu nieseln begonnen, und inzwischen regnete es in Strömen.

Während der Fahrt zum Treffen unterhielten wir uns über Sport. Die Baseballteams befanden sich gerade mitten im Frühjahrstraining, und es war nicht einmal mehr ein Monat bis zum Beginn der Spielzeit. Bisher hielt sich meine Baseballbegeisterung noch in Grenzen, aber nach den ersten paar Spieltagen würde ich sicher Feuer fangen. Gegenwärtig hatten die Meldungen ausschließlich irgendwelche Vertragsverhandlungen zum Gegenstand; unter anderem war ein Spieler sauer, weil er sich mit 83 Millionen im Jahr unterbezahlt fand. Kann sein, daß er tatsächlich unterbezahlt ist; vielleicht sind sie das alle. Aber ich muß gestehen, daß es mir angesichts solcher Beträge zunehmend gleichgültiger wird, ob sie gewinnen oder verlieren.

»Ich glaube, Darryl kommt langsam wieder aus seinem Formtief heraus«, meinte Peter. »Er muß die letzten paar Wochen tolle Leistungen gebracht haben.«

»Jetzt, wo er nicht mehr für uns spielt.«

»So ist es doch immer. Da wartet man jahrelang, daß so ein Kerl endlich zu seiner Höchstform aufläuft, und wenn er schließlich so weit ist, spielt er im Dodgers-Dreß.«

Wir parkten in der Twentieth Street und gingen um den Block zu der Kirche. Es war eine Pentecostal Church, und die Gottesdienste wurden in Spanisch und Englisch abgehalten. Das Treffen fand im Keller statt, mit etwa vierzig Teilnehmern. Ein paar Gesichter kannte ich von anderen Treffen. Pete begrüßte eine ganze Reihe Leute, und eine Frau meinte, sie hätte ihn schon eine ganze Weile nicht mehr gesehen. Er sagte, er wäre zu anderen Treffen gegangen.

Der Ablauf war für New Yorker Verhältnisse ziemlich ungewöhnlich. Nachdem der Sprecher seine Geschichte erzählt hatte, bildeten die Teilnehmer Gruppen, die zwischen sieben und zehn Personen umfaßten, und verteilten sich auf die fünf Tische im Raum. Es gab einen Tisch für Anfänger, einen zur generellen Diskussion, einen zur Diskussion über die Zwölf Schritte und ich weiß nicht, für was sonst noch. Pete und mich verschlug es an den Tisch zur generellen Diskussion, wo die Leute vor allem über ihre Alltagsprobleme sprachen und wie sie es schafften, nüchtern zu bleiben. Das finde ich in der Regel ergiebiger als Diskussionen über ein bestimmtes Thema oder über die philosophischen Grundlagen des Programms.

Eine Frau hatte vor kurzem eine Stelle als Beraterin für Alkoholprobleme angetreten und berichtete von ihren Schwierigkeiten, sich zur Teilnahme an einem Treffen aufzuraffen, nachdem sie sich vorher schon beruflich acht Stunden mit diesem Thema beschäftigt hatte. »Es ist ziemlich schwer, das auseinanderzuhalten«, sagte sie. Ein Mann erzählte, daß er gerade erfahren hatte, daß er HIV-positiv war, und wie er damit fertig wurde. Ich sprach über den zyklischen Charakter meiner Arbeit und daß ich rasch unruhig wurde, wenn ich mal länger nichts zu tun hatte, und mich zu sehr unter Druck setzte, wenn ich einen Auftrag bekam. »Als ich noch trank, hatte ich keine Probleme, das auf die Reihe zu kriegen«, sagte ich. »Aber damit ist es jetzt nichts mehr. Dafür sind mir jetzt die Treffen eine gewisse Hilfe.«

Als Pete an die Reihe kam, nahm er vorwiegend zu Äußerungen der anderen Stellung. Von sich selbst erzählte er fast nichts. Um zehn stellten wir uns im Kreis auf, faßten uns an den Händen und sprachen das Gebet. Draußen hatte der Regen etwas nachgelassen. Wir gingen zum Wagen, und Pete fragte mich, ob ich hungrig wäre. Erst jetzt wurde mir bewußt, daß ich das war. Ich hatte bis auf ein Stück Pizza, das ich mir auf dem Heimweg von der Bibliothek reingeschoben hatte, den ganzen Tag nichts gegessen.

»Mögen Sie orientalisches Essen, Matt? Nicht das Zeug, das man in den *Falafel*-Buden kriegt. Im Village gibt es ein Restaurant, in dem man wirklich gut ißt.« Dagegen hatte ich nichts einzuwenden. »Oder was wir auch machen könnten. Wir fahren in das Viertel, in dem ich aufgewachsen bin. Außer Sie waren in letzter Zeit so oft in der Atlantic Avenue draußen, daß Sie die Gegend nicht mehr sehen können?«

»Das ist aber ziemlich weit von hier.«

»Wir haben doch den Wagen. Warum sollten wir es nicht ausnützen, wenn wir schon mal einen haben?«

Er fuhr über die Brooklyn Bridge. Ich fand, daß sie im Regen sehr schön war, und er sagte: »Ich liebe diese Brücke. Erst kürzlich habe ich gelesen, daß alle Brücken langsam, aber sicher verfallen. Man kann eine Brücke nicht einfach sich selbst überlassen, man muß sie pflegen. Das tut die Stadt, aber nicht genügend.«

»Kein Geld.«

»Wie ist es dazu gekommen? Jahrelang konnte sich die Stadt alles leisten, was getan werden mußte, und mit einem Mal heißt es nur noch, dafür haben wir kein Geld. Wissen Sie vielleicht, warum das so ist?«

Ich schüttelte den Kopf. »So geht es uns nicht nur in New York, glaube ich. Es ist überall das gleiche.«

»Tatsächlich? Ich sehe ja nichts anderes als New York, und es ist, als ob die Stadt zusammenbrechen würde. Die wie-heißt-sie-gleich-wieder – Infrastruktur? Ist das das Wort, das ich meine?«

»Ich glaube schon.«

»Die Infrastruktur bricht zusammen. Erst letzten Monat ist wieder eine Hauptwasserversorgung gebrochen. Dafür gibt es natürlich eine ganz einfache Erklärung: Das Leitungssystem ist überaltet und müßte von Grund auf überholt werden. Wer hat vor zehn oder zwanzig Jahren schon mal gehört, daß eine Hauptwasserversorgungsleitung geplatzt ist? Können Sie sich erinnern, daß so was früher vorgekommen ist?«

»Nein. Aber das heißt nicht, daß es nicht trotzdem passiert ist. Eine Menge Dinge sind passiert, ohne daß ich etwas davon gemerkt habe.«

»Da haben Sie natürlich recht. Das geht mir genauso. Und auch jetzt passieren eine Menge Dinge, von denen ich nichts mitbekomme.«

Das Restaurant, zu dem er fuhr, war in der Court, einen halben Block von der Atlantic. Auf seinen Rat bestellte ich als Vorspeise eine Spinattasche, die, versicherte er mir, nicht mit den *spanakopitas* zu vergleichen war, wie man sie in griechischen Coffee Shops bekam. Er hatte nicht übertrieben. Auch das Hauptgericht, ein Auflauf aus Weizenschrot, Hackfleisch und Zwiebeln, schmeckte vorzüglich, aber es war so viel, daß ich nicht alles schaffte.

»Den Rest können Sie ja nach Hause mitnehmen«, schlug er vor. »Und? Wie finden Sie es hier? Nicht gerade spektakulär, aber das Essen ist einsame Spitze.«

»Erstaunlich, daß sie so lange offen haben.«

»Am Samstagabend? Hier bekommen Sie mindestens bis Mitternacht noch was zu essen, wenn nicht sogar noch länger.« Er ließ sich in seinen Stuhl zurücksinken. »Und jetzt käme noch der Abschluß eines solchen Essens – wie es sich eigentlich gehören würde. Haben Sie schon mal einen Arrak getrunken?«

»Ist das so was ähnliches wie Ouzo?«

»In etwa. Nicht dasselbe, aber man könnte es mit Ouzo vergleichen. Mögen Sie Ouzo?«

»Das kann ich eigentlich nicht behaupten. An der Ecke Fifty-seventh und Ninth gab's mal eine Bar, Antares und Spiro's, ein Grieche –«

»Ohne Scheiß? Bei dem Namen?«

»– und manchmal schaute ich, wenn ich nach einem langen Abend im Armstrong's ordentlich mit Bourbon abgefüllt war, auf einen Sprung dort vorbei, um mir vor dem Schlafengehen noch ein, zwei Ouzos reinzuziehen.«

»Ouzo auf Bourbon?«

»Zur Verdauung. Um den Magen zu beruhigen.«

»Aber das gleich so, daß er für immer Ruhe gegeben hat, wie?« Er fing den Blick des Kellners auf und bestellte Kaffee nach.

»Kürzlich stand ich kurz davor, was zu trinken.«

»Aber Sie haben's nicht getan.«

»Nein.«

»Nur darauf kommt es an. Daß man den Wunsch verspürt, ist völlig normal. War ja vermutlich auch nicht das erste Mal, daß Sie was trinken wollten, seit Sie damit aufgehört haben, oder?«

»Nein.« Der Kellner kam an unseren Tisch und schenkte uns Kaffee nach. Nachdem er wieder gegangen war, fuhr Pete fort: »Aber es war das erste Mal, daß ich mit dem Gedanken gespielt habe.«

»Richtig ernsthaft?«

»Ja, ich würde schon sagen, ernsthaft. Das würde ich schon sagen.«

»Aber Sie haben's nicht getan.«

»Nein.« Er starrte in seine Kaffeetasse. »Aber ich hätte mir fast was gekauft.«

»Was? Drogen?«

Er nickte. »H. Haben Sie schon mal Heroin genommen?«

»Nein.«

»Nicht mal probiert?«

»Nicht mal im Traum daran gedacht. Außerdem kannte ich niemanden, der welches nahm – jedenfalls nicht in der Zeit, als ich noch getrunken habe. Außer den Leuten natürlich, die ich verhaftete.«

»Das Zeug war wohl nur was für den Abschaum.«

»So habe ich es zumindest immer gesehen.«

Er lächelte wissend. »Vermutlich haben Sie sehr wohl ein

paar Leute gekannt, die gedrückt haben. Sie haben es Ihnen nur nicht gesagt.«

»Das ist natürlich möglich.«

»Ich fand H immer eine tolle Sache. Allerdings habe ich es immer nur geschnupft, nie gedrückt. Ich kann Spritzen nicht ab. Glück für mich, weil ich sonst vermutlich längst an Aids gestorben wäre. Sie wissen ja sicher, daß man H nicht drücken muß, um süchtig zu werden.«

»Hab ich zumindest gehört.«

»Ich hatte ein paarmal massive Entzugserscheinungen, und das machte mir ganz schön angst. Dann bin ich auf Alkohol umgestiegen, na ja, und wie die Geschichte weitergegangen ist, wissen Sie ja selbst. Vom Heroin bin ich allein losgekommen, aber um mit dem Trinken aufhören zu können, mußte ich in Therapie. Es war der Alkohol, der mir den Rest gegeben hat, aber im Grunde meines Herzens fühle ich mich genauso als Junkie wie als Säufer.«

Er nahm einen Schluck Kaffee. »Und die Sache ist die: Das da draußen ist eine völlig andere Stadt, wenn man sie mit den Augen eines Junkies sieht. Ich meine, Sie waren bei der Polizei und haben einen Blick für so was, aber wenn wir beide die Straße runtergehen, sehe ich auf jeden Fall mehr Dealer als Sie. Ich sehe sie, und sie sehen mich – wir erkennen uns gegenseitig. Ganz gleich, in welchem Teil der Stadt ich gerade bin, brauche ich keine fünf Minuten, um jemanden aufzutreiben, der mir Stoff verkauft.«

»Na und? Ich komme den ganzen Tag an jeder Menge Bars vorbei – und Sie auch. Das ist doch genau das gleiche, oder nicht?«

»Kann schon sein. Jedenfalls reizt es mich in letzter Zeit ganz gewaltig, wieder mal Heroin zu nehmen.«

»Niemand hat gesagt, es würde leicht werden, Pete.«

»Eine Weile war es ziemlich leicht. Inzwischen ist es schwerer.«

Im Wagen kam er wieder auf das Thema zurück. »Manchmal denke ich mir, wozu das Ganze? Oder ich gehe zu einem Treffen und sage mir, was wissen *die* denn schon? Was wollen die überhaupt? Ich meine, diese ganze Scheiße, man müßte nur alles in die Hände einer höheren Macht legen, und schon ist das Leben das reinste Zuckerlecken. Glauben Sie das?«

»Daß das Leben ein Zuckerlecken ist? Nicht ganz.«

»Eher ist es ein Scheißelecken. Glauben Sie an Gott?«

»Das hängt davon ab, wann Sie mich das fragen.«

»Na ja, heute. Jetzt frage ich Sie das. Glauben Sie an Gott?«

Als ich erst nichts erwiderte, sagte er: »Schon gut, geht mich ja auch nichts an. Entschuldigung.«

»Nein, nein, ich habe nur über meine Antwort nachgedacht. Vermutlich habe ich einfach deshalb etwas Probleme, diese Frage zu beantworten, weil ich sie nicht für sonderlich wichtig halte.«

»Sie finden es nicht wichtig, ob es einen Gott gibt oder nicht?«

»Wo soll da schon der Unterschied sein? Ich muß so oder so sehen, daß ich irgendwie durch den Tag komme. Gott hin oder her, ich bin Alkoholiker und darf keinen Tropfen Alkohol mehr anrühren. Wo soll da der Unterschied sein?«

»Bei den Anonymen Alkoholikern dreht sich doch alles um eine höhere Macht.«

»Natürlich, aber die Sache funktioniert ganz genauso, ob es Gott nun gibt oder nicht, oder ob ich an ihn glaube oder nicht.«

»Wie können Sie Ihr Leben in die Hände von etwas legen, an das Sie nicht glauben?«

»Indem ich einfach loslasse. Indem ich nicht versuche, alles unter Kontrolle zu bekommen. Indem ich alles in meiner Macht Stehende tue und ansonsten den Dingen ihren Lauf lasse, wie Gott das will.«

»Ganz gleich, ob Er existiert oder nicht.«

»Ja.«

Darüber dachte er eine Weile nach. »Also, ich weiß nicht«, murmelte er schließlich. »Ich habe von klein auf an Gott geglaubt, ich habe am Religionsunterricht teilgenommen, ich habe gelernt, was sie uns dort beigebracht haben. Ich habe es nie in Frage gestellt. Dann habe ich mit dem Trinken aufgehört, und sie haben gesagt, leg dir eine höhere Macht zu. Na schön, meinetwegen. Aber als dann diese Schweine Francine stückchenweise zurückgeschickt haben – also, ich weiß nicht, was soll das für ein Gott sein, der so was zuläßt?«

»Es passiert nun mal jede Menge Scheiße.«

»Sie haben sie nicht gekannt, Matt. Sie war ein wundervoller Mensch. Nett, sympathisch und grundanständig – eine Frau, wie man sie heute nur noch selten findet. In ihrer Gegenwart bekam man das Bedürfnis, ein besserer Mensch zu werden. Nein, nicht nur das. Man hatte das Gefühl, daß man es auch schaffen konnte.« Er bremste an einer roten Ampel, sah nach links und nach rechts und fuhr über die Kreuzung. »So hab ich mir mal einen Strafzettel geholt. Es war mitten in der Nacht, ich halte an, meilenweit nichts zu sehen, und ich denke, da müßte ich schön blöd sein, ewig zu warten, bis die bescheuerte Ampel endlich auf Grün schaltet. Aber prompt liegt ein Stück weiter ein Streifenwagen mit ausgeschalteten Lichtern auf der Lauer und verpaßt mir einen Strafzettel.«

»Diesmal dürfte uns niemand gesehen haben.«

»Sieht zumindest so aus. Kenan nimmt ab und zu H. Ich weiß nicht, ob Sie das wissen.«

»Woher sollte ich?«

»Dachte mir schon, daß Sie das nicht wissen. Etwa einmal im Monat schnupft er was. Vielleicht sogar noch seltener. Er macht das mehr oder weniger zum Relaxen; geht in einen Jazzclub und zieht sich auf dem Klo eine Dosis H rein, um besser auf die Musik einsteigen zu können. Francine hat er davon natürlich nie was erzählt. Er wußte, daß sie darüber nicht gerade begeistert gewesen wäre. Er hat auch sonst nichts getan, was ihn in ihren Augen in ein schlechtes Licht gerückt hätte.«

»Wußte sie denn, daß er damit gehandelt hat?«

»Das war eine andere Geschichte. Das war was Geschäftliches, sein Job. Außerdem hatte er nicht vor, es ewig zu machen. Ein paar Jahre und dann Schluß – so stellt er sich das vor.«

»So stellen sich das alle vor.«

»Ich weiß. Trotzdem, in der Hinsicht war sie ganz cool. Er machte das eben, es war sein Job, aber es war Teil einer völlig anderen Welt. Allerdings wollte er nicht, daß sie wußte, daß er das Zeug auch ab und zu nahm.« Nach kurzem Schweigen fuhr er fort: »Kürzlich war er ganz schön vollgedröhnt. Als ich ihn daraufhin angesprochen habe, hat er es rundweg abgestritten. Ich meine, was soll der Scheiß; will er vielleicht einem Junkie was vormachen, wenn es um Stoff geht? Da dröhnt er sich ordentlich die Hucke voll und will mir weismachen, er hätte nichts genommen. Vermutlich wollte er mich bloß nicht in Versuchung führen, weil ich inzwischen clean und trocken bin. Aber deswegen braucht er mich doch nicht gleich für blöd verkaufen, oder?«

»Macht es Ihnen was aus, daß er sich volldröhnen kann und Sie nicht?«

»Ob mir das was ausmacht? Scheiße noch mal! Klar macht es mir was aus. Er fliegt morgen nach Europa.«

»Das hat er mir erzählt.«

»Sieht ganz so aus, als ob er da auf die Schnelle einen Deal durchziehen will, bei dem er kräftig absahnt. Aber gerade bei solchen Geschäften kann es einem sehr schnell passieren, daß man hochgeht – oder auch Schlimmeres.«

»Machen Sie sich Sorgen um ihn?«

»Meine Herren«, seufzte er. »Ich mache mir um uns alle Sorgen.«

***

Als wir über die Brücke nach Manhattan zurückfuhren, sagte er:

»Als kleiner Junge war ich verrückt nach Brücken. Ich habe Bilder von ihnen gesammelt. Deswegen hat sich mein alter Herr in den Kopf gesetzt, ich sollte Architekt werden.«

»Das könnten Sie immer noch.«

Er lachte. »Ich und noch mal die Schulbank drücken? Auf gar keinen Fall. Außerdem habe ich das selbst nie gewollt. Ich hatte nie vor, Brücken zu bauen. Ich sah sie mir nur gern an. Wenn ich mal die Nase so weit vollhaben sollte, daß ich Schluß machen will, verabschiede ich mich vielleicht mit einem Kopfsprung von der Brooklyn Bridge. Wäre nur dumm, wenn ich es mir auf halbem Weg nach unten noch mal anders überlegen würde.«

»Bei einem Treffen hat mal jemand erzählt, wie er im Suff einen Filmriß hatte und auf einer Brücke wieder zu sich kam.

Wenn mich nicht alles täuscht, war es sogar diese hier. Er war bereits übers Geländer geklettert und hatte einen Fuß in der Luft.«

»Im Ernst?«

»Für mich hörte er sich jedenfalls nicht so an, als würde er Witze machen. Er konnte sich an nichts mehr erinnern, wie er auf die Brücke gekommen war. Nur wumm!, da stand er plötzlich, mit einer Hand am Geländer und einem Fuß in der Luft. Er ist wieder zurückgeklettert und nach Hause gegangen.«

»Und hat sich dort als erstes einen hinter die Binde gegossen.«

»Wahrscheinlich. Aber jetzt stellen Sie sich mal vor, er wäre fünf Sekunden später zu sich gekommen.«

»Sie meinen, nach dem nächsten Schritt? Muß ein schreckliches Gefühl sein. Das einzig Gute daran ist, daß es nicht lange anhält. Scheiße, ich hätte die andere Ausfahrt nehmen sollen. Na ja, auch nicht tragisch; ist ja kein großer Umweg. Außerdem gefällt es mir hier unten. Kommen Sie hier öfter her, Matt?«

Wir fuhren durch den South Street Seaport, ein vor kurzem saniertes Viertel unten am Fulton Street-Fischmarkt.

»Vergangenen Sommer war ich mal hier«, sagte ich. »Mit meiner Freundin. Wir haben einen Schaufensterbummel gemacht und sind anschließend in einem der Restaurants essen gegangen.«

»Ist vielleicht eine Spur zu sehr schicki-micki, aber mir gefällt's hier trotzdem. Allerdings nicht im Sommer. Wissen Sie, wann es hier am schönsten ist? An Abenden wie diesem, wenn es kühl und regnerisch ist und kaum was los ist. Dann finde ich es hier am schönsten.« Er lachte. »Wenn da nicht wieder der Junkie durchschlägt, Mann. Zeigen Sie so einem Kerl das Paradies, und er wird sagen, er will es kalt und finster und trostlos. Und er will, daß außer ihm niemand da ist.«

***

Vor meinem Hotel sagte er: »Danke, Matt.«

»Wofür? Ich wollte sowieso zu einem Treffen gehen. Ich bin es, der sich zu bedanken hat – für die Mitfahrgelegenheit.«

»Na schön, dann eben danke für den netten Abend. Aber bevor Sie gehen, da ist noch etwas, das ich Sie schon die ganze Zeit fragen wollte. Der Job, den Sie für Kenan machen – glauben Sie, es besteht eine Chance, daß dabei was rauskommt?«

»Ich lasse jedenfalls nichts unversucht.«

»Ich weiß, Sie hängen sich voll rein. Ich hätte bloß gern gewußt, ob Sie sich eine Chance ausrechnen, daß dabei was herauskommt.«

»Eine Chance besteht auf jeden Fall«, sagte ich. »Ich weiß allerdings nicht, wie hoch sie ist. Leider hatte ich so gut wie keine Anhaltspunkte, als ich den Fall übernommen habe.«

»Das ist mir durchaus klar. Wie die Sache für mich aussah, hatten Sie im Grunde genommen überhaupt nichts. Aber Sie haben natürlich mit so etwas mehr Erfahrung und sehen das vermutlich etwas anders.«

»Jetzt kommt es vor allem darauf an, daß wenigstens eine der Spuren, denen ich nachgehe, zu irgend etwas führt. Dabei spielt auch das weitere Vorgehen der Kidnapper eine gewisse Rolle; aber das läßt sich natürlich nicht vorhersehen. Ob ich die Sache optimistisch sehe? Das hängt davon ab, wann Sie mich fragen.«

»Wie mit der höheren Macht, hm? Die Sache ist die: Falls Sie zu der Überzeugung kommen sollten, daß es aussichtslos ist, lassen Sie sich bitte etwas Zeit, bevor Sie das meinem Bruder sagen, ja? Hängen Sie ruhig noch ein, zwei Wochen dran. Damit er das Gefühl hat, alles versucht zu haben.«

Ich schwieg.

»Was ich damit sagen will –«

»Ich weiß, was Sie meinen«, unterbrach ich ihn. »Es ist nur, daß Sie mir das nicht extra sagen müssen. Ich kann ganz schön hartnäckig sein. Wenn ich mich mal in was verbeiße, lasse ich nicht mehr so schnell los. Um ehrlich zu sein, ist das der Hauptgrund, warum es mir hin und wieder gelingt, einen Fall zu lösen. Nicht etwa, weil ich besonders clever oder sonst was bin. Ich bin da wie eine Bulldogge, ich lasse so lange nicht locker, bis etwas für mich abfällt.«

»Und das ist früher oder später immer der Fall? Früher hieß es immer, daß kein Mörder ungestraft davonkommt.«

»Hieß es das früher? Inzwischen hört man das kaum mehr. Mittlerweile kommen jede Menge Mörder ungestraft davon.« Ich stieg aus und beugte mich durchs Fenster, um den Gedanken weiterzuspinnen. »Das trifft aber nur in einer Hinsicht zu. In einer anderen überhaupt nicht. Ich bin fest davon überzeugt, daß niemand mit irgendwas ungestraft davonkommt.«

9

An diesem Abend blieb ich lange auf. Ich versuchte zu schlafen und konnte nicht. Ich versuchte zu lesen und konnte nicht. Das führte schließlich dazu, daß ich im Dunkeln am Fenster saß und in den Regen hinausstarrte, der durch die Lichtkegel der Straßenlampen fiel. Ich saß da und dachte lange Gedanken. »Die Gedanken der Jugend sind lange, lange Gedanken.« Diese Zeile habe ich mal in einem Gedicht gelesen, aber lange Gedanken kann man in jedem Alter denken, wenn man nicht schlafen kann und es draußen regnet.

Ich lag noch im Bett, als um zehn Uhr vormittags das Telefon klingelte. Es war TJ. »Hast n Füller, Müller? Hol dir besser irgend was, schreib auf:« Er spulte zwei siebenstellige Zahlen herunter. »Schreib dir auf jeden Fall auch sieben-eins-acht auf, weil du das nämlich als erstes wählen mußt.«

»Und wen bekomme ich dran, wenn ich das tue?«

»Hättest mich dran gehabt, wenn du zu Hause gewesen wärst, als ich dich das erste Mal angerufen habe. Mann, dich zu erwischen, is so wahrscheinlich wie n Lottogewinn. Hab's Freitagnachmittag versucht, hab's Freitagabend versucht, gestern den ganzen Tag un noch den ganzen Abend bis Mitternacht. Bist wirklich verdammt schwer zu erreichen.«

»Ich war unterwegs.«

»Stell dir vor, das hab ich mir fast gedacht. Ich kann dir sagen, das war vielleicht en Job, den du mir da aufgehalst hast. Brooklyn nimmt ja überhaupt kein Ende. Da kannst du tagelang rumlatschen.«

»Ja, davon gibt's eine ganze Menge«, stimmte ich ihm zu.

»Mehr als du brauchst, Mann. Bin für die erste Zelle bis zur Endstation gefahren. Jede Menge schnuckliger Häuser, als der Zug nach oben kam – wie in so ner altmodischen Stadt aus dem Kino, überhaupt nicht wie New York. Ich zur ersten Zelle gelatscht und dich angerufen. Niemand da. Auf zur nächsten gehetzt, un, Mann, das war echt n Trip. Ich bin durch Straßen gekommen, da haben mich die Leute vielleicht angesehen, du weißt schon, was willst n du hier, Nigger? Hat zwar keiner was gesagt, aber du brauchtest die Ohren nicht sehr zu spitzen um zu hören, was in ihren Hirnen so abgelaufen is.«

»Aber Ärger hast du keinen gekriegt.«

»Ich kriege nie Ärger, Mann. Ich dreh das so, daß ich den Ärger kommen sehe, bevor er mich sieht. Ich also weiter zur nächsten Zelle un wieder bei dir angerufen. Warst natürlich nicht da, konntste natürlich auch nicht abheben. Sag ich mir, hey, vielleicht is hier in der Nähe ne andere U-Bahn; bin ja meilenweit gelatscht von der letzten Station. Geh also rein in diesen Süßigkeitenladen und sag: ›Könn Sie mir sagen, wo hier die nächste U-Bahnstation ist?‹ Genauso habe ich's gesagt – ohne Scheiß –, ein Fernsehansager hätt's nicht besser hingekriegt. Aber der Typ glotzt mich nur an un sagt: ›U-Bahn?‹, als ob er das Wort noch nie gehört hätte, als ob das ne verrückte mathematische Formel wär. Ich also die ganze Strecke wieder zurückgelatscht, Mann, bis zur Endstation der Flatbush Line. Da hab ich wenigstens gewußt, wie ich hinkomme.«

»Soviel ich weiß, dürfte das auch die nächste U-Bahnstation gewesen sein.«

»Kann schon sein. Hab mir nämlich später den Streckenplan angesehen un keine nähere gefunden. Ein Grund mehr, in Manhattan zu bleiben, Mann. Da bist du wenigstens nie weit von ner U-Bahn.«

»Ich werd's mir merken.«

»Ich hatte echt gehofft, du wärst da, als ich dich angerufen hab. Hab mir schon alles so richtig toll ausgemalt, wie du dich meldest un ich dir die Nummer stecke un sage: ›Ruf mich zurück.‹ Un du wählst die Nummer, un ich nehme ab un sag:

›Hier TJ.‹ Wenn ich dir 's jetzt so erzähle, hört sich's überhaupt nicht mehr so cool an, aber vorhin dacht ich, das käme echt gut.«

»Die Zellen hatten also Nummern?«

»Ach ja, richtig! Fast vergessen. Die zweite, am Arsch der Welt, in der Veterans Avenue? Wo alle so komisch geglotzt haben? Bei der war die Nummer angegeben. Aber die andere, in der Flatbush, Ecke Farragut, hatte keine.«

»Wie hast du sie dann rausbekommen?«

»Hab die geistigen Reserven angezapft. Hab ich das noch nicht erklärt?«

»Sogar mehr als einmal.«

»Hab ganz einfach bei der Auskunft angerufen und gesagt: ›Hey, Mädel, irgend jemand hat hier Scheiße gebaut; steht nämlich keine Nummer am Apparat. Wie soll ich da wissen, von wo ich anrufe?‹ Un sie meint, sie kann nicht feststellen, welche Nummer die Zelle hat, von der ich anrufe, un deshalb kann sie mir nicht weiterhelfen.«

»Unwahrscheinlich.«

»Hab ich mir auch gedacht. Die haben doch diese ganze Technizifummelität, du willst ne Nummer wissen, un sie rasseln sie dir schneller runter, als du sie sagen kannst. Wieso sollen sie dir da nicht die Nummer von dem Telefon sagen können, von dem du gerade anrufst? Ich sage mir also: TJ, blöder Hund, die haben die Nummern doch abgemacht, um den Dealern einen Strich durch die Rechnung zu machen, un kommst an un klingst genau wie einer. Ich wähle also noch mal die Null – schließlich kannst die Auskunft den ganzen Tag anrufen, ohne daß das ne müde Mark kostet, is nämlich gebührenfrei, un kriegst auch jedesmal jemand anderen dran. Meldet sich also ne andere Tussi, un diesmal hört sich's mächtig nach Wall Street an. Ich sage: ›Vielleicht können Sie mir helfen, Miß. Ich bin hier in einer Zelle und muß meinem Büro die Nummer durchgeben, damit sie mich zurückrufen können, aber leider hat jemand das Gerät dermaßen mit sogenanntem Graffiti verschmiert, daß die Nummer darauf unmöglich zu entziffern ist. Könnten Sie vielleicht freundlicherweise für mich feststellen, von wo ich anrufe, und mir die Nummer durchgeben.‹ Un hab mein Spruch kaum zu Ende gesagt, da gibt sie die Nummer schon durch. Matt? Scheiße!«

Eine auf Band gesprochene Stimme schaltete sich ein und verlangte mehr Geld.

»Der Quarter geht zu Ende. Muß noch einen einwerfen.«

»Sag mir die Nummer. Dann rufe ich dich zurück.«

»Geht nicht. Bin hier nicht mehr in Brooklyn un hab auch niemandem die Nummer für diese Zelle rausgekitzelt.« Aus dem Hörer kam ein leises Klimpern, als er die Münze einwarf. »So, da bin ich wieder. Ganz schön clever, wie ich die Nummer rausgekriegt hab, was? Bis noch dran? Warum sags nichts?«

»Ich bin sprachlos. Ich hatte keine Ahnung, daß du auch so sprechen kannst.«

»Normal, meinst du? Klar kann ich das. Daß ich rumhänge heißt nicht, daß ich blöd bin. Sin zwei verschiedene Sprachen, Mann. Un bloß, daß du's weißt: Du hast n Sprachgenie vor dir.«

»Ich muß sagen, ich bin tief beeindruckt.«

»Echt? Dacht mir schon, wärst beeindruckt, daß ich's nach Brooklyn raus geschafft hab un wieder zurück. Was hast sonst noch für mich?«

»Im Moment nichts.«

»Nichts? Ey, Mann, irgendwas muß es doch geben, was ich tun kann. Hab meine Sache doch gut gemacht, oder nicht?«

»Sehr gut sogar.«

»Ich mein, man muß ja nicht gleich Atomphysiker oder so was sein, um nach Brooklyn raus un wieder zurück zu finden. Aber war doch cool, wie ich der Auskunft die Nummer der Zelle rausgekitzelt hab, oder nicht?«

»Auf jeden Fall.«

»Hab die geistigen Reserven angezapft.«

»Ich weiß.«

»Aber hast heute trotzdem nichts für mich.«

»Leider nein. Meld dich in ein paar Tagen noch mal.«

»Mich melden«, maulte er. »Ich würde mich ja melden, Mann, wenn bei dir jemand wär, bei dem man sich melden könnte. Weißt du, wer einen Piepser haben sollte? *Du* solltest einen Piepser haben. Dann könnt ich dich immer anpiepen, un du würdst dir dann denken: ›Muß TJ sein. Sicher was Wichtiges.‹ Was is so komisch?«

»Nichts.«

»Warum lachs dann? Werde mich jedenfalls jeden Tag bei dir melden, Mann, weil du nämlich ohne mich total aufgeschmissen wärst. Das war's, Lars.«

»Hey, der ist gut.«

»Dacht mir, daß dir's gefällt. Hab' ich für dich aufgehoben.«

***

Es regnete den ganzen Sonntag, und ich blieb fast den ganzen Tag auf dem Zimmer. Ich hatte den Fernseher laufen und schaltete ständig zwischen Tennis auf ESPN und Golf auf einem der großen Networks hin und her. Es gibt Tage, an denen ich mich durchaus für Tennis begeistern kann, aber dieser gehörte nicht dazu. Für Golf hatte ich mich allerdings noch nie erwärmen können, aber wenigstens ist die Umgebung ganz reizvoll, und die Reporter quatschen einen nicht so penetrant voll wie bei den meisten anderen Sportarten. Deshalb ist Golf genau das Richtige, wenn ich bei laufendem Fernseher nachdenken will.

Irgendwann im Lauf des Nachmittags rief Jim Faber an, um unsere Verabredung zum Abendessen abzusagen. Eine Cousine seiner Frau war gestorben, und sie mußten der Familie einen Kondolenzbesuch abstatten. »Wir könnten uns jetzt gleich auf eine Tasse Kaffee treffen«, schlug er vor. »Ist nur ziemlich abscheuliches Wetter heute.«

Genau aus diesem Grund beließen wir es dabei, lieber noch eine Weile zu telefonieren. Ich erzählte ihm, daß ich mir Sorgen machte, Peter Khoury könnte rückfällig werden. »Du solltest ihn mal über Heroin reden hören«, sagte ich. »Da möchtest du dir am liebsten auf der Stelle selbst einen Schuß setzen.«

»Das ist mir schon bei vielen Junkies aufgefallen. Die kriegen dann was richtig Wehmütiges – wie ein alter Mann, der seiner Jugend nachtrauert. Aber dir ist doch hoffentlich klar, daß du ihn nicht davon abhalten kannst, wieder damit anzufangen.«

»Natürlich weiß ich das.«

»Und du bist auch nicht sein Tutor?«

»Nein, aber er hat auch sonst keinen. Und gestern abend hat er mich wie einen Tutor benutzt.«

»Nichts dran auszusetzen, auch wenn er dich nicht in aller Form darum gebeten hat, sein Tutor zu werden. Immerhin arbeitest du für seinen Bruder und damit in gewisser Hinsicht auch für ihn.«

»Das ist mir sehr wohl bewußt.«

»Aber selbst wenn er dich darum gebeten hätte, bist du noch lange nicht für ihn verantwortlich. Du weißt doch, was einen guten Tutor ausmacht? Daß er selbst nüchtern bleibt.«

»Wenn mich nicht alles täuscht, habe ich das schon mal irgendwo gehört.«

»Wahrscheinlich von mir. Jedenfalls kann niemand jemanden davon abhalten, rückfällig zu werden. Ich bin dein Tutor. Sorge ich dafür, daß du nüchtern bleibst?«

»Nein«, sagte ich. »Ich bleibe trotz dir nüchtern.«

»Trotz mir oder mir zum Trotz.«

»Vermutlich ein bißchen von beidem.«

»Was ist überhaupt Peters Problem? Tut er sich selbst leid, weil er nicht mehr trinken oder drücken kann?«

»Schnupfen.«

»Wie bitte?«

»Er mag keine Spritzen. Ja, aber das dürfte im Moment sein größtes Problem sein. Außerdem ist er auf Gott sauer.«

»Meine Güte, wer ist das nicht?«

»Was muß das schließlich für ein Gott sein, der zuläßt, daß einem wundervollen Menschen wie seiner Schwägerin so etwas zustößt.«

»So einen Scheiß macht Gott doch ständig.«

»Wem sagst du das?«

»Vielleicht hatte Er ja sogar einen Grund. Vielleicht braucht sie Jesus als Sonnenstrahl. Kannst du dich an das Lied noch erinnern?«

»Ich glaube nicht, daß ich es mal gehört habe.«

»Dann kann ich nur hoffen, daß du es nie von mir zu hören

bekommst. Weil ich nämlich sturzbesoffen sein muß, um es zu singen. Glaubst du, er hat's mit ihr getrieben?«

»Von wem soll ich glauben, daß er es mit wem getrieben hat?«

»Glaubst du, daß Peter es mit seiner Schwägerin getrieben hat?«

»Meine Güte, wie kommst du denn darauf? Du hast eine ganz schön schmutzige Fantasie, weißt du das?«

»Das liegt an meinem Umgang.«

»Muß wohl so sein. Nein, ich glaube nicht, daß er was mit ihr hatte. Ich glaube nur, das Ganze hat ihn ziemlich mitgenommen, und jetzt will er sich wieder was reinziehen oder was trinken, und ich hoffe, er tut's nicht. Das ist alles.«

Ich rief Elaine an und sagte ihr, daß ich für den Abend nichts vorhatte, aber sie hatte sich bereits mit ihrer Freundin Monica verabredet. Sie wollten sich bei ihr treffen und sich von einem Chinesen was zum Abendessen kommen lassen, und ich könne gern dazustoßen, weil sie sich dann mehr verschiedene Gerichte bestellen könnten. Ich lehnte dankend ab.

»Du hast wohl Angst, daß wir den ganzen Abend nur über Frauenthemen reden«, sagte sie. »Womit du vermutlich gar nicht so unrecht hast.«

Als Mick Ballou anrief, sah ich mir gerade *60 Minutes* an, und wir telefonierten etwa zehn bis zwölf davon. Ich erzählte ihm in einem Atemzug, daß ich einen Flug nach Irland gebucht und wieder storniert hatte. Er fand es schade, daß ich ihn nicht besuchen kam, freute sich aber, daß ich wieder was zu tun hatte.

Ich erzählte ihm ein wenig von meinem neuen Fall, aber nicht, was mein Auftraggeber beruflich machte. Dealer konnte Mick nämlich nicht ausstehen, und gelegentlich besserte er sogar sein Einkommen auf, indem er in ihre Häuser einbrach und ihnen ihr Geld wegnahm.

Als er sich nach dem Wetter erkundigte, sagte ich, daß es den ganzen Tag geregnet hatte. Er meinte, in Irland würde es immer regnen und er könne sich kaum mehr erinnern, wie die Sonne aussah. Ach, und ob ich schon davon gehört hätte? Nun war endgültig erwiesen, daß Jesus Ire war.

»Tatsächlich?«

»Klar. Überleg dir nur mal: Er hat bei seinen Eltern gewohnt, bis er neunundzwanzig war. Er ist am letzten Abend seines Lebens mit seinen Kumpeln einen saufen gegangen. Er dachte, seine Mutter wäre Jungfrau, und die gute Frau selbst dachte, er wäre Gott.«

***

Die Woche kam nur langsam in Gang. Ich biß mich weiter an dem Fall Khoury, wenn man ihn so nennen will, die Zähne aus. Ich schaffte es, den Namen eines der Detektive herauszubekommen, der den Mordfall Leila Alvarez bearbeitet hatte. Das war die Studentin vom Brooklyn College, deren Leiche auf dem Green-Wood-Friedhof gefunden worden war. Zuständig war für ihren Fall nicht das 72. Revier, sondern die Mordkommission Brooklyn. Die Ermittlungen hatte ein Detective John Kelly geleitet, aber ich hatte Schwierigkeiten, ihn zu erreichen, und meinen Namen oder meine Telefonnummer wollte ich ihm nicht hinterlassen.

Als ich mich am Montag mit Elaine traf, war sie enttäuscht, daß nicht ständig das Telefon klingelte, weil irgendwelche Entführungsopfer anriefen. Ich tröstete sie damit, daß man eben hin und wieder keine Reaktion bekam; auch wenn man noch so viele Köder auslegte und noch so lange wartete, biß einfach kein Fisch an. Außerdem war es dafür noch zu früh, erklärte ich ihr; es war ziemlich unwahrscheinlich, daß die Leute, mit denen sie telefoniert hatte, schon vor dem Wochenende einen Rundruf starten würden.

»Aber das Wochenende ist doch schon vorbei«, erinnerte sie mich. Dem hielt ich entgegen, daß es möglicherweise eine Weile dauern würde, bis sie die in Frage kommenden Opfer erreichten, und daß sich diese vermutlich auch nicht gleich am ersten Tag dazu durchringen würden, bei uns anzurufen.

Noch niedergeschlagener war sie, als auch der Dienstag ohne einen einzigen Anruf verstrich. Als ich am Mittwochabend mit ihr telefonierte, war sie furchtbar aufgeregt. Die gute Nachricht war, daß drei Frauen angerufen hatten, die schlechte, daß nichts darauf hindeutete, daß sie etwas mit den Mördern von Francine Khoury zu tun gehabt hatten.

Eine Frau war in der Eingangshalle ihres Apartmenthauses von einem einzelnen Mann überfallen worden, der sie vergewaltigte und ihre Handtasche stahl. Ein zweites Opfer hatte sich von einem jungen Mann, den sie für einen Kommilitonen gehalten hatte, vom College nach Hause fahren lassen; er hatte sie mit einem Messer bedroht und sie gezwungen, auf den Rücksitz zu klettern, aber sie hatte fliehen können.

»Er war schmächtig, und er war allein«, sagte Elaine. »Deshalb hätte ich es etwas übertrieben gefunden, ihn in den Kreis der Kandidaten aufzunehmen. Und die dritte Anruferin wurde von einem Kerl vergewaltigt, den sie am selben Abend kennengelernt hatte. Sie und ihre Freundin waren in einer Bar in Sunnyside von zwei Männern angesprochen worden. Die beiden Kerle nahmen sie in ihrem Wagen mit. Als ihrer Freundin übel wurde, hielten sie an und ließen sie aussteigen, um sich zu übergeben. Und dann fuhren sie einfach weiter und ließen sie stehen. Ganz schön dreist, findest du nicht auch?«

»Sehr rücksichtsvoll war es jedenfalls nicht«, meinte ich. »Aber von Vergewaltigung würde ich deshalb noch nicht reden.«

»Wirklich sehr komisch. Jedenfalls gondelten sie noch eine Weile durch die Gegend und fuhren schließlich zu ihr nach Hause. Sie wollten mit ihr schlafen, und sie sagte, kommt überhaupt nicht in Frage, für wen haltet ihr mich eigentlich und ähnlichen Blabla, aber schließlich erklärte sie sich doch bereit, mit einem von ihnen ins Bett zu gehen, und zwar mit dem, mit dem sie mehr oder weniger angebandelt hatte, und der andere sollte in der Zwischenzeit im Wohnzimmer warten. Nur tat er das nicht. Statt dessen kam er nach einer Weile, als die beiden allmählich in Fahrt kamen, auch ins Schlafzimmer und sah ihnen zu. Wie du dir sicher unschwer vorstellen kannst, ist er dadurch natürlich erst recht auf den Geschmack gekommen.«

»Und weiter?«

»Er sagte bitte, bitte, bitte und sie sagte nein, nein, nein, und als alles nichts half, blies sie ihm einen, weil das die einzige Möglichkeit war, ihn loszuwerden.«

»Und das hat sie dir alles erzählt?«

»In etwas damenhafteren Worten, aber im Endeffekt lief es darauf hinaus. Anschließend hat sie sich die Zähne geputzt und die Polizei angerufen.«

»Und das Ganze als Vergewaltigung gemeldet?«

»So würde ich es zumindest nennen. Nachdem der Ton plötzlich von Bitte, bitte zu Mach-gefälligst-die-Beine-breit-oder-ich-schlag-dir-die-Zähne-ein umschlug, würde ich sagen, daß man hier durchaus von Vergewaltigung sprechen kann.«

»Wenn er so rabiat wurde, auf jeden Fall.«

»Aber es hört sich nicht nach unseren Freunden an.«

»Nein, ganz und gar nicht.«

»Für den Fall, daß du der Sache weiter nachgehen willst, habe ich mir die Telefonnummern der drei Frauen geben lassen und ihnen gesagt, wir würden uns bei ihnen melden, falls der Produzent die Sache weiterverfolgt, weil das Projekt möglicherweise gekippt wird. War das richtig so?«

»Sicher.«

»Auch wenn das Ganze zu nichts geführt hat, fand ich es schon mal einen Lichtblick, daß ich drei Anrufe gekriegt habe. Und vielleicht kommen morgen noch ein paar dazu.«

Am Donnerstag kam ein Anruf herein, der sich anfangs recht vielversprechend anhörte. Eine Frau Anfang dreißig, die an der St. John's University promovierte, war auf dem Parkplatz des Campus von drei Männern mit einem Messer bedroht worden, als sie ihren Wagen aufschließen wollte. Die Männer stiegen zu ihr in den Wagen und fuhren zum Cunningham Park, wo sie oralen und vaginalen Sex mit ihr hatten und ständig mit einem oder mehreren Messern herumfuchtelten. Außerdem drohten sie ihr damit, sie auf alle möglichen Arten zu verstümmeln, und brachten ihr an einem Arm, wenn auch vielleicht nur aus Versehen, eine Schnittwunde bei. Anschließend ließen sie die Frau einfach liegen und flüchteten in ihrem Wagen, der auch sieben Monate nach dem Zwischenfall noch nicht wieder aufgetaucht war.

»Trotzdem kommen sie für uns nicht in Frage«, sagte Elaine. »Es waren nämlich Schwarze. Und die Männer in der Atlantic Avenue waren doch Weiße?«

»Ja, das war ein Punkt, in dem sich alle Zeugen einig waren.«

»Tja, und diese Männer waren Schwarze. Diesen Punkt habe ich mehrmals angeschnitten – vermutlich dachte sie schon, ich hätte Rassenvorurteile oder ich wollte ihr welche unterstellen oder was auch immer. Wieso hätte ich mich sonst auch so nachhaltig für die Hautfarbe der Täter interessieren sollen? Sie konnte ja nicht wissen, warum das für mich so wichtig war. Jedenfalls kommt sie für uns nicht mehr in Frage, es sei denn, sie haben seit letztem August herausbekommen, wie man seine Hautfarbe ändern kann.«

»Wenn sie das herausbekommen hätten, würden dabei mehr als vierhunderttausend Dollar für sie herausspringen.«

»Das kannst du laut sagen. Wie dem auch sei, ich kam mir zwar reichlich blöd vor, aber ich notierte mir trotzdem ihre Telefonnummer und sagte ihr, wir würden uns bei ihr melden, sobald wir grünes Licht für das Projekt bekommen. Weißt du, was komisch war? Sie meinte, sie wäre richtig froh, angerufen zu haben – ganz gleich, ob aus der Sache was wird; es hätte ihr einfach gut getan, darüber zu sprechen. Unmittelbar nachdem es passierte, hätte sie ziemlich viel darüber gesprochen und auch eine Therapie gemacht, aber jetzt hätte sie schon länger nicht mehr darüber gesprochen, und das hätte ihr richtig gut getan.«

»Das war sicher auch für dich ein gutes Gefühl.«

»Und ob. Bis dahin hatte ich nämlich ziemliche Schuldgefühle, weil ich sie unter einem falschen Vorwand dazu gebracht hatte, das Ganze noch einmal von neuem zu durchleben. Sie meinte, mit mir wäre es sehr leicht gewesen, darüber zu sprechen.«

»Das überrascht mich überhaupt nicht.«

»Sie dachte, ich wäre Therapeutin oder etwas in der Art. Ich glaube sogar, sie stand schon kurz davor zu fragen, ob sie nicht einmal die Woche in Behandlung zu mir kommen könnte. Aber ich sagte ihr noch rechtzeitig, ich wäre Assistentin eines Filmproduzenten und daß man für diesen Job ganz ähnliche Voraussetzungen mitbringen müßte.«

***

Am selben Tag schaffte ich es endlich, Detective John Kelly von der Mordkommission Brooklyn zu erreichen. Er konnte sich noch an den Fall Leila Alvarez erinnern und sagte, das wäre eine schreckliche Geschichte gewesen. Sie war sehr hübsch gewesen und nach Aussagen aller, die sie gekannt hatten, auch sehr sympathisch und tüchtig.

Ich gab mich als Journalist aus, der einen Artikel über Leichen schrieb, die an ungewöhnlichen Stellen aufgetaucht waren, und fragte, ob die Leiche irgendwelche Besonderheiten aufgewiesen hatte. Er sagte, sie sei verstümmelt gewesen, und ich bohrte weiter, ob er dazu ein paar nähere Angaben machen könne. Aber darauf wollte er sich nicht einlassen – zum einen, weil bestimmte Einzelheiten des Falls nicht an die Öffentlichkeit dringen sollten, zum anderen aus Rücksicht auf die Angehörigen des Mädchens.

»Das können Sie doch sicher verstehen«, meinte er.

Ich versuchte es noch mit ein paar anderen Tricks, rannte aber jedesmal gegen dieselbe Wand. Schließlich dankte ich ihm und wollte bereits einhängen, als ich ihn aus irgendeinem Grund fragte, ob er früher mal im Achtundsiebzigsten war. Er fragte, warum ich das wissen wollte.

»Weil ich einen John Kelly kannte, der dort mal war. Allerdings können Sie kaum derselbe John Kelly sein, weil der nämlich schon lange pensioniert sein müßte.«

»Das war mein Vater. Wie war Ihr Name gleich wieder? Scudder? Und Sie haben gesagt, Sie sind Reporter?«

»Nein, ich war selbst mal bei der Polizei, unter anderem auch im Achtundsiebzigsten. Dann ging ich zur Kripo und kam ins Sechste in Manhattan.«

»Ach, Sie waren mal bei der Kripo? Und jetzt sind Sie Journalist? Mein Vater hat die ganze Zeit davon geredet, daß er mal ein Buch schreiben wollte, aber dabei ist es auch geblieben – ich meine, beim Reden. Er ist vor – warten Sie mal – acht Jahren in Pension gegangen und lebt jetzt in Florida; baut dort in seinem Garten Grapefruit an. Eine Menge Polizisten, die ich kenne, arbeiten an einem Buch oder erzählen, daß sie das tun. Oder erzählen, daß sie das vorhaben. Und Sie haben also tatsächlich Ernst gemacht.«

Es wurde langsam Zeit, ihm reinen Wein einzuschenken. »Nein«, sagte ich.

»Wie bitte?«

»Alles Quatsch«, gab ich zu. »Ich bin Privatdetektiv. Das bin ich, seit ich bei der Polizei aufgehört habe.«

»Und was wollen Sie über den Fall Alvarez wissen?«

»Welche Verstümmelungen dem Opfer beigebracht wurden.«

»Warum?«

»Ich will wissen, ob ihr irgendwelche Gliedmaßen amputiert wurden.«

Darauf trat eine Pause ein, lange genug, um mich meine Direktheit bereuen zu lassen. Schließlich sagte er: »Wissen Sie, was ich wissen möchte, Mister? Ich würde gern wissen, was Sie eigentlich wirklich wollen.«

»Vor etwas mehr als einem Jahr gab es einen Fall in Queens. Auf der Jamaica Avenue in Woodhaven entführten drei Männer eine Frau. Ein paar Tage später wurde sie auf dem Golfplatz im Forest Park gefunden. Neben einer Reihe anderer Brutalitäten haben sie ihr auch zwei Finger abgeschnitten und in, äh, zwei Körperöffnungen gesteckt.«

»Haben Sie Grund zu der Annahme, daß die beiden Frauen von denselben Leuten umgebracht wurden?«

»Nein, aber ich habe Grund zu der Annahme, daß es die Kerle, die Marie Gotteskind auf dem Gewissen haben, nicht bei diesem einen Mal belassen haben.«

»Hieß so das Opfer in Queens? Gotteskind?«

»Marie Gotteskind, ja. Ich versuche, ihre Entführer mit anderen Morden in Verbindung zu bringen, und dabei fiel der Fall Alvarez in die engere Wahl. Allerdings weiß ich darüber nur, was in den Zeitungen stand.«

»Alvarez hatte einen Finger im Arsch stecken.«

»Wie Gotteskind. Nur daß die auch noch vorne einen drin hatte.«

»In der –«

»Ja.«

»Da geht's Ihnen wie mir. Sie scheinen bestimmte Worte auch nicht gern in den Mund zu nehmen, wenn es sich um eine

Tote handelt. Die Gerichtsmediziner kennen da allerdings keine Hemmungen. Wenn man die so reden hört, könnte man denken, denen ist nichts heilig. Aber vermutlich ist das nur, um so was erst gar nicht an sich ranzulassen.«

»Wahrscheinlich.«

»Trotzdem finde ich es ganz schön respektlos. Diese armen Teufel, was können die schon noch erwarten außer einem bißchen Respekt, wenn sie mal tot sind? Von den Leuten, die ihnen das Leben genommen haben, haben sie jedenfalls keinen gekriegt.«

»Nein.«

»Ihr fehlte auch eine Brust.«

»Wie bitte?«

»Alvarez. Sie haben ihr eine Brust abgeschnitten. Der Art der Blutungen nach zu schließen, muß sie noch am Leben gewesen sein, als sie es getan haben.«

»Mein Gott.«

»Glauben Sie mir, diese Schweine würde ich mir liebend gern kaufen. Wenn man bei der Mordkommission ist, will man natürlich jeden kriegen, weil es so was wie einen kleinen Mord nun mal nicht gibt, aber ein paar gehen einem trotzdem ganz besonders nahe, und das war so einer. Wir haben alles versucht, wir haben genauestens überprüft, was sie zuvor gemacht hat, wir haben mit jedem gesprochen, der sie kannte. Aber Sie wissen ja, wie das ist. Wenn es keine Verbindung zwischen dem Opfer und den Tätern gibt und so gut wie keine Spuren, kommt man nicht über einen bestimmten Punkt hinaus. Am Tatort selbst gab es kaum brauchbare Spuren, weil sie sie woanders umgebracht haben und erst danach auf dem Friedhof deponiert haben.«

»Das stand in der Zeitung.«

»War das im Fall Gotteskind auch so?«

»Ja.«

»Wenn ich von dieser Gotteskind gewußt hätte – vor etwas mehr als einem Jahr, sagen Sie, war das?« Ich nannte ihm das genaue Datum. »Das wäre also alles in einer Akte nachzulesen gewesen, die in Queens rumlag, aber woher soll ich das wissen? Zwei Leichen, denen sie die Finger, äh, entfernt und woanders reingesteckt haben, und ich sitze hier rum und drehe Däumchen. Herrgott noch mal.«

»Ich hoffe, das bringt Sie weiter.«

»Sie hoffen, daß mich das weiterbringt. Was haben Sie sonst noch?«

»Nichts.«

»Wenn Sie mir irgend etwas verschweigen –«

»Alles, was ich über den Fall Gotteskind weiß, ist, was in der Akte steht. Und alles, was ich über den Fall Alvarez weiß, ist, was Sie mir eben erzählt haben.«

»Und was haben Sie mit der ganzen Geschichte zu tun? Ich meine, welche Interessen verfolgen Sie dabei?«

»Ich habe Ihnen doch gerade –«

»Nee, nee, nee. Den Grund für Ihr Interesse?«

»Das ist vertraulich.«

»Von wegen. Sie haben kein Recht, mir etwas vorzuenthalten.«

»Das tue ich nicht.«

»Und wie nennen Sie das dann?«

Ich holte tief Luft. »Ich habe Ihnen alles gesagt, wozu ich verpflichtet bin. Ich verfüge über keinerlei weiteres Wissen, was die Fälle Gotteskind und Alvarez angeht. Was ersteren betrifft, habe ich Einsicht in die polizeilichen Unterlagen genommen, und mein Wissen über letzteren beziehe ich aus dem, was Sie mir erzählt haben. Das ist alles, was ich über die Sache weiß.«

»Was war der Grund, weshalb Sie ursprünglich diese Akte lesen wollten?«

»Eine Zeitungsmeldung, die vor einem Jahr erschienen ist. Und *Sie* habe ich aufgrund einer anderen Zeitungsmeldung angerufen. Das ist alles.«

»Sie haben doch einen Klienten, den Sie decken wollen.«

»Falls ich einen Klienten habe, ist er sicherlich nicht der Täter, und außerdem wüßte ich nicht, was seine Person außer mir jemanden angehen sollte. Vergleichen Sie die beiden Fälle doch selber miteinander. Dann werden Sie schon sehen, ob Sie das irgendwie weiterbringt.«

»Klar, das mach' ich. Trotzdem wüßt' ich gern, was Sie mit der Sache zu tun haben.«

»Unwichtig.«

»Ich könnte Sie herbestellen – oder Sie mit Gewalt herschaffen lassen, falls Sie es darauf ankommen lassen wollen.«

»Das könnten Sie«, pflichtete ich ihm bei. »Aber Sie würden verdammt noch mal keinen Furz mehr erfahren, als ich Ihnen bereits erzählt habe. Schlimmstenfalls würde mich das Ganze etwas Zeit kosten. Aber Sie genauso.«

»Scheiße, Sie haben echt Nerven.«

»Was wollen Sie?« hielt ich dagegen. »Sie wissen inzwischen etwas, das Sie vor meinem Anruf noch nicht gewußt haben. Wenn Sie unbedingt die Leberwurst markieren wollen, meinetwegen, aber wozu das Ganze?«

»Soll ich vielleicht auch noch danke sagen?« Das könnte nicht schaden, dachte ich, behielt es aber lieber für mich. »Ach, zum Teufel«, brummte er. »Aber geben Sie mir wenigstens Ihre Adresse und Ihre Telefonnummer, falls ich Sie noch mal brauche.«

Dummerweise hatte ich ihm meinen Namen genannt. Ich hätte es natürlich darauf ankommen lassen können, ob er genügend von seinem Job verstand, um mich im Telefonbuch von Manhattan nachzuschlagen, aber wozu das Ganze? Also gab ich ihm Adresse und Telefonnummer und versicherte ihm, es täte mir leid, daß ich nicht alle seine Fragen beantworten könnte, aber ich hätte nun mal auch die Interessen meines Klienten zu wahren. »Hätte ich noch Ihren Job, würde mir das auch ganz gewaltig stinken«, mußte ich zugeben. »Deshalb kann ich Ihre Reaktion gut verstehen. Aber ich muß tun, was ich tun muß.«

»Den Satz habe ich schon mal irgendwo gehört. Egal, vielleicht sind's in beiden Fällen dieselben Täter, und vielleicht geht mir ja tatsächlich 'n Licht auf, wenn ich den Kram mal nebeneinander lege. Wär' jedenfalls schön.«

Das kam einem Danke näher, als ich erwarten konnte, weshalb ich mich gern damit zufrieden gab. Ich sagte, daß ich das auch schön fände, und wünschte ihm viel Glück. Außerdem bat ich ihn, seinem Vater Grüße von mir zu bestellen.

10

An diesem Abend ging ich zu einem Treffen und Elaine zu ihrem Kurs, und anschließend nahm sich jeder von uns ein Taxi zum Mother Goose, wo wir uns erst mal eine Weile die Band anhörten. Gegen halb zwölf tauchte Danny Boy auf und setzte sich zu uns. Er hatte ein Mädchen dabei, sehr groß, sehr schlank, sehr schwarz und sehr eigenartig. Er stellte sie mit Kali vor. Als er ihr unsere Namen nannte, nickte sie kurz, aber sie sagte kein Wort und erweckte auch sonst nicht den Anschein, als bekäme sie etwas von dem mit, worüber wir uns die nächste halbe Stunde unterhielten. Doch dann beugte sie sich unvermutet vor, starrte Elaine durchdringend an und sagte: »Ihre Aura ist krickentenblau und sehr klar, sehr schön.«

»Danke«, sagte Elaine.

»Und Sie haben eine sehr alte Seele«, fügte Kali hinzu, und das war das letzte, was sie sagte, und das letzte, was darauf hindeutete, daß sie sich unserer Anwesenheit bewußt war. Danny Boy hatte nicht viel zu berichten, weshalb wir uns vor allem auf die Musik konzentrierten und uns in den Pausen über alle möglichen Belanglosigkeiten unterhielten. Als wir gingen, war es schon ziemlich spät. Im Taxi zu Elaines Wohnung sagte ich: »Du hast eine sehr alte Seele und eine krickentenblaue Aura und einen süßen, kleinen Arsch.«

»Wirklich erstaunlich, daß sie das gleich gesehen hat«, meinte Elaine. »Die meisten Leute bemerken meine krickentenblaue Aura erst beim zweiten oder dritten Treffen.«

»Ganz zu schweigen von deiner alten Seele.«

»Aber ehrlich gesagt fände ich es besser, wenn du meine alte Seele aus dem Spiel lassen würdest. Über meinen süßen, kleinen Arsch kannst du meinetwegen sagen, was du willst. Wo gabelt er diese Mädchen bloß immer auf?«

»Keine Ahnung.«

»Wenn es lauter 08/15-Schönheiten aus irgendeiner Model-Agentur wären, könnte ich es ja noch verstehen, aber seine Mädchen haben immer was Besonderes. Die von heute abend, Kali – auf was, glaubst du, war die wohl?«

»Keine Ahnung.«

»Denn auf mich hat sie den Eindruck gemacht, als wäre sie in einer völlig anderen Welt. Nehmen die Leute immer noch psychedelische Drogen? Vermutlich war sie auf Magic Mushrooms – oder auf irgendeinem halluzinogenen Pilz, der nur auf schimmelndem Leder wächst. Eines kann ich dir jedenfalls sagen: Als Domina könnte die einen Haufen Geld machen.«

»Aber nicht in schimmelnden Lederklamotten. Und auch nur, wenn sie etwas mehr bei der Sache wäre.«

»Du weißt, was ich meine. Sie hat dafür das Aussehen und die Ausstrahlung. Oder kannst du dich nicht vor ihr auf den Knien rutschen sehen und das auch noch in vollen Zügen genießen?«

»Nein.«

»Da ist er. Der Maquis von Sanft persönlich. Ich habe dich einmal gefesselt, erinnerst du dich?«

Der Taxifahrer konnte sich nur mit Mühe ein Grinsen verkneifen. »Würdest du jetzt bitte den Mund halten!?« sagte ich.

»Kannst du dich wirklich nicht mehr erinnern? Du bist eingeschlafen.«

»Der beste Beweis dafür, wie geborgen ich mich bei dir fühle. Und jetzt halt bitte endlich den Mund.«

»Na schön, dann werde ich mich eben in meine krickentenblaue Aura hüllen und ganz still sein.«

***

Bevor ich am nächsten Morgen ging, sagte sie, sie hätte ein gutes Gefühl, was die Anrufe der Entführungsopfer anging. »Heute wird es bestimmt klappen«, meinte sie.

Sie sollte sich jedoch täuschen, krickentenblaue Aura hin oder her. Sie bekam keinen einzigen Anruf. Als ich am Abend mit ihr telefonierte, war sie ziemlich geknickt. »Das war's vermutlich«, sagte sie. »Am Mittwoch drei, gestern einer und heute keiner. Und ich dachte schon, ich würde was Wichtiges rausfinden und ganz groß rauskommen.«

»Achtundneunzig Prozent jeder Ermittlungstätigkeit besteht aus Leerlauf«, tröstete ich sie. »Aber man muß alles tun, was einem einfällt, weil man vorher nicht wissen kann, welche Spur zu etwas führt. Du mußt am Telefon ganz große Klasse gewesen sein – das Echo war nämlich enorm. Und auf gar keinen Fall sollst du dir wie ein Versager vorkommen, bloß weil du kein lebendes Opfer dieser drei Spaßvögel aufgetrieben hast. Du hast nach einer Nadel in einem Heuhaufen gesucht, und vermutlich sogar in einem Heuhaufen, in dem es gar keine Nadel gibt.«

»Wie meinst du das?«

»Ich meine, daß sie wahrscheinlich niemanden am Leben gelassen haben, der als Zeuge gegen sie auftreten könnte. Wahrscheinlich haben sie alle Frauen, die ihnen in die Hände gefallen sind, umgebracht. Du hast also eine Frau zu finden versucht, die gar nicht existiert.«

»Na schön. Wenn sie gar nicht existiert, dann soll sie sich zum Teufel scheren.«

TJ rief jeden Tag an, manchmal auch mehrere Male. Für das Überprüfen der zwei Telefonzellen in Brooklyn hatte ich ihm fünfzig Dollar gegeben. Aber davon konnte ihm nicht sehr viel geblieben sein, weil das, was er nicht für Bus und U-Bahn ausgegeben hatte, für die Anrufe draufging. Sicher wäre er auf einen besseren Schnitt gekommen, wenn er für einen Trickbetrüger Kunden angelockt oder einem Straßenhändler ausgeholfen oder sonst einen der Jobs gemacht hätte, mit denen er sich über Wasser hielt. Trotzdem lag er mir weiter in den Ohren, daß ich ihm was zu tun geben sollte.

Am Samstag stellte ich einen Scheck für die Miete aus und beglich die anderen Rechnungen, die reingekommen waren – die Telefonrechnung und die Monatsabrechnung für meine Kreditkarte. Als ich die Telefonrechnung vor mir liegen hatte, mußte ich wieder an die Anrufe denken, die bei Kenan Khoury eingegangen waren. Vor ein paar Tagen hatte ich noch einmal einen Anlauf gemacht, bei einer Telefongesellschaft jemanden aufzutreiben, der eine Möglichkeit kannte, an diese Daten heranzukommen. Aber ich hatte mir nur wieder sagen lassen müssen, daß das nicht möglich war.

Das ging mir gerade durch den Kopf, als TJ gegen halb elf anrief. »Laß mich doch noch n paar Telefonzellen checken«, bettelte er. »In der Bronx, auf Staten Island, irgendwo.«

»Ich hab was anderes, was du für mich tun kannst. Ich gebe dir eine Telefonnummer, und du findest für mich raus, wer sie angerufen hat.«

»Was war das?«

»Ach, nichts.«

»Nein, du hast was gesagt, Mann. Sag schon, was 's war.«

»Vielleicht schaffst du es ja tatsächlich«, sagte ich, mehr zu mir selbst. »Weißt du noch, wie du diesem Mädchen von der Auskunft die Telefonnummer für die Zelle in der Farragut Road aus der Nase gezogen hast?«

»Du meinst, mit meiner Brooks-Brothers-Stimme?«

»Genau. Vielleicht kannst du mit derselben Stimme auch einen Telefongesellschaft-Vizepräsidenten auftreiben, der weiß, wie man eine Liste aller Anrufe bekommt, die bei einem bestimmten Anschluß in Bay Ridge eingegangen sind.« Er stellte mir ein paar weitere Fragen, und ich erklärte ihm, was ich brauchte und warum ich es nicht bekam.

»Moment mal«, sagte er. »Soll heißen, sie wolln's dir nicht geben?«

»Sie *können* mir gar nichts geben. Sie haben zwar alle Anrufe registriert, aber es gibt keine Möglichkeit, sie unter diesem Gesichtspunkt zu sortieren.«

»So'n Scheiß. Erste Auskunft, die ich dran hatte, sagte auch 's sei nicht drin, mir die Zellennummer zu geben. Kannst nix glauben, was die verzapfen, Mann.«

»Nein, ich –«

»Bist'n Witzbold. Ruf jeden Tag an, frag hast was für TJ, un nie haste nix für mich. Wieso hast mir das nicht früher erzählt? Bistn Depp, Sepp.«

»Wie meinst du das?«

»Ich meine: Wenn du nicht sagst, was du willst, wie soll ich 's dir da besorgen? Hab's dir gleich am Anfang gesagt, als wir uns trafen, wie du in der Deuce rumgeschlichen bis un mit keinem Menschen was geredet hast. Hab's dir da schon gesagt, brauchst bloß das Maul aufmachen, auf was du abfährst, un ich sorg dafür, daß du's kriegst.«

»Ich erinnere mich.«

»Warum ärgerst dich also mit der Telefongesellschaft rum, wenn du genau weißt, mußt bloß zu TJ gehen.«

»Du meinst, du weißt, wie man an diese Telefonnummern rankommt?«

»Das nicht, Mann. Aber ich weiß, wie man an die Kongs rankommt.«

***

»Die Kongs«, sagte er. »Jimmy und David.«

»Sind die beiden Brüder?«

»Kann da eigentlich keine Ähnlichkeit feststellen. Jimmy Hong is Chinese un David King Jude. Jedenfalls sein Vater is Jude. Seine Mutter is, glaube ich, Puertoricanerin.«

»Warum heißen sie die Kongs?«

»Jimmy Hong un David King? Hong Kong un King Kong?«

»Aha.«

»Und ihr Lieblingsgame war mal Donkey Kong.«

»Was ist das? Ein Videospiel?«

Er nickte. »Ziemlich gutes.«

Wir waren in der Snack-Bar im Busbahnhof, in der er sich unbedingt mit mir hatte treffen wollen. Ich hatte eine Tasse schlechten Kaffee vor mir stehen, und er aß einen Hot Dog und trank ein Pepsi. Er sagte: »Kannst dich noch an diesen Typen, Socks, erinnern, haben ihm im Spielsalon zugesehen? Ist so ziemlich der Beste, den es gibt, aber gegen die Kongs kann er trotzdem einpacken. Du weißt, daß ein guter Spieler versuchen muß, mit dem Automaten Schritt zu halten. Kongs haben das nicht nötig. Die sind ihm immer einen Schritt voraus.«

»Du hast mich hierher geschleppt, bloß um ein paar Flipperfreaks zu treffen?«

»Zwischen Flippern un Video-Games is ein Riesenunterschied, Mann.«

»Mag sein, aber –«

»Is doch nichts im Vergleich zu dem Unterschied zwischen Video-Games un dem, was die Kongs machen. Hab dir doch erzählt, wie das mit den Typen läuft, hängen ständig in den

Spielsalons rum – irgendwann werden sie so gut, daß sie nicht mehr besser werden können. Und dann haben sie keinen Bock mehr.«

»Das hast du mir erzählt.«

»Deswegen sind ein paar von denen jetzt auf Computer umgestiegen. Was ich gehört hab, waren die Kongs schon die ganze Zeit auf dem Computertrip, haben die ganzen Video-Games mit Computer ausgetrickst. So haben sie immer schon vorher gewußt, was der Automat macht. Spielst du Schach?«

»Ich kenne die Züge.«

»Du un ich spielen mal zusammen. Sehn ob du was kannst. Kennste diese Steintische unten am Washington Square? Wo die Leute ihre Stopuhren mitbringen und Schachbücher lesen, während sie warten, daß sie drankommen? Spiele da auch manchmal.«

»Dann mußt du gut sein.«

Er schüttelte den Kopf. »Da sind n paar Typen dabei, da has das Gefühl, als würdest du gegen die bis zum Bauch im Wasser um die Wette rennen. Gegen die bis auf verlorenem Posten, im Kopf sind die immer fünf bis sechs Züge voraus.«

»Das Gefühl habe ich in meinem Job auch manchmal.«

»Echt? Video-Games wurden jedenfalls irgendwann langweilig für die Kongs; weil sie ihnen immer fünf Züge voraus-waren. Drum sind sie auf Computer umgestiegen; Hacker heißt das, das sind die jetzt. Weißt du, was das ist?«

»Ich habe das Wort schon mal gehört.«

»Mann, wenn du was von der Telefongesellschaft willst, dann rufst keine Auskunft an. Schlägst dich auch mit keinen Vizepräsidenten rum, sondern rufst die Kongs an. Die schleichen sich ins Telefonnetz un kriechen dort rum, als ob die Telefongesellschaft n Monster wär un sie in seinen Adern rumschwimmen. Kennste du diesen Film, wie hießn der, *Fantastische Reise?* Die Kongs machen ne Reise durchs Telefonnetz.«

»Na, ich weiß nicht. Wenn nicht mal ein leitender Angestellter von der Telefongesellschaft weiß, wie sich diese Daten sortieren lassen –«

»Hörste überhaupt zu, Mann?« Er seufzte, dann sog er fest an seinem Strohhalm und trank den letzten Rest Pepsi aus.

»Du willst wissen, was gerade abgeht, was sich auf der Deuce oder im Barrio oder in Harlem tut, wen fragste da? Den beschissenen Bürgermeister?«

»Ach so.«

»Kapierst was ich sage? Die Kongs wissen genau, was bei den Telefongesellschaften abgeht. Du kennst doch Ma Bell. Die Kongs schauen ihr unter den Rock.«

»Wo können wir sie finden? Im Spielsalon?«

»Hab's dir gesagt. Das interessiert schon lang nicht mehr. Ab und zu kommen sie noch vorbei, checken, was so läuft, aber hängen nicht mehr ständig da rum. Wir werden nicht sie finden. Sie werden uns finden. Hab ihnen gesagt, wir sind hier.«

»Wie hast du sie erreicht?«

»Was glaubste denn? Angepiept. Kongs sind nie weit von nem Telefon. Weißte, das Hot Dog war saugut. Man würd nich denken, daß man in so nem Laden was Gescheites kriegt, aber die Hot Dogs sind echt in Ordnung.«

»Heißt das, daß du noch einen möchtest?«

»Warum nich. Wird außerdem noch ne Weile dauern, bis sie hier sind, un dann werden sie dich erst mal abchecken, bevor sie mit dir reden. Wollen bestimmt sichergehen, daß du allein bist un daß sie sich sofort verkrümeln können, wenn sie Schiß vor dir kriegen.«

»Warum sollten sie vor mir Schiß kriegen?«

»Weil du n Bulle sein könntest, der für die Telefongesellschaft arbeitet. Mann, Kongs sind Outlaws! Wenn Ma Bell die erwischt, kriegen sie ganz gewaltig den Arsch voll.«

***

»Die Sache ist die«, sagte Jimmy Hong. »Wir müssen vorsichtig sein. Leute in Anzügen sind davon überzeugt, daß es seit der Gelben Gefahr keine größere Bedrohung für die amerikanische Wirtschaft gegeben hat als die Hacker. Ständig bringen die Medien neue Horrormeldungen, welchen Schaden die Hacker dem System zufügen könnten, wenn wir wollten.«

»Daten löschen«, fuhr David King fort. »Dateien ändern. Die Vernetzung stören.«

»Das gibt zwar jede Menge spektakulärer Stories ab, aber sie lassen dabei völlig außer acht, daß wir so einen Scheiß nie abziehen würden. Die glauben, wir lassen die Eisenbahngleise hochgehen, während wir doch bloß auf den fahrenden Zug aufspringen und ein bißchen schwarzfahren wollen.«

»Ab und zu setzt natürlich irgendein Irrer einen Virus –«

»Aber meistens ist das gar kein Hacker, sondern irgendein Arschloch, das sauer auf seine Firma ist, oder jemand bringt einen Wurm rein, weil er eine Raubkopie von einem Programm benutzt.«

»Das Problem ist«, sagte David, »Jimmy ist zu alt, um irgendwelche Risiken eingehen zu können.«

»Bin nämlich letzten Monat achtzehn geworden«, sagte Jimmy Hong.

»Wenn sie uns jetzt schnappen, gilt er vor dem Gesetz als Erwachsener. Natürlich nur, wenn sie nach dem Geburtsdatum gehen. Wenn sie allerdings seinen geistigen Entwicklungsstand berücksichtigen –«

»Würde David straffrei ausgehen«, sagte Jimmy, »weil er das Zeitalter der Vernunft noch nicht erreicht hat.«

»Das irgendwo zwischen Steinzeit und Eisenzeit liegt.«

Sobald sie sich mal entschieden hatten, Vertrauen zu einem zu haben, waren sie kaum mehr zu bremsen. Jimmy Hong war etwa einsfünfundachtzig groß, lang und schlaksig, mit glattem, schwarzem Haar und einem länglichen, finsteren Gesicht. Er hatte eine Pilotenbrille mit bernsteinfarbenen Gläsern auf, und nachdem wir etwa zehn bis fünfzehn Minuten zusammengesessen waren, tauschte er sie gegen eine runde Hornbrille mit normalen Gläsern aus, die sein Aussehen von cool in Richtung strebsam veränderten.

David King war nicht größer als einsfünfundsechzig, mit rundem Gesicht und rotem Haar und massenhaft Sommersprossen.

Beide trugen Mets-Aufwärmjacken, Chinos und Reeboks, aber diese kleidungsmäßigen Übereinstimmungen genügten nicht, sie wie Zwillinge aussehen zu lassen.

Wenn man allerdings die Augen zumachte, war die Ähnlichkeit frappierend. Ihre Stimmen und ihre Art zu sprechen waren fast identisch, und sie hatten die Angewohnheit, daß einer die Sätze des anderen zu Ende sprach.

Die Vorstellung, zur Aufklärung eines Mordfalls beizutragen, übte unverkennbar einen enormen Reiz auf sie aus – die näheren Details hatte ich allerdings ausgespart –, und sie schienen sich köstlich zu amüsieren über die Reaktionen, die ich auf meine Anrufe bei der Telefongesellschaft bekommen hatte. »Das ist ja köstlich!« prustete Jimmy Hong. »Behaupten die doch tatsächlich, das sei nicht möglich. Wahrscheinlich heißt das bloß, daß sie nicht wissen, wie es geht.«

»Ist immerhin ihr System«, warf David King ein. »Da möchte man meinen, daß wenigstens sie selbst durchblicken.«

»Tun sie aber nicht.«

»Und hassen uns wie die Pest, weil wir besser durchblicken als sie.«

»Und denken, wir würden dem System schaden –«

» – wo wir es doch in Wirklichkeit *lieben.* Wenn man nämlich vom Hacken wirklich Ahnung hat, weiß man, daß NYNEX absolute Spitze ist.«

»Ein tolles Programm.«

»Unglaublich vielfältig.«

»Rädchen zwischen Rädchen.«

»Labyrinthe im Labyrinth.«

»Das ultimative Video-Game und das ultimative Dungeons and Dragons in einem.«

»Gigantisch.«

Ich sagte: »Aber läßt sich das auch machen?«

»Läßt sich was machen? Ach so, die Telefonnummern? Alle Anrufe, die an einem bestimmten Tag unter einer bestimmten Nummer eingegangen sind?«

»Ja.«

»Das ist natürlich ein Problem«, sagte David King.

»Ein interessantes Problem, meint er.«

»Ja, ein sehr interessantes sogar. Aber auf jeden Fall ein Problem, für das es eine Lösung gibt, ein lösbares Problem.«

»Aber ziemlich verzwickt.«
»Wegen der enormen Datenmenge.«
»Tonnen von Daten«, sagte Jimmy Hong. »Millionen und Abermillionen von Daten.«
»Mit Daten meint er Anrufe.«
»Milliarden von Anrufen. Milliarden und Abermilliarden von Anrufen.«
»Die man verarbeiten muß.«
»Aber bevor man damit überhaupt anfangen kann –«
»Muß man erst mal reinkommen.«
»Was mal ziemlich einfach war.«
»Ein Klacks.«
»Sie haben die Tür sperrangelweit offengelassen.«
»Aber jetzt haben sie sie zugemacht.«
»Fest verrammelt, könnte man sagen.«
»Wenn ihr dafür eine spezielle Ausrüstung braucht –«
»Nein, nein, eigentlich nicht.«
»Wir haben bereits alles, was dafür nötig ist.«
»Ist ja auch nicht viel. Ein halbwegs gescheiter Laptop, ein Modem, eine Akustikkopplung –«
»Alles in allem nicht mehr als zwölfhundert Dollar.«
»Außer man ist so verrückt, einen teuren Laptop zu kaufen, obwohl das vollkommen unnötig ist.«
»Der, den wir benutzen, hat siebenhundertfünfzig gekostet und hat trotzdem alles, was man braucht.«
»Ihr könntet es also machen?«
Sie tauschten Blicke aus, dann sahen sie mich an. Jimmy Hong sagte: »Klar könnten wir es machen.«
»Könnte sogar recht interessant werden.«
»Allerdings müßten wir eine Nacht durchmachen.«
»Und heute nacht geht es nicht.«
»Nein, heute nacht kommt nicht in Frage. Bis wann müßte es denn sein?«
»Na ja –«
»Morgen ist Sonntag. Ist Sonntagabend okay, Matt?«
»Für mich, ja.«
»Und Sie, Mr. King?«

»Gebont, Mr. Hong.«

»TJ? Wie sieht's bei dir aus?«

»Morgen abend?« Das war das erste, was er sagte, seit er mich den Kongs vorgestellt hatte. »Masehn, morgen abend. Was habe ich für morgen abend schon vor? War da nicht die Pressekonferenz im Gracie Mansion, oder war ich mit Henry Kissinger im Windows on the World zum Essen verabredet?« Er tat so, als blätterte er in einem Terminkalender, bevor er mit strahlendem Blick aufschaute. »Was sagt ihr dazu? Hab noch nichts vor.«

Jimmy Hong sagte: »Es werden allerdings verschiedene Kosten anfallen, Matt. Wir brauchen ein Hotelzimmer.«

»Ich habe ein Zimmer.«

»Sie meinen, wo Sie wohnen?« Amüsiert über meine Naivität, grinsten sie sich an. »Nein, was wir brauchen, muß total anonym sein. Wir werden uns ganz weit in NYNEX reinwühlen –«

»Sozusagen im Bauch des Ungeheuers rumkriechen –«

» – und dabei könnten wir Spuren hinterlassen.«

»Oder Fingerabdrücke, wenn Ihnen das lieber ist.«

»Sogar Stimmabdrücke, natürlich nur im übertragenen Sinn.«

»Deshalb macht man so was nicht über ein Telefon, das mit irgend jemandem in Verbindung gebracht werden kann, sondern man nimmt sich unter falschem Namen ein Hotelzimmer und bezahlt dafür in bar.«

»Ein halbwegs anständiges.«

»Muß aber nicht gleich das Ritz sein.«

»Bloß Telefone mit Direktwahl müssen sie haben.«

»Was heutzutage sowieso die meisten haben. Und ein Tastentelefon sollte es sein, Tasten sind wichtig.«

»Keine Wählscheibe.«

»Das dürfte weiter kein Problem sein«, sagte ich. »Ist es das, was ihr normalerweise macht? Ein Hotelzimmer mieten?«

Sie tauschten wieder Blicke aus.

»Falls ihr nämlich ein bestimmtes Hotel bevorzugt –«

David sagte: »Die Sache ist die, Matt: Wenn wir hacken wollen, haben wir in der Regel keine hundert oder hundertfünfzig Dollar für ein anständiges Hotelzimmer.«

»Oder auch nur fünfundsiebzig für ein schäbiges Zimmer.«

»Oder fünfzig für ein beschissenes. Deshalb machen wir es meistens so –«

»Wir suchen uns mehrere Telefonzellen nebeneinander, wo nicht viel los ist, wie zum Beispiel im Wartesaal der Grand Central auf der Seite, wo die Nahverkehrszüge abfahren –«

» – oder in einem Bürohochhaus, irgendwas in der Art.«

»Einmal haben wir uns sozusagen selbst in ein Büro reingelassen –«

»Was ganz schön bescheuert war, Mann. Das war das erste und letzte Mal.«

»Wir haben es nur gemacht, um die Telefone benutzen zu können.«

»War jedenfalls ziemlich nervenaufreibend. Noch mal würden wir das bestimmt nicht machen. Wissen Sie, die Sache ist die, wir werden dafür ein paar Stunden brauchen –«

»Und es wäre natürlich niemandem damit gedient, wenn plötzlich jemand reingeplatzt käme oder wenn wir mittendrin das Telefon wechseln müßten.«

»Kein Problem«, beruhigte ich sie. »Ihr sollt ein gescheites Hotelzimmer kriegen. Was sonst noch?«

»Coke.«

»Oder Pepsi.«

»Lieber Coke.«

»Oder Jolt. ›Der ganze Zucker und doppelt soviel Koffein.‹«

»Vielleicht auch ein bißchen Junk Food. Vielleicht ein paar Doritos.«

»Aber mit Ranch-Geschmack, nicht Barbecue.«

»Kartoffelchips, Cheez Doodles –«

»O Mann, keine Cheez Doodles!«

»Ich *mag* Cheez Doodles.«

»Mann, das ist so ziemlich das mieseste an Junk Food, was im Augenblick auf dem Markt ist. Nur zur Probe: Kannst du mir irgendwas Eßbares sagen, das noch beschissener ist als Cheez Doodles?«

»Pringles.«

»Das gilt nicht! Pringles sind nichts Eßbares. Matt, Sie sind in dieser Sache unparteiisch. Was meinen Sie? Sind Pringles was Eßbares?«

»Na ja –«

»Sind sie nicht. Hong, du bist total krank im Kopf. Pringles sind kleine Frisbees, die sich verzogen haben, mehr nicht. Jedenfalls sind sie nichts *Eßbares.*«

***

Als sich Kenan Khoury nicht meldete, versuchte ich es bei seinem Bruder. Peters Stimme hörte sich ziemlich verschlafen an, und ich entschuldigte mich, daß ich ihn geweckt hatte. »Das scheint bei mir in letzter Zeit zur Gewohnheit zu werden«, sagte ich. »Tut mir leid.«

»Selber schuld, am hellichten Tag einzuschlafen! Mein Rhythmus ist in letzter Zeit ein bißchen durcheinander. Was gibt's?«

»Nichts Besonderes. Ich versuche bloß schon die ganze Zeit, Kenan zu erreichen.«

»Der ist immer noch in Europa. Hat mich erst gestern abend angerufen.«

»Ach so.«

»Am Montag kommt er wieder zurück. Wieso, gibt's irgendwas Neues?«

»Noch nicht. Es ist nur wegen ein paar Taxifahrten.«

»Wie bitte?«

»Spesen«, sagte ich. »Ich habe morgen Ausgaben, die sich um die zweitausend Dollar belaufen. Das wollte ich vorher noch mit ihm abklären.«

»Überhaupt kein Problem, Matt. Dagegen hat er bestimmt nichts einzuwenden. Er hat doch gesagt, daß er für alle Ausgaben aufkommt.«

»Ja.«

»Legen Sie's einfach so lange aus. Sie kriegen das Geld bestimmt.«

»Genau das ist das Problem. Mein Geld ist auf der Bank, und heute ist Samstag.«

»Haben Sie denn keine Automatenkarte?«

»Die nützt mir für ein Schließfach nichts. Von meinem Konto kann ich nicht so viel abheben, weil ich erst kürzlich ein paar Rechnungen bezahlt habe.«

»Dann schreiben Sie einen Scheck aus und zahlen das Geld gleich am Montag ein, damit er gedeckt ist.«

»Das sind keine Anschaffungen, für die man mit Scheck bezahlen kann.«

»Ach so, klar.« Für einen Moment wurde es still. »Tja, da bin ich erst mal auch überfragt, Matt. Ein paar Hunderter könnte ich Ihnen geben, aber gleich zwei Riesen?«

»Hat Kenan denn nichts in seinem Safe?«

»Wahrscheinlich sogar wesentlich mehr, bloß komme ich da nicht dran. Einem Junkie verrät man die Kombination seines Safes nicht, selbst wenn es der eigene Bruder ist. Außer man ist verrückt.«

Ich sagte nichts.

»Das ist nicht vorwurfsvoll gemeint«, fuhr er darauf fort. »Ich stelle es nur fest. Gibt ja auch keinen Grund, warum er mir die Kombination seines Safes sagen sollte. Ehrlich gestanden, bin ich sogar froh, daß ich sie nicht weiß. Die würde ich mir nicht mal selbst sagen.«

»Sie sind jetzt clean und trocken, Pete. Wie lange schon? Anderthalb Jahre?«

»Trotzdem bin ich immer noch ein Säufer und ein Junkie, Mann. Den Unterschied kennen Sie doch? Ein Säufer wird Ihnen die Brieftasche stehlen.«

»Und ein Junkie?«

»Ein Junkie wird Ihnen auch die Brieftasche stehlen. Und dann wird er Ihnen helfen, sie zu suchen.«

***

Fast hätte ich Pete gefragt, ob er wieder zu dem Treffen in Chelsea mitkommen wollte, aber aus irgendeinem Grund tat ich es dann doch nicht. Vielleicht fiel mir ein, daß ich nicht sein Tutor war und auch nicht scharf darauf, es zu werden. Ich rief Elaine an und fragte sie, wie sie gerade bei Kasse war. »Komm ruhig vorbei«, sagte sie. »Ich hab das ganze Haus voll Geld.«

Sie hatte fünfzehnhundert in Fünfzigern und Hundertern und sagte, sie könne sich aus dem Automaten noch mehr holen, aber nicht mehr als fünfhundert pro Tag. Um sie nicht völlig blank zurückzulassen, nahm ich nur zwölfhundert. Zusammen mit dem, was ich einstecken hatte und im Automaten abheben konnte, würde das problemlos reichen.

Als ich ihr erzählte, wofür ich das Geld brauchte, fand sie das richtig aufregend. »Ist das nicht ziemlich riskant?« wollte sie wissen. »Mir ist natürlich klar, daß so was verboten ist, aber wie verboten genau?«

»Jedenfalls verbotener als bei Rot über die Straße zu gehen. Unerlaubter Zugriff auf Computerdaten ist ein strafrechtliches Vergehen, genau wie Manipulation von Computerdaten, und wenn mich nicht alles täuscht, werden die Kongs morgen beides tun. Ich werden ihnen dabei helfen und Vorschub leisten und habe mich bereits der Anstiftung zu einer kriminellen Handlung schuldig gemacht. Ich kann dir sagen, heutzutage kannst du dich kaum mehr umdrehen, ohne über das Strafgesetz zu stolpern.«

»Aber du glaubst, die Sache ist das Risiko wert?«

»Ich denke schon.«

»Ich meine, sie sind ja noch halbe Kinder. Du willst doch nicht, daß sie deinetwegen Ärger kriegen.«

»Genausowenig möchte ich selbst Ärger kriegen. Abgesehen davon, machen sie so was ständig. Aber diesmal werden sie wenigstens dafür bezahlt.«

»Wieviel kriegen sie?«

»Fünfhundert. Jeder.«

Sie stieß einen leisen Pfiff aus. »Nicht schlecht für eine Nacht Arbeit.«

»Das kannst du laut sagen. Wenn ich sie selbst hätte bestimmen lassen, wieviel sie dafür wollen, hätten sie vermutlich wesentlich weniger verlangt. Aber als ich sie gefragt habe, wieviel sie haben wollen, haben sie erst nur rumgedruckst, worauf ich ihnen fünfhundert pro Kopf vorgeschlagen habe, und damit schienen sie ganz zufrieden. Die zwei sind typische Mittelschicht-Kids. An Geld liegt denen vermutlich nicht viel. Wenn ich es darauf angelegt hätte, hätten sie es wahrscheinlich sogar umsonst gemacht.«

»Indem du an ihren Edelmut appelliert hättest.«

»Und an ihren Wunsch, bei einer richtig aufregenden Sache mitzumachen. Aber das wollte ich nicht. Warum sollen sie nicht ein bißchen was kriegen? Jemandem von der Telefongesellschaft hätte ich noch wesentlich mehr zahlen müssen, wenn ich jemanden gefunden hätte, der sich hätte bestechen lassen. Bloß ließ sich niemand auftreiben, der zugegeben hätte, daß das, was ich wollte, technisch machbar ist. Warum also nicht die Kongs ein bißchen was an der Sache verdienen lassen? Ist schließlich nicht mein Geld, und Kenan Khoury hat mir mehrmals versichert, daß Geld keine Rolle spielt.«

»Und wenn er es sich plötzlich anders überlegt und aussteigt?«

»Das halte ich für ziemlich unwahrscheinlich.«

»Außer natürlich, er wird verhaftet, wenn er mit einer Weste voll Stoff durch den Zoll marschiert.«

»Das ist natürlich nicht grundsätzlich auszuschließen. Aber dann wäre ich auch nur um knapp zwei Riesen ärmer. Immerhin habe ich vor vierzehn Tagen zehntausend Dollar Vorschuß von ihm gekriegt. Mein Gott, so lange ist das schon her. Montag werden es zwei Wochen.«

»Was hast du denn plötzlich?«

»Na ja, für die lange Zeit habe ich noch nicht sehr viel rausgekriegt. Es ist, als ob – ich meine, was soll's, ich tue, was ich kann. Tatsache ist jedenfalls, daß ich es mir leisten kann, das Risiko einzugehen, daß ich das Geld nicht zurückkriege.«

»Wahrscheinlich.« Sie runzelte die Stirn. »Wie kommst du übrigens auf zweitausend Dollar? Hundertfünfzig für ein Hotelzimmer und ein Tausender für die Kongs. Wieviel Coca-Cola können die zwei ungefähr trinken?«

»Ich trinke auch welches. Und vergiß TJ nicht.«

»Trinkt er so viel?«

»Soviel er will. Außerdem kriegt er auch fünfhundert Dollar.«

»Dafür, daß er dich mit den Kongs bekanntgemacht hat? Daran habe ich gar nicht gedacht.«

»Daß er mich mit den Kongs bekanntgemacht hat, und daß er

die Idee hatte, mich mit den Kongs bekanntzumachen. Eine bessere Möglichkeit gibt es gar nicht, um herauszubekommen, was ich von der Telefongesellschaft wissen will, und ich selbst wäre nie auf die Idee gekommen, mich zu diesem Zweck an jemanden wie die Kongs zu wenden.«

»Man hört zwar immer wieder von Hackern, aber einen zu finden, wenn man einen braucht, ist vermutlich eine andere Sache. Im Branchenbuch stehen sie jedenfalls nicht, oder? Matt, wie alt ist TJ eigentlich?«

»Das weiß ich nicht.«

»Hast du ihn nie gefragt?«

»Ich hab nie eine klare Antwort gekriegt. Ich würde sagen, um die fünfzehn, sechzehn, mit maximal einem Jahr Abweichung nach unten oder oben.«

»Und er lebt auf der Straße? Wo schläft er?«

»Er behauptet, er hat eine Bleibe. Allerdings hat er mir nie gesagt, wo oder bei wem. Eines lernt man jedenfalls auf der Straße: Du wartest erst mal ab, bevor du jemandem erzählst, was du machst.«

»Oder auch, wie du heißt. Weiß er, wieviel er kriegt?«

Ich schüttelte den Kopf. »Darüber haben wir noch nicht gesprochen.«

»Aber er rechnet doch sicher nicht mit so viel.«

»Nein. Aber warum sollte er nicht trotzdem so viel kriegen?«

»Ich will dir das Ganze keineswegs ausreden. Ich frage mich nur, was er mit den fünfhundert Dollar machen wird?«

»Das ist seine Sache. Bei fünfundzwanzig Cents pro Anruf könnte er mich zum Beispiel zweitausendmal anrufen.«

»Das wäre eine Möglichkeit. Mein Gott, wenn ich bloß dran denke, was wir alles für Leute kennen. Danny Boy, Kali. Mick. TJ. Die Kongs. Matt? Laß uns nie aus New York wegziehen, ja?«

11

Sonntags treffe ich mich normalerweise mit Jim Faber in einem chinesischen Restaurant zum Abendessen, aber manchmal gehen wir auch woanders hin. Wir hatten uns für halb sieben in unserem Stammlokal verabredet, und kurz nach sieben fragte er mich, ob ich heute noch was Wichtiges vorhätte. »Weil das schon das dritte Mal ist, daß du in der letzten Viertelstunde auf die Uhr gesehen hast.«

»Entschuldige bitte«, sagte ich. »Das habe ich gar nicht gemerkt.«

»Hast du Probleme?«

»Na ja, ich muß später noch was erledigen«, sagte ich, »aber ich habe noch jede Menge Zeit. Ich muß erst um halb neun da sein.«

»Ich gehe um halb neun zu einem Treffen, aber du machst nicht den Eindruck, als ob du das auch vorhast.«

»Nein, ich war heute nachmittag schon bei einem; ich wußte, daß ich heute abend nicht dazu kommen würde.«

»Noch mal zu deinem Termin. Du bist doch nicht deshalb so nervös, weil dabei Alkohol mit im Spiel sein wird?«

»Ganz und gar nicht. Es wird nichts Stärkeres geben als Coca-Cola. Außer jemand bringt ein paar Dosen Jolt mit.«

»Ist das eine neue Droge, von der ich noch nichts gehört habe?«

»Nein, so was ähnliches wie Coke, bloß mit doppelt soviel Koffein.«

»Ob du das verträgst?«

»Das muß sich erst zeigen. Möchtest du wissen, was ich mache, wenn wir hier fertiggegessen haben? Ich werde mir unter einem falschen Namen ein Hotelzimmer nehmen und drei minderjährige Kids dorthin mitnehmen.«

»Erzähl lieber nicht weiter.«

»Werde ich auch nicht. Ich möchte schließlich nicht, daß du im voraus Kenntnis von einer strafbaren Handlung erhältst.«

»Du hast vor, mit diesen Jungen eine strafbare Handlung zu begehen?«

»Die strafbare Handlung werden nur sie begehen. Ich werde ihnen dabei zusehen.«

»Nimm dir noch was von dem Seebarsch. Er ist heute besonders gut.«

***

Bis neun Uhr waren wir alle vier in einem 160-Dollar-Eckzimmer des Frontenac versammelt, einem 2000-Betten-Hotel, das vor ein paar Jahren mit japanischem Geld gebaut und inzwischen an einen holländischen Konzern verkauft worden ist. Es lag an der Ecke von Seventh Avenue und Fifty-third Street, und von unserem Zimmer im achtundzwanzigsten Stock konnte man ein Stück vom Hudson sehen. Beziehungsweise hätte man ihn sehen können, wenn wir die Jalousien nicht runtergelassen hätten.

Auf der Kommode lagen verschiedene Snacks bereit, darunter auch Cheez Doodles, aber keine Pringles. Im Kühlschrank waren drei Sorten Cola, jeweils ein Sechserpack. Das Telefon war vom Nachttisch auf den Schreibtisch verlegt worden. Am Hörer war ein sogenannter Akustikkoppler angebracht, und in der Rückseite steckte ein Ding, das sich Modem nannte. Es teilte sich den Schreibtisch mit dem Laptop der Kongs.

Ich hatte mich als John J. Gunderman ins Hotelregister eingetragen und eine Adresse in der Hillcrest Avenue in Skokie, Illinois, angegeben. Ich bezahlte in bar, zuzüglich der fünfzig Dollar Kaution, die barzahlende Gäste hinterlegen müssen, wenn sie Telefon und Mini-Bar benutzen wollen. Auf die Mini-Bar konnte ich verzichten, um so dringender brauchten wir dagegen das Telefon. Nur deshalb waren wir hier.

Jimmy Hong saß am Schreibtisch. Seine Finger huschten über die Tastatur des Computers, dann tippten sie ein paar Nummern in das Telefon ein. David King hatte sich zwar einen Stuhl herangezogen, schaute aber im Stehen über Jimmys Schulter auf den Computerschirm. Eben noch hatte er mir zu erklären versucht, wie sich der Computer mit Hilfe des Modems über das Telefonnetz mit anderen Computern koppeln ließ, aber das Ganze war etwa so, als versuchte man eine Feldmaus in die Grundbegriffe der nichteuklidischen Geometrie einzuführen. Selbst wenn hin und wieder ein paar Worte dabei waren, die ich verstand, hatte ich keine Ahnung, wovon er redete.

Die Kongs waren in Anzug und Krawatte erschienen, aber nur, um in das Hotel zu kommen; inzwischen lagen ihre Jacketts und Krawatten auf dem Bett, und sie hatten die Ärmel hochgekrempelt. TJ war in seiner üblichen Aufmachung, aber sie hatten ihm an der Rezeption keine Schwierigkeiten gemacht. Er hatte sich mit zwei großen Tüten mit Lebensmitteln als Botenjunge verkleidet.

Jimmy sagte: »Wir sind drin.«

»Alles klar.«

»Na ja, in NYNEX sind wir zwar drin, aber das ist, wie wenn du in der Hotelhalle bist und eigentlich in ein Zimmer im vierzigsten Stock willst. Also, fangen wir mal an.«

Seine Finger tanzten, und auf dem Bildschirm leuchteten Zahlen- und Buchstabenkombinationen auf. Nach einer Weile sagte er: »Wechseln ständig das Codewort, die Schweine. Was die für einen Aufwand betreiben, bloß um Leute wie uns draußen zu halten.«

»Als ob sie das könnten.«

»Wenn sie genausoviel Energie darauf verwenden würden, das System zu verbessern –«

»Ganz schön blöd.«

Mehr Buchstaben, mehr Zahlen. »Mist«, fluchte Jimmy und griff nach seinem Coke. »Weißt du was?«

»Zeit für unser Mensch-zu-Mensch-Programm«, sagte David.

»Meine Rede. Hast du Lust, dein zwischenmenschliches Know-how etwas aufzupolieren?«

David nickte und nahm das Telefon. »Manche Leute nennen so was ›Kommunikationstechnik‹«, erklärte er mir. »Am schwierigsten ist es bei NYNEX, weil die nämlich ihre Leute ausdrücklich vor uns warnen. Nur gut, daß die meisten Leute, die dort arbeiten, absolute Holzköpfe sind.« Er wählte eine Telefonnummer, und kurz darauf sagte er: »Hi, hier spricht Ralph

Wilkes, ich checke gerade Ihren Anschluß. Sie haben Probleme, in COSMOS reinzukommen, richtig?«

»Das haben sie immer«, murmelte Jimmy Hong. »Die Frage ist also okay.«

»Ja, klar«, sagte David. Dann kam eine Menge Fachkauderwelsch, das ich nicht verstand, und schließlich sagte er: »Und wie kommen Sie da jetzt rein? Was ist Ihr Zugangscode? Nein, natürlich, sagen Sie ihn mir nicht, dürfen Sie ja auch gar nicht, wegen der Sicherheit.« Er verdrehte die Augen. »Ja, ich weiß, uns nerven sie damit auch ständig. Hören Sie, sagen Sie mir den Code nicht, sondern geben Sie ihn bloß auf Ihrem Keyboard ein.« Zahlen und Buchstaben erschienen auf unserem Bildschirm, und Jimmys Finger übertrugen sie rasch auf unser Keyboard. »Gut«, sagte David. »Können Sie jetzt dasselbe noch mal mit Ihrem Codewort für COSMOS machen? Sagen Sie es mir nicht, geben Sie es bloß ein. Mhm.«

»Super«, sagte Jimmy leise, als die Nummer auf dem Bildschirm auftauchte. Er tippte sie ein.

»Das müßte genügen«, sagte David der Person, mit der er sprach. »Von jetzt an dürften Sie eigentlich keine Probleme mehr haben reinzukommen.« Er hängte auf und gab einen tiefen Seufzer von sich. »Wir dürften jetzt auch keine Probleme mehr haben. ›Sagen Sie mir die Nummer nicht, geben Sie sie nur ein. Sag's nicht mir, Schätzchen, sag's meinem Computer.‹«

»Heiße Scheiße«, sagte Jimmy.

»Sind wir drin?«

»Wir sind drin.«

»Jau!«

»Matt, was haben Sie für eine Telefonnummer?«

»Völlig zwecklos, mich anzurufen«, sagte ich. »Ich bin nicht zu Hause.«

»Wer sagt denn, daß ich Sie anrufen will? Ich will nur Ihren Anschluß checken. Wie ist Ihre Nummer? Nein, nichts sagen. Das kriegen wir auch so. ›Scudder, Matthew.‹ West Fifty-Seventh Street, ja? Kommt Ihnen das bekannt vor?«

Ich sah auf den Bildschirm. »Das ist meine Telefonnummer«, sagte ich.

»Mhm. Zufrieden damit? Oder wollen Sie eine andere – eine, die leichter zu merken ist?«

»Wenn Sie bei der Telefongesellschaft anrufen, um Ihre Nummer ändern zu lassen«, schaltete sich David ein, »dauert es mindestens eine Woche, bis die sie durch alle Instanzen georgelt haben. Aber wir können das sofort machen.«

»Eigentlich möchte ich meine Nummer ganz gern behalten«, sagte ich.

»Paßt zu Ihnen, hä!? Dürftige Grundausstattung, die Sie da haben. Keine Anrufweiterleitung, kein Anklopfen. Ach, Sie wohnen in einem Hotel, da haben Sie die Rezeption als privaten Telefondienst. Anklopfen brauchen Sie deshalb also nicht unbedingt, aber Anrufweiterleitung sollten Sie sich auf jeden Fall zulegen. Angenommen, Sie sind bei jemand anderem. Da könnten Sie Ihre Anrufe automatisch dorthin durchstellen lassen.«

»Ich weiß nicht, ob ich davon so oft Gebrauch machen würde, daß es sich rentieren würde.«

»Kostet Sie überhaupt nichts.«

»Ich dachte, dafür wird eine monatliche Gebühr erhoben.«

Er grinste, und seine Finger huschten über die Tastatur. »Sie kriegen das kostenlos, weil Sie einflußreiche Freunde haben. Von nun an haben Sie Anrufweiterleitung, mit freundlichen Empfehlungen der Kongs. Wir sind jetzt in COSMOS drin, das ist das System, in das wir gerade eingedrungen sind, und hier werde ich jetzt die Änderungen an Ihrem Fernmeldekonto eingeben. Das System, das Ihre Abrechnung erstellt, weiß von dieser Änderung nichts; deshalb kostet Sie das Ganze nichts.«

»Wie ihr meint.«

»Ich sehe gerade, Sie benutzen für Ihre Ferngespräche AT&T. Sie haben nicht Sprint oder MCI genommen.«

»Nein. Ich hatte nicht den Eindruck, daß ich dadurch viel sparen würde.«

»Also, ich gebe Ihnen Sprint«, sagte er. »Das spart Ihnen ein Vermögen.«

»Wirklich?«

»Mhm. Weil NYNEX Ihre Ferngespräche an Sprint weiterleiten wird, ohne daß Sprint etwas davon weiß.«

»Und deshalb werden sie Ihnen auch nicht berechnet«, ergänzte David.

»Also, ich weiß nicht«, sagte ich.

»Sie können mir ruhig glauben.«

»Oh, ich zweifle nicht an dem, was ihr sagt. Ich weiß nur nicht, was ich davon halten soll. Das ist Diebstahl von Dienstleistungen.«

Jimmy sah mich an. »Wir haben es hier mit der Telefongesellschaft zu tun.«

»Ich weiß.«

»Glauben Sie, die werden deshalb arm?«

»Nein, aber –«

»Matt, wenn Sie von einer Zelle anrufen und das Geld kommt wieder raus, was machen Sie dann? Behalten Sie's oder stecken Sie's wieder in den Schlitz?«

»Oder schicken Sie es ihnen in Briefmarken?« flocht David ein.

»Ich glaube, ich weiß, was ihr meint.«

»Wir alle wissen, was passiert, wenn das Telefon Ihren Quarter schluckt und keine Verbindung zustandekommt. Machen wir uns doch nichts vor. Wir sitzen in jedem Fall am kürzeren Hebel, wenn wir es mit Mother Bell zu tun haben.«

»Wahrscheinlich.«

»Also haben Sie ab sofort kostenlose Ferngespräche und kostenlose Anrufweiterleitung. Um Ihre Anrufe weiterleiten zu lassen, müssen Sie einen Code eingeben, aber Sie brauchen bloß anzurufen und zu sagen, Sie haben Ihren Zettel verloren, dann erklären die Ihnen alles. Überhaupt kein Problem. TJ, was hast du für eine Telefonnummer?«

»Gar keine.«

»Deine Lieblingszelle?«

»Meine Lieblingszelle? Keine Ahnung. Außerdem weiß ich von keiner die Nummer.«

»Dann such dir einfach eine aus und sag mir, wo sie ist.«

»In Port Authority stehen drei nebeneinander, die ich ab und zu benutze.«

»Geht nicht. Dort gibt es so viele Zellen, daß sich nicht sicher feststellen läßt, ob wir wirklich von derselben reden. Weißt du keine an einer Straßenecke?«

Er zuckte mit den Achseln. »Da wär Eighth und Forty-third.«

»Uptown, downtown?«

»Uptown, Ostseite.«

»Okay, mal kurz ... da ist sie schon. Willst du dir die Nummer aufschreiben?«

»Warum änderst du sie nicht einfach«, schlug David vor.

»Gute Idee. Am besten eine, die leicht zu merken ist. Was hältst du von TJ-5-4321?«

»So was wie meine eigene Nummer? Hey, das is Klasse!«

»Mal sehen, ob sie noch frei ist. Nee, hat schon jemand.

Versuchen wir's einfach anders rum. TJ-5-6789. Kein Problem. Das ist ab sofort deine Nummer.«

»Geht das tatsächlich so einfach?« fragte ich. »Sind denn die dreistelligen Vorwahlnummern nicht an bestimmte Stadtteile gebunden?«

»Das war mal. Es gibt auch immer noch Schaltstellen, aber die betreffen nur die spezielle Anschlußnummer, und die hat nichts damit zu tun, was man wählt. Das Ganze ist so: Die Nummer, die Sie wählen, wie die, die ich TJ gerade gegeben habe, ist nichts anderes als der PIN-Code, den Sie benutzen, um aus Ihrem Bankautomaten Geld abzuheben, ein simpler Erkennungscode also.«

»Eigentlich ist es ein Zugangscode«, verbesserte ihn David.

»Aber er gibt den Zugang zur Leitung frei, und die leitet den Anruf weiter.«

»Machen wir das jetzt mit deinem Telefon klar, TJ. Ist doch ein Münztelefon?«

»Ja.«

»Falsch. Es war ein Münztelefon. Jetzt ist es ein freies Telefon.«

»Einfach so?«

»Einfach so. In ein paar Wochen wird es zwar irgendein Idiot melden, aber bis dahin kannst du dir schon mal ein paar Quarter sparen. Weißt du noch, wie wir Robin Hood gespielt haben?«

»Das war echt stark«, sagte David. »Wir waren mal unten am

World Trade Center, es war schon ziemlich spät, und wir haben ein paar Anrufe von einer Zelle gemacht, aber erst mal haben wir sie umgemeldet, damit die Anrufe nichts mehr gekostet haben –«

» – sonst hätten wir die ganze Nacht Münzen einwerfen können, was ja ziemlich bescheuert wäre –«

» – wo doch Hong immer sagt, die Benutzung von Telefonzellen sollte für jeden frei sein, genau wie die U-Bahn, und die Mautstellen an den Highways sollten sie auch abschaffen –«

» – oder sie zumindest so einrichten, daß die Schranken mit oder ohne Chip hochgehen, was ohne weiteres möglich wäre, wenn sie computergesteuert wären, aber sie sind mechanisch –«

» – was ganz schön rückständig ist, wenn man sich das mal genauer überlegt –«

» – aber bei den Telefonzellen besteht wenigstens die Möglichkeit, was zu machen, und deshalb sind wir, ich glaube, es waren ungefähr zwei Stunden –«

» – eher anderthalb –«

» – in COSMOS rumgegurkt, vielleicht war's auch MIZAR –«

» – nein, es war COSMOS –«

» – und haben eine Zelle nach der andern geändert, sie befreit sozusagen –«

» – und Hong schafft sich voll rein, ›Power to the People‹ und so –«

» – und ich weiß nicht, wie viele Zellen wir umgepolt haben, bis wir fertig waren.« Er schaute auf. »Weißt du was? Manchmal kann ich sogar verstehen, daß uns NYNEX an den Kragen will. Von deren Standpunkt aus betrachtet, machen wir denen das Leben tatsächlich ganz schön schwer.«

»Und weiter?«

»Nichts und weiter. Man muß bloß auch mal ihren Standpunkt sehen, das ist alles.«

»Muß man nicht«, sagte David King. »Das ist so ziemlich das letzte, was man tun muß: deren Standpunkt sehen. Das ist ungefähr genauso bescheuert, wie wenn du Pac-Man spielst und dir die Blue Meanies leidtun.«

Das ließ Jimmy Hong nicht auf sich sitzen, und während es zwischen den beiden noch eine Weile so hin und her ging, machte ich mir eine frische Dose Coke auf. Als ich wieder zu den beiden zurückkam, sagte Jimmy gerade: »Gut, wir sind jetzt in den Brooklyner Nummern drin. Geben Sie mir diese Nummer noch mal.«

Ich sah sie nach und las sie ab, und er gab sie in den Computer ein. Mehr Buchstaben und Zahlen, für mich ohne jede Bedeutung, erschienen auf dem Bildschirm. Seine Finger tanzten über die Tasten, und Name und Adresse meines Klienten tauchten auf.

»Ist das Ihr Freund?« wollte Jimmy wissen. Das bejahte ich.

»Er telefoniert gerade nicht«, sagte er.

»Kannst du das feststellen?«

»Klar. Wir könnten mithören, wenn er gerade telefonieren würde. Du kannst jeden anzapfen und mithören.«

»Ist bloß stinklangweilig.«

»Ja, früher haben wir das hin und wieder gemacht. Da denkt man, man bekommt vielleicht was Scharfes zu hören, oder jemand redet über ein Verbrechen oder Spionage oder so. Aber alles, was du zu hören kriegst, ist so tödliches Zeug wie: ›Vergiß nicht, auf dem Heimweg noch einen halben Liter Milch mitzunehmen, Schatz.‹ Langweilig.«

»Und wie viele Leute sich kaum ausdrücken können. Die stottern rum, daß man ihnen am liebsten sagen würde, jetzt komm endlich zur Sache oder laß es lieber gleich bleiben.«

»Natürlich gibt es jede Menge Telefonsex.«

»Hör mir bloß damit auf.«

»Das ist Kings Lieblingsbeschäftigung. Drei Dollar die Minute, auf die Telefonrechnung gesetzt. Aber wenn du von einer Zelle anrufst, der du beigebracht hast, nichts zu berechnen, kostet es dich nichts.«

»Ist allerdings ziemlich gruslig. Was wir aber mal gemacht haben, wir haben uns einfach zwischengeschaltet und auf einem dieser Anschlüsse mitgehört.«

»Und dann haben wir uns eingeschaltet und unsere Kommentare abgegeben, was diesen Typen fast zum Ausflippen gebracht hat. Da hat er dafür bezahlt, um ganz allein mit dieser Tussi mit der unglaublichen Stimme zu reden –«

»–die vermutlich ein Gesicht hatte wie Godzilla, aber das konnte natürlich niemand sehen –«

»–und dann redet King mitten im Satz dazwischen und macht ihm seine schönen Fantasien kaputt.«

»Das Mädchen war auch ganz schön fertig.«

»Mädchen. Das war wahrscheinlich eine Großmutter.«

»Plötzlich sagte sie nur noch Zeug wie: ›Wer hat das gesagt? Wer sind Sie? Wie sind Sie in dieses Gespräch gekommen?‹«

Den ganzen Wortwechsel über war Jimmy Hong in einen zweiten Dialog verwickelt gewesen – mit dem Computer. Doch plötzlich hob er, um uns zum Schweigen zu bringen, die Hand und tippte mit der anderen etwas ein. »Okay, und jetzt das Datum. Es war irgendwann im März, oder?«

»Am achtundzwanzigsten.«

»Monat drei, Tag zwei-acht. Und wir wollen die Anrufe unter 04-053-904.«

»Nein, seine Nummer ist –«

»Das ist die Nummer seines Anschlusses, Matt. Haben Sie schon wieder vergessen? Aha, hab ich mir fast gedacht. Daten nicht zugänglich.«

»Was heißt das?«

»Es heißt, daß es schlau von uns war, ordentlich was zu futtern mitzubringen. Könnte mir mal jemand ein paar von den Doritos bringen? Wir werden noch eine Weile hier rumhängen, das ist alles. Wollen Sie auch wissen, welche Anrufe er von seinem Apparat aus gemacht hat, weil wir schon mal in diesem Bereich des Systems sind? Wäre doch schade, diese Gelegenheit nicht zu nutzen.«

»Wenn wir schon dabei sind.«

»Mal sehen, was dabei rauskommt. Sieh sich das mal einer an. Will nicht mit der Sprache rausrücken. Na schön, dann versuchen wir's eben so rum. Aha. Gut, und jetzt –«

Das System begann eine Liste von Anrufen auszuspucken, in chronologischer Reihenfolge, ein paar Minuten nach Mitternacht beginnend. Vor ein Uhr früh zwei Anrufe, dann nichts mehr bis zu einem Dreißig-Sekunden-Gespräch mit einer 212er Nummer um 8 Uhr 47 morgens. Dem folgten ein weiterer Anruf am Vormittag und mehrere am frühen Nachmittag, aber keiner zwischen 14 Uhr 51 und 17 Uhr 18, als er eineinhalb Minuten mit seinem Bruder telefoniert hatte. Ich erkannte Peter Khourys Nummer.

Dann den ganzen Abend kein einziges Gespräch mehr.

»Sonst noch was, was Sie sich notieren wollen, Matt?«

»Nein.«

»Okay. Und jetzt wird es ein bißchen schwierig.«

***

Ich könnte beim besten Willen nicht sagen, was sie eigentlich die ganze Zeit machten. Kurz nach elf tauschten sie Plätze.

Während David am Computer weitermachte, ging Jimmy auf und ab und gähnte und reckte sich, dann verschwand er ins Bad, und als er wieder zurückkam, verputzte er eine ganze Pakkung Hostess-Napfkuchen. Um halb eins wechselten sie sich wieder ab, und David ging ins Bad, um zu duschen. TJ war inzwischen auf dem Bett eingeschlafen. Er lag in voller Kleidung, Schuhe und alles, auf der Tagesdecke und klammerte sich an ein Kissen, als wollte es ihm die Welt entreißen.

Um halb zwei sagte Jimmy: »Verdammte Scheiße. Ich kann einfach nicht glauben, daß es keine Möglichkeit gibt, in NPSN reinzukommen.«

»Gib mir mal das Telefon her«, sagte David. Er wählte eine Nummer, grunzte, drückte auf die Gabel, wählte noch einmal und kam nach dem dritten Versuch zu jemandem durch. »Hey«, sagte er. »Mit wem spreche ich? Super. Hören Sie, Rita, hier ist Taylor Fielding von NICNAC Central; bei uns ist eben ein Fünfercode-Notruf reingekommen. Ich brauche Ihren NPSN-Zugangscode und Ihr Paßwort, damit wir nicht extra mit Cleveland Rücksprache halten müssen. Ein Fünfercode, haben Sie gehört?« Er hörte aufmerksam zu und streckte dann eine Hand nach dem Computer-Keyboard aus. »Rita«, sagte er, »Sie sind ein Schatz. Sie haben mir das Leben gerettet, ohne Witz. Stellen Sie sich mal vor, ich hatte vorher gleich zwei Leute hintereinander dran, die nicht wußten, daß ein Fünfercode Vorrang hat. Ja, klar, das ist, weil Sie auf Zack sind. Ach, und falls deswegen jemand Ärger machen sollte, übernehme ich die volle Verantwortung. Ja, Sie auch. Tschüß.«

»Du übernimmst die volle Verantwortung«, sagte Jimmy. »Finde ich echt Klasse.«

»Ich finde, das war ich ihr einfach schuldig.«

»Kannst du mir vielleicht mal sagen, was ein Fünfercode ist?«

»Keine Ahnung. Was ist NICNAC Central? Wer ist Taylor Feldman?«

»Du hast Fielding gesagt.«

»Bevor er seinen Namen geändert hat, hieß er Feldman. Was weiß ich, Mann. Ich hab mir das nur so ausgedacht, aber auf Rita hat es mächtig Eindruck gemacht.«

»Du hast ganz schön verzweifelt geklungen.«

»Hatte ja auch allen Grund. Schon halb zwei Uhr früh, und wir sind noch nicht mal in NPSN reingekommen.«

»Jetzt sind wir drin.«

»Ist das ein Ding. Ich kann dir sagen, Hong, dieser Fünfercode ist unschlagbar. Umgeht die ganze bürokratische Scheiße wie nichts. ›Bei uns ist gerade ein Fünfercode-Notruf reingekommen.‹ Mann, das hat ihr echt den Rest gegeben.«

»›Rita, Sie sind ein Schatz.‹«

»Mann, ich war auf dem besten Weg, mich zu verlieben. Und als wir fertig waren, hat sich schon fast so was wie eine richtige Beziehung zwischen uns angebahnt, ohne Scheiß.«

»Wirst du sie wieder mal anrufen?«

»Ich wette, daß ich jedes Paßwort von ihr kriege, wenn sie nicht vorher jemand aufklärt, daß sie da jemandem ganz schön auf den Leim gegangen ist. Aber ansonsten werden wir gute, alte Freunde sein, wenn ich sie das nächste Mal anrufe.«

»Tu das auf jeden Fall«, sagte ich, »und versuch nicht, ein Paßwort oder einen Zugangscode oder sonst was von ihr zu kriegen.«

»Sie meinen, ich soll sie nur anrufen, um ein bißchen mit ihr zu plaudern?«

»Genau das meine ich. Gib ihr vielleicht sogar ein paar interessante Informationen, aber versuch nicht, irgendwas aus ihr rauszukriegen.«

»Irre«, sagte David.

»Und dann später –«

»Hab schon kapiert«, sagte Jimmy. »Ich weiß zwar nicht, Matt, ob Sie das digitale Fingerspitzengefühl oder die Hand-Auge-Koordination haben, und von der technischen Seite haben Sie erst recht keinen blassen Dunst, aber eines muß man Ihnen trotzdem lassen: Sie haben das Herz und die Seele eines echten Hackers.«

***

Laut Aussagen der Kongs wurde das Ganze erst richtig interessant, nachdem sie in NPSN reingekommen war, was immer das war. »Das ist der Teil, der vor allem vom technischen Standpunkt her hochinteressant ist«, erklärte mir David. »Jetzt versuchen wir nämlich an Daten ranzukommen, von denen die NYNEX-Leute behaupten, sie wären nicht zugänglich. Das sagen sie natürlich nur, um einen abzuwimmeln. Aber es gibt auch einige, die das tatsächlich meinen, weil sie nämlich nicht wissen, wie sie an sie rankommen können. Das Ganze läuft also mehr oder weniger darauf hinaus, daß wir ein eigenes Programm entwickeln und an ihr System ankoppeln müssen, damit es die Daten rausrückt, die wir haben wollen.«

»Aber wenn man das technisch nicht drauf hat«, meinte Jimmy, »reißt einen das kaum vom Hocker.«

TJ, inzwischen wieder wach, stand hinter Davids Stuhl und starrte wie hypnotisiert auf den Bildschirm. Jimmy ging zum Kühlschrank und nahm eine Dose Jolt heraus. Ich ließ mich in den einzigen Sessel im Raum sinken, und David hatte recht: Es passierte nichts, was mich daraus hochriß. Ich ließ mich in die Polster zurücksinken, und das nächste, was ich mitbekam, war, daß mich TJ behutsam an der Schulter rüttelte und meinen Namen sagte.

Ich öffnete die Augen. »Muß wohl eingeschlafen sein.«

»Allerdings. Vor kurzem hast du noch ganz schön laut geschnarcht.«

»Wie spät ist es?«

»Fast vier. Jetzt kriegen sie gleich die Anrufe.«

»Können sie sie einfach ausdrucken lassen?«

TJ drehte sich um und gab die Frage weiter, worauf die Kongs zu kichern anfingen. David hatte sich als erster wieder im Griff und erinnerte mich, daß wir keinen Drucker dabeihatten. Fast hätte ich gesagt, daß mein Tutor Drucker ist, aber statt dessen sagte ich: »Ach ja, das habe ich ganz vergessen. Tut mir leid, aber ich muß erst noch wach werden.«

»Sie können ruhig sitzen bleiben. Wir schreiben Ihnen alles auf.«

»Ich bring dir n Jolt«, schlug TJ vor. Ich sagte ihm, das sei nicht nötig, aber er brachte mir trotzdem eine Dose. Ich nahm einen Schluck, aber das war nicht, wonach mir im Moment war, wobei mir auch nicht klar war, wonach mir war. Ich stand auf und reckte mich, um die Steifheit aus Schultern und Rücken zu vertreiben. Dann ging ich zum Tisch, wo David King den Computer bediente, während Jimmy Hong die Daten vom Bildschirm auf ein Blatt Papier übertrug.

»Das sind sie«, sagte ich.

Sie kamen der Reihe nach auf den Bildschirm, beginnend mit dem ersten Anruf um 15.38 Uhr, in dem Kenan Khoury mitgeteilt bekommen hatte, daß seine Frau verschwunden war. Dann drei Anrufe im Abstand von circa zwanzig Minuten, der letzte registriert um 16.54 Uhr. Um 17.18 Uhr rief Kenan seinen Bruder an, und der nächste Anruf kam um 18.04 Uhr herein; das mußte gewesen sein, bevor Peter im Haus seines Bruders in der Colonial Road eintraf.

Dann ging um 20.01 Uhr ein sechster Anruf ein. Das mußte gewesen sein, als sie Anweisung erhielten, in die Farragut Road zu fahren, wo sie in die Veterans Avenue weitergeschickt wurden. Nachdem sie dort damit vertröstet worden waren, daß Francine zu Hause auf sie warten würde, fuhren sie in die Colonial Road zurück, wo sie das Haus leer vorfanden und bis 22.04 Uhr warteten, bis der letzte Anruf kam und sie um die Ecke rannten, wo der Ford Tempo mit den Paketen im Kofferraum stand.

»Wow«, sagte David. »Das war ein richtig tolles Training. Weil wir dranbleiben mußten, wissen Sie? Sie haben diese Daten gebraucht, und deshalb konnten wir nicht einfach mittendrin aufgeben. Wenn man bloß zum Spaß hackt, schmeißt man das Ganze einfach irgendwann hin und macht was anderes, wenn die Sache zu langweilig wird. Aber in diese Fall mußten wir am Ball bleiben; wir mußten durch die Langeweile durch, um an das ranzukommen, was dahinter war.«

»Was noch mehr Langeweile war«, sagte Jimmy.

»Aber man lernt dabei eine ganze Menge, wirklich. Wenn wir das gleiche noch mal machen müßten –«

»Was wir nicht hoffen wollen.«

»Ja, aber wenn wir's müßten, würden wir's in der Hälfte der Zeit schaffen. Sogar noch schneller, weil der Schnellsuchlauf nur halb so lang dauert, wenn du in die –«

Was er danach sagte, war sogar noch unverständlicher als alles Bisherige, und ich hatte ohnehin aufgehört, ihm zuzuhören, weil mir Jimmy Hong eine Liste mit allen Anrufen gab, die am achtundzwanzigsten März in Kenan Khourys Haus eingegangen waren. »Ich habe ganz vergessen, euch zu sagen, daß es auf die frühen nicht ankommt«, entschuldigte ich mich. »Interessant werden erst die sieben ab fünfzehn Uhr achtunddreißig.« Ich studierte die Liste. Er hatte alles notiert: Zeitpunkt und Dauer des Anrufs, Leitungsnummer des Anrufers und die Nummer, die man wählen müßte, um mit diesem Apparat verbunden zu werden. Auch das war mehr, als ich brauchte, aber es hätte keinen Sinn gehabt, ihm das zu sagen.

»Sieben Anrufe, jeder von einem anderen Apparat«, sagte ich.

»Halt, nicht ganz. Ein Telefon haben sie zweimal benutzt, für den zweiten und siebten Anruf.«

»Ist es das, was Sie wissen wollten?«

Ich nickte. »Ob es mich allerdings weiterbringt, ist eine andere Frage. Vielleicht sehr viel, vielleicht aber auch gar nicht. Aber um das sagen zu können, muß ich mir erst ein Nummern-Telefonbuch besorgen und nachschlagen, wem diese Anschlüsse gehören.«

Sie starrten mich an, aber bei mir fiel der Groschen noch immer nicht. Schließlich nahm Jimmy Hong seine Brille ab und sah mich blinzelnd an. »Ein Nummern-Telefonbuch? Sie haben uns und damit alles, was in den hintersten Ecken und Winkeln von NPSN versteckt ist, und da kommen Sie damit an, Sie bräuchten ein Nummern-Telefonbuch?«

»Das ist doch ein Kinderspiel«, sagte David King und setzte sich wieder ans Keyboard. »Okay. Geben Sie mir die erste Nummer.«

***

Es waren lauter Telefonzellen.

Das hatte ich befürchtet. Wie auch sonst in allem waren sie auch hier mit professioneller Gründlichkeit vorgegangen, so daß nicht anzunehmen war, daß sie den Fehler gemacht hatten, ein Telefon zu benutzen, das mit ihnen in Verbindung gebracht werden konnte.

Aber jedesmal eine andere Zelle? Das wollte mir nicht so recht einleuchten, aber einer der Kongs hatte dafür eine ganz plausible Erklärung. Die Kidnapper hatten sich gegen die Möglichkeit abgesichert, daß Kenan Khoury feststellen ließ, von wo sie anriefen. Indem sie außerdem immer nur sehr kurz dran blieben, bestand keine Gefahr, daß sie beim Telefonieren überrascht wurden, falls in der Zwischenzeit festgestellt worden sein sollte, von wo sie anriefen. Und für den Fall, daß Khoury die Zellen überwachen ließ, hatten sie jedesmal eine andere benutzt.

»Inzwischen läßt sich nämlich auf der Stelle nachprüfen, von wo ein Anruf erfolgt«, erklärte mir Jimmy. »Man braucht das nicht mühsam nachzuverfolgen, jedenfalls nicht, wenn man sich wie wir ans Netz angekoppelt hat. Dann braucht man bloß auf den Bildschirm zu schauen und die Nummer abzulesen.«

Warum waren sie beim letzten Anruf unvorsichtig geworden? Zu diesem Zeitpunkt war ihnen offensichtlich bereits klargewesen, daß ihnen nichts mehr passieren konnte. Da Khoury ihre Anweisungen genauestens befolgt und das Lösegeld verabredungsgemäß übergeben hatte, erübrigten sich die aufwendigen

Sicherheitsvorkehrungen. An diesem Punkt waren sie sich ihrer Sache vermutlich so sicher gewesen, daß sie sogar das Telefon in ihrem Haus oder ihrer Wohnung hätten benutzen können, und wenn sie das nur getan hätten, wären sie in der Falle gesessen. Wenn es zum Beispiel zu regnen begonnen hätte oder wenn es irgendeinen anderen zwingenden Grund gegeben hätte, zu Hause zu bleiben. Oder wenn keiner die anderen mit dem Lösegeld hätte alleinlassen wollen.

Wäre ja auch zu schön gewesen, wenn ich zur Abwechslung mal Glück gehabt hätte.

Trotzdem waren die durchgemachte Nacht und die etwas mehr als siebzehnhundert Dollar, die mich der Spaß gekostet hatte, nicht umsonst gewesen. Ich wußte inzwischen einiges mehr, und zwar nicht nur, daß die drei Männer, hinter denen ich her war, für ein Trio von psychopathischen Sexualmördern über erstaunliches Organisationstalent verfügten.

Die Standorte der Telefonzellen waren alle in Brooklyn, und das Gebiet, in dem sie lagen, war wesentlich enger gesteckt als der Bereich, über den sich der Fall Khoury erstreckte. Begonnen hatte das Ganze in Bay Ridge, dann hatte sich der Schauplatz zur Atlantic Avenue in Cobble Hill verlagert, war von dort bis hinaus zur Flatbush und Farragut gewandert, dann weit hinüber zu Veterans Avenue und mit der Ablieferung der Leichenteile wieder zurück zum Ausgangspunkt Bay Ridge. Damit war ein ziemlich großes Stück des Stadtteils Brooklyn abgedeckt, und da sich ihre früheren Aktivitäten über ganz Brooklyn und Queens erstreckt hatten, konnte ihr Stützpunkt überall sein.

Aber die Telefonzellen lagen nicht so weit voneinander entfernt. Erst wollte ich mich zwar noch auf einem Stadtplan vergewissern, wo sie genau lagen, aber trotzdem stand jetzt schon für mich fest, daß sie alle in einem relativ begrenzten Gebiet im Westen von Brooklyn lagen, nördlich von Khourys Haus in Bay Ridge und südlich vom Green-Wood-Friedhof.

Wo sie Leila Alvarez abgeladen hatten.

Eine Telefonzelle befand sich in der Sixtieth Street, eine andere in der New Utrecht auf Höhe der Forty-first; es war also nicht so, daß sie zu Fuß von der einen zur anderen hätten gehen können. Sie hatten das Haus verlassen und den Wagen benutzt, um die Anrufe zu machen. Aber es war anzunehmen, daß ihre Ausgangsbasis irgendwo in dieser Gegend lag, und wahrscheinlich nicht allzuweit von der Zelle, die sie zweimal benutzt hatten.

Die Sache war gelaufen, und es gab nichts mehr zu tun, als noch zusätzliches Salz in Kenan Khourys Wunden zu streuen. Warum also für nichts und wieder nichts zehn Blocks weit fahren?

Warum nicht die nächste Zelle benutzen?

Die zufällig in der Fifth Avenue zwischen Forty-ninth und Fiftieth Street lag.

***

Das beredete ich keineswegs alles mit meinen jugendlichen Helfern, und auch die Überlegungen, die ich anhand dieser neuen Daten anstellte, mußten erst noch eine Weile warten. Ich gab jedem der Kongs fünfhundert Dollar und versicherte ihnen, sie hätten mir sehr geholfen, worauf sie meinten, sie hätten eine Menge Spaß bei der Sache gehabt, sogar was den langweiligen Teil anging. Jimmy sagte, er hätte Kopfweh und einen Hackerarm, aber das wäre die Sache wert gewesen.

»Ihr zwei geht als erste runter«, sagte ich. »Zieht eure Jacketts und Krawatten an und spaziert möglichst unauffällig nach draußen. Ich möchte mich vorher noch vergewissern, daß wir auf dem Zimmer keine Spuren hinterlassen haben, und dann muß ich noch an der Rezeption die Telefonrechnung bezahlen. Ich habe zwar fünfzig Dollar Kaution hinterlegt, aber wir haben über sieben Stunden fast pausenlos telefoniert. Deshalb weiß ich nicht, wieviel sie uns berechnen werden.«

»O je«, seufzte David. »Der schnallt's wohl nie.«

»Der Mann ist ein echtes Phänomen«, meinte Jimmy.

»Was schnalle ich nicht?«

»Daß Sie nichts fürs Telefon zu zahlen brauchen«, half mir Jimmy auf die Sprünge. »Als wir uns an die Arbeit gemacht haben, habe ich gleich als erstes unseren Anschluß an der Rezeption vorbeigeleitet. Wir hätten mit Schanghai telefonieren können, ohne daß die was gemerkt hätten.« Er grinste. »Aber vielleicht sollten Sie ihnen die Kaution trotzdem lassen. King hat nämlich mindestens für dreißig Dollar Macadamianüsse aus der Minibar verfressen.«

»Dann hätte aber jede Nuß mindestens einen Dollar kosten müssen«, verteidigte sich David.

»Aber wenn ich Sie wäre«, sagte Jimmy, »würde ich einfach nach Hause gehen.«

***

Als sie gegangen waren, zahlte ich TJ aus. Er fächerte den Pakken Scheine auf, den ich ihm gab, sah mich an, sah die Scheine an, dann wieder mich, und sagte: »Soll das für mich sein?«

»Ohne dich hätte es kein Spiel gegeben. Du hast den Ball und den Schläger mitgebracht.«

»Hab mit hundert gerechnet. Bin doch bloß rumgesessen. Aber weil du dich auch bei den Kong nicht lumpen gelassen hast, hab ich mir schon gedacht, daß du auch mich nicht leer ausgehen läßt. Wieviel hab ich hier?«

»Fünf.«

»Hab gewußt, dabei springt was raus. Du un ich. Find ich cool, diesen Detektivjob. Ich hab das Hirn, das Talent un ich find's cool.«

»Normalerweise springt aber nicht so viel dabei heraus.«

»Na, un wenn schon. Kannst mir vielleicht nen Job sagen, bei dem ich die ganze Scheiße ausspielen kann, die ich drauf hab?«

»Soll das heißen, du willst mal Detektiv werden, wenn du erwachsen bist, TJ?«

»Werd nicht so lang drauf warten. Werd jetzt einer! So sieht das aus, Klaus?«

Ich sagte ihm, sein erster Auftrag wäre, das Hotel zu verlassen, ohne von seiten des Hotelpersonals unerwünschte Aufmerksamkeit auf sich zu lenken. »Das wäre sicher einfacher, wenn du wie die Kongs angezogen wärst. Aber wir werden uns mit dem behelfen müssen, was wir haben. Ich finde, wir beide sollten gemeinsam rausgehen.«

»n Weißer in deinem Alter un n schwarzer Teenager? Weißt du, was die denken werden?«

»Mhm, und sie können ruhig so lange die Köpfe schütteln, wie sie wollen. Aber wenn du allein rausgehst, denken sie vielleicht, daß du ein paar Zimmer ausgeräumt hast, und lassen dich nicht gehen.«

»Kann schon sein. Aber du vergißt da was. Zimmer ist doch voll bezahlt, stimmt's? Um zwölf is erst Auschecken. Hab gesehn, wie du wohnst, Mann, un ich will dir ja nicht zu nahe treten, aber so schön wie das hier ist dein Zimmer nicht.«

»Nein, ist es nicht. Aber es kostet mich auch nicht hundertsechzig Dollar die Nacht.«

»Na, mich kostet das Zimmer keinen Cent, Kent, und deshalb werde ich jetzt erst mal duschen un mich mit drei Handtüchern abtrocknen un ins Bett hauen un sechs oder sieben Stunden poofen. Das Zimmer ist nämlich nicht nur besser als deines. Es ist mindestens zehnmal besser als meines.«

»Aha.«

»Deshalb werde ich jetzt das ›Nicht stören‹-Schild an die Tür hängen un es mir hier richtig gemütlich machen. Und wenn es auf Mittag zugeht, werde ich hier rausmarschieren, un kein Mensch wird mich schräg anschauen – son sympathischer junger Bursche wie ich, muß gerade gekommen sein un jemandem das Mittagessen gebracht haben. Was meinst du, Matt? Glaubste, ich kann eben mal nach unten rufen, damit sie mich um halb zwölf wecken?«

»Worauf du dich verlassen kannst.«

12

Ich ging in einen durchgehend geöffneten Coffee Shop am Broadway. An einem der Tische hatte jemand eine Morgenausgabe der *Times* liegengelassen. Ich las sie zu meinem Kaffee und den Eiern, ohne daß viel hängenblieb. Ich war ziemlich geschafft, und das bißchen an geistiger Aktivität, zu dem ich noch fähig war, kreiste hartnäckig um die Standorte der sechs Telefonzellen in Sunset Park. Immer wieder holte ich die Liste aus meiner Hosentasche und studierte sie, als ob die Reihenfolge und die Standorte der Telefone eine geheime Botschaft enthielten, für die es bloß den passenden Schlüssel zu finden galt. Schade, daß ich niemanden hatte, den ich unter Berufung auf einen Fünfercode-Notfall anrufen konnte. »Geben Sie mir Ihren Zugangscode. Sagen Sie mir Ihr Paßwort.«

Die Dämmerung erhellte den Himmel über der Stadt, als ich ins Hotel zurückkam. Ich duschte und legte mich schlafen, aber nach einer Stunde oder so gab ich auf und stellte den Fernseher an. Ich sah mir auf einem der großen Sender die Morgennachrichten an. Der Außenminister war gerade von einer Nahost-Reise zurück und gab ein kurzes Resümee der Verhandlungsergebnisse. Anschließend äußerte sich ein PLO-Sprecher über die Aussichten auf einen dauerhaften Frieden in der Region.

Das erinnerte mich an meinen Klienten, falls er mir überhaupt einmal aus dem Sinn gekommen war, und als ein Interview mit einem Oscar-Preisträger kam, stellte ich den Ton ab und rief Kenan Khoury an.

Er ging nicht dran, aber ich versuchte es in Abständen von etwa einer halben Stunde immer wieder, bis ich ihn um halb elf erreichte. »Bin gerade nach Hause gekommen«, sagte er. »Das Beängstigendste an der ganzen Reise war eben die Taxifahrt vom Flughafen in die Stadt. Der Fahrer war so ein Irrer aus Ghana mit einem Diamanten im Zahn und jeder Menge Stammesnarben im Gesicht; der Kerl ist gefahren, man hätte denken können, bei einem Verkehrsunfall zu sterben, wäre der schnellste Weg, in den Himmel zu kommen – inclusive Green Card.«

»Ich glaube, mit dem bin ich auch schon mal gefahren.«

»Sie? Ich dachte, Sie fahren nie Taxi. Sie sind doch ein überzeugter Befürworter der öffentlichen Verkehrsmittel.«

»Gestern bin ich die ganze Nacht Taxi gefahren. Ist ganz schön was zusammengekommen.«

»Tatsächlich?«

»Natürlich nur im übertragenen Sinn. Ich habe ein paar Computer-Freaks aufgetrieben, die mir geholfen haben, bestimmte Daten von der Telefongesellschaft zu beschaffen, von denen bei der Telefongesellschaft jeder behauptet hat, diese Daten hätten sie gar nicht.« Ich schilderte ihm kurz, was wir gemacht hatten und was ich herausbekommen hatte. »Leider konnte ich vorher Ihre Genehmigung nicht mehr einholen, ob Sie auch damit einverstanden sind, aber andererseits wollte ich nicht noch länger warten. Deshalb habe ich das Geld vorgestreckt.«

Er fragte, wie viel, und ich sagte es ihm. »Kein Problem«, meinte er. »Sie haben das Geld selbst vorgestreckt? Hätten Sie doch Pete gefragt.«

»Es hat mir nichts ausgemacht, das Geld vorzustrecken. Ihren Bruder habe ich übrigens sogar gefragt, weil ich übers Wochenende nicht an mein Geld rankam. Aber er hatte auch nicht so viel.«

»Nein?«

»Aber er meinte, ich sollte das ruhig machen, Sie hätten bestimmt nichts dagegen.«

»Das ist richtig. Wann haben Sie mit ihm gesprochen? Ich habe ihn gleich angerufen, als ich nach Hause gekommen bin, aber er ist nicht drangegangen.«

»Am Samstag«, antwortete ich. »Irgendwann im Lauf des Nachmittags.«

»Ich habe ihn vor dem Abflug in Europa anzurufen versucht, damit er mich vom Flughafen abholt – und mir diesen ghanesischen Blitz erspart. Aber ich konnte ihn nicht erreichen. Was haben Sie gemacht, diese Leute mit der Bezahlung auf später vertröstet?«

»Eine Freundin hat mir was geliehen.«

»Wollen Sie Ihr Geld abholen? Ich bin ganz schön fertig, war letzte Woche mehr unterwegs als Wie-heißt-er-gleich-wieder? – Sie wissen schon, der auch gerade aus Nahost zurück ist. Der Außenminister.«

»Er war gerade im Fernsehen.«

»Wir sind zum Teil von denselben Flughäfen geflogen, aber ich könnte nicht behaupten, daß wir uns über den Weg gelaufen sind. Mich würde mal interessieren, was er mit seinen Vielfliegermeilen macht. Was mich betrifft, müßte ich längst einen

Freiflug zum Mond kriegen. Wollen Sie vorbeikommen? Ich bin zwar ziemlich geschafft und dann auch noch der Jet Lag, aber ich kann jetzt trotzdem nicht schlafen.«

»Ich könnte das schon, und ich glaube, daß ich das auch besser tun sollte. Ich bin es nicht mehr gewohnt, einen All-Nighter durchzuziehen, wie es meine Helfer genannt haben. Die haben das lässig weggesteckt, aber natürlich sind die auch ein paar Jahre jünger als ich.«

»Das Alter spielt eine gewaltige Rolle. Früher wollte ich nie glauben, daß es so was wie einen Jet Lag gibt, und jetzt könnte ich als abschreckendes Beispiel herhalten, wenn sie eine Kampagne dagegen starten würden. Ich glaube, ich werde auch ein bißchen zu schlafen versuchen, vielleicht helfe ich mit einer Schlaftablette nach. Sunset Park also. Mal sehen, wen ich dort kenne.«

»Ich glaube nicht, daß es jemand ist, den Sie kennen.«

»Glauben Sie nicht?«

»Die haben so was schon mal gemacht. Allerdings noch als reine Amateure. Ich weiß ein paar Dinge über sie, die ich vor einer Woche noch nicht wußte.«

»Kommen wir ihnen langsam auf die Spur, Matt?«

»Ich weiß nicht, ob wir ihnen auf die Spur kommen. Aber wir kommen voran.«

***

Ich rief unten in der Rezeption an und gab Jacob Bescheid, daß ich eine Weile den Hörer neben den Apparat legen würde. »Ich möchte nicht gestört werden. Wenn jemand anruft, sagen Sie ihm, er soll es nach fünf noch mal probieren.«

Ich stellte den Wecker auf fünf und legte mich ins Bett. Ich schloß die Augen und versuchte mir den Stadtplan von Brooklyn vorzustellen, aber bevor ich auch nur dazu kam, mich auf Sunset Park einzuschießen, war ich weg.

Irgendwann wurde ich wegen des Verkehrslärms halb wach, und ich sagte mir, ich könnte die Augen aufmachen und auf die Uhr schauen, aber statt dessen driftete ich in einen wirren Traum, in dem jede Menge Uhren und Computer und Telefone vorkamen und dessen Auslöser nicht allzu schwer zu erraten war. Wir waren in einem Hotelzimmer, und jemand hämmerte gegen die Tür. Im Traum ging ich zur Tür und öffnete sie. Es war niemand da, aber der Lärm ging weiter, und dann war ich nicht mehr in einem Traum, sondern wach, und jemand klopfte an meine Tür.

Es war Jacob, der sagte, Miß Mardell wäre am Telefon und es wäre dringend. »Ich weiß, daß Sie bis fünf schlafen wollten«, entschuldigte er sich. »Das habe ich ihr auch gesagt, aber sie meinte, ich sollte Sie trotzdem wecken. Sie hört sich an, als wäre es wirklich wichtig.«

Ich legte den Hörer auf die Gabel, und Jacob ging nach unten und stellte den Anruf durch. Ungeduldig wartete ich, daß es läutete. Das letzte Mal, als sie angerufen und gesagt hatte, es sei dringend, war ein Mann aufgetaucht, der uns beide umbringen wollte. Ich riß den Hörer von der Gabel, als es klingelte. Sie sagte: »Matt, tut mir leid, daß ich dich wecken muß, aber es ist wirklich dringend.«

»Was ist passiert?«

»Wie sich herausgestellt hat, war doch eine Nadel in dem Heuhaufen. Ich habe gerade mit einer Frau telefoniert. Sie heißt Pam und wollte gleich vorbeikommen.«

»Na und?«

»Sie ist die Frau, die wir suchen. Sie ist diesen Männern begegnet, sie war mit ihnen in dem Lieferwagen.«

»Und hat überlebt?«

»Mit knapper Not. Eine der Therapeutinnen, denen ich unsere Filmstory erzählt habe, hat sie sofort nach dem Telefonat mit mir angerufen, aber sie hat erst nach einer Woche den Mut aufgebracht, uns anzurufen. Nach allem, was sie mir am Telefon erzählt hat, dürfen wir uns diese Chance auf keinen Fall entgehen lassen. Ich habe ihr tausend Dollar versprochen, wenn sie vorbeikommt und uns alles erzählt. War das richtig?«

»Natürlich.«

»Aber ich habe nicht soviel Geld zu Hause. Ich habe dir am Samstag mein ganzes Bargeld gegeben.«

Ich sah auf die Uhr. Wenn ich mich beeilte, schaffte ich es noch zur Bank. »Ich besorge das Geld«, sagte ich. »Bin gleich da.«

13

»Komm rein«, sagte Elaine. »Sie ist schon da. Pam, das ist Mr. Scudder, Matthew Scudder. Matt, darf ich dir Pam vorstellen.«

Sie war auf der Couch gesessen und stand auf, als wir auf sie zukamen, eine schlanke Frau, knapp eins sechzig groß, mit kurzem, dunklem Haar und auffallend blauen Augen. Sie trug einen dunkelgrauen Rock und einen hellblauen Angorapullover. Lippenstift, Lidschatten. Hochhackige Schuhe. Ich spürte, daß sie sich eigens für unser Treffen angezogen hatte und daß sie nicht sicher war, ob sie die richtige Wahl getroffen hatte.

Elaine, in Hose und Seidenbluse, wirkte cool und sachlich. Sie sagte: »Nimm bitte Platz, Matt. Vielleicht im Sessel.« Sie setzte sich zu Pam auf die Couch. »Ich habe Pam gerade erzählt, daß ich sie unter einem falschen Vorwand hergelockt habe. Sie wird sich hier nicht mit Debra Winger treffen.«

»Ich wollte wissen, wer die Hauptdarstellerin ist«, sagte Pam, »und da sagte sie, Debra Winger, und ich dachte, irre, Debra Winger macht bei so was mit? Ich dachte nämlich immer, sie würde nichts fürs Fernsehen machen.« Sie zuckte mit den Achseln.

»Aber nachdem es sowieso keinen Film geben wird, ist es auch egal, wer die Hauptdarstellerin ist.«

»Aber bei den tausend Dollar bleibt es«, versicherte ihr Elaine.

»Na, wunderbar, das ist natürlich schön«, sagte Pam. »Ich kann das Geld nämlich gut gebrauchen – obwohl ich nicht wegen des Geldes gekommen bin.«

»Ich weiß.«

»Jedenfalls nicht nur.«

Ich hatte das Geld dabei, die tausend für Pam, die zwölfhundert, die ich Elaine schuldete, und etwas Taschengeld für mich, insgesamt dreitausend Dollar aus meinem Schließfach.

»Sie hat gesagt, Sie sind Detektiv«, wandte sich Pam an mich.

»Das ist richtig.«

»Und Sie sind hinter diesen Kerlen her. Ich habe ziemlich viel mit der Polizei gesprochen; ich habe bestimmt mit drei, vier verschiedenen Polizisten gesprochen –«

»Wann war das?«

»Gleich, nachdem es passiert ist.«

»Und das war – ?«

»Ach so, mir war nicht klar, daß Sie das nicht wissen. Es war im Juli, vergangenen Juli.«

»Und Sie haben den Vorfall der Polizei gemeldet?«

»Mein Gott, was hätte ich denn sonst machen sollen? Ich mußte natürlich ins Krankenhaus. Und die Ärzte fingen gleich an, wer hat Ihnen das angetan? Hätte ich da vielleicht sagen sollen, ich bin ausgerutscht? Oder ich habe mich geschnitten? Darauf haben sie sofort die Polizei verständigt. Aber das hätten sie auch getan, wenn ich nichts gesagt hätte.«

Ich schlug mein Notizbuch auf. »Pam, ich glaube, ich weiß Ihren Nachnamen noch nicht.«

»Ich habe ihn noch nicht genannt. Gibt ja an sich keinen Grund, warum nicht. Cassidy.«

»Und wie alt sind Sie?«

»Vierundzwanzig.«

»Als es passiert ist, waren Sie also dreiundzwanzig.«

»Nein, vierundzwanzig. Ich habe Ende Mai Geburtstag.«

»Und was machen Sie beruflich, Pam?«

»Empfangsdame. Im Moment bin ich arbeitslos. Deshalb kann ich das Geld auch gut gebrauchen. Ich meine, wer könnte nicht tausend Dollar gebrauchen. Aber jetzt, wo ich gerade keinen Job habe, ganz besonders.«

»Wo wohnen Sie?«

»In der Twenty-seventh zwischen Third und Lex.«

»Haben Sie dort auch zum Zeitpunkt des Zwischenfalls gewohnt?«

»Zwischenfall«, sagte sie, als probierte sie das Wort aus. »Ja, natürlich, ich lebe dort jetzt schon fast drei Jahre. Seit ich in New York bin.«

»Woher kommen Sie?«

»Aus Canton, Ohio. Wenn Sie mal davon gehört haben, weiß ich schon, weswegen. Wegen der Pro Football Hall of Fame.«

»Ich wäre sogar fast hingefahren, um sie mir anzusehen, als ich mal in Massillon geschäftlich zu tun hatte.«

»Massillon! Klar, da bin ich ständig hingefahren. In Massillon kannte ich jede Menge Leute.«

»Aber wahrscheinlich habe ich keinen von ihnen kennengelernt. Welche Hausnummer, Pam?«

»Einhunderteinundfünfzig.«

»Gar nicht übel, die Ecke«, sagte Elaine.

»Ja, die Gegend ist ganz okay. Das einzige, na ja, ist eigentlich ein bißchen kindisch, aber das Viertel hat keinen Namen. Es ist westlich von Kips Bay, es ist unterhalb von Murray Hill und oberhalb von Gramercy, und natürlich liegt es ziemlich weit östlich von Chelsea. Manche Leute nennen es Curry Hill, Sie wissen schon, wegen der vielen indischen Restaurants.«

»Sind Sie alleinstehend, Pam?« Ein Nicken. »Leben Sie allein?«

»Wenn Sie meinen Hund nicht mitrechnen. Es ist zwar nur ein kleiner Hund, aber viele Leute brechen nicht in Wohnungen mit Hund ein, ganz gleich, wie groß er ist. Sie haben einfach Angst vor Hunden, Punkt.«

»Wären Sie bereit, mir zu erzählen, was passiert ist, Pam?«

»Den Zwischenfall, meinen Sie?«

»Ja.«

»Sicher. Ich meine, deswegen bin ich doch hier.«

***

Es war an einem Sommerabend Mitte der Woche. Sie stand zwei Straßen von ihrer Wohnung an der Ecke von Park und Twenty-sixth und wartete, daß die Ampel auf Grün schaltete, als dieser Lieferwagen anhielt und der Kerl am Steuer ihr zuwinkte und sie nach einer Straße fragte, die sie nicht richtig verstand.

Er stieg aus und sagte, der Name wäre vielleicht nicht richtig, aber er müßte auf dem Lieferschein stehen, und sie ging mit ihm zur Hecktür des Wagens. Er machte sie auf, und dahinter wartete ein anderer Mann, und sie hatten beide Messer. Die Männer zwangen sie, zu dem zweiten Mann in den Laderaum des Lieferwagens zu steigen, und der Fahrer stieg wieder vorne ein und fuhr los.

***

An diesem Punkt unterbrach ich sie. Ich wollte wissen, warum sie widerstandslos in den Lieferwagen gestiegen war. Waren Leute in der Nähe gewesen? Hatte jemand die Entführung beobachtet?

»An solche Einzelheiten kann ich mich nicht mehr so genau erinnern«, sagte sie.

»Das macht nichts.«

»Es ging ja auch alles sehr schnell.«

»Pam, dürfte ich Sie was fragen?« schaltete sich Elaine ein.

»Natürlich.«

»Sie gehen doch anschaffen, oder?«

Ich dachte, verdammt, daß ich das nicht gleich gemerkt habe.

»Sie waren an besagtem Abend anschaffen, oder nicht?«

»Wie sind Sie darauf gekommen?«

Elaine nahm das Mädchen an der Hand. »Keine Angst, niemand will Ihnen was zuleidetun oder sich zum Richter über Sie aufspielen. Machen Sie sich da mal keine Sorgen.«

»Aber woher wußten Sie –«

»Na ja, ist doch ein beliebter Straßenstrich, oder nicht, dieser Abschnitt der Park Avenue South. Aber ich glaube, ich habe es schon vorher gemerkt. Wissen Sie, ich bin zwar selbst nie auf den Strich gegangen, aber ich bin schon seit fast zwanzig Jahren im selben Geschäft.«

»Nicht möglich!«

»Doch. Hier in dieser Wohnung, die ich gekauft habe, als das Haus in Eigentumswohnungen umgewandelt wurde. Ich habe mir angewöhnt, sie Kunden zu nennen statt Freier, und wenn ich in Gesellschaft von Spießern bin, gebe ich mich als Kunsthistorikerin aus, außerdem habe im Lauf der Jahre einiges auf die hohe Kante gelegt, aber ansonsten mache ich den gleichen Job wie Sie. Sie können es uns also ruhig so erzählen, wie es wirklich war.«

»Mein Gott«, stieß sie hervor. »Soll ich Ihnen mal was sagen? Sie wissen gar nicht, wie erleichtert ich bin. Eigentlich wollte ich nämlich nicht herkommen und Ihnen irgendein Lügenmärchen auftischen. Aber ich dachte, ich hätte gar keine andere Wahl.«

»Weil Sie dachten, wir würden Sie krumm anschauen.«

»Wahrscheinlich. Und auch wegen dem, was ich der Polizei erzählt habe.«

»Die Polizei weiß nicht, daß Sie auf den Strich gehen?« fragte ich.

»Nein.«

»Haben sie das nicht mal zur Sprache gebracht? Obwohl Sie direkt am Straßenstrich entführt wurden?«

»Die Cops waren aus Queens.«

»Was hatte die Polizei von Queens mit der Sache zu schaffen?«

»Weil sie mich in Queens wieder freigelassen haben. Ich lag im Elmhurst General Hospital, das ist in Queens, und deshalb kamen auch die Polizisten von dort. Was wissen die schon von der Park Avenue South?«

»Wie sind Sie ins Elmhurst General gekommen? Nein, immer schön der Reihe nach. Fangen Sie bitte noch mal ganz von vorne an.«

»Gut.«

***

Es war ein Sommerabend Mitte der Woche. Sie stand zwei Straßen von ihrer Wohnung an der Ecke von Park und Twenty-sixth und wartete, daß sie jemand anging, als dieser Lieferwagen anhielt und der Fahrer ihr zuwinkte, sie solle mal herkommen. Sie ging um den Wagen herum und stieg auf der Beifahrerseite ein, und er fuhr ein oder zwei Straßen weiter, bog in eine Seitenstraße und parkte neben einem Hydranten.

Sie ging davon aus, daß er einen geblasen bekommen wollte, während er am Steuer sitzen blieb. Zwanzig oder fünfundzwanzig Dollar für vielleicht fünf Minuten. Typen in Autos wollten immer einen geblasen bekommen, und sie wollten es gleich auf der Stelle in ihrem Wagen. Manchmal wollten sie es, während der Wagen in Bewegung war, was sie ziemlich bescheuert fand, aber das sollte nicht ihr Problem sein. Die Freier, die zu Fuß kamen, ließen meistens ein Hotelzimmer springen, wofür sich das Elton in der Twenty-sixth, Ecke Park, anbot. Natürlich hatte sie auch noch ihre Wohnung, aber dorthin nahm sie nur in äußersten Notfällen jemanden mit, weil ihr das zu unsicher war. Wer wollte außerdem in dem Bett, in der er schlief, einen Freier abfertigen?

Den Kerl im Laderaum bemerkte sie erst, als der Lieferwagen anhielt. Sie wurde erst auf ihn aufmerksam, als er ihr den Arm um den Hals legte und mit der Hand den Mund zuhielt.

Er sagte: »Überraschung, Pammy?«

Mein Gott, hatte sie einen Schreck bekommen. Sie war starr vor Angst gewesen, als ihr der Fahrer lachend unter die Bluse griff und ihre Titten betatschte. Sie hatte ziemlich große Titten und hatte sich angewöhnt, sich auf dem Strich so anzuziehen, daß sie gut zur Geltung kamen, in einem engen Top oder einer tiefausgeschnittenen Bluse, weil Typen, die auf Titten standen, voll auf sie abfuhren, und warum hätte sie da nicht zeigen sollen, was sie zu bieten hatte. Er ging gleich auf den Nippel los und zwickte sie, daß es wehtat. Da wußte sie, daß die beiden unangenehm werden konnten.

»Gehen wir alle nach hinten«, sagte der Fahrer. »Da haben wir mehr Platz und sind ungestört. Und warum sollten wir's uns nicht ein bißchen bequem machen, was Pammy?«

Sie mochte nicht, wie sie sie nannten. Sie hatte sich mit Pam vorgestellt, nicht mit Pammy, und sie sagten es auf so eine fiese Art.

Als der Kerl aus dem Laderaum die Hand von ihrem Mund nahm, sagte sie: »Hört zu, nicht auf die harte Tour, ja? Ihr könnt haben, was ihr wollt, und ihr werdet euch bestimmt nicht zu beklagen brauchen, aber nicht auf die harte Tour, klar?«

»Bist du auf Drogen, Pammy?«

Sie sagte nein, weil sie es nicht war. Sie machte sich nicht viel aus Drogen. Hin und wieder zog sie einen Joint durch, wenn ihr jemand einen anbot, und Koks war ganz okay, aber sie hatte sich noch nie selbst was gekauft. Manchmal legten ihr Typen eine Straße aus, und wenn man kein Interesse zeigte, waren sie beleidigt, und außerdem fand sie den Stoff ganz in Ordnung.

Wahrscheinlich dachten sie, das würde sie scharf machen, und manchmal streute sich ein Typ was auf seinen Schwanz, als ob es das toller machen würde, wenn sie ihm einen blies, und er es dann besonders gut besorgt bekäme.

»Bist du auf H, Pammy? Wo drückst du's dir, die Nase rauf? Zwischen die Zehen? Kennst du irgendwelche Drogendealer? Hast du vielleicht einen Freund, der dealt?«

Lauter saublöde Fragen. Ohne jeden Sinn, als ob sie diesen Quatsch nur fragen würden, weil sie auf so was abfuhren. Auf den einen traf das übrigens tatsächlich zu. Der Fahrer. Das war der, der ständig was von Drogen faselte. Der andere fuhr mehr darauf ab, sie mit Obszönitäten zu überschütten. »Du miese Fotze, du billige Scheißhausnutte.« Lauter solches Zeug. Ganz schön widerlich, wenn man es an sich ranließ, aber auf so was standen ziemlich viele Typen, besonders wenn sie richtig in Fahrt kamen. Ein Typ, sie hatte es ihm sicher schon an die vier-, fünfmal besorgt, jedesmal in seinem Wagen, er war zuvor und danach immer betont höflich, sehr rücksichtsvoll, nie brutal, aber es war immer das gleiche, kurz bevor er kam. »Ah, du Fotze, du Fotze, du sollst verrecken. Ah, wenn du bloß verrekken würdest, verrecken sollst du, du miese Fotze.«

Grauenhaft, einfach grauenhaft, aber ansonsten war er der perfekte Kavalier und zahlte jedesmal fünfzig Dollar und kam immer ziemlich schnell, was machte es da schon, daß er so einen Scheiß redete. Man kann eben nicht alles haben.

Sie gingen in den Laderaum des Lieferwagens. Dort hatten sie schon alles vorbereitet, mit einer Matratze, richtig gemütlich, das heißt, es hätte gemütlich sein können, wenn sie sich hätte entspannen können, aber das konnte sie nicht, nicht bei diesen Typen, die waren wirklich zu abgefahren. War es ein Wunder, daß sie ziemlichen Bammel hatte?

Sie forderten sie auf, sich auszuziehen, bis sie nichts mehr am Leib hatte. Das gefiel ihr zwar gar nicht, aber sie sagte lieber nichts. Und dann, na ja, dann fickten sie sie, abwechselnd, erst der Fahrer, dann der andere. Das hielt sich ziemlich im Rahmen, außer daß sie zu zweit waren, und als sich der zweite Mann über sie hermachte, zwickte sie der Fahrer in die Brustwarzen. Das tat weh, aber sie sagte lieber nichts, und außerdem wußte sie, daß ihm klar war, daß es ihr wehtat. Deswegen tat er es ja.

Sie vögelten sie beide und kamen beide, was ganz beruhigend war, weil es vor allem dann unangenehm werden konnte, wenn ein Typ keinen hochkriegte oder nicht kam, weil sie dann häufig sauer auf sie wurden, als ob sie was dafür könnte. Als der zweite zu stöhnen anfing und sich von ihr wälzte, sagte sie:

»Das war richtig Klasse. Ihr zwei seid echt stark. Ich zieh mich jetzt wieder an, ja?«

Das war, als sie ihr das Messer zeigten.

Ein Springmesser, groß und richtig fies. Der zweite Mann, der mit den häßlichen Ausdrücken, hatte das Messer, und er sagte:

»Du bleibst schön hier, du miese Scheißfotze.«

Und Ray sagte: »Wir fahren alle zusammen wohin, wir machen einen kleinen Ausflug, Pammy.«

So hieß er, Ray. Der andere nannte ihn Ray; deshalb wußte sie das. Den Namen des anderen, wenn sie ihn überhaupt gehört hatte, hatte sie sich nicht gemerkt; jedenfalls konnte sie sich nicht an ihn erinnern. Aber der Fahrer war Ray.

Allerdings hatten sie getauscht, so daß er nicht mehr der Fahrer war. Der andere kletterte über den Sitz und setzte sich ans Steuer, und Ray blieb hinten bei ihr. Er hatte das Messer, und natürlich ließ er sie sich nicht anziehen.

Ab diesem Punkt fing es an, ihr richtig schwer zu fallen, sich zu erinnern. Sie war im Laderaum des Lieferwagens, und es war dunkel, und sie konnte nicht nach draußen schauen, und sie fuhren und fuhren, und sie hatte keine Ahnung, wo sie waren oder wohin sie fuhren. Ray quetschte sie noch mal wegen Drogen aus, das war beim ihm richtig eine fixe Idee. Er sagte, im Grunde wollten alle Junkies nur sterben, das Ganze wäre ein Todestrip, und sie sollten alle kriegen, was sie wollten.

Er ließ sich einen von ihr blasen. Das war besser. So hielt er wenigstens den Mund, und sie, na ja, sie hatte wenigstens was zu *tun.*

Dann hielten sie wieder an, weiß Gott wo, und dann machten sie sich ziemlich ausgiebig über sie her. Sie wechselten sich ab und machten lange an ihr rum, und sie war zwischendurch immer wieder mal halb weggetreten, als ob sie phasenweise nicht voll dagewesen wäre. Sie war ziemlich sicher, daß keiner von ihnen kam. Das erste Mal, in der Twenty-fourth Street oder wo auch immer, waren sie beide gekommen, aber jetzt war es, als wollten sie nicht kommen, weil ihnen das den Spaß verdorben hätte. Sie machten es ihr an, na ja, allen üblichen Stellen, und sie steckten ihr auch andere Gegenstände rein als Teile von ihnen. Was sie dazu allerdings alles benutzten, hatte sie nicht so richtig mitbekommen. Manche Gegenstände taten weh und andere nicht, aber es war schrecklich, einfach grauenhaft, und dann fiel ihr etwas ein, an das sie sich bisher nicht erinnert hatte, jedenfalls kam sie plötzlich an einen Punkt, an dem sie ganz ruhig wurde.

Weil, ja, weil sie wußte, daß sie sterben würde. Und es war nicht so, daß sie sterben wollte, das wollte sie nicht, ganz sicher nicht, aber irgendwie kam ihr der Gedanke, daß das passieren würde und daß das alles war, was passieren würde, und sie dachte, na schön, wenn es eben sein muß. Fast, als ob sie damit leben könnte, was natürlich absurd war, weil das der Punkt war, an dem sie nicht mehr leben konnte, jedenfalls nicht, wenn sie starb.

»Okay, ich werd' damit fertig.« Genau so, wirklich.

Und dann, gerade als sie sich damit abgefunden hatte, gerade als sie diesen inneren Frieden zu genießen begann, sagte Ray: »Weißt du was, Pammy? Wir geben dir eine Chance. Wir lassen dich am Leben.«

Darauf fingen die beiden zu streiten an, weil sie der andere umbringen wollte, aber Ray sagte, sie könnten sie gefahrlos laufen lassen, weil sie eine Nutte war, und wer scherte sich schon um eine Nutte.

»Aber sie ist nicht irgendeine Nutte«, sagte er. »Sie hat die tollsten Titten weit und breit.« Und zu ihr: »Magst du deine Dinger, Pammy? Bist du stolz auf sie?«

Sie wußte nicht, was sie darauf sagen sollte.

»Welche ist dir die liebste? Komm schon, eene, meene, Muh, such dir eine aus, Pammy. Pam-mie« – so ein Singsang, wie ein Kind, das ein anderes ärgern will – »such dir eine Titte aus, Pammy. Welche ist deine liebste?«

Und er hatte etwas in der Hand, so eine Art Drahtschlinge, sie schimmerte kupfern in dem schwachen Licht.

»Such dir die aus, die du behalten willst, Pammy. Eine für dich und eine für mich, das ist doch ein faires Angebot, oder nicht, Pam-mie? Eine kannst du behalten, und die andere kriege ich, und du hast die Wahl, Pam-mie, du darfst wählen, du geiles kleines Luder, du mußt dir eine aussuchen. Das ist jetzt Pammys Entscheidung, hast du zufällig *Sophies Entscheidung* gesehen, aber da ging es um Kinder, nicht um Titten, Pam-mie, und du suchst dir jetzt lieber eine aus, denn sonst nehme ich sie mir beide.«

Mein Gott, der Kerl war vollkommen verrückt, aber was sollte sie tun, wie sollte sie sich für eine Brust entscheiden? Es mußte eine Möglichkeit geben, diesem Wahnsinn ein Ende zu machen, aber sie wußte nicht, wie.

»Sieh dir das an, sieh dir das mal an, ich fasse sie an, und die Nippel werden hart, du wirst sogar scharf, wenn du Angst hast, sogar wenn du flennst, du kleine Fotze, du. Such dir eine aus, Pammy. Welche soll es sein? Die da? Oder die da? Worauf wartest du, Pammy? Willst du dich drücken? Möchtest du, daß ich sauer werde? Komm schon, Pammy. Mach endlich. Leg die Hand auf die, die du behalten willst.«

Mein Gott, was sollte sie tun?

»Die da? Bist du sicher, Pammy?«

O Gott –

»Also, ich finde, du hast gut gewählt, sehr gut sogar, diese gehört also dir und diese mir, Geschäft ist Geschäft und abgemacht ist abgemacht, daran läßt sich nichts mehr ändern, Pammie.«

Der Draht legte sich kreisförmig um ihre Brust, und an jedem Ende des Drahts war ein Holzgriff befestigt, so ähnlich wie die, die manchmal an Paketschnüren dran sind, damit man sie besser tragen kann, und er nahm die Griffe und zog die Hände auseinander und –

Und sie war plötzlich außerhalb ihres Körpers, einfach so, schwebte ohne Körper hoch in der Luft, über dem Lieferwagen, und konnte durch das Dach des Lieferwagens sehen, konnte sehen, wie der Draht durch das Fleisch glitt, als wäre es eine Flüssigkeit, sah die Brust langsam von ihrem restlichen Körper rutschen, sah das Blut hervorsickern.

Sah zu, bis das Blut ihr ganzes Blickfeld ausfüllte, sah zu, wie es dunkler wurde, immer dunkler, bis die ganze Welt schwarz war.

14

Kelly war nicht an seinem Schreibtisch. Der Kollege von der Brooklyner Mordkommission, der an sein Telefon gekommen war, bot mir an, ihn ausrufen zu lassen, falls es dringend sei. Ich sagte, es sei dringend.

Als das Telefon klingelte, ging Elaine dran und sagte: »Einen Augenblick bitte.« Sie nickte mir zu, und ich nahm ihr den Hörer aus der Hand und sagte hallo.

»Mein Vater konnte sich noch an Sie erinnern«, sagte er.

»Meinte, Sie wären ganz schön auf Zack gewesen.«

»Na ja, das war mal.«

»Hat er jedenfalls behauptet. Was ist so wichtig, daß sie mich deswegen beim Essen angepiept haben?«

»Ich habe eine Frage über Leila Alvarez.«

»Sie haben eine Frage? Ich dachte, Sie hätten was für mich.«

»Wegen der Operation, die sie hatte.«

»›Operation‹. Ist das, wie Sie es nennen?«

»Wissen Sie, womit er ihre Brust amputiert hat?«

»Ja, mit einer Guillotine. Wie kommen Sie bloß auf diese Fragen, Scudder?«

»Könnte er ein Stück Draht benutzt haben? Eine Klaviersaite zum Beispiel, wie eine Garrotte benutzt?«

Darauf trat eine lange Pause ein, und ich fragte mich schon, ob ich das Wort falsch ausgesprochen hatte und er nicht wußte, was ich meinte. Schließlich sagte er mit gepreßter Stimme: »Worauf sitzen Sie da eigentlich?«

»Ich sitze genau zehn Minuten darauf, und die letzten fünf habe ich damit verbracht, darauf zu warten, daß Sie zurückrufen.«

»Herrgott noch mal, Mister, wie viel wissen Sie wirklich?«

»Leila Alvarez war nicht ihr einziges Opfer.«

»Das haben Sie bereits gesagt. Da war auch noch Gotteskind. Ich habe die Akte gelesen, und ich glaube, Sie haben recht. Aber wie kommen Sie durch Gotteskind auf eine Klaviersaite?«

»Es gibt noch ein Opfer. Vergewaltigt, gefoltert, eine Brust amputiert. Der einzige Unterschied ist, sie ist noch am Leben. Ich dachte, Sie möchten vielleicht mit ihr sprechen.«

***

Drew Kaplan sagte: »*Pro bono* also? Könntest du mir vielleicht auch erklären, warum das die zwei einzigen lateinischen Worte sind, die jeder kennt? Bis ich mit meinem Jurastudium fertig war, hatte ich genügend Latein gelernt, um eine eigene Kirche aufzumachen. *Res gestae, corpus juris, lex tailonis.* Diese Worte hat noch kein Mensch zu mir gesagt. Immer nur *pro bono.* Weißt du, was das heißt, *pro bono*?«

»Ich bin sicher, du wirst es mir erklären.«

»Richtig müßte es eigentlich *pro bono publico* heißen. Für das Allgemeinwohl. Dieses Terminus bedienen sich große Anwaltskanzleien, um den, übrigens lächerlich geringen, Arbeitsaufwand zu bezeichnen, den sie sich für Fälle aufzuwenden herablassen, von denen sie sich eine Linderung ihres schlechten Gewissens erhoffen, denn daß sie von einem solchen geplagt werden, ist nur zu verständlich, wenn man berücksichtigt, daß sie in der Regel mehr als neunzig Prozent ihrer Arbeitszeit darauf verwenden, arme Leute zu schröpfen und dafür zweihundert Dollar und aufwärts die Stunde zu kassieren. Warum siehst du mich so an?«

»Das ist der längste Satz, den ich je aus deinem Mund gehört habe.«

»Was du nicht sagst. Miss Cassidy, als Ihr Anwalt ist es meine Pflicht, Sie davor zu warnen, sich auf Männer wie diesen Herrn einzulassen. Matt, im Ernst, Miss Cassidy ist in Manhattan wohnhaft und Opfer eines Verbrechens, das vor neun Monaten im Stadtteil Queens begangen wurde. Ich bin ein ums berufliche Überleben kämpfender Anwalt mit einer bescheidenen Kanzlei im Stadtteil Brooklyn. Wieso also, wenn du die Frage gestattest, kommst du darauf, dich in dieser Angelegenheit ausgerechnet an mich zu wenden?«

Wir waren in seiner bescheidenen Kanzlei, und dieser kleine verbale Schlagabtausch diente nur dem Zweck, das Eis zu brechen, weil er nämlich längst wußte, warum Pam Cassidy einen Brooklyner Anwalt brauchte, um ihr bei ihrem Verhör durch einen Detektiv der Brooklyner Mordkommission Beistand zu leisten. Ich hatte die Sache am Telefon ziemlich ausführlich mit ihm besprochen.

»Ist es Ihnen recht, wenn ich Sie Pam nenne?« fragte er.

»Aber sicher.«

»Oder ist Ihnen Pamela lieber?«

»Nein, Pam ist völlig in Ordnung. Solange Sie nicht Pammy sagen.«

Was es speziell damit auf sich hatte, konnte Kaplan natürlich nicht wissen. Er sagte: »Dann also Pam. Pam, bevor Sie und ich uns mit Officer Kelly treffen – er ist doch Officer, Matt? Oder Detective?«

»Detective John Kelly.«

»Bevor wir uns also mit dem guten Detective treffen, lassen Sie uns vorab eines klarstellen. Sie sind meine Mandantin. Das heißt, ich möchte, daß Sie niemandem eine Frage beantworten, wenn ich nicht dabei bin. Ist Ihnen das klar?«

»Ja.«

»Mit niemand meine ich auch niemand – niemandem von der Polizei und niemandem von der Presse und auch nicht irgendeinem Fernsehreporter, der Ihnen ein Mikrophon unter die Nase hält. ›Klären Sie das bitte mit meinem Anwalt.‹ Sprechen Sie mir das bitte nach.«

»Klären Sie das bitte mit meinem Anwalt.«

»Sehr gut. Jemand ruft sie an, fragt, wie das Wetter draußen ist. Was antworten Sie darauf?«

»Klären Sie das bitte mit meinem Anwalt.«

»Ich glaube, sie hat's kapiert. Noch mal. Ein Typ ruft sie an, sagt, Sie haben gerade in Zusammenhang mit einer großen Werbekampagne eine Reise nach Paradise Island auf den Bahamas gewonnen. Was antworten Sie darauf?«

»Klären Sie das bitte mit meinem Anwalt.«

»Nein, dem können Sie sagen, er soll Sie mal. Aber was alle anderen betrifft, sollen die das gefälligst mit Ihrem Anwalt klären. Jetzt zu den Einzelheiten, wobei ich vorwegschicken möchte, daß Sie generell nur dann Fragen beantworten sollen, wenn ich dabei bin, und auch nur, wenn sie sich unmittelbar auf das grauenhafte Verbrechen beziehen, das an Ihnen begangen wurde. Ihr Hintergrund, Ihr Leben vor dem Zwischenfall, Ihr Leben nach dem Zwischenfall, das alles geht keinen Menschen etwas an. Wenn die Fragen in eine Richtung zielen, die Ihren Interessen zuwiderläuft, schalte ich mich ein und untersage Ihnen, sie zu beantworten. Auch wenn Ihnen eine Frage aus irgendeinem Grund unangenehm ist, beantworten Sie sie nicht – selbst wenn ich nichts dagegen einzuwenden habe. Sagen Sie, daß Sie das erst mit Ihrem Anwalt besprechen wollen. ›Das möchte ich erst mit meinem Anwalt besprechen.‹ Sprechen Sie mir das bitte nach.«

»Das möchte ich erst mit meinem Anwalt besprechen.«

»Sehr gut. Zuallererst müssen Sie sich darüber im klaren sein, daß Sie nicht unter Anklage stehen und auch nicht unter Anklage gestellt werden. Sie tun denen in erster Linie einen Gefallen, womit wir uns in einer optimalen Ausgangsposition befinden. Jetzt lassen Sie uns, solange Matt hier ist, das Ganze noch mal in aller Ruhe durchgehen, und danach steht einem Treffen mit Detective Kelly nichts mehr entgegen, Pam. Erzählen Sie mir bitte, wie es dazu kam, daß Sie Matthew Scudder damit beauftragt haben, die Männer zu finden, die Sie entführt und mißhandelt haben?«

***

Wir hatten uns schon alles zurechtgelegt, bevor ich John Kelly und Drew Kaplan anrief. Pam brauchte eine Geschichte, die sie zur Initiatorin der Ermittlungen machte und Kenan Khoury aus dem Spiel ließ. Sie und Elaine und ich probierten eine Reihe von Möglichkeiten durch, und was schließlich dabei herauskam, war folgendes:

Neun Monate nach dem Vorfall hatte Pam die ersten zaghaften Versuche unternommen, wieder in die Normalität Tritt zu fassen. Damit hatte sie jedoch aufgrund ihrer Angst, noch einmal denselben Männern in die Hände zu fallen, massive Probleme. Aus diesem Grund trug sie sich mit dem Gedanken, aus New York wegzuziehen, konnte sich aber zugleich nicht darüber hinwegtäuschen, daß ihre Angst nicht nachlassen würde, selbst wenn sie noch so weit vor diesen Männern floh.

Vor kurzem schließlich hatte sie einen Mann kennengelernt, dem sie die Geschichte vom Verlust ihrer Brust erzählt hatte.

Besagter Herr, ein angesehener verheirateter Mann, dessen Namen sie unter keinen Umständen preisgeben wollte, war zutiefst schockiert und betroffen und machte ihr klar, daß sie nicht eher ein Leben ohne Angst würde führen können, als diese Männer nicht gefaßt waren, und selbst wenn es fast unmöglich schien, sie zu finden, würde es sich mit Sicherheit positiv auf ihre Psyche auswirken, wenn sie selbst Maßnahmen zu ihrer Auffindung und Festnahme ergriff. Da die polizeilichen Ermittlungen offensichtlich auch nach so langer Zeit noch zu keinem Ergebnis geführt hatten, empfahl er ihr, sich an einen Privatdetektiv zu wenden, der die Suche nach diesen Männern mit wesentlich mehr Nachdruck betreiben konnte als die Polizei, der in so einem Fall durch eine Vielzahl von Vorschriften und Bestimmungen in mehr als nur einer Hinsicht die Hände gebunden waren.

Es gab da sogar einen Privatdetektiv, den er kannte und für vertrauenswürdig hielt, da der namenlose Unbekannte früher einmal mein Klient gewesen war. Er hatte sie an mich verwiesen und sich darüber hinaus bereiterklärt, für sämtliche Kosten aufzukommen, allerdings unter der Voraussetzung, daß seine Identität unter keinen Umständen preisgegeben wurde.

Nach ein paar Gesprächen mit Pam war ich zu der Überzeugung gelangt, daß sie aller Wahrscheinlichkeit nach nicht das einzige Opfer dieser Männer war. Nicht zuletzt deutete auch die Art und Weise, wie sie miteinander debattiert hatten, ob sie sie töten sollten, darauf hin, daß sie bereits mindestens einen Mord begangen hatten. Demzufolge hatte ich nach Hinweisen auf andere Verbrechen zu suchen begonnen, die die beiden Männer vor oder nach der Verstümmelung meiner Klientin möglicherweise begangen hatten.

Durch intensives Studium der Bibliotheksarchive war ich auf zwei Fälle gestoßen, die in Frage zu kommen schienen, Marie Gotteskind und Leila Alvarez. Im Fall Gotteskind war das Opfer ebenfalls in einem Lieferwagen entführt worden, und nachdem ich mir mit etwas unkonventionellen Methoden Einsicht in die Gotteskind-Akte verschafft hatte, fand ich bestätigt, daß es auch hier zu einer Amputation von Gliedmaßen gekommen war. Im Fall Alvarez deutete alles auf eine Entführung hin, und eine weitere Übereinstimmung bestand darin, daß die Täter das Opfer in einem Friedhof zurückgelassen hatten. (Pam war im Mount-Zion-Friedhof in Queens ausgesetzt worden.) Als ich am Donnerstag erfuhr, daß Alvarez' Verstümmelung, über die in der Zeitungsmeldung keine näheren Angaben gemacht worden waren, mit der von Pam identisch war, schienen die letzten Zweifel ausgeräumt, daß es sich um dieselben Täter handelte.

Aber warum hatte ich zu diesem Zeitpunkt Kelly noch nichts davon erzählt? Zuallererst war ich dazu ohne die ausdrückliche Genehmigung meiner Klientin nicht befugt, aber immerhin hatte ich das ganze Wochenende damit zugebracht, sie zu diesem Schritt zu überreden und sie gleichzeitig darauf vorzubereiten, was dadurch auf sie zukommen würde. Außerdem wollte ich erst noch abwarten, ob von einem der anderen Köder, die ich ausgelegt hatte, jemand angelockt worden war.

Einer davon war diese Filmgeschichte gewesen, mit der ich

Elaine auf die verschiedenen Sexualdelikt-Abteilungen angesetzt hatte, in der Hoffnung, ein Opfer ausfindig zu machen, das überlebt hatte. Obwohl mehrere Frauen angerufen hatten, wurde rasch klar, daß keine von ihnen in Frage kam; trotzdem wollte ich erst noch das Wochenende abwarten, bevor ich meine diesbezüglichen Bemühungen ganz einstellte.

Witzigerweise hatte Pam selbst so einen Anruf von der zuständigen Abteilung in Queens erhalten, in dem man ihr dazu riet, sich mit Miß Mardell in Verbindung zu setzen. Zu diesem Zeitpunkt hatte sie freilich noch keine Ahnung, daß ich es gewesen war, der diesen Versuchsballon gestartet hatte; deshalb war sie der Frau am Telefon auch eher zurückhaltend begegnet. Um so köstlicher hatten wir uns dann allerdings amüsiert, als sie mir von dem Anruf erzählte und erfuhr, wer dieser Filmproduzent tatsächlich war.

Mittlerweile, Montagnachmittag, sah ich jedoch keinen Grund mehr, unser Wissen noch länger für uns zu behalten; zum einen wäre dadurch die Polizei in ihren Ermittlungen zu den zwei Mordfällen behindert worden, zum anderen war ich mit meinem Latein am Ende. Pam das schmackhaft zu machen, war jedoch nicht einfach gewesen. Sie hatte noch immer erhebliche Vorbehalte, sich ein weiteres Mal einem Verhör durch die Polizei zu unterziehen. Diese Vorbehalte ließen sich jedoch ausräumen, als ich den Vorschlag machte, ihr einen Anwalt zur Seite zu stellen, der ihre Interessen vertrat.

Und so machten sie sich also auf den Weg zu Kelly, und meine Jagd nach den Lustmördern war beendet, und damit hatte es sich.

***

»Das müßte eigentlich hinhauen«, sagte ich zu Elaine. »Ich glaube, das deckt alle Aktivitäten ab, die ich seit dem ersten Anruf, den ich bekommen habe, unternommen habe, selbstverständlich mit Ausnahme all dessen, was mit Khoury zu tun hat. Und ich kann mir nicht vorstellen, daß durch irgend etwas von dem, was ihnen Pam erzählen wird, die Polizei auf die Nachforschungen stoßen wird, die ich in der Atlantic Avenue angestellt habe, oder auf die Computerspielchen, bei denen ich den Kongs gestern nacht zugesehen habe. Von all dem weiß Pam nämlich nichts. Sie könnte der Polizei also nicht einmal etwas verraten, selbst wenn sie das wollte; aber sie hat nie etwas von Francine und Kenan Khoury gehört. Wenn ich mir's recht überlege, bin ich mir nicht mal sicher, ob sie überhaupt weiß, wieso ich mich eigentlich für den Fall interessiere. Alles, was sie weiß, ist diese Geschichte, die wir uns für die Polizei ausgedacht haben.«

»Vielleicht glaubt sie inzwischen selbst daran.«

»Das wird spätestens dann der Fall sein, wenn sie sie ein paarmal erzählt hat. Kaplan hatte jedenfalls nichts daran auszusetzen.«

»Hast du ihm erzählt, wie es wirklich war?«

»Nein, dazu bestand kein Anlaß. Er weiß, daß seine Informationen unvollständig sind, aber damit kann er leben. Seine Aufgabe besteht vor allem darin zu verhindern, daß die Polizei anfängt, Pam auf die Finger zu fühlen und sich mehr für meine Rolle bei der ganzen Geschichte zu interessieren als für die Kerle, die es getan haben.«

»Besteht denn die Möglichkeit, daß sie das tun?«

Ich zuckte mit den Achseln. »Keine Ahnung, was sie tun werden. Da sind ein paar Serienmörder, die ihre entzückende kleine Nummer schon seit mehr als einem Jahr abziehen, und die Polizei von New York weiß noch nicht mal, daß es die Kerle überhaupt gibt. Vermutlich werden sich ein paar Leute ganz gewaltig auf den Schlips getreten fühlen, daß ein Privatdetektiv eine Sache aufgedeckt hat, von der sonst kein Mensch etwas wußte.«

»Also bringen sie den Unglücksboten um.«

»Wäre jedenfalls nicht das erste Mal. Eigentlich haben sich die Cops auch gar nichts vorzuwerfen; sie haben nichts übersehen, was sie eigentlich hätten merken müssen. Es kann ziemlich schnell passieren, daß man eine Mordserie nicht als solche erkennt, und das vor allem, wenn die einzelnen Fälle auf verschiedene Reviere oder gar Stadtteile verteilt sind und wenn es sich bei den Übereinstimmungen um Details handelt, die in den Zeitungsmeldungen bewußt nicht erwähnt worden sind. Trotzdem ist nicht auszuschließen, daß sie es Pam heimzahlen wollen, daß sie sie an der Nase herumgeführt hat, und das um so mehr, als sie eine Nutte ist und dieses kleine Detail das erste Mal nicht erwähnt hat.«

»Wird sie es jetzt erwähnen?«

»Sie wird einfließen lassen, daß sie es ab und zu für Geld getan hat, um ihre Finanzen ein bißchen aufzubessern. Wir wissen, daß sie bereits aktenkundig geworden ist; sie wurde ein paarmal wegen Prostitution festgenommen. Das haben sie nicht gemerkt, als sie in ihrem Fall ermittelt haben, weil sie das Opfer war und deshalb kein zwingender Grund bestand nachzuprüfen, ob sie vorbestraft war.«

»Aber du findest, sie hätten das nachprüfen sollen.«

»Na ja, das war schon eine ziemliche Schlamperei. Nutten passiert so was ständig, weil leicht an sie ranzukommen ist. Eigentlich hätten sie das schon nachprüfen müssen, so was sollten sie ganz automatisch machen.«

»Aber sie wird ihnen erzählen, daß sie nicht mehr auf den Strich gegangen ist, seit sie aus dem Krankenhaus entlassen wurde. Daß sie zu viel Angst hatte.«

Ich nickte. Sie hatte eine Weile aufgehört. Allein die Vorstellung, zu einem Fremden ins Auto zu steigen, versetzte sie in Todesangst. Aber alte Gewohnheiten legt man nicht so schnell ab, und so fing sie wieder damit an. Erst beschränkte sie sich auf schnelle Nummern im Auto – damit die Freier keinen Rückzieher machten, sobald sie ihre Bluse auszog. Aber sie stellte rasch fest, daß sich die meisten Männer gar nicht an ihrer Verstümmelung störten. Einige sahen darin eine interessante Besonderheit, und einige wenige fuhren sogar richtig darauf ab und kamen immer wieder.

Aber das ging niemanden etwas an. Deshalb würde sie der Polizei erzählen, daß sie verschiedene Jobs als Bedienung gehabt hatte, schwarz versteht sich, und daß für ihren Unterhalt mehr oder weniger ihr anonymer Wohltäter aufkam, der sie an mich verwiesen hatte.

»Und was ist mit dir?« wollte Elaine wissen. »Mußt du nicht zu Kelly gehen und eine Aussage machen?«

»Ich denke schon, aber das hat noch Zeit. Ich werde morgen mit ihm reden; dann wird sich zeigen, ob er was Offizielles von mir braucht. Muß aber nicht unbedingt sein. Außerdem habe ich nichts für ihn, weil ich kein neues Beweismaterial beschafft habe. Ich habe lediglich ein paar bisher unberücksichtigte Verbindungen zwischen drei Fällen entdeckt.«

»Dann ist also für dich der Krieg vorbei, mein Kapitän?«

»Sieht so aus.«

»Du bist sicher ganz schön fertig. Möchtest du dich nebenan ein bißchen hinlegen?«

»Ich möchte lieber aufbleiben – damit mein Rhythmus nicht durcheinanderkommt.«

»Da hast du natürlich auch wieder recht. Hast du Hunger? Mein Gott, du hast ja seit dem Frühstück nichts mehr gegessen. Setz dich, ich mache uns eine Kleinigkeit.«

***

Wir machten einen gemischten Salat und eine große Schüssel Schmetterlingsnudeln mit Öl und Knoblauch und aßen am Küchentisch. Danach machte Elaine für sich Tee und für mich Kaffee, und wir gingen ins Wohnzimmer und setzten uns auf die Couch. Irgendwann im Verlauf unserer Unterhaltung sagte sie etwas untypisch Ordinäres. Als ich lachte, fragte sie, was so lustig wäre.

Ich sagte: »Ich mag es, wenn du kein Blatt vor den Mund nimmst.«

»Du meinst wohl, das ist bei mir nur Mache? Du meinst, ich bin irgend so eine behütete Treibhauspflanze, wie?«

»Nein, ich glaube, du bist die Rose von Spanish Harlem.«

»Ich würde gern wissen, ob ich es auf dem Straßenstrich geschafft hätte«, sagte sie nachdenklich. »Allerdings bin ich froh, daß ich nie Gelegenheit hatte, das herauszufinden. Aber eines kann ich dir sagen. Wenn das alles vorbei ist, wird sich unsere kleine Strichmamsell nicht mehr den Arsch abfrieren. Sie wird ihre eine Titte einpacken und zusehen, daß sie von der Straße runterkommt.«

»Willst du sie adoptieren?«

»Nein, und wir werden uns auch nicht das Zimmer teilen oder gegenseitig die Haare machen. Aber ich kann ihr einen Platz in einem anständigen Haus beschaffen oder zeigen, wie man sich eine Kundenkartei aufbaut und von einer Wohnung aus operiert. Weißt du, was sie tun wird, wenn sie clever ist? Eine Annonce in *Screw* setzen und die Tittenfetischisten wissen lassen, daß sie eine für den Preis von zwei kriegen können. Du lachst schon wieder. War das schon wieder ordinär?«

»Nein, nur komisch.«

»Dann darfst du lachen. Ich weiß auch nicht. Vielleicht sollte ich mich lieber raushalten und mich nicht einmischen. Aber irgendwie war sie mir spontan sympathisch.«

»Mir auch.«

»Ich glaube, sie hat was Besseres verdient als den Straßenstrich.«

»Wer hätte das nicht? Außerdem kommt sie am Ende gar nicht so schlecht weg. Wenn sie diese Kerle erwischen und wenn es zum Prozeß kommt, kriegt sie die fünfzehn Minuten Berühmtheit, die ihr zustehen. Und sie hat einen Anwalt, der dafür sorgt, daß niemand ihre Story kriegt, ohne dafür zu bezahlen.«

»Vielleicht drehen sie sogar einen Fernsehfilm.«

»Das würde ich nicht von vorneherein ausschließen, obwohl wir lieber nicht zu fest damit rechnen sollten, daß Debra Winger unsere Freundin spielt.«

»Nein, wahrscheinlich nicht. Ich hab's. Was hältst du davon? Du siehst zu, daß du für ihre Rolle eine Schauspielerin kriegst, der sie im wirklichen Leben eine Brust abgenommen haben. In Fragen der Authentizität geben wir uns mit keinen Halbheiten ab. Wir müssen das Thema mit maximaler Aussagekraft rüberbringen.« Sie zwinkerte. »Das war gerade meine Show-biz-Nummer. Aber du magst es lieber, wenn ich auf ordinär mache.«

»Da fällt mir die Wahl ziemlich schwer.«

»Na, siehst du? Was anderes, Matt. Macht es dir was aus, wenn du an einem Fall wie diesem arbeitest und ihn an die Polizei abgeben mußt?«

»Nein.«

»Wirklich nicht?«

»Warum sollte es mir was ausmachen? Ich halte es für unvertretbar, die Dinge, die ich weiß, für mich zu behalten. Die New Yorker Polizei verfügt über Mittel und Möglichkeiten, die ich nicht habe. Außerdem wäre ich, was diese Spur betrifft, sowieso nicht mehr weitergekommen. Dem, was ich gestern nacht herausgefunden habe, werde ich allerdings weiter nachgehen. Mal sehen, was sich in Sunset Park tut.«

»Du wirst der Polizei nichts von Sunset Park erzählen?«

»Das kann ich leider nicht.«

»Mhm. Matt? Ich habe eine Frage.«

»Schieß los.«

»Ich weiß zwar nicht, ob du sie hören willst, aber ich muß sie dir trotzdem stellen. Bist du sicher, daß es dieselben Männer sind?«

»Es kann gar nicht anders sein. Ein Stück Draht, um eine Brust zu amputieren? Einmal bei Leila Alvarez, einmal bei Pam Cassidy? Beide Opfer auf einem Friedhof ausgesetzt? Was willst du noch mehr?«

»Ich habe nie daran gezweifelt, daß die Kerle, die Pam das angetan haben, dieselben sind wie die Mörder von Leila Alvarez. Und der Frau aus dem Forest Park, der Lehrerin.«

»Marie Gotteskind.«

»Aber wie ist es mit Francine Khoury? Sie wurde nicht in einem Friedhof gefunden, ihr wurde nicht unbedingt mit einer Garrotte eine Brust amputiert, und sie wurde bekanntlich von drei Männern entführt. In einem Punkt war sich Pam nämlich ganz sicher: Es waren nur zwei Männer, Ray und der andere.«

»Auch bei Khoury könnten es nur zwei gewesen sein.«

»Du hast doch selbst gesagt –«

»Ich weiß, was ich gesagt habe. Aber Pam hat erzählt, daß sie vom Führerhaus in den Laderaum geklettert sind und wieder zurück. Vielleicht sah es nur so aus, als wären es drei Männer gewesen; wenn man nämlich zwei Männer hinten in einen Kombi steigen sieht, und gleich darauf fährt der Wagen los, geht man ganz automatisch davon aus, daß vorne ein dritter Mann gesessen ist, der den Wagen gefahren hat.«

»Möglich.«

»Wir wissen, daß diese Kerle Marie Gotteskind auf dem Gewissen haben. Die Verbindung zwischen Gotteskind und Alvarez läßt sich durch diese Sache mit den Fingern herstellen, Amputation und Einführung. Alvarez und Cassidy bekamen beide die Brust amputiert, das heißt –«

»Es waren in allen drei Fällen dieselben. Gut, bis hierhin kann ich dir folgen.«

»Die Gotteskind-Zeugen sagten ebenfalls aus, es wären drei Männer gewesen – zwei, die sie in den Wagen zerrten, und einer, der fuhr. Sie könnten sich das nur eingebildet haben. Oder sie waren an diesem Tag tatsächlich zu dritt, genau wie an dem Tag, als sie Francine Khoury entführt haben. Nur an dem Abend, als sie sich Pam geschnappt haben, lag einer mit einer Grippe zu Hause im Bett.«

»Oder hat sich einen runtergeholt.«

»Auch das wäre eine Möglichkeit. Wir könnten Pam fragen, ob es irgendwelche Hinweise auf einen dritten Mann gab. ›Mike hätte ihr Arsch sicher gefallen.‹ Etwas in der Art.«

»Vielleicht haben sie ihre Brust Mike nach Hause gebracht.«

»›Ich sag dir, Mike, du hättest erst mal die sehen sollen, die ich drangelassen habe.‹«

»Jetzt wird's aber ein bißchen zuviel des Guten. Glaubst du, sie kriegen eine halbwegs brauchbare Beschreibung aus ihr raus?«

»Mir ist es jedenfalls nicht gelungen.« Sie hatte gesagt, sie könne sich nicht mehr erinnern, wie die zwei Männer aussahen; wenn sie versuchen würde, sie sich vorzustellen, sähe sie nur vage, konturlose Gesichter vor sich – so, als hätten sie sich Nylonstrümpfe übergezogen. Aus diesem Grund war auch nichts dabei herausgekommen, als ihr die Polizei unmittelbar nach dem Vorfall aktenweise Fotos von Sexualtätern vorlegte. Sie hatte nicht gewußt, nach welchen Gesichtern sie Ausschau halten sollte. Auch mit einem Phantombild-Zeichner hatte sie es versucht, ebenfalls ohne Erfolg.

»Als sie hier war«, sagte Elaine, »mußte ich ständig an Ray Galindez denken.« Das war ein Polizeizeichner, der über die geradezu unheimliche Gabe verfügte, sich auf einen Zeugen einzustellen und ihm auf diese Weise erstaunlich treffende Personenbeschreibungen zu entlocken. Zwei seiner Zeichnungen, fixiert und gerahmt, hingen in Elaines Bad.

»Dieser Gedanke ist mir auch schon ein paarmal gekommen«, sagte ich. »Aber ich kann mir nicht vorstellen, daß selbst er was aus ihr rausbekommen könnte. Wenn er sich ein paar Tage nachdem es passiert ist, mit ihr zusammengesetzt hätte, hätte die Sache vielleicht anders ausgesehen. Aber jetzt ist es dafür längst zu spät.«

»Wie wär's mit Hypnose?«

»Das wäre eine Möglichkeit. Sie muß ihre Erinnerungen total verdrängt haben. Ein Hypnotiseur könnte diese Barriere vielleicht durchbrechen. So viel weiß ich darüber allerdings auch nicht. Geschworene geben jedenfalls nicht viel auf so was und ich eigentlich auch nicht.«

»Warum nicht?«

»Weil ich glaube, daß sich hypnotisierte Zeugen aus dem Bedürfnis zu helfen einfach irgendwelche Erinnerungen zusammenfantasieren. Gerade was viele dieser Inzesterlebnisse betrifft, mit denen man bei den AA-Treffen ständig konfrontiert wird, bin ich ziemlich skeptisch – vor allem wenn es sich um Erinnerungen handelt, die erst nach zwanzig oder dreißig Jahren plötzlich hochkommen. Damit will ich keineswegs sagen, daß an einigen nicht was Wahres dran ist, aber in den meisten Fällen kriege ich das Gefühl nicht los, daß sich das die Leute aus den Fingern saugen, weil sie ihrem Therapeuten eine Freude machen wollen.«

»Manchmal sind das aber sehr reale Erfahrungen.«

»Keine Frage. Aber manchmal auch nicht.«

»Schon möglich. Du hast zumindest insofern recht, als es sich dabei um ein Trauma handelt, das momentan sehr *in* ist. Du wirst sehen: Demnächst werden Frauen ohne Inzesterinnerungen anfangen, sich Sorgen zu machen, ihre Väter könnten sie nicht hübsch gefunden haben. Möchtest du spielen, ich bin das böse kleine Mädchen, und du bist mein Daddy?«

»Ich glaube nicht.«

»Spielverderber. Möchtest du spielen, ich bin eine heiße, mit allen Wassern gewaschene Straßennutte, und du sitzt am Steuer deines Wagens?«

»Müßte ich mir dafür extra ein Auto mieten?«

»Wir könnten so tun, als ob die Couch ein Auto ist – obwohl das wäre dann ja so eine Pullmanlimousine. Wirklich nicht einfach, dafür zu sorgen, daß es in unserer Beziehung weiter prikkelt und knistert. Ich könnte dich zum Beispiel fesseln, aber wie ich dich kenne, würdest du nur einschlafen.«

»Vor allem heute.«

»Mhm. Wir könnten so tun, als würdest du auf Mißbildungen stehen, und mir fehlt eine Brust.«

»Gott behüte.«

»Darauf kann ich nur laut Amen sagen. Ich will es ja nicht ›beshrein‹, wie meine Mutter sagen würde. Weißt du, was ›beshrein‹ bedeutet? Es kommt, glaube ich, aus dem Jiddischen und bedeutet, das Schicksal herausfordern. ›So etwas darfst du nicht mal sagen, du könntest Gott auf dumme Gedanken bringen.‹«

»Dann tu's auch nicht.«

»Werde ich auch nicht. Matt? Willst du einfach nur ins Bett gehen?«

»Das kommt der Sache schon näher.«

15

Am Dienstagmorgen schlief ich lange, und Elaine war schon weg, als ich aufwachte. Sie hatte einen Zettel auf den Küchentisch gelegt, daß ich so lange bleiben könnte, wie ich wollte. Ich machte mir Frühstück und schaute eine Weile CNN. Dann verließ ich die Wohnung und ging eine Stunde oder so in der Gegend herum und kam gerade rechtzeitig für das Mittagstreffen zum Citicorp Building. Danach ging ich in der Third Avenue ins Kino und sah mir im Frick die Gemälde an. Von dort nahm ich einen Bus die Lexington hinunter und nahm an einem Halbsechs-Treffen nicht weit von der Grand Central teil, wo sich die Pendler am Riemen rissen, nicht den Speisewagen zu nehmen.

Bei dem Treffen wurde über die Elfte Stufe gesprochen; das ist die, in der es darum geht, durch Gebet und Meditation Gottes Willen zu erforschen, und die Diskussion war größtenteils haarsträubend spirituell. Als es Zeit wurde, nach Hause zu gehen, beschloß ich, mir ein Taxi zu leisten. Zwei sausten an mir vorbei, und als das dritte hielt, drängte sich eine Frau in einem maßgeschneiderten Kostüm und einer schwungvollen Schleife mit einem kräftigen Ellbogenstoß an mir vorbei und schnappte es mir weg. Ich hatte zwar nicht gebetet oder meditiert, aber ich hatte trotzdem keine allzugroßen Probleme, in dieser Frage Gottes Willen herauszubekommen. Er wollte, daß ich mit der U-Bahn nach Hause fuhr.

Im Hotel warteten mehrere Nachrichten auf mich. Ich sollte John Kelly, Drew Kaplan und Kenan Khoury anrufen. Mir fiel auf, daß das eine Menge Leute waren, deren Nachnamen denselben Anfangsbuchstaben hatte, und dabei hatte ich noch nichts von den Kongs gehört. Da war noch eine vierte Nachricht von jemandem, der keinen Namen hinterlassen hatte, sondern nur eine Nummer; perverserweise rief ich sie als erste an.

Ich wählte die Nummer, und anstatt des Klingelzeichens kam ein durchgehender Pfeifton. In der Annahme, es handele sich um eine Störung, hängte ich auf. Doch dann fiel plötzlich der Groschen, und ich wählte die Nummer noch einmal, und als der Pfeifton kam, gab ich meine Telefonnummer ein und hängte auf. Keine fünf Minuten später klingelte mein Telefon. Ich nahm ab, und TJ sagte: »He, Matt, mein Mann. Was liegt an?«

»Du hast einen Piepser.«

»Da staunst du, was? Mann, ich hatte plötzlich fünfhundert Mäuse in der Tasche. Was glaubste mach ich damit, Aktien kaufen? Hatten gerade n Sonderangebot, Piepser un Gebühr für drei Monate für müde hundertneunundneunzig Dollar. Willst auch son Ding, geh mit dir in den Laden, damit die dich nicht verarschen.«

»Vielleicht später mal. Was passiert nach den drei Monaten? Mußt du dann den Piepser zurückgeben?«

»Nein, gehört mir, Mann. Ich muß nur so und so viel im Monat blechen, damit er im Netz bleibt. Drück ich nichts mehr ab, gehört er immer noch mir, bloß tut sich nichts mehr, wenn du ihn anwählst.«

»Dann nützt er dir aber auch nicht mehr viel.«

»Trotzdem haben jede Menge Typen son Ding. Schleppen es ständig mit sich rum, aber du hörst es nie piepen, weil sie nämlich die Gebühr nicht zahlen un deshalb abgehängt werden.«

»Was kostet so ein Ding im Monat?«

»Haben's mir gesagt, hab's aber wieder vergessen. Is egal. Wie ich die Sache seh, wirste für mich die Gebühren zahlen, bevor die drei Monate rum sind, damit mich jederzeit erreichen kannst.«

»Wieso sollte ich das tun?«

»Weil ich unersetzlich bin, Mann. Ohne mich bist du doch aufgeschmissen.«

»Weil du deine geistigen Reserven anzapfst?«

»Siehste? Langsam schnallst du's doch.«

***

Ich versuchte es bei Drew, aber in der Kanzlei war er nicht, und zu Hause wollte ich ihn nicht stören. Bei Kenan Khoury und John Kelly probierte ich es erst gar nicht. Ich fand, sie konnten warten. Ich ging auf eine Pizza und ein Coke um die Ecke und anschließend zu meinem dritten Treffen an diesem Tag nach St. Paul. Ich konnte mich nicht erinnern, wann ich das letzte Mal bei so vielen Treffen gewesen war, jedenfalls war es schon eine Weile her.

Nicht, daß ich Angst hatte, rückfällig zu werden. Der Gedanke, etwas zu trinken, war mir nie ferner gelegen. Ebensowenig fühlte ich mich von Problemen belastet oder außerstande, eine Entscheidung zu fällen.

Was mir zu schaffen machte, war vielmehr ein Gefühl der Erschöpfung, des Ausgelaugtseins. Die durchgemachte Nacht im Frontenac hatte zwar ihren Tribut gefordert, aber ihre Nachwirkungen waren durch ein paar anständige Mahlzeiten und neun Stunden tiefen Schlaf so gut wie abgeklungen. Es lag wohl daran, daß mich mein Fall noch immer sehr stark beschäftigte. Ich hatte hart daran gearbeitet und mich voll von ihm in Beschlag nehmen lassen, und jetzt war die Sache erledigt.

Bloß war sie das natürlich nicht. Die Mörder waren noch nicht einmal identifiziert, geschweige denn gefaßt. Ich hatte, wie ich fand, exzellente Detektivarbeit geleistet, und meine Bemühungen hatten zu wichtigen Ergebnissen geführt, aber an eine Lösung des Falls war noch nicht annähernd zu denken. Die Erschöpfung, die mich befallen hatte, war also nicht mit einem Gefühl der Befriedigung verbunden, wie man es nach getaner Arbeit verspürt. Ausgepowert oder nicht, ich hatte verschiedene Versprechen zu halten. Und noch einen langen und beschwerlichen Weg vor mir.

Deshalb war ich noch einmal bei einem Treffen, wo ich Geborgenheit und Erholung finden konnte. In der Pause unterhielt ich mich mit Jim Faber, und nach dem Treffen verließ ich mit ihm den Saal. Da er keine Zeit hatte, um auf eine Tasse Kaffee mitzukommen, begleitete ich ihn fast bis zu seiner Wohnung, und zum Schluß standen wir ein paar Minuten an einer Straßenecke und unterhielten uns. Danach ging ich nach Hause, und auch jetzt rief ich Kenan Khoury noch nicht an. Aber ich rief seinen Bruder an. Zufällig waren Jim und ich auf ihn zu sprechen gekommen, und keiner von uns konnte sich erinnern, ihn in der letzten Woche gesehen zu haben. Also wählte ich Peters Nummer, aber es ging niemand dran. Ich rief Elaine an, und wir unterhielten uns ein paar Minuten. Sie erzählte, daß Pam Cassidy angerufen hatte, um ihr Bescheid zu sagen, daß sie vorerst nichts mehr von sich hören lassen würde – das heißt, Drew hatte ihr nahegelegt, bis auf weiteres den Kontakt mit mir und Elaine abzubrechen, und damit sich Elaine keine Gedanken machte, hatte sie ihr Bescheid gesagt.

Am nächsten Morgen rief ich als erstes Drew an, und er sagte, es wäre ganz gut gelaufen und er hätte Kelly ziemlich stur, aber nicht uneinsichtig gefunden. »Wenn du dir was wünschen möchtest«, schlug er vor, »dann wünsch dir, daß sich rausstellt, daß der Typ reich ist.«

»Kelly? Bei der Mordkommission wird man nicht reich. Mit Schmiergeldern läuft da nicht viel.«

»Kelly doch nicht, Herrgott noch mal. Ray.«

»Wer?«

»Der Mörder. Der mit dem Draht, Herrgott noch mal. Hörst du deiner eigenen Klientin nicht zu, oder was?«

Sie war nicht meine Klientin, aber das wußte er nicht. Ich fragte ihn, welches Interesse ich daran haben sollte, daß Ray reich war.

»Damit wir ihn ordentlich auf Schadensersatz verklagen können.«

»Ich hatte eigentlich mehr daran gedacht, ihn auf Lebzeiten hinter Gitter zu bringen.«

»Das natürlich auch, aber ich brauche dir doch nicht eigens zu erklären, wie das bei Strafprozessen manchmal geht. Eines weiß ich allerdings jetzt schon. Wenn es zumindest dazu kommt, daß dieser Dreckskerl vor Gericht gestellt wird, dann hänge ich ihm ein Zivilverfahren an, in dem ich ihn um seinen letzten Cent bringe. Aber das ist die Mühe natürlich nur wert, wenn er ein bißchen Geld hat.«

»So was kann man nie wissen.« Was ich allerdings wußte, war, daß in Sunset Park nicht allzuviele Millionäre lebten. Aber ich wollte Kaplan nichts von Sunset Park erzählen, und außerdem hatte ich keinen einzigen konkreten Anhaltspunkt, daß die beiden Männer, oder die drei, falls es sich tatsächlich um drei handelte, tatsächlich dort lebten. Nach allem, was ich wußte, hätte Ray auch eine Suite im Pierre bewohnen können.

»Ich würde nur zu gern jemanden finden, dem ich eine saftige Zivilklage anhängen kann«, fuhr Kaplan fort. »Vielleicht haben diese Schweine einen Firmenwagen benutzt. Ich würde zu gern einen Mitschuldigen auftreiben, damit ich ihr wenigstens zu einer anständigen Entschädigung verhelfen kann. Nach allem, was sie durchgemacht hat, hat sie das mehr als verdient.«

»Und deine *pro bono*-Arbeit würde sich im nachhinein doch noch als recht kostenwirksam erweisen.«

»Na und? Was soll daran auszusetzen sein? Außerdem muß ich dir sagen, daß es mir bei dieser Geschichte keineswegs in erster Linie um meine Interessen geht. Im Ernst.«

»Ist ja schon gut.«

»Sie ist wirklich schwer in Ordnung. Hart im Nehmen und ganz schön couragiert. Aber zugleich hat sie sich noch was Unverfälschtes, fast Unschuldiges bewahrt, wenn du weißt, was ich meine.«

»Ich glaube schon.«

»Einfach unglaublich, was ihr diese Schweine angetan haben. Hat sie dir gezeigt, was sie gemacht haben?«

»Sie hat's mir erzählt.«

»Erzählt hat sie's mir auch, aber sie hat's mir auch gezeigt. Man möchte meinen, wenn man es weiß, wäre man darauf vorbereitet, aber glaub mir, das haut einen ohne Übertreibung um.«

»Kann ich mir vorstellen. Hat sie dir auch gezeigt, was sie noch übrig hat, damit du das Ausmaß ihres Verlusts auch voll zu würdigen wußtest?«

»Du hast eine ganz schön schmutzige Fantasie, weißt du das?«

»Ja, weiß ich. Jedenfalls bekomme ich das in letzter Zeit ständig gesagt.«

***

Ich rief in John Kellys Büro an und bekam gesagt, daß er im Gericht war. Als ich dem Cop, mit dem ich telefonierte, meinen Namen nannte, sagte er: »Mit Ihnen will er dringend sprechen. Geben Sie mir Ihre Nummer, dann piepe ich ihn für Sie an.« Kurz darauf rief Kelly zurück und wir verabredeten uns in einem Lokal, das sich The Docket nannte und gleich um die Ecke von der Borough Hall lag. Ich war noch nie dort gewesen, aber es erinnerte mich an Lokale, wie ich sie aus downtown Manhattan kannte, Bar-Restaurants mit einer Klientel, die sich hauptsächlich aus Cops und Anwälten zusammensetzte, und einer Einrichtung, die mit jeder Menge Messing und Leder und dunklem Holz protzte.

Kelly und ich hatten uns noch nie gesehen. Daran hatten wir beide nicht gedacht, als wir uns verabredet hatten. Aber wie sich herausstellte, hatte ich keine Schwierigkeiten, ihn zu erkennen. Er sah genau wie sein Vater aus.

»Das bekomme ich ständig zu hören«, sagte er.

Er holte sich an der Bar ein Bier, und dann setzten wir uns im hinteren Teil an einen Tisch. Unsere Bedienung hatte eine Stupsnase und eine ansteckend gute Laune, und sie kannte meinen Begleiter. Als er sich nach dem Pastrami erkundigte, sagte sie: »Das ist Ihnen sicher nicht mager genug, Kelly. Nehmen Sie lieber das Roast Beef.« Wir hatten Roggensandwiches mit Roast Beef, das Fleisch hauchdünn geschnitten, aber dick belegt, und dazu knusprige Fritten und eine Meerrettichtunke, die einer Statue das Wasser in die Augen getrieben hätte.

»Angenehme Atmosphäre«, sagte ich.

»Einsame Spitze. Ich esse immer hier.«

Er trank eine zweite Flasche Molson's zu seinem Sandwich. Ich bestellte mir ein Cream Soda, und als ich von der Bedienung nur ein Kopfschütteln bekam, entschied ich mich für eine Coke. Mir entging nicht, daß Kelly das registrierte, aber er sagte nichts. Als sie jedoch unsere Getränke brachte, sprach er mich darauf an. »Sie haben doch mal getrunken.«

»Hat Ihnen das Ihr Vater erzählt? Dabei war es, als ich ihn kannte, noch gar nicht so schlimm.«

»Nein, das weiß ich nicht von ihm. Ich habe ein bißchen rumtelefoniert, Erkundigungen eingezogen. Es heißt, Sie hatten Probleme damit, und irgendwann haben Sie aufgehört.«

»So könnte man es nennen.«

»AA, habe ich mir sagen lassen. Tolle Sache, was man so darüber hört.«

»Hat jedenfalls seine guten Seiten. Ist allerdings nicht das Richtige, wenn man was Anständiges zu trinken will.«

Er brauchte einen Moment, bis er merkte, daß ich Spaß machte. Er lachte, dann sagte er: »Kennen Sie ihn von dort? Diesen geheimnisvollen Freund?«

»Das werde ich nicht beantworten.«

»Sie sind nicht bereit, mir irgend etwas über ihn zu erzählen?«

»Nein.«

»Meinetwegen. Was das betrifft, werde ich Sie in Ruhe lassen. Sie haben sie dazu überredet, zu uns zu kommen, das muß man Ihnen schon mal zugute halten. Ich mag es zwar nicht besonders, wenn ein Zeuge händchenhaltend mit seinem Anwalt antanzt, aber unter diesen Umständen muß ich zugeben, daß es für sie das Beste ist. Und Kaplan ist nicht gerade einer von der allerschlimmsten Sorte. Wenn es irgendwie geht, läßt er einen zwar vor Gericht wie den letzten Affen dastehen, aber was soll's, das ist schließlich sein Job, so sind sie nun mal. Was soll man schließlich auch machen, etwa die ganze Bagage aufhängen?«

»Es gibt Leute, die fänden das gar keine so schlechte Idee.«

»Das gilt für die Hälfte der in diesem Raum Anwesenden, und die andere Hälfte sind Anwälte. Aber was soll's? Kaplan und ich haben uns darauf geeinigt, dicht zu halten, was die Presse betrifft. Er meinte, das wäre auch in Ihrem Sinn.«

»Selbstverständlich.«

»Wenn wir ein gescheites Phantombild von den zwei hätten, wäre es was anderes, aber ich habe sie mit einem Zeichner zusammengesetzt und alles, was dabei rauskam, war, daß beide Täter zwei Augen, eine Nase und einen Mund hatten. Was die Ohren betrifft, war sie sich nicht sicher; sie glaubt zwar, daß jeder zwei hatte, aber ihre Hand würde sie dafür nicht ins Feuer legen. Genausogut könnten wir auf Seite fünf der *Daily News* einen Smile-Button veröffentlichen, mit der Unterschrift: ›Wer hat diesen Mann gesehen?‹ Was wir haben, ist eine Verbindung zwischen drei Fällen, die wir inzwischen offiziell als Serienmord behandeln, aber finden Sie, wir hätten was davon, wenn wir das Ganze publik machen? Damit würden wir bloß erreichen, daß wir den Leuten einen Mordsschrecken einjagen.«

***

Wir ließen uns nicht viel Zeit zum Essen. Kelly mußte bis zwei im Gericht zurück sein, um in einem Drogenmordprozeß auszusagen, also genau die Sorte Fall, deretwegen ihm nie die Arbeit ausgehen würde. »Das macht es einem nicht gerade einfach, sich noch drum zu scheren, ob sie sich nun gegenseitig abmurksen oder nicht«, brummte er. »Oder sich ein Bein auszureißen, um sie einzulochen. Ich hoffe inzwischen nur noch eines: daß sie diesen ganzen Scheiß endlich freigeben. Und ich kann Ihnen schwören, ich hätte nie gedacht, daß ich so was mal sagen würde.«

»Ich hätte auch nicht gedacht, daß ich das mal einen Cop würde sagen hören.«

»Das kriegen sie jetzt von allen zu hören. Cops, Staatsanwälte, alle. Bei der DEA gibt es noch Leute, die noch die alte Linie vertreten. ›Wir gewinnen den Kampf gegen die Drogen. Gebt uns die erforderlichen Mittel in die Hand, und wir kriegen das hin.‹ Ich weiß nicht, vielleicht glauben die das wirklich, aber ich finde, da sollen sie lieber gleich an den Osterhasen glauben. Da besteht wenigstens noch die Chance, daß sie an Ostern ein paar Eier kriegen.«

»Wie wollen Sie die Freigabe von Crack rechtfertigen?«

»Natürlich stößt einem das erst mal sauer auf. Meine absolute Lieblingsdroge ist Angel Dust. Ein stinknormaler, friedlicher Kerl zieht sich eine Ladung von dem Zeug rein und – zack! – ist er wie ausgewechselt und läuft Amok. Ein paar Stunden später, wenn er wieder zu sich kommt, ist jemand tot, und er kann sich an nichts erinnern; er kann einem nicht mal sagen, ob er das High toll fand. Glauben Sie, ich sehe es gern, wenn sie dieses Teufelszeug im Lebensmittelladen an der Ecke verkaufen? Alles lieber als das. Aber würde tatsächlich mehr Stoff umgesetzt werden als jetzt, wo sie den Stoff auf der Straße vor dem Laden verkaufen?«

»Das weiß ich nicht.«

»Und auch sonst niemand. Übrigens wird im Moment nicht mehr so viel Angel Dust umgesetzt, aber nicht, weil die Leute genug davon haben. Der Dust-Markt wird langsam aber sicher von Crack aufgerollt. Also, gute Neuigkeiten aus der Welt der Drogen, Sportsfreunde. Crack hilft uns, diesen Krieg zu gewinnen.«

Wir teilten uns die Rechnung, und auf dem Gehsteig schüttelten wir uns die Hände. Ich erklärte mich bereit, mich bei ihm zu melden, falls mir etwas einfiel, was er wissen sollte, und er sagte, er würde mich auf dem laufenden halten, falls es irgend etwas Neues gab. »Wir werden auf jeden Fall ordentlich Druck machen«, versicherte er mir. »Diese Kerle müssen unbedingt aus dem Verkehr gezogen werden.«

***

Ich hatte Kenan Khoury gesagt, daß ich im Lauf des Nachmittags bei ihm vorbeischauen würde, also machte ich mich in Richtung Bay Ridge auf den Weg. Das Docket liegt in der Joralemon Street, wo Brooklyn Heights an Cobble Hill stößt. Ich ging nach Osten zur Court Street und die Court zur Atlantic hinunter, vorbei an Drew Kaplans Kanzlei und dem syrischen Restaurant, in dem ich mit Peter Khoury war. Ich nahm die Atlantic, damit ich am Ayoub's vorbeigehen und mir die Entführung *in situ* vorstellen konnte, was noch ein lateinischer Begriff war, den Drew in denselben Korb mit *pro bono* werfen konnte. Ich hatte eigentlich vor, einen Bus in Richtung Süden zu nehmen, aber als ich zur Fourth Avenue kam, fuhr gerade ein Bus los, und außerdem war es ein schöner Frühlingstag, und ich genoß es, zu Fuß zu gehen.

Ich war ein paar Stunden auf den Beinen. Bewußt hatte ich nie vorgehabt, die ganze Strecke bis nach Bay Ridge hinaus zu Fuß zu gehen, aber genau das tat ich. Erst dachte ich, ich würde acht oder zehn Blocks weit gehen und dann den ersten Bus nehmen, der vorbeikam. Bis ich allerdings zu der ersten der numerierten Straßen kam, merkte ich, daß ich nicht weit vom Green-Wood Cemetery war. Ich wechselte auf die Fifth Avenue über und ging auf den Friedhof, wo ich zehn bis fünfzehn Minuten zwischen den Gräbern herumspazierte. Das Gras war so leuchtend grün, wie es das nur ganz zu Beginn des Frühlings ist, und außer den Blumen auf den Gräbern schossen überall Krokusse und andere Frühlingsblumen aus dem Boden.

Der Friedhof erstreckt sich über eine große Fläche, und ich hatte keine Ahnung, in welchem Teil Leila Alvarez verlorengegangen und gefunden worden war, obwohl es in der Zeitungsmeldung durchaus einen Hinweis darauf hätte geben können. Falls dem so war, hatte ich es längst wieder vergessen, und was tat das außerdem zur Sache? Ich verfügte über keine übersinnlichen Fähigkeiten, und deshalb hätte es mich schwerlich weitergebracht, auch wenn ich mich noch so sehr auf die Schwingungen des Fleckchens Rasen konzentriert hätte, auf dem sie gelegen hatte. Damit will ich nicht grundsätzlich abstreiten, daß manche Leute für so etwas ein Gespür haben, daß sie mit Weidenruten verlorene Gegenstände und vermißte Kinder finden können, ja sogar, daß sie Auren wahrnehmen, die mir verborgen bleiben (obwohl ich nicht sicher bin, ob ich diese Fähigkeit Danny Boys jüngster Flamme zutrauen würde). Ich jedenfalls konnte so was nicht.

Trotzdem konnte es nicht schaden, die Atmosphäre ein bißchen auf mich einwirken zu lassen. Vielleicht wurde dadurch ein Gedanke losgeschüttelt und eine mentale Verbindung hergestellt, die andernfalls nicht zustandekommen würde. Wer kann schon sagen, wie so was funktioniert?

Vielleicht ging ich in den Friedhof, um irgendeine Art von Bezug zu Leila Alvarez herzustellen. Vielleicht wollte ich auch bloß ein paar Minuten über grünes Gras gehen und mir die Blumen ansehen.

***

Ich betrat den Friedhof an der Twenty-fifth Street und verließ ihn eine halbe Meile weiter an der Thirty-fourth. An diesem Punkt hatte ich ganz Park Slope durchquert und war am Nordrand des zu Sunset Park gehörenden Teils angelangt, nur ein paar Straßen von dem kleinen Park entfernt, der dem Viertel seinen Namen gegeben hat.

Ich erreichte den Park und durchquerte ihn. Dann ging ich der Reihe nach zu allen sechs Telefonzellen, die die Entführer benutzt hatten, um Khoury anzurufen. Den Anfang machte ich mit der Zelle in der New Utrecht Avenue auf Höhe der Forty-first Street. Am meisten interessierte mich das Telefon in der Fifth Avenue zwischen Forty-ninth und Fiftieth. Das war der Apparat, den sie zweimal benutzt hatten, derjenige, der ihrem Stützpunkt möglicherweise am nächsten lag. Im Gegensatz zu den anderen Telefonen handelte es sich dabei jedoch nicht um eine Zelle, sondern um einen Münzapparat in einem durchgehend geöffneten Waschsalon.

Die einzigen Kunden waren zwei Frauen, beide dick. Eine legte Wäsche zusammen, die andere saß, gegen die nackte Betonsteinwand zurückgelehnt, auf einem Stuhl und las eine Ausgabe von *People* mit Sandra Dees Konterfei auf dem Titel. Sie schenkten sich gegenseitig ebensowenig Beachtung wie mir. Ich steckte einen Quarter in den Schlitz und rief Elaine an. Als sie dran ging, sagte ich: »Gibt es in allen Waschsalons ein Telefon? Ist es üblich, daß sie in Waschsalons ein Telefon haben?«

»Kannst du dir vorstellen, wie lange ich schon darauf warte, daß du mich das fragst?«

»Und?«

»Ich fühle mich zwar außerordentlich geschmeichelt, daß du glaubst, ich weiß alles, aber leider muß ich dir etwas gestehen. Ich habe schon jahrelang keinen Fuß mehr in einen Waschsalon gesetzt. Ehrlich gesagt, bin ich nicht mal sicher, ob ich überhaupt schon mal in einem war. Wir haben im Keller mehrere Waschmaschinen. Ich kann deine Frage also nicht beantworten, aber ich kann dir dafür eine stellen. Warum willst du das wissen?«

»Zwei der Anrufe bei Khoury wurden von einem Münzfernsprecher in einem Waschsalon in Sunset Park gemacht.«

»Und in dem bist du gerade. Du rufst mich von diesem Apparat aus an.«

»Richtig.«

»Und? Warum willst du wissen, ob andere Waschsalons auch ein Telefon haben? Halt, nichts sagen. Mal sehen, ob ich von selbst draufkomme. Nein, ich krieg's nicht raus. Also warum?«

»Na ja, ich dachte nur, sie müßten eigentlich in unmittelbarer Nähe des Waschsalons wohnen, wenn sie von hier angerufen haben. Man kann das Telefon von der Straße aus nicht sehen. Deshalb kann es nur jemand benutzt haben, der wußte, daß es hier ein Telefon gibt. Außer es gibt in jedem Waschsalon ein Telefon.«

»Wie gesagt, so genau kenne ich mich mit Waschsalons nicht aus. Bei uns im Keller gibt es jedenfalls kein Telefon. Was machst du eigentlich mit deiner Wäsche?«

»Ich? Gleich um die Ecke ist eine Reinigung.«

»Haben die ein Telefon?«

»Keine Ahnung. Ich bringe sie morgens hin und hole sie abends wieder ab, wenn ich gerade dran denke. Sie kümmern sich um alles. Ich gebe sie schmutzig ab und bekomme sie sauber wieder zurück.«

»Ich wette, sie waschen sie nicht nach Farben getrennt.«

»Häh?«

»Ach nichts.«

Ich verließ den Waschsalon und trank in dem kubanischen Stehimbiß an der Ecke einen *café con leche*. Er hatte auf diesem Telefon gesprochen, dieser Saukerl. So nahe war ich ihm.

Er mußte irgendwo in der Gegend wohnen. Und nicht nur in diesem Viertel, sondern in einem Umkreis von maximal ein bis zwei Blocks um den Waschsalon. Es dauerte nicht lange, und ich fing an mir einzubilden, ich könnte seine Gegenwart im Umkreis von ein paar hundert Metern deutlich spüren. Alles Unsinn. Ich brauchte gar nicht irgendwelche Schwingungen von ihm aufzufangen, es genügte, wenn ich nachzuvollziehen versuchte, wie es passiert war.

Sie hatten sie abgepaßt, als sie aus dem Haus kam, waren ihr zum D'Agostino's gefolgt, hatten die Sache vorerst abgeblasen, weil ihr der Junge die Sachen zum Wagen brachte, und waren ihr weiter zur Atlantic Avenue gefolgt. Als sie aus dem Ayoub's kam, schnappten sie sie, zerrten sie in den Laderaum des Kombi und fuhren los. Wohin?

Dafür kamen Dutzende von x-beliebigen Orten in Frage. Eine Seitenstraße in Red Hook. Ein Hof hinter einem Lagerhaus. Eine Garage.

Zwischen der Entführung und dem ersten Anruf waren mehrere Stunden verstrichen, und ich ging davon aus, daß sie sie zum größten Teil damit verbracht hatten, ihr ähnliches anzutun, wie sie Pam Cassidy angetan hatten. Als sie tot war, fuhren sie, wenn sie nicht schon dort waren, nach Hause und stellten den Wagen ab. Der Lieferwagen, der laut Aufschrift einem Fernsehreparaturdienst in Queens gehörte, dürfte einer gründlichen kosmetischen Behandlung unterzogen worden sein.

Vermutlich übermalten sie die Aufschrift – oder wuschen sie

ab, falls sie dafür wasserlösliche Farbe verwendet hatten. Falls sie in ihrer Garage dafür eingerichtet waren, war nicht einmal auszuschließen, daß sie den ganzen Wagen in einer anderen Farbe gespritzt hatten.

Und dann? Ein Schnellkurs in Tranchieren für Anfänger? Möglicherweise war das der nächste Schritt gewesen, aber sie könnten damit auch noch länger gewartet haben. Unwichtig.

Dann, um 15.38 Uhr, der erste Anruf. Und um 16.01 Uhr der zweite – Rays erster – aus dem Waschsalon. Dann die anderen Anrufe bis zum sechsten um 20.01 Uhr, bei dem die Khourys die Anweisungen zur Übergabe des Lösegelds bekamen. Nach diesem Anruf mußte sich Ray oder ein anderer Mann so postieren, daß er die Zelle in der Flatbush, Ecke Farragut, sehen und ihre Nummer wählen konnte, sobald Kenan Khoury dort auftauchte.

War das überhaupt nötig? Sie hatten Khoury aufgefordert, um halb neun dazusein. Folglich hätten sie auch ein paar Minuten vor diesem Zeitpunkt anfangen können, die Zelle in Abständen von einer Minute immer wieder anzurufen, wodurch für Khoury der Eindruck entstanden wäre, als hätten sie angerufen, weil sie ihn und seinen Bruder vorfahren gesehen hatten.

Unwesentlich. Aber sie taten es, sie machten den Anruf, Kenan Khoury ging dran, und danach fuhren er und sein Bruder zur Veterans Avenue weiter, wo wahrscheinlich bereits einer oder mehrere Entführer postiert waren. Dann der nächste Anruf, vermutlich koordiniert mit dem Eintreffen der Khourys, da es sich die Entführer in diesem Fall sicher nicht nehmen lassen wollten, beobachten zu können, wie die Khourys das Geld im Wagen liegen ließen und weggingen.

Sobald sie das taten, sobald sie weg waren und sobald klar war, daß niemand zurückgeblieben war, um den Wagen im Auge zu behalten, schnappten sich Ray und sein Freund oder seine Freunde das Geld und machten sich aus dem Staub.

Nein.

Mindestens einer von ihnen blieb in der Nähe des Wagens zurück und beobachtete, wie die Khourys zurückkamen und feststellten, daß Francine nicht da war. Dann ein Anruf in der Zelle, um ihnen zu sagen, sie sollten nach Hause fahren; sie würde dort auf sie warten. Und dann, während die Khourys in die Colonial Road fuhren, kehrten auch die Entführer zu ihrem Stützpunkt zurück. Stellten den Lieferwagen ab und –

Nein. Nein, der Lieferwagen war in der Garage geblieben. Sie hatten ihn noch nicht hinreichend getarnt, und vermutlich lag auch Francines Leiche noch im Laderaum. Sie waren mit einem anderen Fahrzeug zur Veterans Avenue hinausgefahren.

Mit dem Ford Tempo, den sie für diesen Anlaß gestohlen hatten? Das war eine Möglichkeit. Oder mit einem dritten Wagen, während der gestohlene Tempo an einem sicheren Ort abgestellt war, um nur für diesen einen Zweck zum Einsatz zu kommen, die Lieferung der Leichenteile.

So viele Möglichkeiten . . .

Jedenfalls machten sie nun den Tempo einsatzbereit. Zerlegten die Leiche, verpackten jedes Teil in Plastikfolie und umwickelten es mit Klebeband. Brachen den Kofferraum auf, luden ihn wie eine Gefriertruhe voll, fuhren mit zwei Autos in die Colonial Road, stellten den Tempo um die Ecke ab, und der Fahrer stieg zu seinem Komplizen in den anderen Wagen und fuhr mit ihnen nach Hause.

Wo 400.000 Dollar auf sie warteten und das gute Gefühl, ihren Coup ohne den geringsten Zwischenfall durchgezogen zu haben. Blieb nur noch eines zu tun. Bei Khoury anzurufen und ihn zu dem Ford um die Ecke zu schicken. Da hat man also alles glücklich zu Ende gebracht, man schwelgt im Vollgefühl seines Triumphs, aber man tunkt ihn noch mal mit der Nase voll in die Scheiße. War da die Versuchung nicht besonders groß, das eigene Telefon zu benutzen, den Apparat, der direkt vor einem auf dem Tisch stand? Khoury hatte die Polizei nicht eingeschaltet, hatte keine Verstärkung geholt, hatte anstandslos das Geld herausgerückt. Wie sollte er also herausbekommen, von wo dieser letzte Anruf erfolgte?

Was zum Teufel . . .

Nein, halt, bis zu diesem Punkt hast du keinen Fehler gemacht, du hast die Sache absolut professionell durchgezogen, warum also im letzten Augenblick noch alles versauen? Sehr unlogisch.

Andererseits kann man es mit der Sicherheit auch ein bißchen zu genau nehmen. Bisher hast du für jeden Anruf einen anderen Apparat benutzt und darauf geachtet, daß die einzelnen Telefone jeweils mindestens ein paar Straßen voneinander entfernt waren. Nur für den Fall, daß sie feststellen konnten, woher die Anrufe kamen, und die Zellen überwachen ließen.

Aber das war nicht der Fall. Das steht inzwischen völlig außer Zweifel. Sie haben nichts in dieser Richtung unternommen.

Deshalb besteht kein Grund mehr, vorsichtiger zu sein, als es die Umstände erfordern. Du benutzt ein Münztelefon, das auf jeden Fall, aber du nimmst das, das für dich am bequemsten zu erreichen ist, das du aus genau demselben Grund auch schon für deinen ersten Anruf benutzt hast.

Und weil du schon dabei bist, kannst du auch noch gleich deine Wäsche waschen. Du hast ein blutiges Geschäft erledigt, du hast dir die Sachen schmutzig gemacht, warum läßt du also nicht gleich eine Maschine durchlaufen?

Nein, das wohl kaum. Nicht, wenn du vierhunderttausend Riesen auf dem Küchentisch liegen hast. Da wäschst du deine blutigen Klamotten nicht mehr. Da wirfst du sie weg und kaufst dir neue.

***

Ich ging jede Straße im Umkreis von zwei Blocks um den Waschsalon in beiden Richtungen ab, jede Straße, die in dem Rechteck lag, das Fourth und Sixth Avenue sowie Forty-eighth und Fifty-second Street beschrieben. Ich könnte nicht behaupten, daß ich nach etwas Bestimmtem suchte, aber ich hätte sicher zweimal hingeschaut, wenn mir ein blauer Lieferwagen mit hausgemachter Firmenaufschrift untergekommen wäre. In erster Linie ging es mir darum, mir ein Bild von dem Viertel zu machen und zu sehen, ob mir irgend etwas auffiel.

Die Leute, die hier wohnten, waren sowohl in wirtschaftlicher wie in ethnischer Hinsicht eine bunte Mischung. Vor sich hin gammelnde Bruchbuden wechselten sich mit Häusern ab, die von ihren neuen, gutsituierten Besitzern aufwendig saniert und für eine Nutzung durch eine einzige Familie umgebaut worden waren. Da waren ganze Straßenzeilen mit Reihenhäusern, manche noch mit einem verrückten Flickenmuster aus Aluminium- und Asphaltplatten verkleidet, andere ohne diese Verkleidung, das nackte Mauerwerk neu gefugt. Dann wieder gab es Blocks von freistehenden Holzhäusern mit kleinen Rasenflächen davor, die zum Teil als Parkplatz herhalten mußten, obwohl einige Häuser auch über Einfahrten und Garagen verfügten. Auf den Straßen herrschte erstaunlich reges Leben, eine Menge Mütter mit kleinen Kindern, eine Menge wilder, energiestrotzender Kids, eine Menge Männer, die an ihren Autos herumbastelten oder auf Eingangstreppen herumsaßen und aus Dosen in braunen Papiertüten tranken.

Als ich alle Linien dieses Rasters abgegangen war, hatte ich nicht das Gefühl, etwas erreicht zu haben. Aber ich war ziemlich sicher, an dem Haus vorbeigegangen zu sein, in dem es passiert war.

***

Wenig später stand ich vor einem anderen Haus, in dem ein Mord passiert war. Nachdem ich bei der südlichsten Zelle, der an der Ecke von Sixtieth und Fifth, gewesen war, wechselte ich zur Fourth Avenue hinüber und ging am D'Agostino's vorbei nach Bay Ridge. Als ich zur Senator Street kam, fiel mir ein, daß ich nur ein paar Straßen von dem Haus entfernt war, in dem Tommy Tillary seine Frau umgebracht hatte. Ich war mir nicht sicher, ob ich es nach all den Jahren noch finden würde, und anfangs hatte ich tatsächlich Schwierigkeiten, weil ich in der falschen Straße danach suchte. Aber sobald mir mein Fehler bewußt geworden war, entdeckte ich es sofort.

Es war etwas kleiner, als ich es in Erinnerung hatte, ähnlich wie die Klassenzimmer in meiner alten Schule, aber sonst war es genau so, wie ich es in Erinnerung hatte. Ich blieb davor stehen und sah zum Dachbodenfenster im zweiten Stock hoch. Dort oben hatte Tillary seine Frau eingesperrt, bevor er sie nach unten brachte und tötete und es so hinstellte, als wäre sie von Einbrechern umgebracht worden.

Margaret hatte sie geheißen. Plötzlich war es mir wieder eingefallen. Margaret, aber Tommy hatte sie Peg genannt. Er brachte sie des Geldes wegen um. Ich habe das immer schon für ein schwaches Mordmotiv gehalten, aber vielleicht liegt mir zu wenig an Geld und zu viel am Leben.

Aber es ist mit Sicherheit ein besseres Motiv, als jemanden zum Spaß umzubringen.

Während der Arbeit an diesem Fall lernte ich Drew Kaplan kennen. Er vertrat Tommy in seinem ersten Mordprozeß. Später, nachdem sie ihn laufen gelassen und wegen Mordes an seiner Freundin noch mal festgenommen hatten, legte ihm Kaplan nahe, sich nach einem anderen Verteidiger umzusehen.

Das Haus war in gutem Zustand. Ich hätte gern gewußt, wem es gehörte und was sein Besitzer über seine Vergangenheit wußte. Falls es im Lauf der Jahre ein paarmal den Besitzer gewechselt hatte, war nicht auszuschließen, daß der jetzige nicht mehr über seine Vorgeschichte im Bild war. Aber das war ein Viertel mit ziemlich fest eingesessenen Bewohnern. Hier zogen die Leute nicht gleich wieder woanders hin.

Ich stand ein paar Minuten da und hing meinen Gedanken an die Zeiten nach, in denen ich noch getrunken hatte. An die Leute, die ich gekannt, an das Leben, das ich geführt hatte.

Ganz schön lange her. Oder auch nicht so lange, je nachdem, wie man rechnete.

16

Kenan Khoury sagte: »So hatte ich mir das eigentlich nicht vorgestellt – daß Sie der Sache bloß bis zu einem bestimmten Punkt nachgehen und dann das Ganze der Polizei übergeben.«

Ich fing noch einmal an, ihm zu erklären, daß an dieser Entscheidung kein Weg vorbeigeführt hatte, daß mir im Grunde genommen gar keine andere Wahl geblieben war. Die Entwicklung war an einem Punkt angelangt, an dem die Polizei der Sache wesentlich effektiver nachgehen konnte, als mir das möglich war, und zudem hatte ich ihnen fast alles, was ich bisher herausgefunden hatte, erzählen können, ohne meinen Klienten oder seine tote Frau ins Spiel bringen zu müssen.

»Das habe ich sehr wohl verstanden«, sagte er. »Mir ist durchaus klar, warum Sie so vorgegangen sind. Warum sollten Sie auch nicht einen Teil der Arbeit der Polizei überlassen? Dafür ist sie schließlich da. Ich habe nur nicht damit gerechnet, das ist alles. Ich hatte es mir immer so vorgestellt, daß wir sie ganz allein aufspüren, und am Schluß kommt es dann zu einer wilden Verfolgungsjagd mit anschließender Schießerei oder sonst so ein Quatsch. Ich weiß auch nicht, vielleicht verbringe ich zu viel Zeit vor dem Fernseher.«

Er sah eher so aus, als verbrächte er zu viel Zeit in Flugzeugen, zu viel Zeit im Haus, zu viel Zeit mit Kaffeetrinken in Hinterzimmern und Küchen. Er war unrasiert, und sein Haar war zerzaust und hätte einen Schnitt vertragen können. Er hatte Gewicht und Muskelspannung verloren, seit ich ihn zum letztenmal gesehen hatte, und sein attraktives Gesicht war ausgezehrt, mit dunklen Ringen unter den dunklen Augen. Er trug eine helle Leinenhose, ein bronzefarbenes Seidenhemd und Slipper ohne Socken, lauter Sachen, die ihm sonst ein Flair von dezenter Eleganz verliehen. Aber diesmal wirkte er zerknittert und sogar ein bißchen schmuddelig.

»Angenommen, die Polizei schnappt sie«, sagte er. »Was dann?«

»Das hängt davon ab, was sie ihnen anhängen können. Im Idealfall können sie mit genügend konkreten Beweisen aufwarten, um ihnen einen oder mehrere Morde anzulasten. Andernfalls besteht immer noch die Möglichkeit, daß einer der Täter gegen Zusicherung eines Straferlasses die anderen belastet.«

»Daß er sie verpfeift, mit anderen Worten.«

»Richtig.«

»Warum sollte die Behörde auf so einen Handel angewiesen sein? Sie haben doch das Mädchen als Zeugin.«

»Nur für das Verbrechen, das an ihr verübt wurde, und das

ist nicht so schwerwiegend wie Mord. Vergewaltigung und gewaltsame Sodomie fallen unter Kategorie B und können mit einer Haftstrafe zwischen sechs und fünfundzwanzig Jahren bestraft werden. Nur wenn sie wegen Mordes angeklagt werden, müssen sie mit lebenslang rechnen.«

»Was ist mit dem Abschneiden ihrer Brust?«

»Das fällt alles unter Körperverletzung ersten Grades, und das ist ein geringfügigeres Vergehen als Vergewaltigung und Sodomie. Die Höchststrafe dafür ist, glaube ich, fünfzehn Jahre.«

»Das ist doch völlig verrückt. Ich finde, was sie ihr angetan haben, ist schlimmer als Mord. Ein Mensch bringt einen anderen um, na schön, vielleicht konnte er in dem Moment einfach nicht anders, vielleicht hatte er einen Grund. Aber einem anderen Menschen bloß zum Spaß so wehzutun – was müssen das nur für Menschen sein, die so etwas tun?«

»Kranke oder böse, suchen Sie sich eins davon aus.«

»Wissen Sie, es macht mich ganz verrückt, wenn ich darüber nachzudenken anfange, was sie Francey alles angetan haben könnten.« Er war schon die ganze Zeit im Raum auf und ab gegangen. Jetzt blieb er am Fenster stehen und sah nach draußen. Mit dem Rücken zu mir, fuhr er fort: »Ich versuche, nicht daran zu denken. Ich versuche mir einzureden, daß sie sie gleich umgebracht haben; daß sie sich gewehrt hat und sie sie geschlagen haben, um sie gefügig zu machen; daß sie so fest zugeschlagen haben, daß sie gestorben ist. Einfach so, wamm, vorbei.« Er drehte sich um. Seine Schultern sackten nach unten. »Ach, Scheiße! Was macht das noch für einen Unterschied? Was auch immer sie ihr angetan haben, es ist vorbei. Sie hat ausgelitten. Sie ist tot, nur noch ein Häufchen Asche. Was nicht Asche ist, ist bei Gott, wenn es tatsächlich so läuft. Oder sie ruht in Frieden oder wird als Vogel oder Blume oder Gott weiß was wiedergeboren. Oder sie ist einfach weg. Ich weiß nicht, wie das ist, was mit einem passiert, wenn man gestorben ist. Niemand weiß das.«

»Nein.«

»Man hört ja immer wieder solchen Quatsch, Erlebnisse von

Leuten, die haarscharf dem Tod entronnen sind; man geht durch einen Tunnel und trifft Jesus oder seinen Lieblingsonkel und sieht sein ganzes Leben noch mal vor sich ablaufen. Vielleicht ist es tatsächlich so. Was weiß ich. Vielleicht ist das auch nur so, wenn man ganz knapp dem Tod entrinnt. Vielleicht ist es ganz anders, wenn man tatsächlich stirbt. Wer kann das schon sagen?«

»Ich jedenfalls nicht.«

»Nein, und wen zum Teufel interessiert das auch? Darüber kann sich jeder Gedanken machen, wenn es soweit ist. Wieviel können sie maximal für Vergewaltigung kriegen? Fünfundzwanzig Jahre, haben Sie gesagt?«

»Laut Strafgesetzbuch, ja.«

»Und Sodomie, haben Sie gesagt. Was ist das rechtlich überhaupt, anal?«

»Anal und oral.«

Er runzelte die Stirn. »Nein, damit müssen wir sofort Schluß machen. Ich beziehe alles, worüber wir jetzt sprechen, sofort auf Francine, und das darf ich nicht, damit mache ich mich nur verrückt. Man kann fünfundzwanzig Jahre dafür kriegen, daß man eine Frau in den Arsch fickt, und höchstens fünfzehn Jahre dafür, ihr die Titten abzuschneiden. Da kann doch was nicht stimmen.«

»Dürfte nicht einfach sein, das Gesetz zu ändern.«

»Nein, ich suche nur nach einer Möglichkeit, die Schuld an dem Ganzen unserer Rechtsprechung zuzuschieben, das ist alles. Außerdem sind auch fünfundzwanzig Jahre nicht genug. Auch lebenslänglich nicht. Das sind Tiere, die haben kein Recht mehr zu leben.«

»Das kann das Gesetz aber nicht.«

»Nein. Und das braucht es auch gar nicht. Alles, was das Gesetz tun soll, ist, sie zu finden. Dann werden wir weitersehen. Falls sie ins Gefängnis kommen, na ja, es ist nicht allzu schwer, sich im Gefängnis jemanden vorzuknöpfen. Im Knast gibt es genug Typen, die nichts dagegen haben, sich auf die Schnelle was dazuzuverdienen. Oder angenommen, sie werden freigesprochen oder sie werden vor dem Prozeß gegen Kaution auf freien Fuß gesetzt, dann laufen sie frei rum, und es ist überhaupt kein Problem, an sie ranzukommen.« Er schüttelte den Kopf. »Wenn man mich so reden hört, könnte man denken, ich bin der Pate, der hinter seinem Schreibtisch sitzt und seine Anweisungen erteilt, wer alles umgelegt werden soll. Wer kann schon sagen, was passieren wird? Vielleicht habe ich mich ja bis dahin schon ein wenig abreagiert, vielleicht erscheinen mir bis dahin fünfundzwanzig Jahre in einer Zelle genug. Wer weiß?«

»Könnte ja auch sein, daß wir Glück haben und sie vor der Polizei finden.«

»Wie? Indem wir in Sunset Park rumschleichen, ohne die leiseste Ahnung, nach wem wir suchen sollen?«

»Und indem wir uns zunutze machen, was die Polizei herausbekommt. Sie werden zum Beispiel folgendes machen: Sie werden alles, was sie haben, ans FBI weiterleiten, und die werden das mit ihren Unterlagen über Serienmörder vergleichen. Vielleicht gibt sich der Gedächtnisschwund unserer Zeugin im Lauf der Zeit doch noch ein bißchen, und ich bekomme ein Bild der Entführer, mit dem ich arbeiten kann, oder zumindest eine brauchbare Beschreibung.«

»Demnach wollen Sie also weitermachen?«

»Auf jeden Fall.«

Er dachte nach, dann nickte er. »Sagen Sie mir noch mal, was ich Ihnen schuldig bin.«

»Ich habe dem Mädchen einen Tausender gegeben. Der Anwalt berechnet ihr nichts. Die Computerspezialisten, die die Datenspeicher der Telefongesellschaft angezapft haben, haben fünfzehnhundert bekommen, und das Hotelzimmer, das wir dafür gebraucht haben, hat hundertsechzig Dollar gekostet, zuzüglich der fünfzig Dollar Kaution für das Telefon, die ich mir nicht wieder geholt habe. Sagen wir also zweitausendsiebenhundert.«

»Mhm.«

»Ich hatte auch noch verschiedene andere Ausgaben, aber da hielt ich es für das Vernünftigste, einfach selbst dafür aufzukommen. Nur in diesem Fall hat es sich um etwas ungewöhnliche Ausgaben gehandelt. Andererseits wollte ich allerdings nicht so lange warten, bis ich dafür Ihre Einwilligung hatte. Falls Sie irgendeine Maßnahme nicht für gerechtfertigt halten, können wir gern darüber reden.«

»Was sollte es da zu reden geben?«

»Ich habe den Eindruck, daß Ihnen irgend etwas nicht paßt.«

Er seufzte schwer. »So, haben Sie? Als wir das erste Mal miteinander telefoniert haben, als ich gerade vom Flughafen nach Hause gekommen bin, haben Sie doch erwähnt, Sie hätten meinen Bruder gefragt.«

»Richtig. Er hatte kein Geld, deshalb habe ich selbst welches besorgt. Warum?«

»Hatte er keines, oder hat er gesagt, Sie sollten warten, bis ich mein Okay gebe?«

»Er hatte keines. Aber er hat ausdrücklich gesagt, er wäre ganz sicher, daß Sie für die Kosten aufkommen würden; bloß hätte er nicht genug Geld.«

»Sind Sie da sicher?«

»Ganz sicher sogar. Warum? Was ist das Problem?«

»Er hat Ihnen nicht zufällig angeboten, Ihnen was von meinem Geld zu geben? Nichts in der Richtung?«

»Nein. Im Gegenteil, er –«

»Ja? Was, im Gegenteil?«

»Er sagte, Sie hätten sicher Geld zu Hause, aber er hätte keinen Zugang dazu. Er machte einen Witz, so ähnlich wie: Niemand würde einem Junkie die Kombination seines Safe verraten, nicht einmal wenn es der eigene Bruder wäre.«

»Das hat er gesagt?«

»Ich weiß nicht, ob er damit ganz direkt auf Sie anspielen wollte. Sinngemäß meinte er jedenfalls, daß kein Mensch auf die Idee käme, einem Drogenabhängigen so etwas zu sagen, weil man ihm nicht trauen kann.«

»Er hat also nur generell gesprochen.«

»Den Eindruck hatte ich jedenfalls.«

»Es könnte sich aber auch ganz direkt auf ihn und mich bezogen haben. Womit er im übrigen vollkommen recht gehabt hätte. Wenn es um solche Summen geht, würde ich ihm nicht über den Weg trauen. Mein großer Bruder – ich würde ihm wahrscheinlich mein Leben anvertrauen, aber Bargeld in sechsstelliger Höhe? Nein, das würde ich nicht.«

Ich sagte nichts.

»Ich habe gestern mit Petey gesprochen. Er wollte eigentlich rauskommen. Aber bisher hat er sich nicht blicken lassen.«

»Ach?«

»Und noch etwas. An dem Tag, an dem er mich zum Flughafen rausgefahren hat, habe ich ihm fünftausend Dollar gegeben. Für alle Fälle. Als Sie ihn also um zweitausendsiebenhundert gebeten haben –«

»Weniger. Ich habe am Samstagnachmittag mit ihm telefoniert, und das war, bevor ich den Tausender für Pam Cassidy brauchte. Ich weiß nicht mehr, welche Summe ich genau genannt habe. Fünfzehnhundert oder zweitausend höchstwahrscheinlich.«

Er schüttelte den Kopf. »Werden Sie daraus schlau? Ich jedenfalls nicht. Sie rufen ihn am Samstag an, und er sagt, ich komme vor Montag nicht zurück, aber machen Sie ruhig, legen Sie das Geld aus, Sie kriegen es von mir zurück. Hat er das gesagt?«

»Ja.«

»Warum hat er das getan? Ich könnte ja verstehen, wenn er deshalb nichts von meinem Geld rausrücken wollte, weil er dachte, ich könnte was dagegen haben. Und um Ihnen Ihre Bitte nicht abschlagen zu müssen und nicht wie ein Pfennigfuchser dazustehen, sagt er einfach, er hat kein Geld. Aber wenn ich Sie richtig verstanden habe, hat er Ihnen für die Ausgaben ausdrücklich sein Okay gegeben, aber das Geld hat er nicht rausgerückt. Ist das richtig?«

»Ja.«

»Haben Sie ihm gegenüber durchblicken lassen, Sie hätten sowieso ziemlich viel Bargeld?«

»Nein.«

»In diesem Fall könnte ich mir ja noch vorstellen, daß er dachte, wenn Sie sowieso genügend Geld hätten, könnten Sie es so lange vorstrecken. Aber so . . . Matt, ich sage es zwar nicht gern, aber ich habe kein gutes Gefühl bei der Sache.«

»Ich auch nicht.«

»Ich glaube, er hat wieder angefangen.«

»So sieht es jedenfalls aus.«

»Er geht mir aus dem Weg, er sagt, er kommt vorbei, läßt sich aber nicht blicken. Wenn ich bei ihm anrufe, ist er nicht zu Hause. Wonach hört sich das an?«

»Ich habe ihn seit eineinhalb Wochen nicht mehr bei einem Treffen gesehen. Wir gehen zwar nicht immer zu denselben, aber –«

»Aber in der Regel ist es so, daß Sie sich hin und wieder über den Weg laufen.«

»Ja.«

»Ich gebe ihm fünf Mille, für den Fall, daß etwas Unvorhergesehenes passiert, und im selben Moment, in dem dieser Fall eintritt, sagt er, er hat kein Geld. Wofür hat er es ausgegeben? Oder wenn er gelogen hat, wofür will er es behalten? Zwei Fragen, aber nur eine Antwort, wie es aussieht. Stoff. Was sonst?«

»Es könnte auch eine andere Erklärung geben.«

»Dann lassen Sie mal hören.« Er griff nach dem Telefon, wählte eine Nummer und stand, mühsam um Beherrschung ringend, da, während es läutete. Er muß es zehnmal läuten haben lassen, bevor er aufgab. »Niemand drangegangen, aber das heißt nichts. Wenn er sich mit einer Pulle verkrochen hat, ist er oft tagelang nicht ans Telefon gegangen. Ich habe ihn mal gefragt, warum er dann nicht wenigstens den Hörer von der Gabel nimmt. Dann wüßte ich, daß er zu Hause ist, hat er gesagt. Ein ganz schön hinterfotziger Hund, mein Bruder.«

»Das ist die Krankheit.«

»Die Sucht, meinen Sie.«

»Wir nennen es normalerweise eine Krankheit. Aber das läuft vermutlich auf dasselbe hinaus.«

»Er hat Heroin genommen. War total abhängig von dem Zeug. Dann hat er Schluß damit gemacht und ist auf Alkohol umgestiegen.«

»Das hat er mir erzählt.«

»Wie lange war er nüchtern? Etwas mehr als ein Jahr?«

»Eineinhalb Jahre.«

»Man möchte eigentlich meinen, wenn man es so lange geschafft hat, müßte man endgültig darüber hinwegsein.«

»Ein Tag ist das meiste, was irgend jemand schaffen kann.«

»Ja«, sagte er unwirsch. »Immer schön einen Tag nach dem anderen. Ich kenne das alles zur Genüge, diese ganzen Slogans. Als er mit dem Trinken aufgehört hat, war Petey ständig hier. Francey und ich saßen mit ihm rum und gaben ihm Kaffee und hörten ihm zu. Er konnte gar nicht mehr zu reden aufhören. Er kam mit dem ganzen Zeug, das er in den Treffen zu hören bekam, an und lag uns damit in den Ohren. Uns hat das nicht weiter gestört, immerhin fing er an, sein Leben wieder selbst in die Hände zu nehmen. Dann kam er eines Tages damit an, er dürfte nicht mehr so viel mit mir zusammensein, weil sich das negativ auf seine Nüchternheit auswirken könnte. Jetzt hat er sich irgendwo mit einer Ladung Stoff und einer Flasche Whiskey verkrochen, und was ist aus seiner Nüchternheit geworden, verdammt noch mal?«

»Das wissen Sie nicht, Kenan.«

Er drehte sich zu mir um. »Was denn sonst, Herrgott noch mal? Was sollte er sonst mit fünf Riesen anstellen, Lotterielose kaufen? Ich hätte ihm nie so viel Geld geben dürfen. Die Versuchung war zu groß. Ganz gleich, was passiert ist, es ist meine Schuld.«

»Nein«, sagte ich. »Wenn Sie ihm eine Zigarrenkiste voll Heroin gegeben und gesagt hätten: ›Heb das für mich auf, bis ich zurück bin‹, dann wäre das Ihre Schuld gewesen. Das wäre eine Versuchung gewesen, wie ihr niemand ausgesetzt werden darf. Aber er ist jetzt seit eineinhalb Jahren clean und trocken, und er weiß, daß er für seine Nüchternheit ganz allein verantwortlich ist. Falls ihn das Geld nervös gemacht hat, könnte er es auch auf die Bank gebracht haben oder jemand von den Anonymen Alkoholikern gebeten haben, es für ihn aufzubewahren. Vielleicht ist er rückfällig geworden, vielleicht aber auch nicht. Jedenfalls wissen wir im Moment noch nicht, was passiert ist. Aber ganz gleich, was er getan hat, Sie sind nicht dafür verantwortlich.«

»Ich habe es ihm leicht gemacht.«

»Das ist es immer. Ich weiß nicht, was man heute für einen

Schuß bezahlt, aber einen Drink kriegen Sie immer noch für ein paar Dollar, und ein Drink ist alles, was dazu nötig ist.«

»Bloß würde einer nicht lange anhalten. Mit fünftausend Dollar wäre er allerdings eine Weile versorgt. Wieviel kann man für Schnaps ausgeben? Zwanzig Dollar am Tag, wenn man ihn zu Hause trinkt? Zwei- bis dreimal soviel, wenn man in eine Bar geht? Heroin ist allerdings ein etwas teurerer Spaß, obwohl es auch da schwer sein dürfte, sich mehr als ein paar hundert Dollar am Tag in den Arm zu jagen, ganz abgesehen davon, daß er eine Weile bräuchte, um seine Sucht wieder voll aufzubauen. Selbst wenn er gleich voll die Sau rausläßt, dürfte er einen Monat brauchen, um fünf Riesen wegzudrücken.«

»Er hat sich den Stoff nicht gespritzt.«

»Hat er Ihnen das erzählt?«

»Stimmt das denn nicht?«

Er schüttelte den Kopf. »Das hat er den Leuten immer erzählt, und er hatte auch mal eine Phase, in der er tatsächlich nur geschnupft hat, aber eine Weile hat er auch gedrückt. Diese Lüge diente nur dem Zweck, seine Sucht nicht so schlimm erscheinen zu lassen. Außerdem hatte er Angst, die Frauen würden nicht mehr so ohne weiteres mit ihm ins Bett gehen, wenn sie wußten, daß er sich das Zeug spritzte. Nicht, daß sie in letzter Zeit bei ihm Schlange gestanden sind, aber wer macht sich das Leben unnötig schwerer, als es ohnehin schon ist? Er dachte, sie würden Angst bekommen, daß er mal mit anderen dieselbe Nadel benutzt hätte und HIV-positiv wäre.«

»Aber er hat nie mit anderen die Nadel geteilt?«

»Behauptet er zumindest. Er hat sich auch testen lassen, und er hat den Virus nicht.«

»Was haben Sie plötzlich?«

»Mir ist nur plötzlich ein Gedanke gekommen. Vielleicht hat er doch Nadeln von anderen benutzt, vielleicht hat er gar keinen Aids-Test machen lassen. Er könnte mich auch da belogen haben.«

»Und wie ist es bei Ihnen?«

»Was soll mit mir sein?«

»Benutzen Sie eine Spritze? Oder schnupfen Sie es nur?«

»Ich bin kein Junkie.«

»Peter hat mir erzählt, daß Sie etwa einmal im Monat was schnupfen?«

»Wann war das? Als Sie am Samstag mit ihm telefoniert haben?«

»Eine Woche zuvor. Wir waren bei einem Treffen und sind anschließend essen gegangen.«

»Und da hat er Ihnen das erzählt?«

»Er hat gesagt, er wäre vor ein paar Tagen bei Ihnen gewesen und Sie wären high gewesen. Er meinte, er hätte Sie darauf hin angesprochen und Sie hätten es abgestritten.«

Er senkte den Blick, und als er sprach, senkte er auch die Stimme. »Ja, das stimmt. Er hat mich gefragt, und ich habe es geleugnet. Ich dachte, er hätte es mir abgenommen.«

»Hat er nicht.«

»Nein, vermutlich nicht. Es hat mir was ausgemacht, ihm was vorzumachen. Es hat mir nichts ausgemacht, daß ich was genommen habe. Ich hätte es nicht in seiner Gegenwart getan, und ich hätte es auch nicht getan, wenn ich gewußt hätte, daß er vorbeikommen würde, aber es schadet schließlich niemandem, am allerwenigsten mir, wenn ich mir alle heiligen Zeiten mal was reinziehe.«

»Sie müssen es ja wissen.«

»Hat er gesagt, einmal im Monat? Um ehrlich zu sein, ich glaube nicht, daß es so oft ist. Ich würde eher schätzen, sieben-, acht-, maximal zehnmal im Jahr. Öfter auf keinen Fall. Ich hätte ihm nichts vormachen sollen. Ich hätte sagen sollen: ›Ja, ich habe mich beschissen gefühlt, also habe ich mir was reingezogen, warum schließlich nicht?‹ Ich kann es nämlich ein paarmal im Jahr tun, ohne daß ich immer mehr will, aber wenn er nur ein bißchen was probiert, steckt er sofort wieder voll in der alten Scheiße und sie klauen ihm die Schuhe, wenn er in der U-Bahn einpennt. Das ist ihm allen Ernstes mal passiert. Er ist mal im D Train aufgewacht und hatte bloß noch seine Socken an.«

»Das ist schon einer Menge Leute passiert.«

»Ihnen auch?«

»Nein, aber es hätte durchaus sein können.«

»Sie sind Alkoholiker, oder? Ich hab was getrunken, bevor Sie hergekommen sind. Wenn Sie mich fragen würden, würde ich es zugeben, ich würde Ihnen nichts vormachen. Aber warum habe ich meinem Bruder was vorgemacht?«

»Weil er Ihr Bruder ist.«

»Ja, das spielt sicher eine Rolle. Ich kann Ihnen sagen, ich mache mir ganz schön Sorgen um ihn.«

»Im Moment können Sie nichts machen.«

»Nein, wissen Sie, was wir machen werden? Wir werden zusammen losfahren. Sie schauen auf der einen Seite raus, ob Sie die Scheißkerle sehen, die meine Frau gekillt haben, und ich schaue auf der anderen raus, ob ich meinen Bruder irgendwo sehe. Wie finden Sie das?« Er schnitt ein Gesicht. »Aber erst mal schulde ich Ihnen Geld. Wieviel, haben Sie gesagt? Zwei-sieben?« Er hatte ein Bündel Hunderter in der Hand und zählte siebenundzwanzig Scheine ab. Danach war von dem Bündel nicht mehr viel übrig. Er gab mir das Geld, und ich steckte es weg. Er sagte: »Und was jetzt?«

»Ich mache weiter. Verschiedenes von dem, was ich versuchen werde, hängt davon ab, was bei den polizeilichen Ermittlungen herauskommt, aber –«

»Nein«, unterbrach er mich. »Das habe ich nicht gemeint. Was machen Sie jetzt gleich? Sind Sie zum Essen verabredet, haben Sie in der Stadt was zu erledigen, was?«

»Ach so.« Ich mußte überlegen. »Ich werde wahrscheinlich in mein Hotel zurückfahren. Ich war den ganzen Tag auf den Beinen, ich möchte duschen und mir was Frisches anziehen.«

»Wollen Sie zu Fuß zurückgehen? Oder werden Sie die U-Bahn nehmen?«

»Gehen werde ich jedenfalls nicht.«

»Was halten Sie davon, wenn ich Sie zurückfahre?«

»Das ist nicht nötig.«

Er zuckte mit den Achseln. »Ich muß irgendwas tun.«

***

Im Wagen fragte er mich, wo der berühmte Waschsalon sei, er wolle ihn mal sehen. Wir fuhren hin, und er parkte auf der anderen Straßenseite und stellte den Motor ab. »Wir führen also eine Observierung durch«, sagte er. »So nennt man das doch? Oder tun sie das nur im Fernsehen?«

»Eine Observierung zieht sich normalerweise stundenlang hin. Deshalb hoffe ich, daß das keine ist.«

»Nein, ich wollte bloß kurz hier stehen bleiben. Würde mich mal interessieren, wie oft ich hier schon vorbeigefahren bin. Jedenfalls bin ich nie auf die Idee gekommen, anzuhalten und von hier aus zu telefonieren. Matt, sind Sie sicher, daß das dieselben Kerle sind, die die zwei Frauen umgebracht und die andere verstümmelt haben?«

»Ja.«

»Ich meine nur – weil es hier um eine Menge Geld ging, und in den anderen Fällen ausschließlich um, äh – was ist das richtige Wort? – Spaß? Vergnügen?«

»Ich weiß. Aber die Übereinstimmungen sind zu speziell und zu augenfällig. Es müssen dieselben Männer gewesen sein.«

»Wieso ich?«

»Wie meinen Sie das?«

»Ich meine, wieso ausgerechnet ich?«

»Weil ein Drogenhändler ein ideales Opfer abgibt. So jemand hat jede Menge Bargeld und mehr als genug Gründe, die Polizei aus dem Spiel zu lassen. Aber das hatten wir ja bereits. Und einer der Täter hat einen Drogentick. Er hat Pam ständig gefragt, ob sie irgendwelche Dealer kennt und ob sie Drogen nimmt. Offensichtlich hatte er da so eine Art Spleen.«

»Das würde erklären, warum ein Drogenhändler, aber nicht, warum ich.« Er beugte sich vor und stützte die Arme auf das Lenkrad. »Wer weiß außerdem, daß ich Dealer bin? Ich bin nie verhaftet worden, mein Name stand noch in keiner Zeitung. Mein Telefon ist nicht angezapft und mein Haus nicht verwanzt. Ich bin ganz sicher, daß meine Nachbarn nicht die leiseste Ahnung haben, wie ich mein Geld verdiene. Vor anderthalb Jahren hat die DEA gegen mich ermittelt, aber sie haben es rasch wieder bleiben lassen, weil es zu nichts geführt hat. Was die Polizei betrifft, wissen die, glaube ich, nicht mal, daß es mich überhaupt gibt. Angenommen, Sie sind irgend so ein Perversling, der darauf abfährt, Frauen umzubringen, und außerdem schnell reich werden will, indem er einen Drogenhändler schröpft. Woher wissen sie überhaupt etwas von meiner Existenz? Das ist es, was mich interessieren würde. Wie kommen die ausgerechnet auf mich?«

»Ich weiß, was Sie meinen.«

»Am Anfang dachte ich, sie wollten es mir heimzahlen. Sie wissen schon, jemand sucht eine Möglichkeit, mich kräftig in die Scheiße zu tauchen und mich bei der Gelegenheit auch noch kräftig auszunehmen. Aber so ist es nicht, wenn ich Sie recht verstanden habe. Zuerst einmal sind da nur ein paar Verrückte, die auf Mord und Vergewaltigung abfahren. Dann kommen Sie auf die Idee, daß sie damit auch noch Geld machen können, und sie beschließen, sich nach einem Drogenhändler umzusehen, und schließlich fällt ihre Wahl auf mich. Demnach bringt es nichts, all den Leuten auf den Zahn zu fühlen, mit denen ich geschäftlich zu tun habe, also zum Beispiel nach jemandem zu suchen, der vielleicht denkt, ich hätte ihn bei einem Deal übers Ohr gehauen, und eine Möglichkeit gesucht hat, es mir heimzuzahlen. Nicht, daß ich damit sagen will, es gäbe keine Verrückten, die mit Drogen dealen, aber –«

»Nein, Sie haben völlig recht. Sie sind da rein zufällig reingeraten. Sie haben sich nach einem Drogendealer umgesehen, und Sie waren einer, den sie kannten.«

»Aber woher sollen sie mich gekannt haben?« Er zögerte. »Mir ist da so ein Gedanke gekommen.«

»Lassen Sie hören.«

»Na ja, eigentlich glaube ich nicht, daß es so war. Aber ich nehme doch an, daß mein Bruder bei diesen Treffen seine Lebensgeschichte erzählt, oder? Er stellt sich vorne hin und erzählt allen, was er getan hat und wozu es geführt hat. Und ich gehe mal davon aus, daß er auch einfließen läßt, was sein Bruder beruflich macht. Habe ich recht?«

»Na ja, ich wußte, daß Pete einen Bruder hatte, der Drogenhändler war, aber ich wußte weder Ihren Namen noch wo Sie wohnen. Ich wußte nicht mal Petes Nachnamen.«

»Wenn Sie ihn danach gefragt hätten, hätte er ihn Ihnen bestimmt gesagt. Und wäre es wirklich so schwer gewesen, den Rest herauszubekommen? ›Ich glaube, ich kenne Ihren Bruder. Wohnt er nicht in Bushwick?‹ ›Nein, Bay Ridge.‹ ›Ach ja? Welche Straße?‹ Ich weiß auch nicht. Ist vermutlich zu weit hergeholt.«

»Ich würde schon sagen. Zugegebenermaßen, bei diesen AA-Treffen können Sie alle möglichen und unmöglichen Leute treffen, und es gibt nichts, was einen Serienmörder daran hindern könnte, an einem teilzunehmen. Bekanntlich waren viele bekannte Serienmörder Alkoholiker, und sie hatten auch immer was getrunken, wenn sie die Morde begingen. Aber ich habe noch von keinem gehört, der bei uns einen Entzug gemacht hat.«

»Aber auszuschließen ist es nicht?«

»Vermutlich nicht. Was ist das schon? Trotzdem, wenn unsere Freunde hier in Sunset Park leben und Peter zu den Treffen immer nach Manhattan fuhr –«

»Da haben Sie natürlich auch wieder recht. Sie wohnen keine anderthalb Meilen von hier weg, und ich würde sie extra nach Manhattan reinschicken, damit sie von meiner Existenz erfahren. Als ich das gesagt habe, wußte ich ja auch noch nicht, daß sie aus Brooklyn sind.«

»Als Sie was gesagt haben?«

Der Schmerz war tief in seine Stirn gegraben, als er mich ansah. »Als ich Petey gebeten habe, bei seinen Treffen nicht überall rumzuerzählen, was ich beruflich mache. Als ich ihm gesagt habe, daß sie dadurch auf mich aufmerksam geworden sein könnten, daß sie sich Francine deshalb geschnappt haben könnten.« Er drehte sich herum, um auf den Waschsalon zu sehen. »Es war, als er mich zum Flughafen gefahren hat. Es ist mir in einem unbeherrschten Moment rausgerutscht. Ich habe mich wegen irgendwas, ich weiß nicht mehr was, über ihn geärgert und ihm das Ganze einfach vor den Latz geknallt. Einen Moment sah es aus, als wäre er total von den Socken. Aber dann sagte er was, na ja, Sie wissen schon, etwas in der Richtung, daß er das Ganze nicht weiter ernst nehmen würde, daß ihm klar wäre, daß mir das nur so rausgerutscht war.«

Er drehte den Zündschlüssel herum. »Blöder Waschsalon.

Kein Mensch zu sehen, der hier telefonieren will. Fahren wir lieber, oder?«

»Sicher.«

Ein paar Straßen weiter: »Angenommen, er hat es doch nicht einfach weggesteckt, und es hat ihn noch weiter belastet. Angenommen, es ging ihm ständig im Kopf herum. Und angenommen, er begann sich Gedanken zu machen, ob daran nicht sogar was Wahres sein könnte.« Er schoß einen Blick zu mir herüber. »Glauben Sie, das könnte ihn dazu gebracht haben, sich Stoff zu besorgen? Denn eines kann ich Ihnen sagen: Wenn ich an Peteys Stelle wäre, hätte das vollauf gereicht.«

***

Zurück in Manhattan, sagte er: »Ich möchte kurz zu ihm fahren, eben mal bei ihm vorbeischauen. Wollen Sie mitkommen?«

Das Schloß an der Eingangstür der Pension war kaputt. Kenan zog die Tür auf und sagte: »Könnte gar nicht besser sein mit der Sicherheit hier. Überhaupt ein tolles Haus.« Durch den Mief von Mäusen und schmutziger Wäsche stiegen wir zwei Stockwerke hoch. Kenan ging auf eine Tür zu, lauschte einen Moment, klopfte und rief den Namen seines Bruders. Keine Antwort. Dann tat er dasselbe noch einmal, mit demselben Ergebnis. Er rüttelte an der Tür, aber sie war abgeschlossen.

»Ich habe kein gutes Gefühl bei dem Gedanken, was ich da drinnen möglicherweise finden werde«, sagte er. »Aber ich habe auch kein gutes Gefühl dabei, wieder zu gehen.«

Ich fand eine abgelaufene Visa-Karte in meiner Brieftasche und bekam damit die Tür auf. Kenan Khoury sah mich mit neuem Respekt an.

Das Zimmer war leer – und ein Saustall. Die Bettwäsche lag halb auf dem Boden, und auf einem Holzstuhl türmte sich ein wildes Durcheinander von Kleidern. Auf der Eichenkommode lagen die Bibel und ein paar AA-Schriften. Eine Flasche oder ein Fixerbesteck waren nirgendwo zu sehen, aber auf dem Nachttisch stand ein Wasserglas. Khoury nahm es und roch daran.

»Ich weiß nicht«, sagte er. »Was denken Sie?«

Das Glas war innen trocken, aber ich glaubte, einen Anflug von Alkohol zu riechen. Das konnte aber auch nur Einbildung sein. Es wäre jedenfalls nicht das erste Mal gewesen, daß ich Alkohol roch, wo gar keiner war.

»Ich möchte eigentlich nicht in seinen Sachen rumschnüffeln«, sagte Khoury. »Auch wenn er nicht viel besitzt, hat er doch ein Recht auf seine Privatsphäre. Ich sah ihn bloß schon die ganze Zeit blau angelaufen und mit einer Nadel im Arm hier rumliegen, wenn Sie wissen, was ich meine?«

Wieder im Freien, sagte er: »Geld hat er jedenfalls. Er muß also nicht stehlen. Außer er fängt mit Kokain an. Damit hat man auf schnellstem Weg seinen letzten Cent los. Aber er mochte Koks eigentlich nie besonders. Petey steht mehr auf die tiefen Töne, immer so weit runter, wie es nur geht.«

»Das kann ich gut nachvollziehen.«

»Ja. Wenn ihm das Geld ausgeht, kann er immer noch Franceys Camry verkaufen. Er hat zwar die Wagenpapiere nicht, aber laut Liste ist er mindestens noch acht- bis neuntausend wert. Er wird also bestimmt jemanden finden, der ihm ohne Papiere ein paar Hunderter dafür gibt. So was nennt sich dann Junkie-Ökonomie. Durch und durch logisch.«

Ich erzählte ihm Peters Witz – was der Unterschied zwischen einem Säufer und einem Junkie war. Beide stehlen einem die Brieftasche, aber der Junkie hilft einem, sie zu suchen.

»Ja«, nickte Kenan. »Das sagt alles.«

17

Im Lauf der nächsten Woche passierten verschiedene Dinge. Ich fuhr dreimal nach Sunset Park hinaus, zweimal allein, das dritte Mal in Begleitung von TJ. Als ich eines Nachmittags mit meinem Latein am Ende war, piepte ich ihn an, und er rief fast sofort zurück. Wir trafen uns in der U-Bahnstation am Times Square und fuhren gemeinsam nach Brooklyn hinaus. Wir aßen in einem Deli zu Mittag und hatten in dem kubanischen Lokal einen *café con leche* und spazierten eine Weile durch die Gegend. Wir unterhielten uns über alles mögliche, und während ich dabei nicht gerade viel über ihn herausbekam, erfuhr er ein paar Dinge über mich, vorausgesetzt, er hörte mir zu.

Als wir auf die U-Bahn zurück in die Stadt warteten, sagte er: »Hör mal, brauchst mir für heute nichts zahlen. Haben ja auch nichts getan.«

»Deine Zeit ist dabei trotzdem draufgegangen.«

»Wenn ich was gearbeitet hätte, aber ich bin ja bloß rumgehangen. Mann, un das tue ich schon mein ganzes Leben lang, ohne daß ich was dafür gezahlt kriege.«

Als ich an einem anderen Abend gerade zu einem Treffen gehen wollte, bekam ich einen Anruf von Danny Boy, und ich fuhr statt dessen zu einem italienischen Restaurant nach Corona hinaus, in dem seit kurzem drei Kleinganoven verkehrten, die ihre Spendierhosen anhatten. Ich hielt die Sache zwar für ziemlich unwahrscheinlich – Corona liegt im Norden von Queens und Lichtjahre vom Sunset Park entfernt –, aber ich machte mich trotzdem auf den Weg und trank San Pellegrino an der Bar und wartete, daß drei Typen in Seidenanzügen hereinkamen und mit Geld um sich warfen.

Sie hatten den Fernseher laufen, und um zehn brachten sie in den Channel-5-Nachrichten unter anderem einen Bericht über drei Männer, die gerade wegen eines Raubüberfalls auf einen Diamantenhändler in der Forty-seventh Street festgenommen worden waren. Der Barkeeper sagte: »Sehen Sie sich das mal an! Diese drei Vögel waren die letzten drei Abende hier und haben Geld ausgegeben, als könnten sie's nicht schnell genug loswerden. Ich hab mir schon gedacht, wo die das wohl herhaben.«

»Sie haben es auf die altmodische Tour verdient«, sagte der Mann neben mir. »Sie haben es gestohlen.«

Ich war zwar nur ein paar Blocks vom Shea Stadium entfernt, aber trotzdem Hunderte von Meilen von den Mets, die diesen Nachmittag im Wrigley ganz knapp gegen die Cubs verloren hatten. Die Yankees traten zu Hause gegen die Indians an. Ich ging zur U-Bahn und fuhr nach Hause.

Ein anderes Mal bekam ich einen Anruf von Drew Kaplan, der mir erzählte, daß Kelly und seine Kollegen von der Mordkommission Brooklyn wollten, daß Pam nach Washington runterflog und dem nationalen FBI-Zentrum für die Analyse von Gewaltverbrechen in Quantico einen Besuch abstattete. Ich fragte ihn, wann sie fliegen würde.

»Sie wird nicht fliegen« sagte er.

»Hat sie sich geweigert?«

»Auf Anraten ihres Anwalts.«

»Warum das denn? Bekanntlich war die PR-Abteilung schon immer eine der stärksten Seiten des FBI, aber soviel ich gehört habe, braucht sich ihre Abteilung für Serienmörder auch nicht zu verstecken. Ich würde sie fliegen lassen.«

»Zu dumm, daß du nicht ihr Anwalt bist. Aber es ist nun mal *mein* Job, ihre Interessen zu vertreten, mein Bester. Außerdem kommt der Berg zum Propheten. Sie schicken morgen jemanden rauf.«

»Sag mir Bescheid, wie es gelaufen ist – es sei denn, du gewinnst den Eindruck, das läuft den Interessen deiner Mandantin zuwider.«

Er lachte. »Was ist denn plötzlich mit dir, Matt? Warum sollte sie nach Washington runterfliegen, wo doch der Kerl auch raufkommen kann?«

Nach dem Gespräch mit dem FBI-Mann rief er wieder an, um mir zu sagen, daß ihn das Ganze nicht gerade vom Hocker gehauen hatte. »Für meinen Geschmack ging der Kerl ein bißchen arg lässig an die Sache ran«, meinte er. »Als ob ihm seine Zeit zu schade wäre für jemanden, der bloß zwei Frauen umgebracht und eine dritte verstümmelt hat. Ich nehme an, je länger die Liste der Opfer, die ein Killer zusammenkriegt, desto mehr Anhaltspunkte haben sie, mit denen sie was anfangen können.«

»Das liegt an sich auf der Hand.«

»Ja, ist bloß ein schwacher Trost für die Leute am Ende der Liste. Die hätten sicher nichts dagegen, wenn die Cops diese Typen schon früher schnappen könnten, anstatt erst mit Unmengen interessanter Details ihren Computer füttern zu lassen. Er hat Kelly erzählt, daß sie ein wirklich solides Profil für irgend so einen Irren an der Westküste erstellt haben. Sie wußten, daß er als Junge Briefmarken gesammelt hat und wie alt er war, als er sich zum erstenmal tätowieren ließ. Trotzdem haben sie den Kerl noch nicht erwischt, und wenn ich mich nicht täusche, hat er gesagt, daß er es inzwischen auf zweiundvierzig gebracht hat, plus vier Opfer, die nicht hundertprozentig auf sein Konto gehen.«

»Da ist natürlich klar, warum Ray und seine Freunde für die nur kleine Fische sind.«

»Was die Frequenz angeht, war er auch nicht gerade begeistert. Er meinte, Serientäter würden normalerweise einen höheren Aktivitätslevel an den Tag legen. Mit anderen Worten, sie warten nicht monatelang, bis sie das nächste Mal zuschlagen. Er meinte, entweder sind sie noch nicht richtig auf den Geschmack gekommen, oder sie sind nur gelegentlich in New York aktiv geworden und haben den Großteil ihrer Morde woanders begangen.«

Ich schüttelte den Kopf. »Dafür kennen sie sich hier zu gut aus.«

»Wie kommst du denn darauf?«

»Hm?«

»Wie kommst du darauf, daß sie sich hier auskennen?«

Weil sie die Khourys kreuz und quer in Brooklyn herumgeschickt hatten, aber das konnte ich ihm nicht sagen. »Sie haben zwei verschiedene, ziemlich abgelegene Friedhöfe benutzt, um die Leichen abzuladen, und den Forest Park. Oder hast du schon mal von jemandem von außerhalb gehört, der in der Lexington Avenue ein Mädchen aufgabelt und am Schluß in einem Friedhof in Queens landet?«

»Das kann jedem passieren, wenn er an das falsche Mädchen gerät. Laß mich mal überlegen, was er sonst noch gesagt hat. Er meinte, sie wären wahrscheinlich Anfang Dreißig und wahrscheinlich als Kinder selbst mißbraucht worden. Er kam mit einer Menge solchem allgemeinen Kram daher. Da war übrigens noch etwas, das er gesagt hat; davon wurde mir ganz mulmig.«

»Was war das?«

»Na ja, dieser Typ ist jetzt schon zwanzig Jahre bei dieser Abteilung, praktisch seit es sie gibt. Er hat nicht mehr lange bis zu seiner Pensionierung, und er hat gesagt, daß die Steigerungsrate bei dieser Sorte Verbrechen schon die ganze Zeit enorm hoch war. Aber so, wie die Kurve jetzt ansteigt, wird es bis spätestens Ende des Jahrhunderts zu einer regelrechten Explosion kommen. Sportkillen, hat er es genannt. Sie rechnen fest damit, daß das der neue Freizeitspaß der Neunziger wird.«

***

Als ich anfing, an AA-Treffen teilzunehmen, war das noch nicht üblich gewesen, aber seit neuestem werden Neulinge, die weniger als neunzig Tage trocken sind, dazu ermuntert, sich vorzustellen und über ihre Erfahrungen mit dem Entzug zu sprechen. Bei den meisten Treffen werden diese Wortmeldungen mit Beifall quittiert. Nicht so in St. Paul, und zwar wegen eines ehemaligen Mitglieds, der zwei Monate lang jeden Abend ankam und vor jedem Treffen sagte: »Ich heiße Kevin, und ich bin Alkoholiker und habe einen Tag hinter mir. Gestern abend habe ich was getrunken, aber heute bin ich nüchtern!« Die Leute bekamen es satt, diesem Statement zu applaudieren, und beim nächsten Organisationstreffen beschlossen wir nach langem Hin und Her, das mit dem Applaus in Zukunft ganz bleibenzulassen. Angenommen, jemand sagt: »Ich heiße Al und bin elf Tage trocken«, dann ist alles, was wir sagen: »Hallo, Al.«

Es war an einem Mittwoch gewesen, als ich die ganze Strecke von Brooklyn Heights nach Bay Ridge zu Fuß ging und mein Spesengeld bei Kenan Khoury abholte, und es war beim Halbneun-Treffen am darauffolgenden Dienstag, als hinten im Saal eine bekannte Stimme sagte: »Ich heiße Peter. Ich bin Alkoholiker und drogenabhängig und bin seit zwei Tagen trocken.«

»Hallo, Peter«, sagten alle.

Ich hatte vorgehabt, ihn in der Pause abzufangen, aber ich wurde von der Frau neben mir in ein Gespräch verwickelt, und als ich mich nach ihm umschaute, war er weg. Ich rief ihn nach dem Treffen vom Hotel an, aber er ging nicht dran. Ich rief seinen Bruder an.

»Peter ist nüchtern«, sagte ich. »Zumindest war er das vor einer Stunde. Ich habe ihn bei einem Treffen gesehen.«

»Ich habe heute mit ihm gesprochen. Er sagt, er hat fast noch alles von meinem Geld, und mit dem Wagen ist auch nichts passiert. Ich habe ihm gesagt, das Geld und der Wagen wären mir scheißegal, ich würde mir seinetwegen Sorgen machen, und darauf meinte er, es ging ihm gut. Was für einen Eindruck hat er auf Sie gemacht?«

»Ich habe ihn nicht gesehen. Ich habe ihn nur sprechen gehört, und als ich nach ihm sehen wollte, war er weg. Ich habe Sie nur angerufen, um Ihnen zu sagen, daß er noch am Leben ist.«

Er bedankte sich. Zwei Abende später bekam ich einen Anruf von Kenan Khoury. Er sagte, er sei unten an der Rezeption. »Ich stehe direkt vor dem Eingang in zweiter Reihe. Haben Sie schon abendgegessen? Kommen Sie doch runter. Ich warte draußen auf Sie.«

Im Wagen sagte er: »Sie kennen sich in Manhattan besser aus als ich. Wohin wollen Sie gehen? Nennen Sie ein Lokal.«

Wir gingen ins Paris Green in der Ninth Avenue. Bryce grüßte mich mit Namen und gab uns einen Fensterplatz, und Gary hinter der Bar winkte mir theatralisch zu. Khoury bestellte ein Glas Wein und ich ein Perrier.

»Angenehm hier«, meinte er.

Nachdem wir bestellt hatten, sagte er: »Ich weiß nicht. Im Moment sehe ich keinen Grund, in der Stadt zu bleiben. Eben bin ich in meinen Wagen gestiegen und ein bißchen herumgefahren, und mir fiel kein einziges Lokal ein, in das ich gehen könnte. Das tue ich immer wieder mal, ziellos durch die Gegend fahren und meinen Beitrag zur Ölknappheit und zu Luftverschmutzung leisten. Machen Sie das auch manchmal? Nein, wie sollten Sie, Sie haben ja kein Auto. Angenommen, Sie wollen mal übers Wochenende aufs Land fahren. Was machen Sie dann?«

»Mir einen mieten.«

»Ach so, klar. Daran habe ich gar nicht gedacht. Machen Sie das öfter?«

»Relativ oft, wenn das Wetter einigermaßen ist. Meistens fahre ich mit meiner Freundin ein Stück nach Norden, oder nach Pennsylvania rüber.«

»Ach, Sie haben eine Freundin? Das hab ich mich schon die ganze Zeit gefragt. Sind Sie schon lange zusammen?«

»Nicht sehr.«

»Was macht sie beruflich, wenn ich fragen darf.«

»Sie ist Kunsthistorikerin.«

»Hört sich interessant an.«

»Ich glaube, sie findet ihre Arbeit auch interessant.«

»Nein, ich meine, sie muß interessant sein. Eine interessante Frau.«

»Das allerdings«, sagte ich.

An diesem Abend sah er besser aus, er war beim Friseur gewesen und hatte sich rasiert, aber er wirkte noch immer ziemlich mitgenommen – und gleichzeitig von einer tiefsitzenden Rastlosigkeit angetrieben.

Er sagte: »Ich weiß im Moment nichts mit mir anzufangen. Ich tue den ganzen Tag nichts, als zu Hause rumzusitzen, und das macht mich total wahnsinnig. Meine Frau ist tot, mein Bruder treibt Gott weiß was, mit meinem Geschäft geht es bergab, und ich weiß nicht, was ich tun soll.«

»Was ist mit Ihrem Geschäft?«

»Vielleicht nichts, vielleicht alles. Ich habe bei meiner letzten Reise einen Deal gemacht. Irgendwann im Lauf der nächsten Woche muß eine Lieferung reinkommen.«

»Vielleicht sollten Sie mir darüber lieber nichts erzählen.«

»Haben Sie mal opiumversetztes Haschisch probiert? Wahrscheinlich nicht, wenn Sie es ausschließlich mit Alkohol gehalten haben.«

»Nein.«

»Das ist jedenfalls, was ich reinkriege. In der Osttürkei angebaut. Kommt über Zypern – haben sie mir jedenfalls gesagt.«

»Was ist das Problem bei der Sache?«

»Das Problem ist, daß ich meine Finger von dem Deal hätte lassen sollen. An der Sache sind Leute beteiligt, denen ich nicht traue, und außerdem habe ich mich aus dem denkbar schlechtesten Grund auf das Geschäft eingelassen: weil ich eine Beschäftigung gebraucht habe.«

»Was den Tod Ihrer Frau angeht, habe ich keine Probleme, für Sie zu arbeiten. Da spielt es für mich keine Rolle, womit Sie Ihr Geld verdienen, und ich bin sogar bereit, für Sie gegen ein paar Gesetze zu verstoßen. Aber was Ihren Beruf angeht, bin ich nicht bereit, für Sie oder mit Ihnen zu arbeiten.«

»Petey meinte, wenn er für mich arbeiten würde, würde er früher oder später rückfällig werden. Spielt das auch bei Ihnen eine Rolle?«

»Nein.«

»Es ist also nur, daß Sie damit nichts zu tun haben möchten.«

»Ja, wahrscheinlich.«

Er dachte eine Weile nach, dann nickte er. »Das kann ich verstehen. Und ich respektiere es. Andererseits hätte ich Sie gern dabei, weil ich mit Ihnen als Verstärkung nichts zu befürchten hätte. Außerdem ist die Sache recht lukrativ, wie Sie sicher wissen.«

»Natürlich.«

»Aber es ist ein schmutziges Geschäft. Dessen bin ich mir sehr wohl bewußt. Wäre ja noch schöner, wenn nicht. Es ist ein schmutziges Geschäft.«

»Warum steigen Sie dann nicht aus?«

»Das überlege ich mir gerade. Ich hatte ohnehin nie vor, mein ganzes Leben lang in diesem Geschäft zu bleiben. Ich dachte immer, noch ein paar Jahre, noch ein paar Deals, noch ein bißchen mehr Geld auf dem Konto. Kommt Ihnen sicher bekannt vor, diese Geschichte? Ich hoffe nur, sie geben das Zeug endlich frei; das würde es für alle einfacher machen.«

»Erst kürzlich hat ein Polizist genau das gleiche gesagt.«

»Aber dazu wird es nie kommen. Oder vielleicht doch? Ich fände es jedenfalls gut.«

»Was würden Sie dann tun?«

»Was anderes verkaufen.« Er lachte. »Auf meiner letzten Reise habe ich einen Typen kennengelernt, Libanese wie ich, hab mit ihm und seiner Frau viel unternommen in Paris. ›Kenan‹, hat er zu mir gesagt. ›Sieh zu, daß du da rauskommst, dieses Geschäft tötet deine Seele.‹ Er wollte, daß ich bei ihm einsteige. Wissen Sie, was er macht? Er ist Waffenhändler, Herrgott noch mal, er verschiebt Waffen. ›Mann‹, sage ich, ›meine Kunden bringen sich mit meiner Ware bloß selbst um. Deine Kunden bringen andere um.‹ ›Du darfst das nicht so eng sehen‹, meint er. ›Ich mache nur mit anständigen Leuten Geschäfte, mit angesehenen Leuten.‹ Und er erzählt mir von all den mächtigen und einflußreichen Leuten, die er kennt, vom CIA und den Geheimdiensten anderer Länder. Vielleicht steige ich also aus dem Drogengeschäft aus und werde Großhändler in Sachen Tod. Finden Sie das besser?«

»Ist das Ihre einzige Alternative?«

»Im Ernst? Nein, natürlich nicht. Ich könnte alles kaufen und verkaufen. Ich weiß nicht, mein alter Herr hatte ja vielleicht eine leichte Meise mit seinen Phöniziern, aber eines steht außer Frage: Die Angehörigen unseres Volkes haben sich auf der ganzen Welt als Geschäftsleute etabliert. Als ich das College fertig hatte, bin ich erst mal viel herumgereist. Verwandte besuchen. Wir Libanesen sind über die ganze Welt verstreut. Ich habe eine Tante und einen Onkel in Yucatán und Cousins und Cousinen in ganz Mittel- und Südamerika. Ich bin nach Afrika gegangen, wo meine Mutter Verwandte in Togo hat. Nie davon gehört, bevor ich dort war. Meine Verwandten kontrollieren mehr oder weniger den ganzen Devisenschwarzmarkt von Lomé – das ist die Hauptstadt von Togo. Sie haben ein großes Büro im Zentrum von Lomé. Kein Schild in der Eingangshalle, und man muß einen Stock die Treppe raufgehen, aber es kann jeder unangemeldet reinschneien. Tagaus, tagein gehen die Leute ein und aus, um Geld zu wechseln, Dollar, Pfund, Francs, Reiseschecks. Auch Gold, sie kaufen und verkaufen Gold, wiegen es und setzen dann den Preis fest.

Den ganzen Tag wandert Geld über den langen Tisch hin und her, den sie dort stehen haben. Ich konnte erst gar nicht glauben, was für Summen da den Besitzer wechseln. Ich war damals noch sehr jung, hatte nie viel Geld auf einem Haufen gesehen, und plötzlich hatte ich es mit tonnenweise Cash zu tun. Das heißt, sie streichen zwar jedesmal nur ein bis zwei Prozent

Provision ein, aber bei solchen Summen kommt auf diese Weise auch ganz schön was zusammen.

Gelebt haben sie auf einem riesigen, von einer Mauer umgebenen Grundstück am Stadtrand. Es mußte so groß sein, um alle Bediensteten unterzubringen. Ich war ein junger Bursche aus der Bergen Street, ich habe mir immer ein Zimmer mit meinem Bruder geteilt, und da komme ich nun meine Cousins besuchen, die hatten so ungefähr fünf Diener für jedes einzelne Familienmitglied. Kinder eingeschlossen. Ohne Übertreibung. Erst war mir nicht recht wohl bei dem Ganzen, ich fand es die reine Verschwendung, aber sie haben mir das dann so erklärt: Wenn man reich ist, ist man verpflichtet, viele Leute zu beschäftigen. Man schafft Arbeitsplätze und tut etwas für die Leute.

›Bleib doch‹, boten sie mir an. Sie wollten mich in die Firma aufnehmen. Und wenn es mir in Togo nicht gefiel, sie hatten Verwandte in Mali, die in einer ähnlichen Branche tätig waren. ›Aber in Togo ist es schöner‹, meinten sie.«

»Könnten Sie dort immer noch einsteigen?«

»Das ist etwas, was man mit zwanzig macht – in einem fremden Land völlig von vorne anfangen.«

»Wie alt sind Sie jetzt, zweiunddreißig?«

»Dreiunddreißig. Ein bißchen alt, um sich von der Pieke hochzudienen.«

»Sie müßten ja nicht unbedingt auf dem untersten Level einsteigen.«

Er zuckte mit den Achseln. »Das Komische daran ist, daß Francine und ich bereits über diese Möglichkeit gesprochen haben. Sie hatte nur insofern etwas Bedenken, weil sie vor Schwarzen Angst hatte. Die Vorstellung, in einem vorwiegend schwarzen Land zu einer weißen Minderheit zu gehören, machte ihr angst. Was ist, meinte sie, wenn sie plötzlich die Macht übernehmen? Ich sagte, Liebling, wie sollten sie denn die Macht übernehmen, sie haben sie bereits, es ist ihr Land. Aber was das betrifft, war ihr mit rationalen Argumenten nicht beizukommen.« Seine Stimme verhärtete sich. »Und jetzt sehen Sie mal: Wer hat sie in diesem Lieferwagen entführt? Wer hat sie umgebracht? Weiße. Da hat man sein ganzes Leben lang vor etwas Angst, und dann wird einem etwas ganz anderes zum Verhängnis.« Er sah mir in die Augen. »Es ist, als ob sie sie nicht bloß getötet hätten; sie haben sie ausgelöscht. Sie hat aufgehört zu existieren. Ich habe nicht mal ihre Leiche gesehen, nur Teile davon, Fleischklumpen. Ich bin mitten in der Nacht in die Klinik meines Cousins geschlichen und habe diese Fleischklumpen zu Asche verbrannt. Sie ist weg, und da ist dieses Loch in meinem Leben, und ich weiß nicht, womit ich es füllen soll.«

»Zeit braucht Zeit, heißt es.«

»Dann kann sie sich gern was von meiner nehmen. Ich habe jede Menge Zeit, mit der ich nichts anzufangen weiß. Ich bin den ganzen Tag allein zu Hause und ertappe mich immer wieder dabei, daß ich Selbstgespräche führe. Laut, meine ich.«

»Das ist nicht weiter ungewöhnlich bei Leuten, die es gewohnt waren, immer jemanden um sich zu haben. Das wird sich wieder geben.«

»Und wenn nicht, ist es auch egal. Wer hört es schon, wenn ich mit mir selber rede?« Er nahm einen Schluck Wasser. »Und dann ist da noch die Sache mit dem Sex. Ich weiß wirklich nicht, was ich da machen soll. Das Bedürfnis ist einfach da, wissen Sie? Ich bin noch jung, da ist das ganz natürlich.«

»Vor einer Minute waren Sie noch zu alt, um in Afrika noch einmal ganz von vorn anzufangen.«

»Sie wissen genau, was ich meine. Manchmal überkommt es mich einfach, aber dann weiß ich nicht nur nicht, was ich machen soll, sondern ich habe auch noch ein schlechtes Gewissen, daß ich diese Bedürfnisse habe. Ich habe ein schlechtes Gefühl, wenn ich mit einer anderen Frau schlafen will, und zwar ganz unabhängig davon, ob ich es nun tue oder nicht. Und mit wem sollte ich außerdem ins Bett gehen, wenn ich Lust bekomme? Was soll ich denn tun? Irgendeine Frau in einer Bar anmachen? Oder in einen Massagesalon gehen und es mir von einer schielenden Koreanerin für Geld besorgen lassen? Oder mich erst mal mit einer Frau *verabreden*, mit ihr ins Kino gehen, sie zum Essen einladen und diese ganze Scheiße. Wenn ich daran bloß denke, bleibe ich lieber gleich zu Hause und hole mir einen runter, bloß daß ich das auch nicht tue, weil ich sogar dabei ein schlechtes Gewissen hätte.« Verlegen ließ er sich plötzlich zurücksinken. »Entschuldigen Sie, eigentlich hatte ich nicht vor, darüber zu sprechen. Ich weiß gar nicht, wie ich plötzlich dazu komme.«

***

Zurück im Hotel, rief ich meine Kunsthistorikerin an. Aber sie hatte an diesem Abend ihren Kurs und war noch nicht zu Hause. Ich sprach eine kurze Nachricht auf ihren Anrufbeantworter und fragte mich, ob sie anrufen würde.

Ein paar Abende zuvor hatten wir uns gestritten. Nach dem Essen hatten wir uns einen Film ausgeliehen, den sie gern sehen wollte und ich nicht, und vielleicht war ich deswegen sauer, aber ich weiß nicht. Jedenfalls war dicke Luft. Als der Film zu Ende war, machte sie irgendeine deplazierte Bemerkung, worauf ich ihr nahelegte, sie solle sich künftig ein bißchen bemühen, nicht ganz so sehr wie eine Nutte zu klingen. Unter anderen Umständen wäre an dieser Bemerkung nicht das geringste auszusetzen gewesen, aber ich sagte es so, als meinte ich es auch, und entsprechend scharf war ihre Reaktion.

Ich entschuldigte mich und sie auch, und wir beschlossen, das Ganze zu vergessen. Aber das ging nicht so einfach, und als es Zeit wurde, schlafen zu gehen, taten wir das in entgegengesetzten Teilen der Stadt. Als wir am nächsten Tag miteinander telefonierten, sprachen wir nicht darüber und hatten das auch in der Zwischenzeit noch nicht getan. Und so hing es nun ständig in der Luft, wenn wir miteinander sprachen, und sogar dann, wenn wir nicht miteinander sprachen. Sie rief mich gegen halb zwölf zurück. »Ich bin gerade nach Hause gekommen. Wir sind nach dem Kurs noch was trinken gegangen. Wie war's bei dir heute?«

»Es ging.« Wir unterhielten uns eine Weile, und dann fragte ich, ob es schon zu spät wäre, um noch zu ihr zu kommen.

»Ich weiß nicht recht«, sagte sie. »Obwohl ich dich auch gern sehen würde.«

»Aber ist es schon zu spät.«

»Ich finde schon. Ich bin ziemlich k. o. und möchte nur noch kurz duschen und dann ab in die Heia. Ich das schlimm?«

»Nein.«

»Ich melde mich morgen, ja?«

»Mhm. Schlaf gut.«

Ich hängte auf und sagte: »Ich liebe dich.« Ich sprach die Worte in das leere Zimmer hinein und hörte, wie sie von den Wänden zurückgeworfen wurden. Wir hatten es zu wahrer Meisterschaft gebracht, diesen Satz aus unseren Gesprächen herauszulassen, und ich hörte mir selbst zu, wie ich es jetzt sagte, und fragte mich, ob es wahr war.

Ich spürte etwas, bekam aber nicht heraus, was es war. Ich stellte mich unter die Dusche und trocknete mich ab, und als ich dann dastand und mein Gesicht im Spiegel über dem Waschbekken ansah, wurde mir klar, was ich spürte.

Jede Nacht gibt es zwei Mitternachtstreffen. Das nächste war in der West Forty-sixth Street, und sie fingen gerade an, als ich ankam. Ich schenkte mir eine Tasse Kaffee ein und setzte mich, und ein paar Minuten später hörte ich eine Stimme, die ich kannte, sagen: »Ich heiße Peter und bin Alkoholiker und drogenabhängig.« Gut, dachte ich. »Und ich habe einen Tag hinter mir.«

Weniger gut. Am Dienstag waren es zwei Tage gewesen, heute nur einer. Ich dachte, wie schwer es sein mußte, ins Rettungsboot zurückzukommen, wenn man es nirgendwo zu fassen bekam. Und dann hörte ich auf, mir über Peter Khoury Gedanken zu machen, weil ich meinetwegen hier war und nicht seinetwegen.

Ich hörte der Qualifikation aufmerksam zu, obwohl ich nicht sagen könnte, was ich hörte, und als der Sprecher fertig war und das Treffen eröffnete, hob ich sofort die Hand. Ich wurde aufgerufen und sagte: »Ich heiße Matt, und ich bin Alkoholiker. Ich bin ein paar Jahre nüchtern, und viel hat sich in meinem Leben geändert, seit ich das erste Mal hier zur Türe reingekommen bin, und manchmal vergesse ich, daß ich immer noch ganz schön im Arsch bin. Ich durchlaufe in meiner Beziehung gerade eine kritische Phase, und bis vor kurzem habe ich das nicht mal gemerkt. Bevor ich hierherkam, hatte ich ein schlechtes Gefühl, und ich mußte mich erst fünf Minuten unter die Dusche stellen, um rauszukriegen, was ich eigentlich fühlte. Aber dann wurde mir klar, daß es Angst war. Ich fürchte mich.

Ich weiß allerdings nicht, wovor ich mich fürchte. Ich habe das dumpfe Gefühl, wenn ich mich gehenlasse, werde ich feststellen, daß ich mich vor allem und jedem auf der Welt fürchte. Ich fürchte mich, eine Beziehung zu haben, und ich fürchte mich, keine zu haben. Ich fürchte mich davor, daß ich eines Tages aufwache und einem alten Mann in die Augen sehe, wenn ich in den Spiegel schaue. Daß ich eines Tages allein in meinem Zimmer sterbe und erst entdeckt werde, wenn der Gestank durch die Wände dringt.

Also habe ich mich angezogen und bin hierhergekommen, weil ich nicht trinken will und weil ich mich nicht so fühlen will, und nach all diesen Jahren weiß ich noch immer nicht, warum es hilft, sich den ganzen Dreck von der Seele zu reden, aber so ist es nun mal. Danke.«

Vermutlich hörte ich mich an wie ein emotionaler Versager, aber man lernt, sich einen Dreck darum zu scheren, wie man sich anhört, und deshalb war es mir auch egal. Es fiel mir bei diesem Treffen sogar besonders leicht, das vor allen Leuten rauszulassen, weil ich außer Peter Khoury niemanden kannte, und wenn er erst einen Tag trocken war, konnte er wahrscheinlich noch keinem vollständigen Satz folgen, geschweige sich fünf Minuten später noch an einen erinnern.

Und vielleicht hörte ich mich auch gar nicht so schlimm an. Am Ende standen wir auf und sprachen das Heiterkeitsgebet, und danach kam ein Mann, der zwei Reihen vor mir gesessen hatte, auf mich zu und fragte mich nach meiner Telefonnummer. Ich gab ihm eine meiner Visitenkarten. »Ich bin selten zu Hause«, sagte ich. »Aber Sie können mir eine Nachricht hinterlassen.«

Wir unterhielten uns eine Minute, und dann machte ich mich auf die Suche nach Peter Khoury, aber er war schon weg. Ich wußte nicht, ob er schon vor dem Ende des Treffens gegangen war oder sich gleich danach verdrückt hatte – jedenfalls war er nicht mehr da.

Ich hatte das Gefühl, daß er mir aus dem Weg ging, und das

konnte ich gut verstehen. Ich konnte mich noch gut erinnern, was für Schwierigkeiten ich am Anfang gehabt hatte, als ich ein paar Tage zusammenstopselte, wieder was trank und noch mal von vorne anfing. Außerdem hatte er es besonders schwer, weil er schon mal ziemlich lange trocken gewesen war und es als zusätzliche Demütigung empfand, alles verspielt zu haben, was er sich bereits erkämpft hatte. Infolge dieses Ballasts würde es wahrscheinlich eine Weile dauern, bis er sich wieder einen Anflug von Selbstachtung erarbeiten konnte.

Ansonsten aber war er trocken. Er hatte zwar nur einen Tag, aber mehr hatte man in gewisser Hinsicht ohnehin nie.

***

Am Samstagnachmittag riß ich mich irgendwann von den Sportsendungen im Fernsehen los und rief die Auskunft an. Ich sagte, ich hätte die Karte verloren, auf der stand, was man bei Anrufweiterleitung tun mußte. Ich hatte Schreckensvisionen, wie sie in ihren Unterlagen nachsahen, feststellten, daß ich diesen Service nie beantragt hatte, und bei der Polizei anriefen, worauf prompt eine Armada von Streifenwagen das Hotel umstellte. »Lassen Sie Ihr Telefon fallen, Scudder, und kommen Sie mit erhobenen Händen raus!«

Bevor ich meine Vision zu Ende gedacht hatte, hatte sich bereits eine automatische Bandansage eingeschaltet, und eine elektronische Stimme erklärte mir, was ich tun mußte. Da ich mit dem Schreiben nicht mitkam, mußte ich noch mal anrufen und die Prozedur wiederholen.

Unmittelbar bevor ich das Hotel verließ, um zu Elaine zu gehen, befolgte ich die Anweisungen und veranlaßte, daß alle bei mir eingehenden Anrufe automatisch zu Elaine durchgestellt wurden. So hätte es zumindest theoretisch sein sollen. Aber ich traute der Sache nicht recht.

Sie hatte Karten für eine Aufführung im Manhattan Theatre Club besorgt, ein schwermütig-düsteres Stück eines jugoslawischen Autors. Ich wurde das Gefühl nicht los, daß durch die Übersetzung einiges verlorenging, aber was über die Rampe kam, hatte immer noch genügend grüblerische Intensität. Es entführte mich in dunkle Bereich der Seele, ohne sich die Mühe zu machen, das Licht anzuknipsen.

Das Stück wurde noch mehr zur Tortur, als es keine Pause gab. Aber dafür wurden wir schon um Viertel vor zehn erlöst. Trotzdem war das keine Sekunde zu früh. Die Schauspieler kamen vor den Vorhang, um den Applaus entgegenzunehmen, die Saallichter gingen an, und wir tappten wie Zombies nach draußen.

»Bittere Medizin« sagte ich.

»Oder giftige Medizin. Tut mir leid, aber ich habe in letzter Zeit bei der Wahl unseres Unterhaltungsprogramms keine glückliche Hand bewiesen. Erst dieser Film, den du nicht mochtest, und jetzt das.«

»Ich würde nicht mal sagen, daß ich das Stück nicht mochte. Es ist bloß, daß ich mich fühle wie nach einem Fight über die vollen zehn Runden, bei dem ich ganz schön die Fresse vollgekriegt habe.«

»Was war deiner Meinung nach die Botschaft des Stücks?«

»Wahrscheinlich kommt es in Serbokroatisch besser rüber. Seine Botschaft? Keine Ahnung. Daß die Welt ein beschissener Ort ist, vermutlich.«

»Dafür brauchst du nicht ins Theater zu gehen. Da kannst du auch die Zeitung lesen.«

»Was weiß ich. Vielleicht ist es in Jugoslawien anders.«

Wir gingen in der Nähe des Theaters essen, aber das Stück steckte uns noch in den Knochen. Irgendwann sagte ich: »Ich wollte dir noch was sagen. Ich möchte mich für neulich entschuldigen.«

»Das ist doch längst vergessen, Schatz.«

»Ich weiß nicht, ob es das wirklich ist. Ich fühle mich in letzter Zeit ziemlich eigenartig. Zum Teil hängt das sicher mit dem Fall zusammen. Erst lief die Sache recht gut an, und ich hatte das Gefühl, ganz gut voranzukommen, aber jetzt hat sich das Ganze wieder total festgefahren, und irgendwie fühle ich mich auch selber festgefahren. Allerdings möchte ich nicht, daß sich das auf unsere Beziehung auswirkt. Mir liegt sehr viel an dir, und mir liegt auch sehr viel an unserer Beziehung.«

»Mir auch.«

Wir redeten ein bißchen und begannen uns wieder besser zu fühlen, obwohl sich die Stimmung des Stücks nicht so leicht vertreiben ließ. Dann gingen wir zu ihr, und während ich mich gleich als erstes auf die Toilette zurückzog, hörte sie ihren Anrufbeantworter ab. Als ich wieder herauskam, machte sie ein eigenartiges Gesicht.

Sie sagte: »Wer ist Walter?«

»Walter?«

»Hat nur angerufen, um hallo zu sagen, nichts Wichtiges, nur um wieder mal was von sich hören zu lassen; wahrscheinlich wird er sich später wieder melden.«

»Ach so. Ein Typ, den ich vorgestern abend auf einem Treffen kennengelernt habe. Er ist erst seit kurzem trocken.«

»Und du hast ihm meine Nummer gegeben?«

»Nein. Wie käme ich denn darauf?«

»Das habe ich mich auch schon gefragt.«

»Ach.« Erst jetzt fiel bei mir der Groschen. »Es scheint tatsächlich zu funktionieren.«

»Was scheint zu funktionieren.«

»Anrufweiterleitung. Ich hab dir doch erzählt, daß mir die Kongs Anrufweiterleitung verpaßt haben, als sie am Zentralcomputer der Telefongesellschaft rumgefummelt haben. Das habe ich heute abend zum erstenmal ausprobiert.«

»Du hast deine Anrufe hierher durchstellen lassen?«

»Ja. Ich konnte nicht recht glauben, daß es tatsächlich funktioniert, aber offensichtlich tut es das doch. Was hast du denn?«

»Nichts.«

»Bestimmt nicht?«

»Natürlich nicht. Willst du dir die Nachricht anhören? Ich kann sie dir noch mal vorspielen.«

»Nicht nötig, wenn das alles war, was er gesagt hat.«

»Ich kann es also löschen?«

»Sicher.«

Das tat sie. Dann sagte sie: »Was der sich wohl gedacht hat, als sich unter deiner Nummer ein Anrufbeantworter mit einer Frauenstimme gemeldet hat?«

»Allem Anschein nach hat er jedenfalls nicht gedacht, er hätte sich verwählt. Sonst hätte er keine Nachricht hinterlassen.«

»Was glaubt er wohl, wer ich bin?«

»Eine geheimnisvolle Unbekannte mit einer aufregenden Stimme.«

»Wahrscheinlich denkt er, wir leben zusammen. Es sei denn, er weiß, daß du allein lebst.«

»Alles, was er über mich weiß, ist, daß ich trocken und verrückt bin.«

»Warum verrückt?«

»Weil ich bei dem Treffen, bei dem ich ihn kennengelernt habe, eine Menge Müll abgeladen habe. Nach allem, was er über mich weiß, könnte ich Pfarrer sein und du meine Haushälterin.«

»Das ist ein Spiel, das wir noch nicht ausprobiert haben. Pfarrer und Haushälterin. Vergeben Sie mir, Vater, denn ich war ein unartiges Mädchen und habe eine ordentliche Tracht Prügel verdient.«

»Würde mich jedenfalls nicht wundern.«

Sie grinste, und ich streckte die Hand nach ihr aus, und diesen Moment suchte sich das Telefon aus, um zu klingeln. »Geh du dran«, sagte sie. »Wahrscheinlich ist es Walter.«

Ich nahm ab, und ein Mann mit einer tiefen Stimme fragte, ob er Miß Mardell sprechen könnte. Wortlos reichte ich ihr den Hörer und ging nach nebenan. Ich stellte mich ans Fenster und schaute auf die Lichter auf der anderen Seite des East River hinaus. Nach ein paar Minuten kam sie herein und stellte sich neben mich. Sie erwähnte den Anruf nicht und ich auch nicht. Zehn Minuten später läutete das Telefon wieder, und sie ging dran, aber es war für mich. Es war Walter, der eifrig Gebrauch von seinem Telefon machte, wozu Neulinge nachdrücklich ermuntert werden. Ich sprach nicht sehr lange mit ihm, und als ich aufgelegt hatte, sagte ich: »Tut mir leid. Das war keine gute Idee.«

»Ach, wieso? Du bist ziemlich oft hier. Da ist es doch verständlich, daß du erreichbar sein willst.« Ein paar Minuten später sagte sie: »Nimm den Hörer von der Gabel. Heute abend braucht uns niemand mehr zu erreichen.«

Am nächsten Morgen schaute ich bei Joe Durkin vorbei, was dazu führte, daß ich mit ihm und zwei seiner Freunde von der Abteilung Schwerverbrechen mittagessen ging. Anschließend machte ich mich auf den Weg ins Hotel und erkundigte mich an der Rezeption, ob jemand angerufen hatte, aber das war nicht der Fall. Ich ging nach oben und machte es mir mit einem Buch bequem, und um zwanzig nach drei läutete das Telefon.

Es war Elaine. »Du hast vergessen, deine Anrufweiterleitung abzustellen.«

»So was Blödes. Kein Wunder, daß hier niemand angerufen hat. Ich war den ganzen Vormittag unterwegs und bin eben erst heimgekommen. Tut mir leid, aber ich habe einfach nicht mehr daran gedacht. Eigentlich wollte ich es sofort abstellen, aber dann hab ich's vergessen. Muß ganz schön lästig gewesen sein für dich.«

»Eigentlich nicht, aber –«

»Wie bist du überhaupt zu mir durchgekommen? Ist der Anruf nicht zu dir zurückgeleitet worden? Ist nicht das Besetztzeichen gekommen?«

»Genau das ist passiert, als ich es das erste Mal versucht habe. Aber dann habe ich die Rezeption angerufen, und die haben den Anruf durchgestellt.«

»Ach so.«

»Demnach werden Anrufe, die über die Rezeption reinkommen, nicht weitergeleitet.«

»Offensichtlich nicht.«

»Vor einer Weile hat TJ angerufen. Aber das war nicht wichtig. Matt, Kenan Khoury hat eben angerufen. Du sollst ihn sofort zurückrufen. Er meinte, es wäre sehr dringend.«

»Das hat er wirklich gesagt?«

»Er sagte, es ginge um Leben und Tod. Und zwar eher um Tod. Ich weiß zwar nicht, was er damit gemeint hat, aber es hörte sich ziemlich ernst an.«

Ich rief ihn sofort an, und er sagte: »Matt, Gott sei Dank, bleiben Sie bitte dran. Ich habe gerade meinen Bruder am anderen Apparat. Sie sind doch zu Hause, oder? Gut, hängen Sie bitte nicht auf. Es dauert nicht lange.« Darauf ertönte ein leises

Klicken, und etwa eine Minute später kam das Klicken noch mal, und er war wieder dran. »Er ist gerade losgefahren«, sagte er. »Er ist unterwegs zu Ihrem Hotel, er wird vor dem Eingang auf Sie warten.«

»Was ist mit ihm?«

»Mit Petey? Nichts, ihm geht's gut. Er wird Sie nach Brighton Beach rausbringen. Heute haben wir keine Zeit, um mit der U-Bahn rumzumachen.«

»Was gibt's in Brighton Beach?«

»Eine Menge Russen. Wie soll ich es sagen? Einer von ihnen hat gerade angerufen; er hat ähnliche Probleme wie ich.«

Das konnte nur eines heißen. Aber ich wollte trotzdem sichergehen.

»Seine Frau?«

»Schlimmer. Ich muß jetzt los. Wir sehen uns gleich da draußen.«

18

Ende September hatten Elaine und ich einen idyllischen Nachmittag in Brighton Beach verbracht. Wir waren mit dem Q Train bis zur Endstation gefahren und hatten in der Brighton Beach Avenue einen Schaufensterbummel gemacht, hatten in den zahlreichen Kunsthandwerkläden gestöbert und anschließend die Seitenstraßen mit ihren schlichten Holzhäusern und dem verschlungenen Gewirr aus Gassen, Durchgängen und Wegen durchstreift. Die Bevölkerung setzte sich zum größten Teil aus russischen Juden zusammen, viele davon erst kurz im Land, und obwohl das Viertel ein Teil von New York war, fühlte man sich in eine völlig andere Welt versetzt. Wir aßen in einem georgischen Restaurant, und anschließend gingen wir auf der Promenade die ganze Strecke bis nach Coney Island, wo wir ein paar Leuten, die nicht so zimperlich waren wie wir, beim Schwimmen im Meer zusahen. Nachdem wir noch eine Stunde im Aquarium verbracht hatten, fuhren wir wieder nach Hause.

Für den Fall, daß wir damals auf der Straße an Yuri Landau vorbeigegangen sein sollten, hätten wir ihm sicherlich keine Aufmerksamkeit geschenkt. Er dürfte sich genauso in das Bild seiner Umgebung eingefügt haben, wie er sich mal in den Straßen von Kiew oder Odessa in ihr Bild eingefügt hatte. Er war ein großer, kräftiger Mann mit einem mächtigen Brustkorb und einem Gesicht, mit dem er ohne weiteres für eine dieser idealisierten Arbeitergestalten hätte Modell stehen können, wie man sie aus den gigantischen Wandgemälden aus der Zeit des sozialistischen Realismus kennt. Breite Stirn, hohe Wangenknochen, kantige Gesichtszüge und ein energisches Kinn. Sein mittelbraunes Haar war lang und strähnig; er hatte die Angewohnheit, es sich mit einer ruckartigen Kopfbewegung aus dem Gesicht zu werfen. Er war Ende Vierzig und seit zehn Jahren in Amerika. Er war mit seiner Frau und seiner vierjährigen Tochter Ludmilla herübergekommen. In der Sowjetunion hatte er irgendwelche Schwarzmarktgeschäfte gemacht, und in Brooklyn zog es ihn ganz automatisch in ähnliche gewerbliche Grauzonen, bis er über kurz oder lang in der Drogenszene landete. Schon nach kurzem war er ein gemachter Mann. Nicht umsonst ist gerade diese Branche bekannt dafür, daß hier das große Geld zu machen ist. Wenn man nicht umgebracht oder eingesperrt wird, fährt man damit in der Regel recht gut.

Vor vier Jahren hatte man bei seiner Frau Eierstockkrebs diagnostiziert. Mit einer Chemotherapie hatte man sie noch zweieinhalb Jahre am Leben gehalten. Sie hatte noch zu erleben gehofft, wie ihre Tochter die mittlere Reife machte, aber dann war sie bereits im Herbst gestorben. Ludmilla, die sich mittlerweile Lucia nannte, war im Frühling mit der Mittelschule fertig geworden und besuchte inzwischen die Chichester Academy, eine kleine private High School für Mädchen in Brooklyn Heights. Die Studiengebühren waren hoch, aber das waren auch die schulischen Anforderungen, und Chichester stand in dem Ruf, daß viele seiner Absolventinnen an den Elite-Colleges und an Frauen-Colleges wie Bryn Mawr und Smith unterkamen.

Als Kenan Khoury die Leute aus der Branche vor der Möglichkeit einer Entführung gewarnt hatte, hätte er Yuri Landau um ein Haar nicht angerufen. Zum einen kannten sie sich kaum, zum anderen war er davon ausgegangen, daß Landau nichts zu befürchten hatte. Seine Frau war bereits tot.

An die Tochter hatte er dabei nicht gedacht. Trotzdem hatte er ihn angerufen, und Landau hatte darin eine Bestätigung gesehen, daß die Vorsichtsmaßnahmen, die er ergriffen hatte, seit Lucia die Chichester Academy besuchte, keineswegs unbegründet waren. Anstatt sie nämlich mit der U-Bahn oder dem Bus zur Schule fahren zu lassen, ließ er sie jeden Morgen um halb acht von einem Chauffeurdienst zu Hause abholen und jeden Nachmittag um Viertel vor drei vom College zurückbringen. Wenn sie eine Freundin besuchen wollte, wurde sie ebenfalls mit dem Chauffeurdienst zu ihr gebracht, und sie hatte Anweisung, dort Bescheid zu geben, wenn sie nach Hause fahren wollte. Wollte sie in unmittelbarer Umgebung des Hauses irgendwohin, nahm sie in der Regel den Hund mit. Das war ein rhodesischer Ridgeback, der an sich völlig harmlos war, aber doch bedrohlich genug aussah, um für den nötigen Abschreckungseffekt zu sorgen. Am frühen Nachmittag hatte im Sekretariat der Chichester Academy das Telefon geklingelt. Ein wortgewandter Mann erklärte, er sei Mr. Landaus Assistent, und bat darum, Ludmilla wegen eines Unglücksfalls in der Familie schon eine halbe Stunde früher vom Unterricht abholen lassen zu dürfen. »Mit dem Chauffeurdienst ist bereits alles arrangiert«, versicherte er der Sekretärin. »Sie wird um zwei Uhr fünfzehn vor dem Eingang abgeholt; aber es werden ein anderes Fahrzeug und ein anderer Fahrer sein als heute morgen.« Und, fügte er hinzu, falls es irgendwelche Rückfragen gäbe, solle sie damit nicht Mr. Landau belästigen; statt dessen könne sie ihn, Mr. Pettibone, unter der Nummer erreichen, die er ihr durchgab.

Unter dieser Nummer anzurufen erübrigte sich jedoch, da alles wie geplant lief. Die Sekretärin ließ Lucia (in der Schule kannte sie niemand als Ludmilla) ins Sekretariat kommen und teilte ihr mit, daß sie an diesem Tag früher nach Hause gebracht würde. Als sie zehn Minuten nach zwei einen Blick aus dem Fenster warf, sah sie direkt vor dem Eingang der Schule einen dunkelgrünen Lieferwagen stehen, der zwar in auffälligem Kontrast zu den eleganten GM-Limousinen stand, mit denen Lucia morgens in die Schule gebracht und nachmittags wieder abgeholt wurde, aber offensichtlich handelte es sich dabei um den Wagen des Chauffeurdiensts, da dessen Name und Adresse in weißer Schrift an den Seiten standen. Chaverim Chauffeurdienst und eine Adresse in der Ocean Avenue. Und der Fahrer, der auf die Beifahrerseite kam, um Lucia die Tür aufzuhalten, trug einen blauen Blazer und eine Mütze, wie sie auch die anderen Chauffeure aufhatten.

Lucia stieg ohne Zögern in den Kombi. Der Fahrer schloß die Tür, ging um das Fahrzeug herum, setzte sich ans Steuer und fuhr die Pineapple Street in Richtung Willow hinunter. Als er die Kreuzung erreichte, wandte sich die Sekretärin vom Fenster ab.

Um Viertel vor drei war die Schule aus, und wenige Minuten später tauchte Lucias regulärer Chauffeur in demselben grauen Oldsmobile Regency Brougham auf, in dem er sie am Morgen zum Unterricht gebracht hatte. Da er wußte, daß Lucia in der Regel mit fünfzehn Minuten Verspätung aus dem Schulgebäude kam, wartete er geduldig am Straßenrand. Er hätte auch noch länger gewartet, hätte ihn nicht eine von Lucias Klassenkameradinnen erkannt und darauf aufmerksam gemacht, daß Lucia bereits nach Hause gefahren sei. »Sie durfte heute früher nach Hause«, sagte sie dem Chauffeur. »Sie wurde bereits vor einer halben Stunde abgeholt.«

»Das kannst du jemand anderem erzählen«, sagte der Fahrer, der dachte, sie wollte ihn auf den Arm nehmen.

»Nein, im Ernst! Ihr Vater hat im Sekretariat angerufen, und ein anderer Fahrer ist gekommen und hat sie abgeholt. Fragen Sie doch Miß Severance, wenn Sie mir nicht glauben.«

Der Chauffeur ging jedoch nicht ins Sekretariat, um mit Miß Severance zu sprechen; vermutlich hätte sie sofort Mr. Landau angerufen und womöglich sogar die Polizei. Deshalb setzte er sich über Funk mit seiner Zentrale in der Ocean Avenue in Verbindung und legte los: »Was soll das eigentlich! Ihr hättet mich doch auch herschicken können, obwohl sie früher abgeholt werden mußte. Und falls ihr mich tatsächlich nicht erreicht habt, hättet ihr mir zumindest Bescheid sagen können, daß meine reguläre Tour ausfällt.«

Die Frau in der Zentrale hatte natürlich keine Ahnung, wovon der Fahrer redete. Nach einigem Hin und Her erklärte sie sich das Ganze schließlich so, daß Landau aus irgendeinem Grund einen anderen Chauffeurdienst beauftragt hatte. Mit dieser Erklärung hätte sie sich auch ohne weiteres zufriedengeben können. Vielleicht waren gerade alle Anschlüsse besetzt gewesen, vielleicht hatte es Mr. Landau eilig gehabt, vielleicht hatte er seine Tochter selbst abgeholt und war nicht mehr dazu gekommen, den Wagen abzubestellen. Aber das Ganze ließ ihr keine Ruhe. Sie suchte Yuri Landaus Nummer heraus und rief ihn an.

Erst verstand Landau nicht, was das ganze Theater sollte. Den Leuten bei Chaverim war eben ein Fehler unterlaufen, und sie hatten aus Versehen zwei Wagen geschickt, und ein Fahrer war umsonst nach Chichester rausgefahren. War das ein Grund, ihn zu stören? Doch dann begann ihm zu dämmern, daß da etwas nicht stimmte. Er versuchte aus der Telefonistin herauszubekommen, soviel er konnte, dann entschuldigte er sich für jegliche Unannehmlichkeiten, die dem Chauffeurdienst entstanden sein könnten, und beendete das Gespräch.

Als nächstes rief er im College an, und sobald ihm Miß Severance vom Anruf seines Assistenten Mr. Pettibone erzählte, war für ihn die Sache klar. Jemand hatte es geschafft, seine Tochter aus dem Schulgebäude in einen Lieferwagen zu locken. Jemand hatte sie entführt.

An diesem Punkt begann auch Miß Severance ihre Schlüsse zu ziehen, aber Landau konnte sie davon abbringen, die Polizei zu verständigen. Er würde das schon regeln, versicherte er ihr und legte sich aus dem Stegreif auch gleich eine Erklärung zurecht. »Lucia hat Verwandte mütterlicherseits, so extrem orthodox, daß man fast von religiösem Fanatismus sprechen könnte. Sie liegen mir schon die ganze Zeit in den Ohren, das Kind vom College zu nehmen und in so eine verrückte koschere Schule in Borough Park zu geben. Machen Sie sich also keine Sorgen. Ich bin sicher, Lucia wird morgen wieder zum Unterricht erscheinen.«

Dann hängte er auf und begann am ganzen Körper zu zittern. Sie hatten seine Tochter. Was wollten sie? Diese Schweine! Er würde ihnen alles geben, was sie wollten; er würde ihnen alles geben, was er hatte. Aber wer waren sie? Und was, in Gottes Namen, wollten sie?

Hatte ihn nicht erst vor ein paar Wochen jemand vor einer Entführung gewarnt?

Dann fiel es ihm wieder ein, und er rief Kenan Khoury an. Und der rief mich an.

***

Yuri Landau bewohnte das Penthouse in einem zwölfstöckigen Wohnhaus am Bridgewater Court. Als wir die geflieste Eingangshalle betraten, nahmen uns sofort zwei stämmige junge Russen in Tweed-Jacketts und Mützen in die Zange. Ohne dem uniformierten Türsteher Beachtung zu schenken, sagte ihnen Peter, sein Name sei Khoury und Mr. Landau erwarte ihn. Einer von ihnen fuhr mit uns im Lift nach oben.

Als wir ankamen, gegen halb fünf, hatte Landau gerade den ersten Anruf von den Entführern bekommen. Er stand noch immer unter seinem Einfluß. »Eine Million Dollar«, jammerte er. »Woher soll ich eine Million Dollar nehmen? Wer steckt dahinter, Kenan? Irgendwelche Nigger? Diese Irren aus Jamaika?«

»Nein, es sind Weiße«, sagte Khoury.

»Meine Luschka. Wie konnte das nur passieren? Was ist das nur für ein Land?« Er verstummte, als er uns sah. »Sie sind der Bruder«, sagte er zu Peter. »Und Sie?«

»Ich bin Matthew Scudder.«

»Sie arbeiten für Kenan. Schön. Danke auch, daß Sie gekommen sind. Wie sind Sie übrigens reingekommen? Einfach reinspaziert? Ich habe zwei Männer im Foyer, sie sollten eigentlich – « Sein Blick fiel auf den Mann, der mit uns hochgekommen war. »Ach, da bist du ja, Dani, so ist es recht. Geh wieder nach unten und halte die Augen offen.« An niemand speziellen gewandt, fuhr er fort: »Jetzt, wo es zu spät ist, stelle ich Wachen auf. Das Pferd ist gestohlen, und ich verrammle den Stall. Wozu? Was können sie mir jetzt noch nehmen? Meine Frau hat mir Gott genommen, dieser miese Drecksack, und diese anderen Drecksäcke nehmen mir meine Luddy, meine Luschka.« Er wandte sich Kenan Khoury zu. »Selbst wenn ich damals, als Sie mich angerufen haben, schon Wachen aufgestellt hätte, was hätte es mir genützt? Sie haben sie aus der Schule gelockt, sie in aller Öffentlichkeit entführt. Wenn ich es bloß auch so gemacht hätte wie Sie mit Ihrer Frau. Sie haben sie doch ins Ausland geschickt, oder?«

Khoury und ich sahen uns an.

»Was soll das heißen? Sie haben mir doch erzählt, Sie haben Ihre Frau ins Ausland geschickt.«

Kenan Khoury sagte: »Das war die Geschichte, die wir uns zurechtgelegt haben, Yuri.«

»Eine Geschichte? Wieso eine Geschichte? Was ist passiert?«

»Sie wurde entführt.«

»Ihre Frau?«

»Ja.«

»Wieviel wollten sie von Ihnen?«

»Eine Million. Aber ich habe sie runtergehandelt.«

»Auf wieviel?«

»Vierhunderttausend.«

»Und? Haben Sie das Geld gezahlt? Haben Sie sie auch zurückgekriegt?«

»Ich habe das Geld gezahlt.«

»Kenan.« Landau packte ihn an den Schultern. »Bitte sagen sie mir: Haben Sie sie zurückgekriegt, ja?«

»Tot« sagte Khoury.

»O nein.« Er wankte, als hätte ihn ein Schlag getroffen, und er riß schützend einen Arm vors Gesicht. »Nein, bitte sagen Sie so was nicht.«

»Mr. Landau –«

Ohne mich zu beachten, nahm er Khoury am Arm. »Aber Sie haben gezahlt. Sie haben die vereinbarte Summe übergeben. Sie haben keine Tricks versucht?«

»Ich habe gezahlt, Yuri. Trotzdem haben sie sie umgebracht.«

Landaus Schultern sackten nach unten. »Warum?« wollte er wissen, nicht von uns, sondern von diesem Drecksack Gott, der ihm die Frau genommen hatte. *»Warum?«*

An dieser Stelle schaltete ich mich ein. »Mr. Landau, diese Männer sind extrem gefährlich – absolut bösartig und unberechenbar. Außer Mrs. Khoury haben sie noch mindestens zwei andere Menschen getötet. Wie es aussieht, haben sie nicht die Absicht, ihre Tochter lebend wieder herauszugeben. Leider ist die Wahrscheinlichkeit sogar sehr hoch, daß sie bereits tot ist.«

»Nein.«

»Falls sie noch am Leben ist, haben wir eine Chance. Aber wie Sie vorgehen wollen, müssen Sie entscheiden.«

»Wie meinen Sie das?«

»Sie könnten die Polizei verständigen.«

»Die haben gesagt, keine Polizei.«

»Das war zu erwarten.«

»Hätte mir gerade noch gefehlt, daß plötzlich Polizei ankommt und hier rumschnüffelt. Wenn ich das Lösegeld beschaffe, werden sie natürlich auch sofort wissen wollen, woher ich das viele Geld habe. Aber wenn ich meine Tochter zurückbekomme . . . Was glauben Sie? Stehen unsere Chancen besser, wenn wir die Polizei einschalten?«

»Möglicherweise stünden die Chancen besser, diese Männer zu fassen.«

»Das ist mir scheißegal. Ich meine, die Chancen, meine Tochter zurückzubekommen.«

Sie ist tot, dachte ich, aber gleichzeitig sagte ich mir, daß ich das nicht sicher wußte und er das nicht zu hören brauchte. Deshalb sagte ich: »Ich glaube nicht, daß sich die Chancen, Ihre Tochter lebend zurückzubekommen, erhöhen, wenn wir jetzt schon die Polizei einschalten. Eher würde sich das sogar nachteilig auswirken. Falls sich die Polizei einmischt und die Entführer Wind davon bekommen, blasen sie die Sache einfach ab und tauchen unter. Und das Mädchen lassen sie natürlich nicht am Leben.«

»Scheiß auf die Polizei. Wir nehmen die Sache selbst in die Hand. Und was weiter?«

»Als erstes müßte ich mal telefonieren.«

»Bitte. Halt, es darf auf keinen Fall besetzt sein. Sie haben angerufen, ich hab mit ihm gesprochen, ihm eine Unmenge von Fragen gestellt, und er hat einfach mitten im Satz aufgehängt. ›Lassen Sie die Finger vom Telefon. Wir melden uns wieder.‹ Nehmen Sie das Telefon meiner Tochter, gleich nebenan. Sie wissen ja, wie Mädchen in diesem Alter sind. Hängen ständig an der Strippe, so daß man in seinem eigenen Haus nicht mehr erreichbar ist. Ich hatte zwar so einen Service, nannte sich ›Anklopfen‹, aber das hat einen total verrückt gemacht. Ständig dieses Klicken im Hörer, und dann muß man dem Anrufer sagen, er soll einen Moment warten, da kommt gerade ein anderer Anruf rein. Schrecklich. Hab das schleunigst wieder abgeschafft und ihr statt dessen ein eigenes Telefon besorgt, da konnte sie so lange telefonieren, wie sie wollte. O Gott, nimm mir meinetwegen alles, was ich habe, aber gib sie mir wieder zurück!«

***

Ich rief TJs Piepser an und tippte die Nummer des Snoopy-Telefons von Landaus Tochter ein. Der Einrichtung ihres Zimmers nach zu schließen, schienen Snoopy und Michael Jackson eine Schlüsselrolle in ihrer persönlichen Mythologie zu spielen. Während ich auf den Anruf wartete, ging ich im Zimmer auf und ab. Dabei fiel mein Blick auf ein Familienfoto, das auf dem weißen Schminktisch stand: Landau und eine dunkelhaarige Frau und ein Mädchen, dem das dunkle Haar in üppigen Locken über die Schultern fiel. Auf dem Foto war Lucia schätzungsweise zehn Jahre alt. Auf einem anderen Foto war sie allein zu sehen, älter; allem Anschein nach war es vergangenen Sommer nach der mittleren Reife aufgenommen worden. Ihr Haar war kürzer, und sie wirkte für ihr Alter sehr gesetzt und ernst.

Das Telefon klingelte. Ich nahm ab, und er sagte: »Wer will da TJ sprechen?«

»Ich bin's, Matt.«

»Hey, Mann. Wie sieht's aus, Klaus?«

»Ernst Sache, TJ. Ein Notfall. Ich brauche dringend deine Hilfe.«

»Hast du, Mann.«

»Kannst du die Kongs erreichen?«

»Du meinst, jetzt gleich? Manchmal verdammt schwer aufzutreiben. Jimmy Kong hat zwar nen Piepser, aber nicht immer dabei.«

»Sieh zu, ob du ihn erreichen kannst, und dann gib ihm diese Nummer.«

»Klar. Is das alles?«

»Nein. Kannst du dich an den Waschsalon erinnern, in dem wir letzte Woche waren?«

»Klar.«

»Weißt du, wie du dort hinkommst?«

»R Train zur Forty-fifth, ein Block zur Fifth Avenue rüber, vier, fünf Blocks zu dem Wischie-Waschie.«

»Ich hab gar nicht gemerkt, daß du so gut aufgepaßt hast.«

»Scheiße, Mann. Ich paß immer auf. Voll konzentriert.«

»Und wieder die Reserven angezapft?«

»Voll konzentriert die Reserven angezapft, Mann.«

»Kannst du da gleich rausfahren?«

»Sofort? Oder erst die Kongs anrufen?«

»Ruf erst die Kongs an, und dann fahr da raus. Bist du in der Nähe einer U-Bahn?«

»Mann, ich bin immer in der Nähe einer U-Bahn. Ich rufe von der Zelle an, die die Kongs befreit haben, Forty-third, Ecke Eighth.«

»Ruf mich an, sobald du da draußen angekommen bist.«

»'kay. Ziemliches Ding am Steigen, was?«

»Ein Riesending.«

***

Ich ließ die Schlafzimmertür offen, damit ich das Telefon läuten hören konnte, und ging in den Wohnraum zurück. Peter Khoury stand am Fenster und schaute aufs Meer hinaus. Wir hatten unterwegs nicht viel gesprochen, aber er hatte immerhin so viel rausgerückt, daß er seit dem Treffen, bei dem ich ihn zum letztenmal gesehen hatte, keinen Alkohol und keinen Stoff mehr angerührt hatte. »Das heißt, ich habe fünf Tage«, sagte er.

»Großartig.«

»Das ist der Standardkommentar, was? Ob ein Tag oder zwanzig Jahre, du sagst deine Zeit, und was kriegst du zu hören? ›Großartig. Du bist heute trocken, und das ist alles, was zählt.‹ Verdammt, wie soll da ein Mensch noch wissen, was eigentlich zählt?«

Ich ging zu Kenan Khoury und Landau, und wir unterhielten uns. Das Telefon im Schlafzimmer klingelte nicht, aber nach etwa fünfzehn Minuten läutete das im Wohnraum, und Landau ging dran. »Ja, hier ist Landau«, meldete er sich und warf mir einen vielsagenden Blick zu. Dann zuckte er mit dem Kopf, um sein Haar aus den Augen zu bekommen. »Ich möchte mit meiner Tochter sprechen«, sagte er in den Hörer. »Lassen Sie mich mit meiner Tochter sprechen.«

Ich ging zu ihm, und er gab mir den Hörer. »Das Mädchen ist hoffentlich noch am Leben.«

Schweigen, dann: »Wer sind Sie denn?«

»Ich bin Ihre beste Chance, daß dieses Geschäft ohne Zwischenfall über die Bühne geht – das Mädchen gegen das Geld. Aber ich würde Ihnen raten, ihr nichts zuleide zu tun. Und falls Sie irgendwelche krummen Touren vorhaben, dann schlagen Sie sich das lieber schnell wieder aus dem Kopf, weil das Geschäft nur zustande kommt, wenn sie am Leben ist und unversehrt.«

»Sie können mich mal«, sagte er. Dann trat eine Pause ein, und ich dachte, er würde noch etwas sagen, aber er hängte auf. Ich schilderte Landau und Khoury den Verlauf des Gesprächs. Landau war fürchterlich aufgeregt; er machte sich Sorgen, ich könnte durch meinen harten Kurs alles verpfuscht haben. Aber Khoury versicherte ihm, daß ich wüßte, was ich täte. Ich weiß nicht, ob er recht hatte, aber ich war dankbar für seine Unterstützung.

»Im Augenblick zählt nur eines«, sagte ich. »Wir müssen alles tun, damit sie am Leben bleibt. Wir dürfen den Entführern gegenüber keinen Zweifel lassen, daß sie die Übergabe nicht nach ihren Bedingungen durchziehen können, das heißt, ohne daß sie den Beweis erbringen, daß ihre Geisel am Leben ist.«

»Aber wenn Sie sie reizen, wenn denen eine Sicherung durchbrennt –«

»Denen sind längst sämtliche Sicherungen durchgeknallt. Aber ich weiß, was Sie meinen. Sie möchten ihnen keinen Grund liefern, sie zu töten. Bloß brauchen die dafür keinen Grund. Das steht schon in deren Drehbuch. Die brauchen einen Grund, sie am Leben zu lassen.«

Auch diesmal stärkte mir wieder Kenan Khoury den Rücken. »Ich habe alles genauso gemacht, wie sie gesagt haben. Aber sie haben sie –« Er hielt inne, und ich dachte den Satz für ihn zu Ende: »In lauter kleinen Stücken zurückgeschickt.« Aber bisher hatte er Landau die näheren Begleitumstände von Francines Tod noch nicht geschildert und tat das auch jetzt nicht. »– tot zurückgeschickt.«

»Wir werden Bargeld brauchen«, sagte ich. »Wieviel haben Sie? Wieviel können Sie auf die schnelle beschaffen?«

»Mein Gott, keine Ahnung. Bargeld habe ich so gut wie keines. Wollen diese Schweine Kokain? Keine zehn Minuten von hier habe ich fünfzehn Kilo von dem Zeug.« Er sah Kenan an. »Möchten Sie es kaufen? Nennen Sie mir einen Preis?«

Kenan schüttelte den Kopf. »Ich leihe Ihnen, was ich in meinem Safe habe. Ich bin sowieso schon in den Miesen, weil mir vermutlich ein Haschisch-Deal in die Hosen geht. Ich habe eine ziemlich hohe Anzahlung geleistet, aber ich glaube, das hätte ich nicht tun sollen.«

»Was für Hasch?«

»Türkisches, kommt über Zypern. Opiumversetzt. Aber was soll's? Aus der Sache wird nichts. Ich habe etwa hunderttausend in meinem Safe. Sobald sich eine Gelegenheit bietet, fahre ich kurz nach Hause und hole es. Sie können es gern haben.«

»Sie wissen, daß ich dafür geradestehe.«

»Machen Sie sich deswegen mal keine Gedanken.«

Landau blinzelte gegen seine Tränen an, und als er zu sprechen versuchte, bekam er kaum ein Wort heraus. »Hör sich das mal einer an. Ich kenne den Mann kaum, diesen Scheißaraber da, aber er gibt mir hunderttausend Dollar.« Er nahm Khoury in die Arme und drückte ihn schluchzend an sich.

In Lucias Zimmer klingelte das Telefon. Ich ging dran.

Es war TJ, aus Brooklyn. »Im Waschsalon. Was weiter? Warten, bis so 'n Weißer auftaucht un' das Telefon benutzt?«

»Richtig. Früher oder später müßte er dort auftauchen. Wenn du dich vielleicht in das Restaurant auf der anderen Straßenseite setzen könntest und den Eingang des Waschsalons im Auge behältst –«

»Weiß was Besseres, Mann. Ich pflanze mich gleich hier im Waschsalon, einfach so 'n Typ, der auf seine Wäsche wartet. In dem Viertel findest du genug Farben, fällt nicht auf, wenn noch Schwarz dabei ist. Kongs schon angerufen?«

»Nein? Hast du sie denn erreicht?«

»Hab sie angepiept und deine Nummer durchgegeben, aber wenn Jimmy den Piepser nicht dabeihat, kann er ihm schlecht eins piepen.«

»Wie dieser Baum im Wald.«

»Wie wer?«

»Vergiß es.«

»Hörst wieder von mir.«

***

Als der nächste Anruf kam, ging Yuri ans Telefon. Er sagte: »Einen Moment«, und reichte mir den Hörer. Die Stimme, die ich hörte, war eine andere, nicht so barsch, kultivierter. Sie hatte zwar auch etwas Fieses, aber ihr fehlte die vordergründige Aggressivität des ersten Anrufers.

»Wie ich sehe, haben wir einen neuen Mitspieler«, sagte der Mann. »Ich glaube nicht, daß wir uns vorgestellt wurden.«

»Ich bin ein Freund von Mr. Landau. Mein Name tut nichts zur Sache.«

»Man weiß aber doch ganz gern, wer auf der anderen Seite ist.«

»In gewisser Hinsicht«, sagte ich, »sind wir auf derselben Seite, oder nicht? Wir wollen beide, daß der Austausch reibungslos über die Bühne geht.«

»Dann brauchen Sie sich nur an unsere Anweisungen zu halten.«

»Nein, so einfach ist das nicht.«

»Aber sicher ist es das. Wir sagen Ihnen, was Sie tun sollen, und Sie tun es – falls Sie das Mädchen wiederhaben wollen.«

»Erst müssen Sie mich überzeugen, daß sie am Leben ist.«

»Ich gebe Ihnen mein Wort.«

»Tut mir leid.«

»Das genügt Ihnen nicht?«

»Sie haben eine Menge Vertrauen verspielt, als Sie Mrs. Khoury in schlechtem Zustand zurückgegeben haben.«

Darauf trat eine Pause ein. Und dann: »Ist ja hochinteressant. Sie hören sich nicht sehr russisch an, wissen Sie. Ebensowenig hat Ihre Stimme einen Brooklyner Einschlag. Im Fall von Mrs. Khoury waren besondere Umstände gegeben. Ihr Mann versuchte zu handeln, ganz nach den Gepflogenheiten seiner Rasse. Er teilte den Preis, und zum Ausgleich dafür haben wir – na ja, den Rest können Sie sich selbst denken.«

Und Pam Cassidy, dachte ich. Was hat sie getan, um dich zu provozieren? Aber ich sagte nur: »Es geht uns nicht um den Preis.«

»Sie zahlen also die Million.«

»Für das Mädchen, unversehrt und am Leben.«

»Ich versichere Ihnen, daß sie beides ist.«

»Und ich will trotzdem mehr als Ihr Wort. Lassen Sie sie ans Telefon kommen, lassen Sie ihren Vater mit ihr sprechen.«

»Das geht leider –«, begann er, als sich die auf Band gesprochene Stimme eines NYNEX-Sprechers einblendete und mehr Geld forderte. »Sie hören wieder von mir«, sagte er.

»Keine Münzen mehr? Geben Sie mir Ihre Nummer, ich rufe Sie zurück.«

Er lachte und unterbrach die Verbindung.

***

Als der nächste Anruf kam, war ich mit Landau allein in der Wohnung. Kenan und Peter Khoury waren mit einem der zwei Wachmänner von unten losgefahren, um Bargeld zu beschaffen. Landau hatte ihnen eine Liste mit Namen und Telefonnummern gegeben, und sie hatten auch verschiedene eigene Quellen. Es wäre einfacher gewesen, wenn wir die Anrufe im Penthouse hätten machen können, aber dort gab es nur die zwei Anschlüsse, und ich wollte keinen von ihnen blockieren.

»Sie sind nicht aus der Branche«, sagte Landau. »Sie sind eine Art Polizist, oder?«

»Privatdetektiv.«

»Aha. Sie arbeiten also für Kenan. Und jetzt arbeiten Sie für mich, ja?«

»Ich arbeite nur. Es geht mir nicht darum, auf Ihre Gehaltsliste zu kommen, falls Sie das meinen.«

Dieses Thema tat er mit einem Winken ab. »Das ist eine gute Branche, aber andererseits auch wieder nicht. Wissen Sie, was ich meine?«

»Ich glaube schon.«

»Ich möchte aussteigen. Das ist ein Grund, warum ich kein Bargeld habe. Ich verdiene einen Haufen Geld, aber ich will es nicht in bar und ich will es nicht in Form von Stoff. Ich besitze Parkplätze, ich besitze Restaurants, ich lege es lieber an, wissen Sie? In einer Weile bin ich ganz draußen aus dem Drogengeschäft. Viele Amerikaner fangen als Gangster an, nicht wahr? Und enden als seriöse Geschäftsleute.«

»Manchmal.«

»Manche bleiben immer Gangster. Aber nicht alle. Wenn die Geschichte mit Devorah nicht gewesen wäre, wäre ich schon längst ausgestiegen.«

»Ihre Frau?«

»Die Krankenhausrechnungen, die Ärzte, mein Gott, was das gekostet hat. Keine Krankenversicherung. Wir waren vielleicht ahnungslos, was wußten wir schon vom Blue Cross? Macht ja nichts. Was es auch gekostet hat, ich habe es bezahlt. Ich habe es sogar gern bezahlt. Ich hätte auch mehr gezahlt, wenn ich sie dadurch am Leben hätte halten können. Ich hätte jeden Preis gezahlt. Ich hätte meine Goldfüllungen verkauft, wenn ich ihr damit einen Tag mehr hätte erkaufen können. Ich habe Hunderttausende von Dollars gezahlt, und sie bekam jeden Tag, den ihr die Ärzte geben konnten, und, mein Gott, was waren das bloß für Tage – entsetzlich, was die Arme leiden mußte. Aber sie wollte keinen einzigen Tag missen, wissen Sie?« Mit einer breiten Hand strich er sich über die Stirn. Er wollte gerade noch etwas sagen, als das Telefon klingelte. Ohne ein Wort deutete er darauf.

Ich nahm ab.

Derselbe Mann sagte: »Sollen wir es noch mal versuchen? Leider kann das Mädchen nicht ans Telefon kommen. Das ist völlig ausgeschlossen. Wie können wir Ihnen sonst beweisen, daß es ihr gut geht?«

Ich hielt die Sprechmuschel zu. »Irgendwas, das nur Ihre Tochter weiß.«

Landau zuckte mit den Achseln. »Der Name des Hundes?«

In den Hörer sagte ich: »Lassen Sie sich von ihr sagen – nein, einen Augenblick bitte.« Ich legte wieder die Hand auf den Hörer und sagte zu Landau: »Das könnten sie wissen. Sie haben sie eine Woche oder länger beschattet, sie kennen ihren Tagesablauf, also haben sie sie sicher mit dem Hund spazierengehen sehen, vielleicht auch gehört, wie sie seinen Namen gerufen hat. Fällt Ihnen nichts anderes ein?«

»Wir hatten vor dem schon einen Hund«, sagte Landau. »Einen kleinen schwarz-weißen, er wurde von einem Auto überfahren. Sie war selbst noch sehr klein, als wir den Hund hatten.«

»Aber sie kann sich noch an ihn erinnern.«

»Sicher. Sie hat ihn über alles geliebt.«

»Der Name des Hunds« sagte ich in den Hörer. »Und der Name des Hunds davor. Lassen Sie sie beide Hunde beschreiben und lassen Sie sich ihre Namen sagen.«

Das schien ihn zu amüsieren. »Ein Hund reicht nicht? Es müssen gleich zwei sein?«

»Ja.«

»Damit Sie doppelte Sicherheit haben. Na schön, wenn es Sie glücklich macht, mein Freund.«

***

Ich fragte mich, was er tun würde.

Er mußte von einer Zelle angerufen haben. Dessen war ich mir sicher. Er hatte nicht so lange gesprochen, bis der Quarter zu Ende war, aber er würde das Schema nicht plötzlich ändern, nicht, nachdem es sich so gut bewährt hatte. Er war in einer Telefonzelle, und jetzt mußte er die Namen und die Beschreibung von zwei Hunden beschaffen, und dann würde er zurückrufen. Angenommen, er rief nicht von dem Telefon im Waschsalon an. Angenommen, er war in einer Telefonzelle an einer Straße, weit genug von seinem Haus entfernt, daß er den Wagen genommen hatte. Er würde also nach Hause zurückfahren, den Wagen abstellen, nach drinnen gehen und Lucia Landau nach den Namen der Hunde fragen. Und dann würde er zu einer anderen Telefonzelle fahren und mir die gewünschten Informationen durchgeben.

Hätte ich es auch so gemacht?

Na ja, vielleicht. Aber vielleicht auch nicht. Vielleicht hätte ich lieber einen Quarter mehr ausgegeben und mir dafür etwas Zeit und Benzin gespart und hätte in dem Haus angerufen, in dem mein Partner das Mädchen bewachte. Hätte ihm gesagt, ihr kurz den Knebel rauszunehmen und mir ihre Antworten durchzugeben. Wenn nur die Kongs dagewesen wären.

Nicht zum erstenmal dachte ich, wieviel einfacher alles gewesen wäre, wenn sich Jimmy und David in Lucias Zimmer eingerichtet hätten, das Modem an ihr Snoopy-Phon angeschlossen und den Computer auf dem Schreibtisch aufgebaut hätten. Sie hätten an Lucias Telefon sitzen können und das ihres Vaters abhören, und wenn jemand anrief, hätten sie sofort feststellen können, von wo.

Wenn Ray zu Hause anrief, um die Namen der Hunde herauszubekommen, hätten wir schon festgestellt, von wo er telefonierte, und bevor er die Namen der Hunde wußte, hätten wir gewußt, wo sie das Mädchen festhielten. Und bevor er die Angaben an mich weitergeben konnte, hätten wir zwei Autos losschicken können, eines, um ihn abzufangen, wenn er die Zelle verließ, und eines, um ihren Stützpunkt auszuheben.

Aber leider waren die Kongs nicht da. Ich hatte nur TJ, der in einem Waschsalon in Sunset Park saß und wartete, daß jemand das Telefon benutzte. Und wenn er nicht so verschwenderisch gewesen wäre, seine halbe Habe für einen Piepser auszugeben, hätte ich nicht einmal ihn gehabt.

»Kann einen total verrückt machen«, sagte Landau. »Dazusitzen, das Telefon anzustarren und zu warten, daß es endlich klingelt.«

Und das Warten zog sich hin. Offensichtlich hatte Ray – so nannte ich ihn insgeheim, und einmal hätte ich ihn fast so angesprochen – offensichtlich hatte er nicht angerufen, um seinen Partner das Mädchen nach den Namen der Hunde fragen zu lassen. Angenommen, er brauchte zehn Minuten, um nach Hause zu fahren, zehn Minuten, um die Antworten von dem Mädchen zu bekommen, zehn Minuten, um wieder zu einer Zelle zu fahren und uns anzurufen. Weniger, wenn er sich beeilte. Mehr, wenn sie bewußtlos war und sie erst sehen mußten, daß sie wieder zu sich kam.

Also ungefähr eine halbe Stunde. Vielleicht mehr, vielleicht weniger, aber in etwa eine halbe Stunde.

Wenn sie tot war, konnte es etwas länger dauern. Angenommen, sie war es. Angenommen, sie hatten sie auf der Stelle umgebracht, noch vor dem ersten Anruf bei ihrem Vater. Das wäre mit Sicherheit die einfachste Lösung gewesen. Keine Gefahr, daß sie floh. Keine Probleme, sie ruhigzustellen.

Und wenn sie tot war?

Das konnten sie auf keinen Fall zugeben. Wenn sie es taten, gab es kein Lösegeld. Sie waren auf das Geld nicht angewiesen, vor nicht ganz einem Monat hatten sie Kenan Khoury vierhunderttausend Dollar abgeknöpft, aber das hieß nicht, daß sie nicht mehr haben wollten. Geld war etwas, von dem die Leute immer mehr wollten, und wenn das auf diese Männer nicht zugetroffen hätte, hätte es keinen ersten Anruf gegeben und wahrscheinlich auch keine Entführung. Wenn es einem nur um den Kitzel geht, ist es weiß Gott nicht besonders schwierig, sich aufs Geratewohl eine Frau von der Straße zu schnappen. Dazu bedarf es keiner großen Vorbereitungen.

Was würden sie also tun?

Ich nahm an, daß sie zu bluffen versuchen würden. Zum Beispiel, indem sie behaupteten, sie wäre gerade nicht ansprechbar, sie hätten sie unter Drogen gesetzt und sie wäre zu weggetreten, um die Fragen zu beantworten. Oder sie dachten sich einfach einen Namen aus und bestanden darauf, daß sie ihnen den und keinen anderen genannt hatte.

Dann wüßten wir natürlich, daß sie logen, und würden mit neunzigprozentiger Sicherheit annehmen, daß Lucia tot war. Aber man glaubt, was man glauben will, und wir würden glauben wollen, daß vielleicht doch noch eine Chance bestand, daß sie am Leben war. Und allein das würde genügen, uns das Lösegeld zahlen zu lassen, denn wenn wir es nicht zahlten, bestand überhaupt keine Chance mehr.

Das Telefon klingelte. Ich riß den Hörer von der Gabel, und es war irgendein Trottel, der sich verwählt hatte. Ich sah zu, daß ich ihn schleunigst los wurde, aber eine halbe Minute später rief er schon wieder an. Ich fragte ihn, welche Nummer er wollte, und er hatte die richtige, aber dann stellte sich heraus, daß er jemanden in Manhattan anrufen wollte. Ich erinnerte ihn daran, daß er erst die Vorwahl wählen mußte.

»Aber natürlich«, sagte er. »Das vergesse ich immer wieder. Wie kann man nur so blöd sein?«

»Von der Sorte habe ich heute morgen schon mehrere gekriegt«, sagte Landau. »Verwählt. Ganz schön lästig so was.«

Ich nickte. Hatte Ray anzurufen versucht, während ich mit diesem Idioten verhandelt hatte? Wenn ja, warum rief er nicht noch mal an? Die Leitung war doch frei. Worauf wartete der Kerl?

Vielleicht war es ein Fehler gewesen, einen Beweis zu verlangen. Wenn sie schon die ganze Zeit tot war, dann brachte ich nur mit Gewalt die Wahrheit an den Tag. Statt zu bluffen, konnte er die Sache auch abblasen und untertauchen.

In diesem Fall konnte ich ewig warten, bis das Telefon läutete, weil wir dann nichts mehr von ihm hören würden.

Landau hatte recht. Es machte einen verrückt, dazusitzen und das Telefon anzustarren. Zu warten, daß es endlich läutete.

Tatsächlich dauerte es nur zwölf Minuten länger als die halbe Stunde, die ich veranschlagt hatte. Das Telefon läutete, und ich nahm ab. Ich sagte hallo, und Ray sagte: »Trotz allem würde ich gern wissen, was Sie mit der Sache zu schaffen haben. Sie müssen doch ein Dealer sein. Jemand, der im großen Stil Geschäfte macht?«

»Eigentlich wollten Sie uns doch ein paar Fragen beantworten«, rief ich ihm in Erinnerung.

»Warum sagen Sie mir Ihren Namen nicht? Vielleicht kenne ich Sie.«

»Ich könnte Sie auch kennen.«

Er lachte. »Das glaube ich kaum. Warum haben Sie es so eilig, mein Freund? Haben Sie etwa Angst, ich lasse feststellen, woher Sie anrufen?«

In Gedanken konnte ich ihn Pam piesacken hören. »Such dir eine aus, Pam-mie. Eine für dich und eine für mich. Also welche, Pam-mie?«

Ich sagte: »Es ist Ihr Quarter.«

»Das allerdings. Na schön. Der Name des Hundes also? Mal sehen, was sind so die gängigen Hundenamen? Fido, Towser, King, Rover, gerade der letzte hält sich jetzt schon ganz schön lange, finden Sie nicht?«

Scheiße, dachte ich, sie ist tot.

»Wie wär's mit Spot? ›Lauf, Spot, lauf!‹ Das ist doch kein übler Name für einen rhodesischen Ridgeback.«

Aber das konnte er auch deshalb wissen, weil sie sie längere Zeit beobachtet hatten.

»Der Hund heißt Watson.«

»Watson«, sagte ich.

Der große Hund auf der anderen Seite des Raums hob den Kopf und spitzte die Ohren. Landau nickte.

»Und der andere Hund?«

»Sie sind ganz schön anspruchsvoll, wissen Sie das? Wie viele Hundenamen wollen Sie noch wissen?«

Ich wartete.

»Was für eine Rasse der andere Hund war, konnte sie mir nicht sagen. Sie war noch sehr klein, als er starb. Sie mußten ihn einschläfern lassen, hat sie erzählt. Blöder Ausdruck, finden Sie nicht auch? Wenn man etwas tötet, sollte man auch den Mut haben, es beim Namen zu nennen. Sie sagen ja gar nichts. Sind Sie noch dran?«

»Ich bin noch dran.«

»Ich würde sagen, es war eine Promenadenmischung. Das sind ja viele von uns. Der Name war nicht ganz einfach. Es ist ein russisches Wort, und ich weiß nicht, ob ich es richtig behalten habe. Wie ist Ihr Russisch, mein Freund?«

»Nicht besonders.«

»Dann sollten Sie es vielleicht erst noch ein bißchen auffrischen. Stellen Sie sich vor, ich sage Ihnen jetzt den Namen, und Sie verstehen ihn nicht richtig und denken, die Kleine hätte ihn mir gar nicht gesagt.«

Als ich darauf nichts erwiderte, fuhr er fort: »Was ist denn? Sie sagen ja gar nichts mehr. Ach, stimmt, Sie wollten ja den Namen des Hundes wissen. Warum eigentlich? Der Hund ist tot, mein Freund. Was braucht er da noch einen Namen? Wie heißt es doch so schön, Namen sind Schall und Rauch. Von wem ist das doch gleich wieder? Im Zweifelsfall immer Shakespeare, würde ich sagen –«

Ich wartete.

»Kann sein, daß ich es nicht ganz richtig ausspreche – Balalaika.«

»Balalaika«, wiederholte ich.

»Das ist angeblich der Name eines Musikinstruments. Hat sie jedenfalls gesagt. Was meinen Sie? Bringt das bei Ihnen eine Saite zum Schwingen?«

Ich sah Yuri Landau an. Sein Nicken war unmißverständlich. Ray sagte irgend etwas am Telefon, aber die Worte drangen nicht mehr zu mir durch. Mir wurde schwindlig, und ich mußte mich an der Küchentheke abstützen, um nicht zu fallen.

Das Mädchen lebte.

19

Sobald ich das Gespräch mit Ray beendet hatte, fiel mir Landau um den Hals. »Balalaika!« rief er, als handelte es sich dabei um eine geheime Zauberformel. »Sie lebt, meine Luschka lebt!« Er hielt mich immer noch in den Armen, als die Tür aufging und die Khourys hereinkamen, gefolgt von Dani, einem seiner Männer. Kenan Khoury trug eine altmodische Lederaktentasche mit Reißverschluß, Peter eine weiße Kroger's-Einkaufstüte. »Sie ist am Leben«, rief Landau überschwenglich.

»Haben Sie mit ihr gesprochen?«

Er schüttelte den Kopf. »Sie haben mir den Namen des Hunds gesagt. Sie hat sich noch an Balalaika erinnert. Sie lebt.«

Ich weiß nicht, ob die Khourys daraus schlau wurden; sie waren unterwegs gewesen, um Geld zu beschaffen, als wir uns die Sache mit den Hundenamen ausgedacht hatten, aber sie bekamen im groben mit, worum es ging.

»Jetzt brauchen Sie bloß noch eine Million Dollar«, sagte Kenan Khoury.

»Geld ist das geringste Problem.«

»Da haben Sie recht«, bestätigte ihm Khoury. »Auch wenn das die meisten Leute nicht wissen, ist es tatsächlich so.« Er öffnete die Aktentasche und machte sich daran, in Papier verpackte Bündel mit Geldscheinen herauszunehmen und auf dem Mahagoni-Tisch aufzureihen. »Sie haben ein paar gute Freunde, Yuri. Und zum Glück halten die meisten von ihnen nicht viel von Banken. Nur die wenigsten Leute machen sich einen Begriff davon, wie viele Geschäfte in diesem Land mit Bargeld abgewickelt werden. Wenn das Wort Bargeld fällt, denkt jeder ganz automatisch an Drogen. Oder Glücksspiel.«

»Aber das ist nur die Spitze des Eisbergs«, flocht Peter Khoury ein.

»Richtig. Das gilt nicht nur für illegale Geschäfte. Denken Sie bloß an die Reinigungen, an die Friseure und Schönheitssalons. Alle Betriebe, in denen bar bezahlt wird; die machen alle eine doppelte Buchführung und streichen die Hälfte schwarz ein.«

»Oder Coffee Shops«, sagte Peter. »Yuri, Sie sollten Grieche sein.«

»Grieche? Warum sollte ich Grieche sein?«

»Hier ist doch an jeder Ecke ein Coffee Shop. Ich kann Ihnen sagen, ich habe mal in so einem Laden gearbeitet. Zehn Angestellte allein in meiner Schicht, sechs davon schwarz beschäftigt und in bar ausbezahlt. Warum? Weil die Unmengen von Bareinnahmen haben, die sie nicht angeben, und entsprechend dürfen natürlich auch die Ausgaben nicht zu hoch sein. Wenn die dreißig Cents von jedem Dollar angeben, der durch die Kasse wandert, ist das schon viel. Und das Schönste an der ganzen Sache? Die achteinviertel Prozent Mehrwertsteuer, die sie laut Gesetz auf alle Waren draufschlagen müssen. Allerdings werden sie für die siebzig Prozent Einnahmen, die sie schwarz einstreichen, wohl kaum die Mehrwertsteuer abführen, oder? Also wandert die auch noch in ihre Tasche. Alles steuerfrei, bis auf den letzten Cent.«

»Das machen aber nicht bloß Griechen«, meinte Landau.

»Natürlich nicht, aber die haben es zu einer regelrechten Wissenschaft entwickelt. Wenn Sie Grieche wären, bräuchten Sie bloß zwanzig Coffee Shops zu überfallen. Sie glauben nicht, daß jeder von denen mindestens fünfzig Riesen im Safe oder in einer Matratze oder unter einem losen Brett in der Besenkammer liegen hat? Überfallen Sie zwanzig, und Sie haben Ihre Million beisammen.«

»Ich bin aber kein Grieche«, sagte Landau.

Kenan fragte ihn, ob er irgendwelche Diamantenhändler kannte. »Die haben immer eine Menge Bargeld rumliegen.« Aber Peter sagte, im Schmuckgeschäft sei es auch nicht mehr wie früher, dort liefe vieles nur noch über Schuldscheine. Kenan meinte, trotzdem würde auch noch einiges in bar abgewickelt, und Landau sagte, das täte nichts zur Sache, weil er keine Diamantenhändler kannte.

Ich ging nach nebenan und ließ sie weiterdebattieren.

***

Ich wollte TJ anrufen und holte den Zettel heraus, auf dem mir die Kongs alle Anrufe notiert hatten, die bei Khoury eingegangen waren. Ich fand die Nummer des Münztelefons im Waschsalon, zögerte aber. Würde TJ merken, daß er drangehen sollte? Würde er sich dadurch verdächtig machen, wenn noch andere Leute da waren? Und angenommen, Ray nahm ab? Das war zwar ziemlich unwahrscheinlich, aber –

Dann fiel mir ein, daß es eine einfachere Möglichkeit gab. Ich konnte ihn anpiepen und mich von ihm zurückrufen lassen. Wie es schien, hatte ich Schwierigkeiten, mich an diese neue technische Errungenschaft zu gewöhnen. Mein Denken verlief noch in primitiveren Bahnen.

Ich fand seine Piepsernummer in meinem Notizbuch, aber bevor ich sie wählen konnte, klingelte das Telefon, und es war TJ. »Der Typ war gerade da.« Es klang ziemlich aufgeregt. »An diesem Telefon.«

»Das muß jemand anderer gewesen sein.«

»Todsicher, Micha. Fiese Type. Wenn den bloß siehst, weißte, das is das Böse. Haste nicht gerade mit ihm telefoniert? Hat bei mir sofort klick gemacht. Mann, sag ich mir, der Typ telefoniert gerade mit Matt.«

»Ich habe tatsächlich mit ihm gesprochen. Aber das war vor zehn, fünfzehn Minuten. Eher fünfzehn, würde ich sagen.«

»Yeah, haut hin.«

»Ich dachte, du hättest gleich angerufen.«

»Ging nicht, Mann. Mußte ihm folgen.«

»Du bist ihm gefolgt?«

»Was denkst du denn, Mann? Daß ich wegrenne, wenn er antanzt? Bin nicht Arm in Arm mit ihm rausgegangen. Hab ihm eine Minute oder so Vorsprung gelassen un hab erst dann die Verfolgung aufgenommen.«

»Das ist gefährlich, TJ. Der Mann ist ein eiskalter Killer.«

»Mann, muß ich nun beeindruckt sein? Bin jeden Tag meines Lebens auf der Deuce. Da kannste keinen Schritt tun, ohne daß du hinter einem Killer herlatschst?«

»Wo ist er hin?«

»Links die Straße runter, zur nächsten Ecke.«

»Zur Forty-ninth.«

»Dann ist er zu dem Laden auf der anderen Straßenseite. Ging rein, blieb ein, zwei Minuten und kam wieder raus. Schätze, er hatte sich kein Sandwich machen lassen; dazu ist er nicht lange genug geblieben. Er könnte n Six-pack geholt haben. Das Päckchen, mit dem er rauskam, hatte ungefähr die Größe.«

»Wo ist er dann hingegangen?«

»Den Weg zurück, den er gekommen is. Is direkt an mir vorbeigegangen, der Sack, zurück über die Fifth un direkt auf den Waschsalon zu. Ich denke schon, Scheiße, da kannste jetzt nicht noch mal rein, mußte draußen warten, bis er seinen Anruf gemacht hat.«

»Hier hat er aber nicht noch mal angerufen.«

»Hat niemanden angerufen, is nämlich nicht in den Waschsalon rein. Is in seinen Wagen gestiegen un weggefahren. Hab gar nicht gemerkt, daß er n Wagen hat, bis er in die Karre gestiegen is. Stand gleich gegenüber vom Waschsalon, wo ich gesessen bin, konnt ich n nicht sehen.«

»Auto oder Lieferwagen?«

»Hab doch gesagt, Auto. Ich habe versucht dranzubleiben, aber keine Chance, Mann. Hab mich mindestens hundert Meter zurückfallen lassen. Dachte mir, rück lieber nicht zu dicht auf, wenn er zum Waschsalon zurückgeht. Un dann saß er plötzlich in seiner Karre un ab um die Ecke, un ich steh dumm da. Bis ich zur Ecke gerannt bin, war er schon über alle Berge.«

»Aber du hast ihn dir doch gut angesehen?«

»Den Typ? Klar hab ihn gesehen.«

»Würdest du ihn wiedererkennen?«

»Würdeste deine Mutter wiedererkennen? Solln das für ne Frage sein, Mann? Is knapp eins achtzig groß, fünfundsiebzig Kilo, richtig helles braunes Haar, hat ne Brille mit braunem Plastikgestell. Schwarze Schnürschuhe an, marineblaue Hose un ne blaue Jacke, mit Reißverschluß. Un so ziemlich das ödeste Hemd, das dir vorstellen kannst. Blau-weiß kariert. Ob ich den wiedererkenne? Mann, könnt ich zeichnen, würd ich ihn zeichnen. Brauchst mich bloß mit dem Zeichner zusammenbringen, von dem mir erzählt hast, un du kriegst was, das ähnlicher is als jedes Foto.«

»Ich bin beeindruckt.«

»Tatsächlich? Wagen war n Honda Civic, so n undefinierbares Blaugrau, nicht der neueste. Bis er in die Kiste gestiegen is, hab ich mir gedacht, ich folg ihm bis wo er wohnt. Hat jemand gekäscht, oder?«

»Ja.«

»Wen?«

»Ein vierzehnjähriges Mädchen.«

»Wichser. Hätte ich's gewußt, wär ich n bißchen näher dran, wär schneller gerannt.«

»Du hast deine Sache gut gemacht.«

»Glaub was ich jetzt mache, werd mich hier n bißchen umschauen. Seh vielleicht seine Karre irgendwo stehen.«

»Wenn du meinst, du erkennst ihn.«

»Ich hab die Nummer. Gibt vielleicht ne Menge Hondas, aber nicht allzu viele mit derselben Nummer.«

Er las sie mir vor, und ich notierte sie mir und wollte ihn gerade in den höchsten Tönen loben, wie toll er seine Sache gemacht hatte.

Aber er ließ mich nicht ausreden. »Mann«, unterbrach er mich wütend. »Wie lange soll das eigentlich noch gehen, daß dir gleich der Unterkiefer runterfällt, wenn ich was richtig mache?«

***

»Es wird ein paar Stunden dauern, bis wir das Geld zusammenhaben«, sagte ich ihm, als er wieder anrief. »Es ist mehr, als er hat, und es wird nicht einfach werden, um diese Zeit so viel aufzutreiben.«

»Sie wollen mich aber nicht runterhandeln, wie?«

»Nein, aber wenn Sie die volle Summe haben wollen, müssen Sie etwas Geduld haben.«

»Wieviel haben Sie inzwischen?«

»Darüber bin ich nicht auf dem laufenden.«

»Ich rufe in einer Stunde wieder an«, sagte er.

»Sie können jetzt das Telefon benutzen«, sagte ich zu Landau. »Er ruft erst in einer Stunde wieder an. Wieviel haben wir?«

»Etwas über vierhunderttausend«, sagte Kenan Khoury. »Weniger als die Hälfte.«

»Nicht genug.«

»Ich weiß nicht«, sagte er. »Man kann die Sache auch so sehen: An wen soll er sie sonst verkaufen? Wenn Sie ihm sagen, das ist alles, was wir haben, wenn Ihnen das nicht genügt, dann lassen Sie's – was wird er dann tun?«

»Das Problem ist, daß man nicht sagen kann, was er tun wird.«

»Stimmt. Ich vergesse ständig, daß der Kerl verrückt ist.«

»Er sucht geradezu nach einem Grund, das Mädchen umzubringen.«

In Landaus Anwesenheit wollte ich das zwar nicht mehr als unbedingt nötig breittreten, aber trotzdem mußte es mal gesagt werden. »Deswegen machen sie das Ganze doch in erster Linie. Sie fahren darauf ab, die Mädchen umzubringen. Sie ist am Leben, und er wird sie so lange am Leben lassen, wie sie seine Garantie ist, daß er das Geld bekommt. Aber in dem Augenblick, in dem er denkt, ihm kann nichts passieren oder er kriegt das Geld sowieso nicht, bringt er sie auf der Stelle um. Jedenfalls möchte ich ihm auf keinen Fall erzählen, daß wir nur eine halbe Million haben. Lieber komme ich nur mit einer halben Million an und sage, es ist eine ganze – und hoffe, daß er nicht nachzählt, bis wir das Mädchen zurückhaben.«

Das ließ sich Khoury durch den Kopf gehen. »Das Problem ist nur, daß dieser Wichser schon weiß, wie vierhunderttausend Dollar aussehen.«

»Sehen Sie zu, daß Sie noch mehr beschaffen können«, sagte ich und ging nach nebenan, um das Snoopy-Telefon zu benutzen.

***

Früher gab es eine Nummer, die man bei der Kfz-Zulassungsstelle anrief. Man gab seine Dienstnummer an und nannte ihnen die Autonummer, die man überprüft haben wollte, und jemand sah sie nach und gab einem die Daten durch. Ich wußte diese spezielle Nummer nicht mehr und hatte auch das Gefühl, daß sie schon lange nicht mehr stimmte. Unter der im Telefonbuch angegebenen Nummer der Zulassungsstelle meldete sich niemand.

Ich rief Durkin an, aber er war nicht da. Kelly war auch nicht an seinem Schreibtisch, und es hätte auch keinen Sinn gehabt, ihn ausrufen zu lassen, weil er das, was ich von ihm wollte, nicht aus der Ferne tun konnte. Da fiel mir Bellamy ein. Er war der Polizist, der neben Durkin gesessen hatte und dort eine etwas einseitige Unterhaltung mit seinem Computer geführt hatte.

Ich rief in Midtown North an und bekam ihn dran. »Hier Matt Scudder«, sagte ich.

»Ach, hallo. Wie geht's? Joe ist leider nicht da.«

»Das macht nichts. Vielleicht können Sie mir einen Gefallen tun. Ich war mit einer Freundin unterwegs, und irgend so ein Dreckskerl in einem Honda Civic hat ihr eine Beule in den Kotflügel gefahren und sich einfach aus dem Staub gemacht. So was von unverschämt ist mir schon lange nicht mehr untergekommen.«

»Verdammt. Waren Sie dabei, als es passiert ist? Ganz schön blöd von dem Kerl, einfach abzuhauen. Wahrscheinlich war er betrunken – oder auf Drogen.«

»Würde mich nicht wundern. Die Sache ist die –«

»Haben Sie die Autonummer? Ich sehe sie für Sie nach.«

»Das wäre wirklich nett.«

»Hey, keine Sache. Ich frag nur schnell den Computer. Bleib kurz dran.«

Ich wartete.

»Mist!«

»Was ist?«

»Na ja, sie haben das verdammte Paßwort geändert, um in die Datenbank der Zulassungsstelle reinzukommen. Ich mache alles wie gehabt, aber ich komme einfach nicht rein. Kommt immer nur ›Paßwort ungültig‹. Wenn Sie morgen noch mal anrufen, kann ich Ihnen –«

»Ich würd' mir den Kerl aber lieber noch heute abend vorknöpfen. Bevor er wieder nüchtern wird, wenn Sie verstehen, was ich meine.«

»Ach so, klar. Wenn ich Ihnen helfen könnte – «

»Gibt es denn niemanden, den Sie wegen des Paßworts anrufen könnten?«

»Natürlich«, sagte er mit einem bitteren Unterton. »Dieses Miststück unten in der Verwaltung, die mir immer erzählt, daß sie's mir nicht geben kann. Immer dasselbe Theater mit dieser blöden Kuh.«

»Sagen Sie ihr, es ist ein Fünfercode-Notfall.«

»Bitte was?«

»Sagen Sie ihr einfach, es handelt sich um einen Fünfercode-Notfall«, wiederholte ich. »Und sie soll lieber das Paßwort rausrücken, bevor Sie die Sache bis rauf nach Cleveland durch sämtliche Instanzen jagen müssen.«

»Noch nie was von gehört«, meinte er. »Aber ich kann's ja mal versuchen.«

Er legte mich auf die Warteschleife. Von der anderen Seite des Raums beäugte mich Michael Jackson zwischen den Fingern seines weißen Handschuhs hindurch. Bellamy kam zurück und sagte: »Volltreffer. ›Fünfercode-Notfall.‹ Sie hätten mal hören sollen, wie die gespurt hat. Hat wie nichts das Paßwort rausgerückt. So, geb's grad ein. Na, bitte. Wie war die Nummer gleich wieder?«

Ich gab sie ihm durch.

»Na, dann mal sehen, was dabei herauskommt. Das ging ja fix. Fahrzeug ist ein Honda Civic, Baujahr achtundachtzig, zweitürig, Farbe Zinn . . . Zinn? Meine Herren, warum können die nicht einfach grau sagen? Aber das wird Sie ja kaum interessieren. Der Besitzer ist – haben Sie was zu schreiben zur Hand? Callander, Raymond Joseph.« Er buchstabierte den Nachnamen. »Adresse: Penelope Avenue vierunddreißig. Das ist in Queens, aber wo in Queens? Haben Sie schon mal was von einer Penelope Avenue gehört?«

»Nicht daß ich wüßte.«

»Ich wohne in Queens, und ich habe noch nie was von einer Penelope Avenue gehört. Halt, da ist der Schlüssel. Eins-einsdrei-sieben-neun. Das ist Middle Village, oder nicht? Aber Penelope Avenue? Nie gehört.«

»Ich werd's schon finden.«

»Aber sicher, vor allem, wo Sie auch dementsprechend motiviert sind. Ist doch hoffentlich niemand verletzt worden.«

»Nein, nur Blechschaden.«

»Und steigen Sie dem Kerl mal ordentlich auf die Zehen. Einfach abzuhauen. Andererseits, wenn Sie das Ganze melden, kriegt Ihre Freundin bloß die Versicherung raufgesetzt. Am besten, Sie regeln das unter sich, aber das haben Sie ja vermutlich auch vor, oder?« Er gluckste. »Fünfercode. Das hat dieser Bißgurke echt Dampf unterm Arsch gemacht. Dafür bin ich Ihnen was schuldig.«

»Gern geschehen.«

»Nein, im Ernst. Mit solchem Kram muß ich mich ständig rumschlagen. Das wird mir künftig einiges Kopfzerbrechen ersparen.«

»Wenn Sie wirklich meinen, Sie möchten mir einen Gefallen tun –«

»Klar, tun Sie sich keinen Zwang an.«

»Glauben Sie, er ist schon mal aktenkundig geworden, unser Mr. Callander?«

»Das läßt sich problemlos feststellen. Diesmal brauche ich nicht wieder mit einem Fünfercode ankommen. Da weiß ich nämlich das Paßwort. Einen Augenblick. Nee.«

»Nichts?«

»Was den Staat New York betrifft, hat sein Betragen bisher keinerlei Grund zur Beanstandung gegeben. Code Fünf. Was bedeutet das eigentlich?«

»Sagen wir mal, die Sache kommt von höchster Instanz.«

»Hab ich mir fast gedacht.«

»Wenn Ihnen trotzdem mal jemand dummkommt«, hörte ich mich selbst sagen, »dann machen Sie dem Betreffenden klar, daß er eigentlich wissen müßte, daß ein Fünfercode die geltenden Anweisungen für unwirksam erklärt und annulliert.«

»Für unwirksam erklärt und annulliert.«

»Genau.«

»Die geltenden Anweisungen für unwirksam erklärt und annulliert.«

»Ganz richtig. Aber kommen Sie nicht gleich wegen jeder Routineangelegenheit damit an.«

»Gütiger Gott, nein. So was kann sich sonst sehr schnell abnutzen.«

***

Einen Augenblick lang dachte ich, wir hätten ihn. Inzwischen hatte ich einen Namen und eine Adresse, aber es war nicht die Adresse, die ich haben wollte. Sie steckten irgendwo in Sunset Park, Brooklyn. Aber die Adresse war irgendwo in Middle Village, Queens.

Ich rief die Auskunft für Queens an und wählte die Nummer, die ich bekam. Aus dem Hörer kam dieses komische Geräusch, das sie eigens entwickelt haben, irgendwo zwischen einem Ton und einem Quaken, und eine auf Band gesprochene Stimme teilte mir mit: Kein Anschluß unter dieser Nummer. Ich rief noch mal bei der Auskunft an und meldete das, worauf die Frau, die ich am Apparat hatte, ihre Computerdaten checkte und mir bestätigte, daß der Anschluß erst vor kurzem abgemeldet worden war und der Eintrag deshalb noch nicht geändert war. Ich fragte, ob es für den Inhaber des Anschlusses eine neue Nummer gab. Das verneinte sie. Ich fragte, ob sie mir sagen könne, wann der Anschluß abgemeldet worden war, und sie sagte, das könne sie nicht. Ich rief bei der Auskunft in Brooklyn an und erkundigte mich, ob es dort einen Anschluß auf einen Raymond Callander gab oder einen R. oder R. J. Callander. Die Frau vom Amt machte mich darauf aufmerksam, daß es noch andere mögliche Schreibweisen für den Nachnamen gab, und sah auch unter denen nach. Je nach Schreibweise gab es mehrere Einträge für einen R. und einen für R. J., aber die Adressen waren alle nicht im fraglichen Gebiet, eine in der Meserole in Greenpoint, eine andere weit drüben in Brownsville, keine auch nur annähernd in Sunset Park.

Verdammt ärgerlich, aber so ging es in diesem Fall schon von Anfang an. Ständig eine neue Enttäuschung; schon mehrere

Male hatte ich gedacht, den entscheidenden Durchbruch geschafft zu haben, und dann kam doch nichts dabei heraus. Das beste Beispiel dafür war die Sache mit Pam Cassidy. Wie aus dem Nichts hatten wir plötzlich eine lebende Zeugin aufgetrieben, aber das Ganze hatte zu nichts weiter geführt, als daß die Polizei drei ad acta gelegte Fälle wieder hervorgekramt und in einer einzigen unerledigten Akte zusammengelegt hatte.

Pam hatte mir zu einem Vornamen verholfen. Jetzt hatte ich dank TJs und Bellamys freundlicher Unterstützung einen Nachnamen und sogar einen Mittelnamen. Eine Adresse hatte ich auch, aber sie stimmte vermutlich seit dem Zeitpunkt nicht mehr, an dem das Telefon abgemeldet worden war.

Er wäre nicht allzu schwer zu finden gewesen. Es ist einfacher, wenn man weiß, wen man sucht. Ich hatte genug, um ihn zu finden, wenn ich so lange warten konnte, bis es Tag wurde, und wenn ich mir für die Suche ein paar Tage Zeit lassen konnte. Aber das war nicht drin. Ich mußte ihn sofort finden.

***

Als ich in den Wohnraum zurückging, telefonierte Kenan Khoury, Peter stand am Fenster. Landau war nirgendwo zu sehen. Ich ging zu Peter, und er sagte mir, daß Landau weggegangen sei, um mehr Geld zu beschaffen.

»Ich konnte das Geld nicht anschauen«, gestand er mir. »Ich bekam richtig Zustände. Mein Herz begann wie verrückt zu schlagen, meine Hände wurden feucht, und was sonst noch alles dazugehört.«

»Wieso diese Angst?«

»Angst? Ich glaube nicht, daß ich Angst hatte. Aber wenn ich das Geld bloß ansah, konnte ich nur noch an eines denken: Stoff. Wenn Sie jetzt einen Assoziationstest mit mir machen würden, wäre die einzige Reaktion: Heroin. Einen Rorschach, und ich würde in jedem Tintenklecks einen Fixer sehen, der sich einen Schuß setzt.«

»Sie denken dran, Pete, aber Sie rühren nichts an.«

»Wo ist da der Unterschied, Mann? Ich weiß, daß ich's tun werde. Es ist nur eine Frage der Zeit. Schön da draußen, nicht wahr?«

»Das Meer?«

Er nickte. »Bloß kann man es nicht mehr richtig sehen. Muß schön sein, da zu wohnen, wo man aufs Wasser schauen kann. Ich hatte mal eine Freundin, die kannte sich mit Astrologie aus; sie meinte, das Wasser wäre mein Element. Glauben Sie an so was?«

»Ich weiß zu wenig darüber.«

»Sie hatte völlig recht, Wasser ist mein Element. Für die anderen habe ich jedenfalls nicht viel übrig. Luft, ich bin nie gern geflogen. Würden Sie gern in einem Feuer verbrennen oder unter der Erde begraben sein? Aber das Meer, das ist die Mutter von uns allen, so heißt es doch?«

»Kann schon sein.«

»Und das da draußen ist das Meer. Kein Fluß oder See. Nichts als Wasser, so weit das Auge reicht. Da fühle ich mich schon vom bloßen Ansehen wieder im reinen mit mir.«

Ich klopfte ihm auf die Schulter und ließ ihn weiter aufs Meer hinausschauen. Inzwischen hatte sein Bruder aufgehört zu telefonieren, und ich fragte ihn, wieviel Geld wir schon zusammenhatten.

»Nicht ganz die Hälfte«, sagte er. »Ich habe jeden angehauen, der mir einen Gefallen schuldig ist, und Yuri auch. Aber, ehrlich gesagt, kann ich mir nicht vorstellen, daß wir noch viel mehr zusammenkriegen.«

»Die einzige Person, die mir einfällt, ist gerade in Irland. Bleibt nur zu hoffen, daß es wie eine Million aussieht. Es genügt ja, wenn es die erste große Schätzung übersteht, die sie gleich bei der Übergabe machen werden.«

»Angenommen, wir strecken es ein bißchen. Wenn wir von jedem Bündel fünf Hunderter abzweigen, hätten wir schon mal zehn Prozent mehr Bündel.«

»Und was ist, wenn sie eine Stichprobe machen und ein Bündel nachzählen?«

»Da haben Sie natürlich auch wieder recht. Auf den ersten

Blick sieht das hier jedenfalls nach wesentlich mehr aus als das, was ich ihnen gegeben habe. Von mir haben sie lauter Hunderter gekriegt. Aber das sind etwa fünfundzwanzig Prozent Fünfziger. Es gibt allerdings eine Möglichkeit, es nach wesentlich mehr aussehen zu lassen, als es ist.«

»Wenn wir es mit normalem Papier strecken?«

»Nein, mit Eindollarscheinen. Das Papier stimmt, die Farbe, alles, bloß nicht der Geldwert. Sagen wir mal, wir nehmen ein Bündel, angeblich fünfzig Hunderter, insgesamt fünf Mille. Wir machen ein Sandwich draus, mit zehn Hundertern oben drauf und zehn als Unterlage und dazwischen dreißig Eindollarscheine. Anstatt fünftausend hätten wir ein bißchen mehr als zweitausend, die aber wie fünf aussehen. Wenn man kurz mit dem Daumen drüberfährt, ist alles, was man sieht, grün.«

»Trotzdem bleibt das Problem dasselbe. Es klappt nur, solange sie sich keines der gestreckten Bündel näher ansehen. Andernfalls merken sie sofort, daß wir sie austricksen wollen. Und wenn bei denen sowieso eine Schraube locker ist und die schon die ganze Zeit nach einem Grund suchen, das Mädchen umzubringen –«

»Sie bringen sie um, zack!, und die Sache ist gelaufen.«

»Das ist das Problem mit allen Tricks. Wenn sie merken, daß wir sie leimen wollen –«

»Werden sie das sehr persönlich nehmen.« Er nickte. »Vielleicht zählen sie die Bündel ja gar nicht nach. Wir haben Fünfziger und Hunderter gemischt, fünftausend pro Bündel, die Hälfte, wenn es ein Bündel Fünfziger ist, wie viele Bündel wären das insgesamt, wenn wir eine halbe Million zusammenkratzen können? Genau hundert, wenn es lauter Hunderter wären, also rund hundertzwanzig, hundertdreißig, etwas um den Dreh rum?«

»In etwa.«

»Ich weiß nicht, würden Sie das Geld nachzählen? Bei einem Drogendeal zählt man es nach, aber da hat man Zeit, man setzt sich hin, man zählt das Geld und sieht sich die Ware an. Aber das hier ist eine andere Geschichte. Ach, wissen Sie übrigens, wie Großdealer das Geld zählen? Die Typen, die bei einem Deal Summen von einer Million aufwärts einstreichen?«

»Ich weiß bloß, daß sie in den Banken Maschinen haben, die ein Bündel Scheine genauso schnell zählen, wie Sie mit dem Daumen drüberfahren können.«

»Manchmal verwenden sie auch Zählmaschinen, aber meistens wiegen sie es einfach. Wenn Sie wissen, wieviel Geld wiegt, brauchen Sie es bloß auf eine Waage zu legen.«

»Haben das auch Ihre Verwandten in Togo gemacht?«

Diese Vorstellung entlockte ihm ein Grinsen. »Nein, die nicht. Die haben jeden Schein einzeln gezählt. Aber da hatte es auch niemand eilig.«

Das Telefon klingelte. Wir sahen uns an. Ich nahm ab, und es war Landau, der aus seinem Wagen anrief, um uns zu sagen, daß er gleich zurück wäre. Als ich aufhängte, sagte Khoury:

»Jedesmal, wenn das Telefon läutet –«

»Ich weiß. Ich denke auch, daß er's ist. Während Sie weg waren, hat zweimal jemand angerufen, der sich verwählt hat, irgend so ein Trottel, der vergessen hat, die Vorwahl von Manhattan zu wählen.«

»Ganz schön ärgerlich so was. Als ich noch klein war, hatten wir bis auf eine Ziffer die gleiche Nummer wie die Pizzeria an der Ecke Prospect und Flatbush. Sie machen sich keine Vorstellung, wie oft bei uns jemand anrief und so 'ne Scheißpizza bestellen wollte.«

»War vermutlich ganz schön lästig.«

»Für meine Eltern, ja. Aber Petey und ich, wir fanden das ganz toll. Wir nahmen die blöden Bestellungen entgegen. ›Halb Käse, halb Peperoni? Keine Sardellen? Jawohl, Sir, schon unterwegs.‹ Und dann konnten sie warten, bis ihnen der Magen durchgekracht ist. Da waren wir gnadenlos.«

»Der arme Kerl, dem die Pizzeria gehört hat.«

»Das können Sie laut sagen. Heutzutage ruft kaum mehr jemand an, der sich verwählt hat. Wissen Sie, wann ich ein paar solche Anrufe gekriegt habe? An dem Tag, als Francey entführt wurde. Alle im Lauf des Vormittags, bevor es passiert ist – gerade so, als wollte mir Gott etwas mitteilen, als wollte er mir eine Warnung zukommen lassen. O Gott, wenn ich bloß daran denke, was sie an diesem Tag durchgemacht haben muß. Und was die Kleine jetzt durchmacht.«

Ich sagte: »Ich weiß, wie er heißt, Kenan.«

»Wie wer heißt?«

»Der Kerl am Telefon. Nicht der Brutale. Der andere, der auf verständig macht und hauptsächlich mit uns verhandelt.«

»Ach, stimmt. Sie haben gesagt, daß er Ray heißt.«

»Ray Callander. Ich weiß auch seine alte Adresse in Queens. Ich weiß die Nummer seines Honda.«

»Ich dachte, sie haben einen Lieferwagen.«

»Er hat auch einen Civic. Wir kriegen den Kerl, Kenan. Vielleicht nicht heute abend, aber wir kriegen ihn.«

»Sehr gut«, sagte er langsam. »Ich muß in erster Linie wegen meiner Frau mitmachen. Das ist der Grund, warum ich Sie angeheuert habe, und das ist der Grund, warum ich hier bin. Aber im Augenblick interessiert mich das alles nicht. Das einzige, was im Augenblick zählt, ist das Mädchen, Lucia, Luschka, Ludmilla, sie hat so viele Namen, daß ich nicht weiß, wie ich sie nennen soll, und außerdem habe ich sie noch nie gesehen. Aber mich interessiert nur eines: daß wir sie heil zurückbekommen.«

Danke, dachte ich.

Wenn man nämlich, wie es auf diesen T-Shirts so schön heißt, bis zum Arsch im Rachen eines Alligators steckt, vergißt man gern, daß man ursprünglich den Sumpf trockenlegen wollte. Im Moment kam es überhaupt nicht darauf an, wo sich die zwei in Sunset Park verkrochen hatten. Es kam auch nicht darauf an, ob ich das heute abend oder morgen oder nie herausfand. Morgen früh konnte ich alles, was ich hatte, an John Kelly weitergeben und ihn alles weitere übernehmen lassen. Es kam nicht darauf an, wer Callander schnappte, und es kam nicht darauf an, ob er fünfzehn Jahre oder fünfundzwanzig oder lebenslänglich bekam oder ob er in irgendeiner Seitenstraße von Kenan Khourys Hand oder meiner starb. Oder ob er ungeschoren davonkam, mit oder ohne Geld. Darauf kam es vielleicht morgen an. Oder auch nicht. Heute nacht kam es jedenfalls nicht darauf an.

Plötzlich war die Sache ganz klar, so klar, wie sie eigentlich schon die ganze Zeit hätte sein sollen. Das einzige, worauf es ankam, war, daß wir das Mädchen zurückbekamen. Alles andere zählte nicht.

***

Kurz vor acht kamen Landau und Dani zurück. Landau hatte in jeder Hand eine Flugtasche, jede mit dem Logo einer Fluggesellschaft, die in einer Reihe von Fusionen untergegangen war. Dani trug eine Einkaufstüte.

»Jetzt kann's aber losgehen«, sagte Kenan Khoury, und sein Bruder klatschte beifällig in die Hände. Ich fiel zwar nicht in den Applaus ein, aber ich fühlte mich genauso aufgekratzt. Man hätte denken können, das Geld wäre für uns.

Landau sagte: »Kenan, kommen Sie mal her und sehen Sie sich das an.«

Er öffnete eine der Flugtaschen und leerte ihren Inhalt auf den Tisch, lauter Bündel mit Hundertern, auf jeder Banderole der Schriftzug der Chase Manhattan Bank.

»Großartig«, sagte Khoury. »Wo haben Sie denn das her, Yuri? Eben mal auf die schnelle abgehoben? Wie haben Sie eine Bank gefunden, die man so spät noch ausrauben kann?«

Landau gab ihm einen Packen Scheine. Khoury streifte die Banderole ab, sah sich den obersten Hunderter an und sagte: »Was soll ich mir das Geld überhaupt noch ansehen? Wenn an der Sache nicht was faul wäre, würden Sie mich bestimmt nicht fragen. Das sind Blüten, richtig?« Er sah genau hin und blätterte zum nächsten Schein weiter. »Falschgeld«, nickte er. »Aber sehr gut. Alle die gleiche Nummer? Nein, der hier hat eine andere.«

»Drei verschiedene Nummern«, sagte Landau.

»Bei einer Bank hätten Sie damit keine Chance«, sagte Khoury. »Die haben Scanner, mit denen sie elektronisch jede Blüte aussortieren. Aber abgesehen davon, sehen sie sehr gut aus.« Er zerknüllte einen Schein, strich ihn wieder glatt, hielt ihn gegen das Licht und begutachtete ihn mit zusammengekniffenen Augen. »Das Papier ist in Ordnung. Die Farbe auch, wie es scheint. Richtig schöne gebrauchte Scheine, müssen sie wohl mit Kaffeesatz getränkt und dann in die Waschmaschine gesteckt haben. Kein Bleichmittel, bloß Weichspüler. Matt?«

Ich nahm einen echten Schein – oder was ich für einen echten Schein hielt – aus meiner Brieftasche und hielt ihn neben den, den mir Khoury reichte. Ich hatte den Eindruck, als schaute Franklin auf dem gefälschten nicht ganz so abgeklärt drein und statt dessen ein bißchen unseriös. Aber unter normalen Umständen hätte ich mir den Schein nie so genau angesehen.

»Sehr schön«, sagte Khoury. »Wieviel Rabatt haben Sie gekriegt?«

»Sechzig Prozent. Der Dollar kostet mich genau vierzig Cents.«

»Ganz schön viel.«

»Qualität hat eben ihren Preis.«

»Das stimmt. Ist auch kein so schmutziges Geschäft wie Stoff. Wer kommt dabei schon zu Schaden, wenn man sich's mal genauer überlegt?«

»Der Geldwert wird unterhöhlt«, warf Peter ein.

»Glauben Sie wirklich? Das ist doch nur ein Tropfen im Ozean. Wenn eine einzige Sparkasse pleite macht, wirkt sich das negativer auf den Geldwert aus, als wenn jemand Blüten in Umlauf bringt, für die er zwanzig Jahre aufgebrummt bekäme.«

»Außerdem handelt es sich hier nur um ein Darlehen«, sagte Landau. »Wenn ich das Falschgeld wieder zurückbringe, kostet es mich keinen Cent. Andernfalls muß ich es zurückzahlen. Zu vierzig Cents den Dollar.«

»Sehr anständig.«

»Er tut mir einen Gefallen. Was mich interessieren würde – werden sie was merken? Und wenn ja, was –«

»Sie werden nichts merken«, beruhigte ich ihn. »Sie werden sich das Geld bei schlechter Beleuchtung kurz ansehen, und außerdem glaube ich nicht, daß sie mit Falschgeld rechnen. Das mit den Bankbanderolen ist übrigens sehr raffiniert. Hat er die auch selbst gedruckt?«

»Ja.«

»Wir werden sie ein bißchen umschichten«, schlug ich vor.

»Wir nehmen die Chase-Banderolen, aber wir nehmen sechs Scheine von jedem Bündel und ersetzen sie durch richtige, drei oben und drei unten. Wieviel sind es insgesamt, Yuri?«

»Zweihundertfünfzigtausend in Blüten. Und Dani hat noch mal sechzigtausend, sogar ein bißchen mehr. Von vier verschiedenen Leuten.«

Das Rechnen übernahm ich. »Damit hätten wir um die achthunderttausend. Das kommt fast hin. Ich glaube, die Sache kann steigen.«

»Gott sei Dank«, seufzte Landau.

Peter streifte die Banderole von einem Bündel Blüten, blätterte sie durch, stand da, sah sie an und schüttelte den Kopf. Sein Bruder zog sich einen Stuhl heran und begann, sechs Scheine von jedem Bündel zu nehmen.

Das Telefon klingelte.

20

»Das ist alles ganz schön umständlich«, sagte er.

»Was soll ich da erst sagen.«

»Manchmal frage ich mich, ob das die Mühe überhaupt wert ist. Es gibt schließlich jede Menge Drogendealer, und fast alle haben Frauen und Töchter. Vielleicht sollten wir das Geschäft einfach platzen lassen, vielleicht macht unser nächster Verhandlungspartner weniger Scherereien.«

Es war unser drittes Gespräch, seit Landau mit den zwei Flugtaschen voll Falschgeld zurückgekommen war. Ray hatte in Abständen von einer halben Stunde angerufen, erst, um uns mitzuteilen, wie er sich den Ablauf der Übergabe vorstellte, und dann, um an jedem Vorschlag, den ich machte, etwas auszusetzen.

»Vor allem, wenn er erfährt, wie wir den Braten tranchieren, bevor wir uns aus dem Staub machen«, fuhr er fort. »Ich zerlege Ihnen die kleine Lucia in mundgerechte Happen, mein Freund. Und mache mich morgen auf die Suche nach neuer Beute.«

»Ich will Ihnen doch gar keine Scherereien machen«, sagte ich.

»Davon habe ich aber bisher noch nichts gemerkt.«

»Wir müssen die Übergabe von Mann zu Mann vornehmen. Sie möchten doch sicher das Lösegeld sehen, und wir wollen uns vergewissern, daß dem Mädchen nichts fehlt.«

»Damit Sie uns in einen Hinterhalt locken können? Sie könnten die ganze Gegend von Ihren Leuten überwachen lassen. Woher soll ich wissen, wie viele bewaffnete Männer Sie zusammentrommeln können? Dagegen sind unsere Mittel sehr beschränkt.«

»Trotzdem haben Sie den entscheidenden Trumpf in der Hand. Sie haben das Mädchen als Geisel.«

»Mit einem Messer an der Kehle, meinen Sie?«

»Wenn Sie wollen.«

»So, daß die Schneide die Haut berührt?«

»Dann geben wir Ihnen das Geld«, fuhr ich fort, ohne darauf einzugehen. »Einer von Ihnen hält das Mädchen fest, während sich der andere vergewissert, daß es wirklich eine volle Million ist. Dann bringt einer von Ihnen das Geld zu Ihrem Wagen, und der andere hält währenddessen weiter das Mädchen fest. Und Ihr dritter Mann liegt irgendwo, wo wir ihn nicht sehen können, mit einem Gewehr auf der Lauer.«

»Jemand könnte ihn unschädlich machen.«

»Wie? Sie sind zuerst am vereinbarten Treffpunkt. Sie sehen uns ankommen, alle gleichzeitig. Das wiegt unsere zahlenmäßige Überlegenheit eindeutig auf. Außerdem kann der Mann mit dem Gewehr Ihren Rückzug decken, einmal ganz abgesehen davon, daß Sie ab diesem Punkt sowieso nichts mehr zu befürchten haben; wir hätten dann das Mädchen, und das Geld wäre bei Ihrem Partner im Wagen, so daß wir nicht mehr daran herankommen könnten.«

»Trotzdem halte ich nichts von so einer Übergabe.«

Genausowenig, dachte ich, wie du auf den dritten Mann zählen kannst, der mit seinem Gewehr euren Rückzug decken soll. Inzwischen war ich mir nämlich ziemlich sicher, daß sie nur zu zweit waren und daß es keinen dritten Mann gab. Aber vielleicht fühlte er sich etwas sicherer, wenn ich ihn in dem Glauben bestärkte, wir dächten, sie wären zu dritt. Der Vorteil, der ihnen aus diesem dritten Mann erwuchs, beruhte nicht auf dem Feuerschutz, den er ihnen geben konnte, sondern auf unserem Glauben, daß es ihn gab.

»Sagen wir mal, wir stellen uns in fünfzig Metern Abstand voneinander auf. Sie bringen das Geld in die Mitte und ziehen sich wieder zurück. Dann bringen wir das Mädchen in die Mitte, und einer von uns bleibt bei ihr, ein Messer an ihrer Kehle, wie Sie gesagt haben –«

Wie *du* gesagt hast, dachte ich.

»– und in der Zwischenzeit bringt der andere das Geld in Sicherheit. Dann lasse ich das Mädchen los, und sie läuft zu Ihnen, während ich ebenfalls den Rückzug antrete.«

»Kommt überhaupt nicht in Frage. Dann haben Sie gleichzeitig das Mädchen und das Geld, und wir stehen auf der anderen Seite des Spielfelds.«

So ging es noch eine ganze Weile hin und her. Die auf Band gesprochene Ansage schaltete sich wieder ein, um mehr Geld zu verlangen, und er warf einen Quarter ein, ohne sich etwas dabei zu denken. Er hatte keine Angst mehr, wir könnten feststellen, von wo er anrief, nicht mehr an diesem Punkt. Seine Anrufe wurden immer länger.

Wenn ich bloß die Kongs hätte erreichen können, dann hätten wir ihn uns schnappen können, während er noch telefonierte.

Ich sagte: »Na schön, was halten Sie von diesem Vorschlag? Wir stehen uns in fünfzig Metern Abstand gegenüber – genau, wie Sie gesagt haben. Sie sind als erste da, Sie sehen uns ankommen. Sie zeigen uns das Mädchen, damit wir sehen können, daß Sie sie dabeihaben. Dann komme ich zu Ihnen hinüber und übergebe Ihnen das Geld.«

»Sie? Ganz allein?«

»Ja. Und unbewaffnet.«

»Sie könnten unter Ihrer Kleidung eine Schußwaffe verstekken.«

»Ich werde einen Koffer voll Geld in jeder Hand haben. Da wird mir eine versteckte Kanone nicht viel nützen.«

»Gut, und wie soll es dann weitergehen?«

»Sie sehen sich das Lösegeld an. Wenn alles damit in Ordnung ist, lassen Sie das Mädchen los. Sie läuft zu ihrem Vater und zu unseren anderen Leuten. Ihr Partner bringt das Geld weg. Sie und ich bleiben noch. Dann ziehen Sie sich zurück, und zum Schluß gehe auch ich nach Hause.«

»Sie könnten mich festhalten.«

»Ich bin unbewaffnet, und Sie haben ein Messer – oder auch eine Schußwaffe, wenn Sie wollen. Und Ihr Scharfschütze liegt irgendwo im Hinterhalt und gibt Ihnen und Ihrem Partner Feuerschutz. Sie haben also nichts zu befürchten. Ich verstehe nicht, was Sie noch mehr wollen.«

»Sie werden mein Gesicht sehen.«

»Ziehen Sie sich eine Maske über.«

»Dadurch werde ich bloß in meiner Sicht behindert. Und Sie könnten mich trotzdem beschreiben, auch wenn Sie mein Gesicht nicht richtig sehen können.«

Da dachte ich, Scheiße auch, riskier's einfach.

Ich sagte: »Wie Sie aussehen, weiß ich bereits, Ray.«

Ich hörte, wie er Luft holte, dann trat längeres Schweigen ein, und eine Minute oder so dachte ich, er wäre nicht mehr dran. Schließlich sagte er: »Wieviel wissen Sie?«

»Ich weiß Ihren Namen. Ich weiß, wie Sie aussehen. Ich weiß von ein paar Frauen, die Sie umgebracht haben. Und von einer, die Sie fast umgebracht haben.«

»Die kleine Nutte. Sie hat meinen Vornamen gehört.«

»Ich weiß auch Ihren Nachnamen.«

»Das müssen Sie mir erst mal beweisen.«

»Warum sollte ich? Sehen Sie ihn doch selber nach, er steht im Kalender.«

»Wer sind Sie?«

»Können Sie sich das nicht selbst denken?«

»Sie hören sich an wie ein Cop.«

»Wenn ich ein Cop bin, warum wimmelt es dann nicht von Streifenwagen vor Ihrem Haus?«

»Weil Sie nicht wissen, wo es ist.«

»Wie wär's mit Middle Village. Penelope Avenue.«

Fast konnte ich hören, wie ihm ein Stein vom Herzen fiel. »Ich muß sagen, ich bin beeindruckt.«

»Was für eine Sorte Cop würde die Sache so durchziehen, Ray?«

»Sie werden von Landau geschmiert.«

»Fast. Wir liegen im selben Bett, wir sind Partner. Ich bin mit seiner Cousine verheiratet.«

»Kein Wunder, daß wir es nicht geschafft haben –«

»Daß Sie was nicht geschafft haben?«

»Nichts. Ich sollte die ganze Sache abblasen, der Göre den Hals durchschneiden und dann nichts wie weg.«

»Dann sind Sie ein toter Mann. In diesem Fall werden Sie binnen weniger Stunden landesweit gesucht, weil Sie die Gotteskind- und die Alvarez-Geschichte auch noch am Hals haben. Aber wenn der Austausch reibungslos über die Bühne geht, garantiere ich Ihnen, daß ich eine Woche dichthalte – wenn's geht sogar länger. Vielleicht sogar für immer.«

»Warum?«

»Weil ich kein Interesse daran habe, daß die Sache herauskommt. Ihnen kann ein kleiner Ortswechsel sowieso nicht schaden. Sie verlegen Ihre Aktivitäten an die Westküste. In L.A. gibt's jede Menge Drogenhändler. Und jede Menge hübscher Frauen. Die haben sicher nichts gegen eine Spazierfahrt in einem schnieken neuen Kombi.«

Er schwieg ziemlich lange. Dann sagte er: »Gehen wir das Ganze noch mal durch. Den ganzen Ablauf, von dem Augenblick an, in dem wir ankommen.«

Ich ging es noch mal mit ihm durch. Er unterbrach mich von Zeit zu Zeit, um mir eine Frage zu stellen, und ich beantwortete ihm jede. Schließlich sagte er: »Wenn ich Ihnen nur trauen könnte.«

»Herr im Himmel, ich bin hier derjenige, der Ihnen trauen muß. Ich komme unbewaffnet und mit einem Koffer voll Geld in jeder Hand auf Sie zu. Wenn Sie meinen, Sie können mir nicht trauen, können Sie mich jederzeit umlegen.«

»Ja, das könnte ich.«

»Aber Sie wären besser beraten, das nicht zu tun. Es ist für uns beide besser, wenn der Austausch wie vereinbart über die Bühne geht. Dann gibt es zwei Sieger.«

»Sie sind um eine Million ärmer.«

»Wer sagt, daß mir das so ungelegen käme?«

»Ach?«

»Aber das möchte ich Ihnen hier nicht in allen Einzelheiten erklären«, sagte ich und überließ es ihm, sich einen Reim auf die innerfamiliären Intrigen zu machen, mit denen ich meinen Partner auszuschalten versuchte.

»Interessant«, sagte er. »Wo wollen Sie die Übergabe machen?« Auf diese Frage war ich vorbereitet. Ich hatte in früheren Telefongesprächen schon eine Reihe anderer Stellen vorgeschlagen und hatte mir diese aufgespart. »Auf dem Green-Wood-Friedhof.«

»Ich glaube, ich weiß, wo der ist.«

»Müßten Sie eigentlich. Dort haben Sie Leila Alvarez abgeladen. Ist zwar ein gutes Stück von Middle Village entfernt, aber Sie haben schon mal da rausgefunden. Jetzt ist es zwanzig nach neun. Auf der Fifth-Avenue-Seite gibt es zwei Eingänge, einer auf Höhe der Twenty-fifth Street, der andere zehn Straßen südlich davon. Nehmen Sie den Twenty-fifth Street-Eingang und gehen Sie gleich hinter dem Zaun zwanzig Meter nach Süden. Wir nehmen den Eingang an der Thirty-fifth und kommen von Süden.« Ich erklärte ihm den Ablauf wie ein Sandkastenstratege, der die Schlacht bei Gettysburg nachstellt. »Um halb elf«, sagte ich.

»Damit haben Sie mehr als eine Stunde Zeit, um hinzukommen. Um diese Zeit herrscht kaum mehr Verkehr, insofern dürften Sie also keine Probleme haben. Oder glauben Sie, Sie brauchen mehr Zeit?«

Er brauchte nicht annähernd eine Stunde. Er war in Sunset Park, höchstens fünf Minuten vom Friedhof entfernt. Aber er brauchte nicht zu wissen, daß ich das wußte.

»Nein, das müßte reichen.«

»Und Sie haben jede Menge Zeit, um alles vorzubereiten. Wir kommen um zwanzig vor elf zehn Straßen weiter südlich in den Friedhof. Damit haben Sie zehn Minuten Vorsprung, plus die zehn Minuten, die wir brauchen, um zum vereinbarten Treffpunkt zu kommen.«

»Und Sie kommen nicht näher als fünfzig Meter«, sagte er.

»Richtig.«

»Und das letzte Stück kommen Sie ganz allein. Mit dem Geld.«

»Richtig.«

»Mit Khoury hat es mir besser gefallen. Wenn ich ›Frosch‹ gesagt habe, ist er gesprungen.«

»Das kann ich mir denken. Dafür springt diesmal ja auch mehr als doppelt soviel für Sie raus.«

»Da haben Sie auch wieder recht. Leila Alvarez. Ist schon eine Ewigkeit her, daß ich das letzte Mal an sie gedacht habe.«

Seine Stimme bekam fast etwas Verträumtes. »Sie war wirklich super. Einsame Spitze.«

Ich sagte nichts.

»Mein Gott, hatte sie Angst«, fuhr er fort. »Armes kleines Miststück. Sie war wirklich außer sich vor Angst.«

***

Kaum hatte ich eingehängt, mußte ich mich setzen. Kenan Khoury fragte mich, ob mir was fehlte. Ich sagte nein.

»Sie sehen ganz schön mitgenommen aus«, meinte er. »Als ob Sie was zu trinken vertragen könnten. Aber das können Sie jetzt vermutlich am allerwenigsten brauchen.«

»Allerdings.«

»Yuri hat Kaffee gemacht. Ich hole Ihnen welchen.«

Als er mir eine Tasse brachte, sagte ich: »Es geht schon wieder. Geht ganz schön an die Nieren, mit diesem Dreckskerl zu reden.«

»Wem sagen Sie das?«

»Ich bin mit ein paar Sachen rausgerückt, hab ihm ein paar Dinge gesagt, die ich weiß. Es begann nämlich so auszusehen, als wäre das die einzige Chance, ihn aus der Reserve zu locken. Er wollte sich auf nichts einlassen, solange er nicht das Gefühl hatte, die Lage total unter Kontrolle zu haben. Deshalb hielt ich es für nötig, ihm klarzumachen, daß er sich keineswegs in einer so unanfechtbaren Position befindet, wie er bisher dachte.«

»Wissen Sie, wer er ist?« fragte Landau.

»Ich weiß, wie er heißt. Ich weiß, wie er aussieht und welche Autonummer er hat.« Für einen Moment schloß ich die Augen. Es war, als spürte ich seine Anwesenheit am anderen Ende der Leitung, als könnte ich seine Gedankengänge nachvollziehen. »Ich weiß, wer er ist.«

Ich erzählte ihnen, was ich mit Callander vereinbart hatte, und wollte ihnen gerade die örtlichen Gegebenheiten beschreiben, als mir klar wurde, daß wir einen Stadtplan brauchten. Landau sagte, irgendwo in der Wohnung müsse er einen Plan von Brooklyn haben, aber er wußte nicht, wo er war. Kenan Khoury fiel ein, daß Francine im Handschuhfach des Toyota einen gehabt hatte, und Peter ging ihn holen.

Wir hatten den Tisch abgeräumt. Das ganze Geld, neu gebündelt, um die falschen Scheine zu tarnen, war in zwei Koffern verstaut. Ich breitete den Stadtplan aus und zeigte ihnen den Weg zum Friedhof und die zwei Eingänge auf seiner Westseite. Ich erklärte ihnen, wo wir uns aufstellen würden und wie die Übergabe ablaufen würde.

»Für Sie wird das aber ganz schön riskant«, meinte Khoury.

»Keine Sorge, mir passiert schon nichts.«

»Wenn er irgendwelche Dummheiten macht –«

»Ich glaube nicht, daß er das versuchen wird.«

Sie können mich jederzeit umbringen, hatte ich zu ihm gesagt. Ja, das kann ich, hatte er geantwortet.

»Eigentlich sollte ich ihnen die Koffer mit dem Geld bringen«, sagte Landau.

»So schwer sind sie nicht«, winkte ich ab. »Das schaffe ich schon.«

»Sie meinen, ich mache Witze, aber das ist mein voller Ernst. Schließlich geht es hier um meine Tochter. Deswegen sollte ich das übernehmen.«

Ich schüttelte den Kopf. Wenn er Callander zu nahe kam, war nicht auszuschließen, daß er den Kopf verlor und sich auf ihn stürzte. Aber ich hatte ein besseres Argument, um ihn davon abzubringen. »Ich möchte, daß Lucia so schnell wie möglich aus dem Schußfeld gerät, sobald sie sie loslassen. Und da sie auf jeden Fall zu Ihnen laufen wird, brauche ich Sie hier hinten, möglichst weit weg von allem.« Ich deutete auf den Stadtplan. »Sie rufen von hier hinten nach ihr.«

»Aber Sie werden doch wenigstens eine Waffe einstecken«, sagte Kenan Khoury.

»Wahrscheinlich, obwohl ich nicht recht einsehe, was mir das nützen soll. Wenn er tatsächlich irgendwelche faulen Tricks versucht, werde ich nicht mehr dazu kommen, sie zu ziehen. Und wenn nicht, werde ich sie nicht brauchen. Was ich allerdings gern hätte, ist eine Kevlar-Weste.«

»Dieses kugelsichere Zeug? Ich habe aber mal gehört, daß das gegen Messerstiche nichts hilft.«

»Das hängt davon ab. So eine Weste hilft auch gegen eine Kugel nicht immer, aber man hat zumindest höhere Überlebenschancen.«

»Wissen Sie, wo Sie eine kriegen können?«

»Nicht um diese Zeit. Aber lassen wir das, das ist nicht so wichtig.«

»Nein? Ich finde es eher ziemlich wichtig.«

»Ich weiß nicht mal, ob sie überhaupt eine Schußwaffe haben.«

»Soll das ein Witz sein? Seit wann gibt es in dieser Stadt noch jemanden, der keine Knarre hat. Und was ist mit dem dritten Mann, dem Scharfschützen, der hinter einem Grabstein auf der Lauer liegt und ihnen Feuerschutz gibt? Was, glauben Sie, hat der wohl dabei – eine Steinschleuder?«

»Diesen dritten Mann muß es erst mal geben. Ich war derjenige, der auf ihn zu sprechen gekommen ist, und Callander war schlau genug mitzuspielen.«

»Glauben Sie, sie ziehen es zu zweit durch?«

»Als sie das Mädchen in der Park Avenue entführt haben, waren sie nur zu zweit. Ich kann mir nicht vorstellen, daß sie noch schnell losziehen und sich einen dritten Mann als Verstärkung holen. Hier haben wir es mit einem Lustmord mit kommerziellem Touch zu tun und nicht mit einer professionell durchgezogenen kriminellen Operation, für die man sich nach geeigneten Leuten umhört. Es gibt ein paar Zeugen, die bei zwei Entführungen drei Männer gesehen haben wollen, aber sie könnten dabei, was an sich ganz normal ist, von der Annahme ausgegangen sein, daß sie einen Fahrer dabeihatten. Aber wenn es von Anfang an nur zwei waren, dann hat einer von ihnen die Rolle des Fahrers übernommen. Und genau das war, glaube ich, der Fall.«

»Demnach können wir den dritten Mann vergessen.«

»Nein«, sagte ich. »Das ist es, was die Sache erschwert. Wir müssen davon ausgehen, daß es ihn gibt.«

Ich ging in die Küche, um mir Kaffee zu holen. Als ich zurückkam, fragte Landau, wie viele Männer ich brauchte. Er sagte: »Mal sehen, wie viele wir im Augenblick sind. Sie, ich, Kenan, Peter, Dani und Pavel. Pavel ist unten; Sie sind ihm begegnet, als Sie ins Haus gekommen sind. Ich habe noch drei Männer, die mitkommen könnten; ich brauche ihnen nur Bescheid zu sagen.«

»Mir fallen mindestens ein Dutzend Leute ein, die sofort mitmachen würden«, sagte Kenan Khoury. »Leute, die ich gebeten habe, ob sie uns etwas Bargeld leihen könnten, und alle haben das gleiche gesagt: ›Wenn Sie Hilfe brauchen, sagen Sie mir bloß Bescheid, ich bin sofort dabei.‹« Er beugte sich über den Stadtplan. »Wir lassen sie in den Friedhof gehen, dann rücken wir an, mit einem Dutzend Leute, auf drei, vier Wagen verteilt. Wir machen beide Zugänge dicht, und der Rest verteilt sich über den Friedhof. Sie schütteln den Kopf, Matt. Warum?«

»Ich möchte, daß sie mit dem Geld entkommen.«

»Sie wollen es nicht mal auf einen Versuch ankommen lassen? Auch nicht, wenn wir das Mädchen haben?«

»Nein.«

»Warum nicht?«

»Weil es totaler Irrsinn ist, sich nachts auf einem Friedhof auf eine Schießerei einzulassen – oder sich aus ein paar Autos zu beschießen, die mit quietschenden Reifen durch Park Slope jagen. Solange man die Situation nicht voll unter Kontrolle hat, bringt das nichts, und gerade in diesem Fall kann uns die Sache sehr schnell außer Kontrolle geraten. Die Sache ist die: Ich habe den Entführern meinen Vorschlag schmackhaft gemacht, indem ich das Ganze als Pattsituation dargestellt habe, und wie ich die Übergabe geplant habe, läuft es ja auch tatsächlich auf ein Patt hinaus. Wir kriegen das Mädchen, sie kriegen das Geld, und hinterher können alle lebend nach Hause gehen. Vor ein paar Minuten war das alles, was wir wollten. Ist das immer noch so?« Landau bejahte das, Kenan Khoury sagte: »Ja, klar, das ist alles, was ich wollte. Trotzdem geht es mir gegen den Strich, sie ungeschoren davonkommen zu lassen.«

»Das werden sie nicht. Callander glaubt, er hätte eine Woche Zeit, um seine Koffer zu packen und aus der Stadt zu verschwinden. Bloß lasse ich ihm keine Woche Zeit. So lange werde ich nicht brauchen, um ihn zu finden. Aber zurück zum Ausgangspunkt. Wie viele Leute benötigen wir? Ich glaube, so viele Leute, wie wir jetzt sind, genügen vollauf. Drei Autos, würde ich sagen. Dani und Yuri in einem, Peter und . . . ist das Pavel, unten in der Eingangshalle? Peter und Pavel nehmen den Toyota, und ich fahre mit Kenan in seinem Buick mit. Mehr brauchen wir nicht. Sechs Mann.«

In Lucias Zimmer klingelte das Telefon. Ich ging dran und sprach mit TJ, der wieder im Waschsalon Stellung bezogen hatte, nachdem er vergeblich nach dem Honda Ausschau gehalten hatte. Ich ging in den Wohnraum zurück. »Sagen wir sieben.«

21

Im Auto sagte Kenan Khoury: »Was meinen Sie? Erst den Shore Parkway und dann den Gowanus?« Ich sagte, das müsse er besser wissen als ich. Darauf wollte er wissen: »Dieser Junge, den wir abholen. Was hat er mit der Sache zu tun?«

»Er ist ein Junge aus dem Getto, der sich am Times Square rumtreibt. Aber fragen Sie mich nicht, wo er wohnt. Ich kenne ihn nur unter den Anfangsbuchstaben seines Namens, vorausgesetzt, es sind tatsächlich die Anfangsbuchstaben, und er hat sie bestimmt nicht aus einem Teller Buchstabensuppe. Aber ob Sie's glauben oder nicht, er war mir eine große Hilfe. Erst hat er die Sache mit diesen Computerfreaks arrangiert, und dann hat er vorhin Callander aufgespürt und seine Autonummer rausgekriegt.«

»Glauben Sie, er kann uns auf dem Friedhof helfen?«

»Ich hoffe, er wird es nicht versuchen. Wir holen ihn bloß ab, weil ich nicht möchte, daß er sich in Sunset Park rumtreibt, wenn Callander und seine Freunde unterwegs sind. Ich möchte nicht, daß ihm was zustößt.«

»Sie sagen, er ist noch ein Junge?«

Ich nickte. »Fünfzehn, sechzehn.«

»Was will er werden, wenn er mal groß ist? Detektiv wie Sie?«

»Das möchte er jetzt schon werden. Er will nicht warten, bis er erwachsen wird. Was ich ihm nicht mal verdenken kann. Nur die wenigsten werden das.«

»Was werden sie nicht?«

»Erwachsen. Ein schwarzer Teenager, der auf der Straße lebt? Der hat doch eine Lebenserwartung wie eine Eintagsfliege. TJ ist schwer in Ordnung. Ich hoffe, er schafft's.«

»Und Sie wissen tatsächlich seinen Nachnamen nicht.«

»Nein.«

»Wissen Sie, was komisch ist? Eingerechnet Ihre Bekannten bei den Anonymen Alkoholikern und auf der Straße kennen Sie eine ganze Menge Leute ohne Nachnamen.«

Nach einer Weile sagte er: »Was haben Sie für einen Eindruck von Dani? Glauben Sie, er ist mit Yuri verwandt oder was?«

»Keine Ahnung. Wieso?«

»Ich dachte nur, die zwei allein in dem Lincoln, mit einer Million auf dem Rücksitz. Wir wissen, daß Dani eine Kanone hat. Angenommen, er legt Yuri um und macht den Abgang. Wir wüßten nicht mal, nach wem wir suchen müßten, nur nach einem Russen mit einem schlecht sitzenden Jackett. Übrigens noch jemand ohne Nachnamen. Muß ein Freund von Ihnen sein, hm?«

»Ich glaube, Yuri vertraut ihm.«

»Wahrscheinlich ist er mit ihm verwandt. Wem traut man sonst schon so?«

»Außerdem ist es keine Million.«

»Achthunderttausend. Wollen Sie mich wegen läppischer zweihunderttausend zum Lügner stempeln?«

»Und fast ein Drittel davon sind Blüten.«

»Sie haben recht. Das Geld ist kaum das Stehlen wert. Wir können von Glück reden, wenn sich die zwei Clowns, mit denen wir uns gleich treffen, die Mühe machen, es wegzuschleppen. Wenn nicht, wandert es in den Keller; wir heben es für die nächste Schnitzeljagd auf. Würden Sie mir einen Gefallen tun, Matt? Wenn Sie nachher mit einem Koffer voller Geld in jeder Hand auf unsere Freunde zugehen, würden Sie ihnen da eine Frage stellen?«

»Was für eine?«

»Fragen Sie sie, wie sie ausgerechnet auf mich gekommen sind, ja? Das macht mich immer noch ganz verrückt.«

»Ach«, sagte ich. »Ich glaube, das weiß ich.«

»Im Ernst?«

»Mhm. Mein erster Gedanke war, daß er aus der Drogenszene kommt.«

»Hört sich ganz einleuchtend an, aber –«

»Aber das ist nicht der Fall. Da bin ich inzwischen ziemlich sicher. Ich habe ihn nämlich überprüfen lassen. Er ist nicht vorbestraft.«

»Das bin ich auch nicht.«

»Sie sind eine Ausnahme.«

»Stimmt. Wie ist das mit Yuri?«

»Mehrere Festnahmen in der Sowjetunion, keine nennenswerten Haftstrafen. Eine Festnahme hier, wegen Ankaufs von Diebesgut. Aber die Anklage wurde fallengelassen.«

»Aber nichts in Verbindung mit Drogen.«

»Nein.«

»Na schön, Callander hat eine weiße Weste. Er ist also nicht im Drogengeschäft, also –«

»Vor einer Weile hat die DEA versucht, Ihnen ein Verfahren anzuhängen.«

»Ja, bloß sind sie nicht weit gekommen.«

»Ich habe vorhin mit Yuri gesprochen. Er hat gesagt, er wäre letztes Jahr aus einem Deal ausgestiegen, weil er das Gefühl hatte, daß ihm irgendeine Ermittlungsbehörde eine Falle stellen wollte. Er hatte den Eindruck, daß es eine Bundesbehörde war.«

Khoury drehte sich zu mir herum, zwang sich aber sofort, seine Aufmerksamkeit wieder auf die Straße zu richten. Er scherte nach links aus und überholte einen Wagen. »Sind das die allerneuesten Methoden zur Verbrechensbekämpfung? Wenn sie uns mit rechtlichen Mitteln nichts anhaben können, bringen sie unsere Frauen und Töchter um?«

»Ich glaube, Callander hat für die DEA gearbeitet«, sagte ich. »Wahrscheinlich nicht sehr lange, und ziemlich sicher nicht als offizieller Agent. Vielleicht haben sie ihn ein paarmal als Informanten eingesetzt, vielleicht hatte er irgendeinen Bürojob. Weit hätte er es dort jedenfalls nicht gebracht, und lange gehalten hätte er sich auch nicht.«

»Warum nicht?«

»Weil er verrückt ist. Wahrscheinlich ist er da reingeraten, weil er, was Drogenhändler angeht, einen Tick hat. An sich ist das in diesem Job ein Plus, aber nur, wenn es sich in Grenzen hält. Was mich übrigens auf diese Idee gebracht hat – als ich ihm vorhin am Telefon erzählte, ich wäre Yuris Partner, hat er so reagiert, als wollte er etwas sagen wie: Jetzt ist mir klar, warum wir es nicht geschafft haben, Yuri in eine Falle zu lokken.«

»Meinen Sie wirklich?«

»Das ist etwas, was sich schon morgen oder zumindest in den nächsten Tagen feststellen lassen müßte. Dazu muß ich bloß jemandes von der DEA habhaft werden, der mir sagen kann, ob denen bei seinem Namen ein Licht aufgeht. Oder ich verschaffe mir unerlaubterweise Zugang zu ihren Unterlagen, falls das meine Comuptergenies im Kreuz haben.«

Khoury sah mich nachdenklich an. »Er hat sich eigentlich nicht wie ein Cop angehört.«

»Nein, wahrhaftig nicht.«

»Aber die Person, die Sie gerade beschrieben haben, müßte ja auch nicht wirklich ein Cop gewesen sein, oder?«

»Eher einer von diesen Amateurpolizisten, die die Polizei bei ihrer Arbeit unterstützen. Bloß daß er in diesem speziellen Fall mit der DEA zusammengearbeitet hat und einen Drogenspleen hatte.«

»Er wußte den Großhandelspreis von Kokain«, flocht Khoury ein. »Allerdings weiß ich nicht, ob das irgend etwas beweist. Ihr Freund TJ weiß vermutlich auch, was ein Key im Großhandel kostet.«

»Würde mich jedenfalls nicht wundern.«

»Die Mädchen an Lucias Schule, die wissen das vermutlich auch. Was ist das nur für eine Welt, in der wir leben?«

»Sie hätten doch Arzt werden sollen.«

»Wie es mein alter Herr wollte. Nein, ich glaube nicht. Aber vielleicht hätte ich Geldfälscher werden sollen. Da hat man es mit sympathischeren Leuten zu tun. Und vor allem hätte ich nicht die verdammte DEA am Hals.«

»Als Geldfälscher? Da könnten Sie sich mit dem Secret Service rumschlagen.«

»Meine Güte«, seufzte er. »Wie man es auch dreht und wendet – irgend jemand macht einem immer das Leben schwer.«

***

»Ist das der Waschsalon? Dort auf der rechten Seite?« Ich sagte, daß er das war, und Khoury blieb mit laufendem Motor davor stehen. Er fragte: »Wieviel Zeit haben wir noch?«, sah dann auf seine Uhr und auf die Uhr am Armaturenbrett und beantwortete sich seine Frage selbst. »Wir sind ziemlich früh dran. Kein Grund zur Eile.«

Ich beobachtete den Waschsalon, aber TJ kam aus einem Hauseingang auf der anderen Seite der Avenue, überquerte die Straße und stieg hinten ein. Ich machte sie miteinander bekannt, und jeder behauptete, erfreut zu sein. TJ ließ sich in die Polster sinken, und Khoury legte den Gang ein.

Er sagte: »Sie kommen um halb elf an, richtig? Und wir sollen zehn Minuten später da sein und zu der Stelle gehen, wo sie auf uns warten. Habe ich das richtig mitgekriegt?«

Ich sagte, daß er das hatte.

»Also werden wir uns etwa zehn vor elf, nur einen schmalen Streifen Niemandsland zwischen uns, gegenüberstehen. Ist das, wie Sie es sich gedacht haben?«

»So in etwa.«

»Und wie lange, rechnen Sie, wird es dauern, bis wir den Austausch gemacht haben und wieder abziehen können? Eine halbe Stunde?«

»Wahrscheinlich wesentlich weniger, wenn nichts schiefgeht. Wenn es allerdings Probleme gibt, na ja, dann ist das eine andere Sache.«

»Dann wollen wir mal hoffen, daß es keine gibt. Es ist nur, daß ich mich schon die ganze Zeit frage, wie wir wieder aus dem Friedhof rauskommen. Aber vor Mitternacht werden sie die Tore ja kaum abschließen.«

»Die Tore abschließen?«

»Ja, eigentlich dachte ich, das würden sie schon früher machen. Aber vermutlich ist das nicht der Fall, sonst hätten Sie doch sicher eine andere Stelle für die Übergabe ausgesucht.«

»Herrgott« entfuhr es mir.

»Was ist?«

»Daran habe ich nicht gedacht. Warum haben Sie das nicht früher gesagt?«

»Was hätten Sie dann getan? Die Sache abgeblasen?«

»Nein, vermutlich nicht. Auf den Gedanken, daß die Tore abgeschlossen werden könnten, bin ich nie gekommen. Sind Friedhöfe nicht die ganze Nacht geöffnet? Aus welchem Grund sollten sie sie denn schließen?«

»Um die Leute draußen zu halten.«

»Weil sie am liebsten sterben würden, um reinzukommen? Meine Güte, den Witz muß ich mal in der vierten Klasse gehört haben. ›Warum haben Friedhöfe einen Zaun?‹ «

»Sie kennen das doch«, meinte Khoury. »Jugendliche, die Grabsteine umstürzen oder in die Blumenschalen scheißen.«

»Glauben Sie, die können nicht über einen Zaun klettern?«

»He, Sie tun ja, als ob ich das angeordnet hätte. Wenn es nach mir ginge, wären alle Friedhöfe durchgehend geöffnet. Zufrieden?«

»Ich hoffe nur, ich habe das Ganze nicht verbockt. Angenommen, sie kommen an, und das Tor ist abgeschlossen –«

»Na, und wenn schon. Was sollen sie denn schon groß machen? Sie an irgendwelche argentinischen Mädchenhändler verkaufen? Sie werden genauso über den Zaun steigen wie wir. Außerdem schließen sie die Tore wahrscheinlich nicht vor Mitternacht. Es gibt doch Leute, die nach der Arbeit noch ans Grab ihrer verstorbenen Angehörigen gehen wollen.«

»Um elf Uhr nachts?«

Er zuckte mit den Achseln. »Manche Leute arbeiten ziemlich lange. Sie haben einen Job in einem Büro in Manhattan, gießen sich nach Feierabend erst ein paar hinter die Binde, gehen abendessen und müssen schließlich noch eine halbe Stunde auf die U-Bahn warten, weil sie wie gewisse Leute, deren Namen ich hier nicht nennen will, zu knausrig sind, sich ein Taxi zu nehmen –«

»Mein Gott«, sagte ich.

»– und bis sie schließlich nach Brooklyn rauskommen, ist es schon ziemlich spät, und sie sagen sich: ›Hey, ich schau noch mal auf einen Sprung im Green-Wood vorbei; mal sehen, ob ich die Stelle finde, wo sie Onkel Vic eingebuddelt haben, hab den Kerl sowieso nie ausstehen können, da werd ich mal kurz auf sein Grab pissen.‹«

»Nervös, Kenan?«

»Klar bin ich nervös. Was denken Sie denn? Sie sind derjenige, der gleich ganz allein auf zwei eiskalte Killer zugehen wird, mit nichts bewaffnet als mit zwei Koffern voll Geld. Da müssen Sie doch auch langsam ins Schwitzen kommen.«

»Ein bißchen vielleicht. Halt, fahren Sie langsamer. Dort vorne kommt schon der Eingang. Ich glaube, das Tor ist auf.«

»Ja, sieht so aus. Im übrigen, selbst wenn jemand Anweisung hat, den Friedhof abzuschließen, ist immer noch die Frage, ob der Betreffende das auch tatsächlich macht.«

»Schon möglich. Fahren wir mal ganz um den Friedhof rum, ja? Und dann stellen wir den Wagen in der Nähe des Eingangs ab.« Schweigend fuhren wir um den Friedhof. Es herrschte so gut wie kein Verkehr, und es herrschte eine solche Stille, als kröche das tiefe Schweigen, das über dem nächtlichen Friedhof lag, über die Umzäunung und erstickte jedes Geräusch in seiner Umgebung.

Als wir fast wieder am Ausgangspunkt zurück waren, sagte TJ: »Wir geh'n auf'n Friedhof?«

Khoury wandte das Gesicht ab, um ein Grinsen zu verbergen. Ich sagte: »Wenn du willst, kannst du gern im Wagen bleiben.«

»Wieso?«

»Wenn dir das lieber ist.«

»Mann«, schnaubte er, »ich habe keine Angst vor keinen Toten. Is' das, was du denkst? Daß ich Schiß hab?«

»'tschuldigung.«

»'tschuldigung 's okay, Mae. Tote lassen mich total kalt.«

***

Mich ließen Tote auch kalt. Es waren eher ein paar Lebende, die mir Sorgen machten.

Wir trafen uns am Eingang an der Thirty-fifth Street, und um keine unnötige Aufmerksamkeit zu erregen, verschwanden wir sofort nach drinnen. Vorerst trugen Landau und Pavel das Geld. Wir waren zu siebt und hatten zwei Taschenlampen dabei. Eine bekam Kenan Khoury, die andere ich, und ich übernahm die Führung.

Ich benutzte die Lampe kaum und knipste sie nur ab und zu kurz an, wenn ich mal überhaupt nichts sehen konnte. Aber meistens war das nicht nötig. Wir hatten zunehmenden Mond, und auch von den Straßenlampen entlang der Avenue fiel etwas Licht in den Friedhof. Die meisten Grabsteine waren aus weißem Marmor, und wenn sich die Augen mal an das Dunkel gewöhnt hatten, konnte man sie ganz gut erkennen. Während ich mir meinen Weg zwischen ihnen hindurchbahnte, fragte ich mich unwillkürlich, über wessen Gebeine ich wohl gerade ging. Irgendwann letztes Jahr hatte eine Zeitung einen Artikel gebracht, wer wo begraben war, eine Aufstellung der Prominentengräber in den fünf Bezirken von New York. Ich hatte dem Ganzen keine sonderliche Beachtung geschenkt, aber ich glaubte mich erinnern zu können, daß ziemlich viele berühmte New Yorker auf dem Green-Wood-Friedhof beerdigt waren.

Manche Leute, hatte ich gelesen, betreiben das als ein regelrechtes Hobby. Sie suchen irgendwelche Gräber auf; sie fotografieren sie – oder machen von den Grabinschriften Abreibungen. Ich konnte mir zwar nie so recht vorstellen, was daran so toll sein soll, aber letztlich ist es auch nicht verrückter als so manches, was ich tue. Außerdem gingen diese Leute ihrem Hobby nur bei Tageslicht nach. Sie stolperten nicht im Dunkeln zwischen irgendwelchen Marmorblöcken herum. Tapfer stapfte ich weiter. Ich hielt mich nahe genug am Zaun, um die Straßenschilder sehen zu können, und als ich mich der Twenty-seventh Street näherte, ging ich langsamer. Als die anderen aufgerückt waren, gab ich ihnen durch Handzeichen zu verstehen, sie sollten sich verteilen, aber nicht weiter nach Norden vorrücken. Dann wandte ich mich in die Richtung, in der ich Raymond Callander vermutete, und ließ, wie vereinbart, meine Taschenlampe dreimal kurz aufleuchten.

Einen Augenblick lang, der mir wie eine Ewigkeit erschien, waren Dunkel und Schweigen die einzige Antwort. Doch dann, nicht direkt von vorne, sondern von schräg rechts, ein dreimaliges kurzes Aufblinken. Sie waren, schätzte ich, etwa hundert Meter von uns entfernt, vielleicht auch etwas mehr. Wenn jemand diese Distanz mit einem Football unterm Arm zurücklegt, kommt sie einem nicht sehr weit vor. Aber jetzt schien es mir viel zu weit.

»Bleiben Sie, wo Sie sind«, rief ich. »Wir kommen ein bißchen näher.«

»Nicht zu nahe!«

»Etwa auf fünfzig Meter. Wie vereinbart.«

Flankiert von Kenan Khoury und einem von Landaus Männern, die anderen dicht hinter uns, legte ich etwa die Hälfte der zwischen uns liegenden Distanz zurück. »Das reicht«, rief Callander an einem bestimmten Punkt. Aber da es noch nicht nahe genug war, schenkte ich ihm keine Beachtung und ging einfach weiter. Wir mußten so nahe an sie herankommen, daß mir jemand bei der Übergabe Feuerschutz geben konnte. Wir hatten unser einziges Gewehr Peter Khoury anvertraut, der sich während seiner sechsmonatigen Dienstzeit bei der Nationalgarde, die allerdings schon ein paar Jahre zurücklag, als guter Schütze bewährt hatte. Auch wenn das vor seiner langen Lehrzeit als Säufer und Fixer gewesen war, dürfte er trotzdem der beste Schütze in unserem Kreis gewesen sein. Das Gewehr war ganz ordentlich und mit einem Zielfernrohr ausgestattet, aber weil es kein Infrarot hatte, hatte er nur das Mondlicht zum Zielen. Deshalb wollte ich die Entfernung möglichst gering halten, damit er auch traf, wenn er von seinem Gewehr Gebrauch machen mußte.

Eine andere Frage war allerdings, was mir das noch nützen könnte. Es gab nur einen Grund, das Feuer zu eröffnen: Wenn die Gegenseite irgendwelche faulen Tricks versuchte. Und wenn sie das taten, dann würden sie als erstes mich unschädlich machen. Falls Peter das Feuer erwiderte, würde ich nicht mehr mitbekommen, ob er traf oder nicht.

Sehr aufmunternde Gedanken.

Als wir die Entfernung halbiert hatten, gab ich Peter ein Zeichen, worauf er zur Seite ausscherte und sich hinter einem niedrigen Marmorgrabstein postierte, auf dem er den Gewehrlauf aufstützen konnte. Als ich nach Ray und seinem Partner Ausschau hielt, konnte ich nur ihre Umrisse erkennen. Sie hatten sich ins Dunkel zurückgezogen.

Ich sagte: »Kommen Sie raus, damit wir Sie sehen können. Und zeigen Sie uns das Mädchen.«

Sie kamen ein Stück auf uns zu. Zwei schemenhafte Gestalten. Und dann, als das Licht besser wurde, wurde erkennbar, daß eine dieser Gestalten in Wirklichkeit zwei Personen waren: einer der Männer hielt das Mädchen vor sich. Ich hörte, wie Landau Luft holte, und hoffte, daß er nicht die Beherrschung verlor.

»Ich halte ihr ein Messer an die Kehle«, rief Callander. »Wenn mir die Hand ausrutscht –«

»Das sollte sie besser nicht.«

»Dann bringen Sie jetzt das Geld. Und keine Dummheiten.«

Ich drehte mich um, hob die Koffer vom Boden hoch und

inspizierte unsere Truppen. Ich konnte TJ nirgendwo sehen und fragte Kenan Khoury, was mit ihm los war. Er meinte, er wäre vermutlich zum Wagen zurückgegangen. »Offensichtlich ist ihm doch etwas mulmig geworden. Ich glaube, er steht nicht besonders auf nächtliche Friedhöfe.«

»Ich auch nicht.«

»Hören Sie, warum sagen Sie ihnen nicht einfach, so, wie wir uns das gedacht haben, geht es nicht. Für einen allein ist das Geld zu schwer, deshalb komme ich mit und helfe Ihnen tragen.«

»Nein.«

»Sie wollen wohl unbedingt den Helden spielen?«

Ich könnte nicht behaupten, daß ich mir besonders heldenhaft vorkam. Wegen der schweren Koffer war auch mein Gang nicht gerade der aufrechteste. Es sah so aus, als hätte einer der Männer eine Schußwaffe, und zwar der, der nicht das Mädchen festhielt, und es sah so aus, als wäre sie auf mich gerichtet, aber ich hatte keine Angst, daß er auf mich schießen würde, zumindest nicht, solange auf unserer Seite niemand die Nerven verlor und losballerte und eine wilde Schießerei auslöste. Falls sie mich umbringen wollten, würden sie zumindest so lange warten, bis ich ihnen das Geld gebracht hatte. Sie waren vielleicht verrückt, aber sie waren nicht blöd.

»Daß Sie mir bloß keine Dummheiten machen«, warnte mich Ray. »Ich weiß nicht, ob Sie es sehen können, aber ich halte ihr das Messer direkt an die Kehle.«

»Ich kann es sehen.«

»Halt! Das genügt. Stellen Sie die Koffer ab.«

Es war Ray, der das Mädchen festhielt und ihr das Messer an die Kehle drückte. Ich erkannte ihn an der Stimme, aber ich hätte ihn auch anhand von TJs Beschreibung erkannt, die haargenau stimmte. Da der Reißverschluß seiner Jacke zu war, konnte ich zwar das öde Hemd nicht sehen, aber in diesem Punkt verließ ich mich ganz auf TJ.

Der andere Mann war größer, mit dunklem, zerzaustem Haar und Augen, die in dem schwachen Licht aussahen wie zwei Brandlöcher in einem Bettuch. Er war ohne Jacke, nur in

Flanellhemd und Jeans. Ich konnte seine Augen nicht sehen, aber ich konnte seinen haßerfüllten Blick spüren, und unwillkürlich fragte ich mich, was sich dieser Kerl eigentlich einbildete. Ich hatte ihm nichts getan; im Gegenteil, ich brachte ihm eine Million Dollar, und trotzdem juckte es ihn nur so in den Fingern, mich kaltzumachen.

»Öffnen Sie die Koffer.«

»Erst lassen Sie das Mädchen los.«

»Nein, erst zeigen Sie uns das Geld.«

Die Pistole, die ich auf Khourys Drängen mitgenommen hatte, steckte, unter meiner Jacke verborgen, am Rücken in meinem Gürtel. Es gibt keine besonders geschickte Möglichkeit, eine Waffe aus dieser Position zu ziehen, aber zumindest hatte ich inzwischen meine Hände frei und hätte es versuchen können. Statt dessen kniete ich nieder, löste die Verschlüsse eines Koffers und klappte den Deckel auf. Dann richtete ich mich wieder auf. Der Mann mit der Waffe wollte vortreten, aber ich hob die Hand.

»Lassen Sie sie jetzt frei«, sagte ich. »Dann können Sie sich das Geld ansehen. Versuchen Sie nicht, die Abmachungen zu brechen, Ray.«

»Ach – süße Lucy«, seufzte er. »Gern laß ich dich nicht gehen.«

Er ließ sie los. Bisher hatte ich sie noch gar nicht richtig zu sehen bekommen, da sie im Schatten seines Körpers gestanden war. Selbst in dem schwachen Licht wirkte sie blaß und angespannt. Die Hände hatte sie krampfhaft über dem Bauch verschränkt, die Arme fest gegen die Seiten gepreßt, die Schultern hochgezogen. Sie sah aus, als versuchte sie, für die Welt das kleinste nur mögliche Ziel abzugeben.

Ich rief ihr zu: »Komm, Lucia.« Als sie sich nicht von der Stelle rührte, fügte ich hinzu: »Dein Vater ist dort hinten. Geh zu deinem Vater. Komm.«

Sie machte einen Schritt, hielt inne. Sie wirkte ziemlich wakkelig auf den Beinen und hielt eine Hand krampfhaft mit der anderen umklammert.

»Los«, forderte sie Callander auf. »Lauf!«

Sie sah ihn an, dann mich. Es war schwer zu sagen, was sie sah, weil ihr Blick leer und abwesend war. Am liebsten hätte ich sie gepackt und mir über die Schulter geworfen, um sie zu ihrem Vater zu bringen.

Oder mit der einen Hand mein Jackett beiseite gezogen, mit der anderen die Pistole aus dem Gürtel gerissen und die beiden Dreckskerle über den Haufen geknallt. Aber die Waffe des dunkelhaarigen Manns war direkt auf mich gerichtet, und auch Callander hielt inzwischen eine Schußwaffe in der Hand, zur Unterstützung des langen Messers, das er immer noch in der anderen hatte.

Ich rief Landau zu, er solle sie rufen: »Luschka!« lockte er. »Luschka, ich bin's, Papa. Komm zu Papa!«

Sie erkannte die Stimme. In angestrengtem Nachdenken legte sich ihre Stirn in Falten, als kostete es sie unendliche Mühe, die Bedeutung der einzelnen Silben zu entschlüsseln.

»In Russisch, Yuri!« sagte ich.

Er rief etwas, von dem ich kein Wort verstand, aber zu Lucia drang es offensichtlich durch. Ihre Hände lösten sich voneinander, und sie machte einen zaghaften Schritt und dann noch einen.

Ich wandte mich Callander zu: »Was ist mit ihrer Hand?«

»Nichts.«

Als das Mädchen an mir vorbeiging, griff ich nach ihrer Hand. Sie entriß sie mir wieder.

Zwei Finger fehlten.

Ich starrte Callander an. Über seine Züge legte sich fast etwas wie Bedauern. »Das war vor unserer Abmachung«, sagte er erklärungshalber.

Nach einer weiteren Salve Russisch von Landau bewegte sie sich schneller, aber von Laufen konnte noch keine Rede sein. Zu mehr als einem tastenden Schlurfen schien sie nicht imstande, und ich war nicht sicher, wie lange sie selbst dazu noch in der Lage sein würde.

Aber sie blieb auf den Beinen und in Bewegung, und ich blieb auf meinen und schaute in die Mündungen von zwei Handfeuerwaffen. Der dunkelhaarige Mann starrte mich schweigend an, noch immer der fleischgewordene Haß. Callander behielt das Mädchen im Auge. Die Waffe hielt er zwar auf mich gerichtet, aber sein Blick wanderte immer wieder zu ihr hinüber, und ich spürte, wie gern er ihm auch die Waffe hätte folgen lassen.

»Ich mochte sie gern«, sagte er. »Sie war sehr nett.«

***

Der Rest war einfach. Ich öffnete den zweiten Koffer und trat ein paar Schritte zurück. Während mich sein Partner in Schach hielt, kam Ray vor, um den Inhalt der beiden Koffer zu inspizieren. Die Scheine nahm er nur flüchtig in Augenschein. Er blätterte kurz ein halbes Dutzend Bündel durch, aber er zählte weder die Scheine noch machte er irgendwelche Anstalten, die Anzahl der Bündel zumindest grob zu überschlagen.

Ebensowenig wurde er auf die Blüten aufmerksam, aber ich glaube nicht, daß das überhaupt jemand gemerkt hätte.

Er klappte die Koffer zu und ließ die Verschlüsse zuschnappen. Dann zog er wieder seine Waffe und machte einen Schritt zur Seite, worauf der dunkelhaarige Mann vortrat und die Koffer hochhob. Das leise Ächzen, das er dabei von sich gab, war das erste Geräusch, das er in meiner Gegenwart gemacht hatte.

»Nimm nur einen«, sagte Callander.

»Es geht schon.«

»Nimm nur einen.«

»Erzähl mir nicht, was ich zu tun hab, Ray.« Trotzdem stellte er einen Koffer ab und entfernte sich mit dem anderen.

Er war nicht lange weg, und weder Ray noch ich sagte etwas in seiner Abwesenheit. Als er zurückkam, hob er den zweiten Koffer hoch und erklärte ihn für leichter als den ersten, als ob das bedeutete, wir hätten sie betrogen.

»Dann hast du wenigstens nicht so schwer zu tragen«, sagte Callander geduldig. »Mach endlich.«

»Wir sollten diesen Lutscher kaltmachen, Ray.«

»Ein andermal.«

»So 'n Scheißbulle, und dazu noch mit Stoff dealen! Sollte ihm die Rübe wegblasen.«

Als er gegangen war, sagte Callander: »Sie haben uns eine Woche versprochen. Werden Sie Wort halten?«

»Wenn es geht, sogar länger.«

»Tut mir leid wegen des Fingers.«

»Der Finger.«

»Wenn Sie meinen. Er ist nicht leicht unter Kontrolle zu halten.«

Ich dachte: Aber du bist derjenige, der Pam mit dem Draht zu Leibe gerückt ist.

»Für die Woche Vorsprung bin ich Ihnen selbstverständlich außerordentlich dankbar«, fuhr er fort. »Ich finde, langsam ist sowieso Zeit für einen kleinen Ortswechsel. Allerdings glaube ich nicht, daß Albert mitkommen wird.«

»Sie lassen ihn in New York?«

»Sozusagen.«

»Wie haben Sie ihn gefunden?«

Die Frage entlockte ihm ein schiefes Grinsen. »Ach, wissen Sie, wir haben uns gegenseitig gefunden. Leute mit einem ausgefallenen Geschmack finden sich oft einfach so.«

Es war ein seltsamer Moment. Ich hatte das Gefühl, daß ich mit dem Menschen hinter der Maske sprach, daß mir die Umstände ein seltenes Fenster der Gelegenheit eröffnet hatten. Ich sagte: »Darf ich Sie etwas fragen?«

»Sicher.«

»Warum die Frauen?«

»Ach, mein Gott. Das könnte Ihnen vermutlich ein Psychiater besser beantworten. Irgendein tief verschüttetes Kindheitserlebnis, nehme ich an. Darauf läuft es doch immer hinaus. Zu früh entwöhnt – oder zu spät?«

»Das habe ich nicht gemeint.«

»Was dann?«

»Es interessiert mich nicht, wie Sie so geworden sind. Ich will nur wissen, warum Sie das tun?«

»Glauben Sie denn, ich habe eine Wahl?«

»Das weiß ich nicht. Haben Sie eine?«

»Hm. Das ist nicht leicht zu beantworten. Erregung, Macht, die bloße Intensität der Erfahrung – ich weiß nicht, wie ich es ausdrücken soll. Können Sie sich ungefähr vorstellen, was ich meine?«

»Nein.«

»Sind Sie mal Achterbahn gefahren? Also was mich betrifft, kann ich Achterbahnen nicht ausstehen, ich hab mich schon ewig nicht mehr in so ein Ding gesetzt. Davon wird mir bloß übel. Aber wenn ich Achterbahnen nicht schrecklich fände, sondern eine tolle Sache, dann träfe es die Sache ziemlich gut.« Er zuckte mit den Achseln. »Wie gesagt, ich weiß nicht, wie ich es sonst beschreiben soll.«

»Sie hören sich nicht an wie ein Monster.«

»Warum auch?«

»Was Sie tun, ist monströs. Trotzdem hören Sie sich an wie ein Mensch, wenn man mit Ihnen redet. Wie können Sie –«

»Ja?«

»Wie können Sie so etwas tun?«

»Ach«, sagte er. »Sie sind nicht real.«

»Was?«

»Sie sind nicht real«, sagte er noch einmal. »Die Frauen. Sie sind nicht real. Sie sind Spielsachen, das ist alles. Wenn Sie einen Hamburger essen, verspeisen Sie da eine Kuh? Natürlich nicht. Sie essen einen Hamburger.« Der Anflug eines Lächelns. »Wenn sie die Straße runtergeht, ist sie eine Frau. Aber sobald sie im Wagen ist, ist sie es nicht mehr. Dann besteht sie nur noch aus Körperteilen.«

Mir lief ein eisiger Schauer den Rücken hinunter. Wenn das passierte, hatte meine verstorbene Tante Peg immer gesagt, war gerade eine Gans über mein Grab gewatschelt. Komischer Spruch. Woher er wohl kam?

»Aber eigentlich wollten Sie ja wissen, ob ich eine Wahl habe. Ich *glaube*, ja. Es ist keineswegs so, als überkäme mich jedesmal bei Vollmond ein unwiderstehlicher Drang. Ich habe immer eine Wahl, ich kann mich immer entscheiden, nichts zu tun, und manchmal entscheide ich mich auch dazu, aber das nächste Mal kann es dann sein, daß ich mich anders entscheide. Kann man da also wirklich von einer Wahl sprechen? Ich kann es zwar aufschieben, aber irgendwann kommt der Zeitpunkt, an dem ich es nicht mehr länger aufschieben will. Außerdem erhöht das Aufschieben den Reiz. Vielleicht ist das der Grund, warum ich es tue. Ich habe mal gelesen, daß es ein Zeichen von Reife ist, wenn man die unmittelbare Befriedigung seiner Bedürfnisse zurückstellen kann, obwohl ich nicht weiß, ob damit tatsächlich das gemeint ist.«

Er schien an einem Punkt angelangt, an dem es ihn zu weiteren Enthüllungen zu drängen schien, doch dann kam es zu einer kaum merklichen Verschiebung in seinem Innern, und das Fenster der Gelegenheit schlug krachend zu. Mit welchem wahren Selbst ich auch immer gerade gesprochen haben mochte, nun zog es sich wieder in seinen schützenden Körperpanzer zurück. »Warum haben Sie keine Angst?« fragte er verdrießlich. »Ich habe eine Waffe auf Sie gerichtet, und Sie tun, als wäre es eine Wasserpistole.«

»Auf Sie ist ein Gewehr gerichtet. Sie kämen nicht weit.«

»Na schön, aber was würde das Ihnen nützen? Man möchte doch meinen, Sie müßten Angst haben. Sind Sie tapfer?«

»Nein.«

»Wie auch immer, ich habe nicht vor abzudrücken. Soll ich etwa Albert alles lassen? Nein, das wäre sicher keine gute Idee. Aber ich glaube, es wird langsam Zeit, mich zu verabschieden. Drehen Sie sich um und gehen Sie zu Ihren Freunden zurück.«

»Gut.«

»Es gibt übrigens keinen dritten Mann mit einem Gewehr. Dachten Sie, da wäre einer?«

»Ich war nicht sicher.«

»Sie wußten, daß es keinen gibt. Aber was soll's? Sie haben das Mädchen, und wir haben das Geld. Es ging alles nach Plan.«

»Ja.«

»Versuchen Sie nicht, mir zu folgen.«

»Das werde ich nicht.«

»Ich weiß, daß Sie das nicht tun werden.«

Dann sagte er nichts mehr, und ich dachte, er hätte sich aus dem Staub gemacht. Ich ging einfach weiter, und nachdem ich etwa ein Dutzend Schritte gemacht hatte, rief er mir hinterher: »Tut mir leid wegen der Finger«, sagte er, »das war ein Unfall.«

22

»Bist still«, sagte TJ.

Ich fuhr Kenan Khourys Buick. Sobald Lucia Landau ihren Vater erreicht hatte, hatte er sie in die Arme genommen, hatte sie sich über die Schulter geworfen und war, gefolgt von Dani und Pavel, zu seinem Wagen gelaufen. »Ich habe ihm gesagt, er soll nicht auf uns warten«, erzählte mir Khoury, als auch wir den Friedhof verließen. »Die Kleine mußte dringend zu einem Arzt. Yuri kennt einen, der ganz in der Nähe wohnt, und er kommt auch zu ihm nach Hause.«

Wir waren also nur noch zu viert, als wir zu den Wagen zurückkamen. Einen hatte Landau genommen, und Kenan Khoury warf mir den Schlüssel seines Buicks zu und sagte, er werde mit seinem Bruder fahren. »Am besten, wir treffen uns alle bei mir in Bay Ridge«, schlug er vor. »Wir lassen uns ein paar Pizzas oder sonst was kommen, und anschließend bringe ich Sie beide nach Hause.«

Wir standen gerade an einer roten Ampel, als TJ sagte, ich sei so still, womit er völlig recht hatte. Keiner von uns hatte ein Wort gesprochen, seit wir losgefahren waren. Das Gespräch mit Callander lag mir noch immer im Magen. Ich sagte etwas in der Richtung, daß mich die ganze Geschichte ziemlich mitgenommen hatte.

»Warst aber cool«, meinte TJ. »Wie du dich vor die zwei Typen hingestellt hast.«

»Wo hast du eigentlich die ganze Zeit gesteckt? Wir dachten, du wärst zum Wagen zurückgegangen.«

Er schüttelte den Kopf. »Hab mich von hinten rangeschlichen. Dachte, vielleicht sehe ich den dritten Mann, den mit Gewehr.«

»Es gab keinen dritten Mann.«

»Dann war's natürlich schwer, den zu sehen. Aber was ich gemacht hab', bin in nem weiten Bogen um sie rumgegangen un beim Eingang raus, durch den sie rein sind. Hab ihren Wagen gefunden.«

»Wie hast du das geschafft?«

»War nicht schwer, hab ihn doch schon mal gesehen. War derselbe Honda. Stand an ner Laterne un hab ihn aus sicherer Entfernung beobachtet, un dann kam der Typ ohne Jacke vom Friedhof gerannt und hat n Koffer in n Kofferraum geschmissen. Hat kehrtgemacht un is wieder zurück.«

»Er hat den anderen Koffer geholt.«

»Ich weiß, un ich hab gedacht, während er den zweiten Koffer holt, kann ich doch eigentlich den anderen abstauben. Kofferraum war abgeschlossen, aber ich hätte ihn schon aufgekriegt – so, wie er 's gemacht hat, mit der Verriegelung im Handschuhfach. Die Wagentüren waren nämlich nicht abgeschlossen.«

»Ich bin froh, daß du's nicht versucht hast.«

»Na ja, hät's zwar machen können, aber angenommen, er kommt zurück, un der Koffer is weg. Was hätte er gemacht? Wär wahrscheinlich noch mal zurück, um dich abzuknallen. Ich dacht halt, das wär nicht so gut.«

»Gut gedacht.«

»Und dann hab ich gedacht, wenn das n Film wär, würd ich hinten einsteigen und mich aufm Rücksitz verstecken. Das Geld verstauen sie im Kofferraum, un sitzen tun sie vorne, also schauen sie nicht auf den Rücksitz. Und angenommen, sie fahren zu sich nach Hause oder sonst wohin. Sie stellen den Wagen ab un steigen aus, un wenn sie weg sind, verdufte ich ganz still un heimlich un rufe dich an un sage dir, wo ich bin. Aber dann hab ich mir doch gedacht, TJ, das is kein Film, un du bist noch ein bißchen jung zum Sterben.«

»Ich bin froh, daß du so dachtest.«

»Außerdem, hätte doch sein können, daß du gar nicht mehr unter dieser Nummer zu erreichen bist, un dann wäre ich ganz schön dumm dagestanden. Hab also nichts getan un gewartet, un nach ner Weile is der Kerl mit dem zweiten Koffer zurück un hat ihn in den Kofferraum geschmissen un is eingestiegen. Der andere, der angerufen hat, der kam kurz darauf auch an un is ans Steuer. Un dann sind sie weggefahren, un ich bin wieder zurück in den Friedhof, zu den anderen. Friedhof, seltsam, Mann. Seh's ja noch ein, wenn da Steine rumstehen, wo draufsteht, wer drunter liegt, aber einige haben richtig so kleine Häuser drauf, wahrscheinlich viel bessere als die, die sie hatten, als sie noch gelebt haben. Möchteste das?«

»Nein.«

»Ich auch nicht. Nur einen kleinen Stein, mit nichts drauf als TJ.«

»Kein Datum? Kein Nachname?«

Er schüttelte den Kopf. »Nur TJ – und vielleicht noch meine Piepsernummer.«

***

Zurück in der Colonial Road, hängte sich Kenan Khoury sofort ans Telefon und versuchte eine Pizzeria zu finden, die noch aufhatte. Er fand keine, aber das machte nichts. Niemand hatte Hunger.

»Aber eigentlich sollten wir das feiern«, meinte er. »Wir haben die Kleine zurück; sie ist am Leben. Wenn das kein Grund zum Feiern ist.«

»Die Sache ist unentschieden ausgegangen«, sagte Peter. »Man feiert doch kein Unentschieden. Wenn es keinen Gewinner gibt, gibt es auch keinen Grund, die Korken knallen zu lassen. Ein Spiel, das unentschieden ausgeht, das ist doch schlimmer als verlieren.«

»Ich würde mich wesentlich mieser fühlen, wenn das Mädchen tot wäre«, sagte Kenan.

»Weil das kein Fußballspiel ist, sondern das richtige Leben. Trotzdem ist das kein Grund zum Feiern. Diese Säcke sind mit dem ganzen Geld entkommen. Und da willst du anfangen, laut Hurra zu schreien?«

»Die sind noch lange nicht aus dem Schneider«, machte ich geltend. »Das Ganze ist eine Frage von ein, zwei Tagen. Weit kommen die jedenfalls nicht mehr.«

Trotzdem war auch mir nicht mehr nach Feiern zumute als sonst irgend jemandem. Wie jedes Spiel, das unentschieden ausgeht, hatte auch dieses den bitteren Nachgeschmack verpaßter Chancen hinterlassen. TJ meinte, er hätte sich auf dem Rücksitz des Honda verstecken oder sonst eine Möglichkeit finden können, ihnen zu ihrem Schlupfwinkel zu folgen. Peter hatten sich ein paar Gelegenheiten geboten, Callander mit dem Gewehr niederzuschießen, immer in Momenten, in denen weder mir noch dem Mädchen etwas hätte passieren können. Und mir fielen ein Dutzend Möglichkeiten ein, wie wir uns das Geld wieder hätten zurückholen können. Wir hatten erreicht, was wir uns vorgenommen hatten, aber es hätte auch Möglichkeiten gegeben, mehr zu tun.

»Ich möchte mit Yuri telefonieren«, sagte Kenan Khoury. »Die Kleine wirkte ganz schön verstört, sie konnte sich kaum auf den Beinen halten. Ich glaube, sie hat mehr verloren als zwei Finger.«

»Das fürchte ich auch.«

»Sie müssen sie ganz schön malträtiert haben.« Heftig stieß er mit der Fingerspitze auf die Tasten des Telefons ein. »Aber daran möchte ich eigentlich lieber gar nicht denken, weil ich dann nämlich anfange, an Francey zu denken, und –« Er brach mitten im Satz ab, um in den Hörer zu sagen: »Äh, hallo, ist Yuri da? Oh, da muß ich mich wohl verwählt haben. Entschuldigen Sie bitte die Störung.«

Er drückte auf die Gabel und seufzte. »Eine Frau, mit spanischem Akzent, hörte sich an, als hätte sie schon geschlafen. Mein Gott, ich werde immer stinksauer, wenn mir so was passiert.«

»Verwählt«, sagte ich.

»Ja, ich weiß nicht, was schlimmer ist, wenn man der Betroffene ist oder der Schuldige. Jedenfalls komme ich mir immer wie das letzte Arschloch vor, wenn ich jemanden so störe.«

»Sie haben doch an dem Tag, als Ihre Frau entführt wurde, gleich mehrere solcher Anrufe bekommen.«

»Ja, stimmt. Fast wie ein böses Omen, bloß daß ich es damals noch nicht so sah. Da habe ich mich bloß über die Störung geärgert.«

»Yuri bekam heute morgen auch ein paar Anrufe von Leuten, die sich verwählt haben.«

»Na und?« Er runzelte die Stirn, dann nickte er. »Glauben Sie, daß sie das waren? Um sich zu vergewissern, daß jemand zu Hause war? Klar, wozu sonst? Aber bringt uns das irgendwie weiter?«

»Würden Sie so einen Anruf von einer Zelle machen?« Sie sahen mich verständnislos an. »Angenommen, Sie wollen einen Anruf machen, und wenn jemand darangeht, tun Sie so, als hätten Sie sich verwählt. Sie würden nichts sagen, und niemand würde dem Ganzen Beachtung schenken. Würden Sie sich wegen so eines Anrufs die Mühe machen, sich ins Auto zu setzen und ein paar Straßen weiter zu einer Telefonzelle zu fahren? Oder würden Sie Ihr eigenes Telefon benutzen?«

»Wahrscheinlich würde ich mein eigenes benutzen, aber –«

»Das würde ich auch«, sagte ich. Ich holte mein Notizbuch heraus und suchte den Zettel, den mir Jimmy Hong gegeben hatte, die Liste mit den Anrufen bei Khoury. Er hatte mir alle Anrufe notiert, die ab Mitternacht eingegangen waren, obwohl ich nur die von der ersten Lösegeldforderung an hatte haben wollen. Bis vor kurzem hatte ich den Zettel doch noch gehabt. Ich hatte die Nummer des Waschsalons nachgesehen, als ich TJ dort anrufen wollte, aber wo zum Teufel hatte ich ihn hingesteckt?

Ich fand ihn und faltete ihn auseinander. »Da wären wir. Zwei Anrufe, beide kürzer als eine Minute. Einer um neun Uhr vierundvierzig, der andere um vierzehn Uhr dreißig. Beide Anrufe wurden von einem Anschluß mit der Nummer 243-7436 gemacht.«

»Ich kann mich erinnern, daß ein paar Leute angerufen haben, die sich verwählt haben«, sagte Khoury. »Aber wann das war, weiß ich nicht mehr.«

»Kommt Ihnen die Nummer bekannt vor?«

»Sagen Sie sie mir noch mal.« Er schüttelte den Kopf. »Nicht daß ich wüßte. Warum rufen wir die Nummer nicht einfach an. Mal sehen, wer sich meldet.«

Er griff nach dem Telefon. Ich legte meine Hand auf seine.

»Halt«, sagte ich. »Warnen wir sie lieber nicht.«

»Wovor sollen wir sie nicht warnen?«

»Daß wir wissen, wo sie sind.«

»Tun wir das denn? Wir haben doch nur eine Telefonnummer.«

TJ sagte: »Kongs könnten jetzt zu Hause sein. Soll ich's versuchen?«

Ich schüttelte den Kopf. »Ich glaube, das kriege ich auch allein raus.« Ich nahm das Telefon und wählte die Nummer der Auskunft. Als sich eine Frauenstimme meldete, sagte ich: »Hier spricht Officer Alton Simak, meine Dienstnummer ist 2491-1907. Ich habe hier eine Telefonnummer und bräuchte die dazu gehörige Adresse. Ja, richtig. 243-7436. Ja. Danke.«

Ich klemmte mir das Telefon in die Halsbeuge und schrieb mir die Adresse auf, bevor sie mir wieder entfiel. Dann wandte ich mich Khoury zu. »Der Anschluß gehört einem A. H. Wallens. Ist das ein Freund von Ihnen?« Khoury schüttelte den Kopf. »Ich glaube, das A steht für Albert. So hat Callander seinen Partner genannt.« Ich las die Adresse ab, die ich mir notiert hatte.

»Fifty-first Street sechshundertzweiundneunzig.«

»Sunset Park«, sagte Khoury.

»Sunset Park. Zwei, drei Straßen vom Waschsalon.«

»Jetzt haben wir sie. Los, fahren wir.«

***

Es war ein Holzhaus, und selbst im Mondschein konnte man sehen, daß es ziemlich heruntergekommen war. Die Schindelverkleidung mußte dringend gestrichen, die Sträucher gestutzt werden. Eine Treppe führte zu einer fliegengitterbespannten Veranda hoch, die in der Mitte deutlich durchhing. An der rechten Seite des Hauses führte eine Einfahrt, mit Asphalt ausgebesserter Beton, zu einer freistehenden Doppelgarage. Etwa in der Mitte der Seitenwand gab es eine Tür, und eine dritte befand sich auf der Rückseite des Hauses.

Wir waren alle in Khourys Buick gekommen, der jetzt um die Ecke in der Seventh Avenue stand. Wir hatten alle Handfeuerwaffen. Ich muß wohl ein ziemlich verdutztes Gesicht gemacht haben, als Khoury TJ einen Revolver gab, da er mich ansah und sagte: »Wenn er mitkommt, dann nur bewaffnet. Ich sage, auf den Jungen ist Verlaß, also darf er auch mit. Du weißt, wie das funktioniert, TJ? Einfach zielen und abdrücken, wie mit so 'ner Japse-Kamera.«

Das Garagentor war abgeschlossen, und das Schloß machte einen massiven Eindruck. Daneben war eine schmale Holztür, die ebenfalls abgeschlossen war. Mit meiner Kreditkarte war das Schloß nicht aufzukriegen. Ich überlegte, wie ich möglichst geräuschlos eine Glasscheibe einschlagen könnte, als mir Peter eine Taschenlampe reichte. Einen Moment dachte ich, er wollte, daß ich damit das Fenster einschlug, und verstand nicht, warum. Doch dann ging mir ein Licht auf, und ich hielt die Taschenlampe gegen das Fenster und knipste sie an. Und da stand er, der Honda Civic. Auch das Kennzeichen konnte ich sehen. Auf der anderen Seite, schwerer zu erkennen, auch wenn ich die Taschenlampe schräg hielt, stand ein dunkler Lieferwagen. Das Nummernschild war von da, wo ich stand, nicht zu sehen, und in dem schwachen Licht konnte ich auch nicht erkennen, welche Farbe er hatte, aber was ich sah, genügte vollauf. Wir waren an der richtigen Adresse.

Im ganzen Haus brannte Licht. Verschiedenes deutete darauf hin, daß es sich um ein Einfamilienhaus handelte – eine einzige Klingel an der Seitentür, ein einziger Briefkasten neben der Tür zur Veranda –, sie konnten sich also überall im Haus aufhalten. Wir schlichen auf die Rückseite. Ich stellte mich mit dem Rükken an die Wand, verschränkte die Hände und machte für Kenan Khoury eine Leiter. Er kletterte an mir hoch, bekam das Fensterbrett zu fassen und schob vorsichtig den Kopf über den Rand. In dieser Stellung verharrte er einen Moment, dann sprang er wieder zu Boden.

»Die Küche«, flüsterte er. »Der Blonde sitzt am Tisch und zählt das Geld. Er macht jedes Bündel auf, zählt die Scheine und schreibt Zahlen auf ein Blatt Papier. Reine Zeitverschwendung. Das Geschäft ist gelaufen, was zählt er da noch nach, wieviel er hat?«

»Und der andere?«

»Von dem war nichts zu sehen.«

Wie wiederholten das Ganze an ein paar anderen Fenstern und versuchten die Seitentür zu öffnen, als wir daran vorbeikamen. Sie war abgeschlossen, aber selbst ein Kind hätte sie eintreten können. Die Tür auf der Rückseite, die in die Küche führte, hatte keinen wesentlich stabileren Eindruck gemacht.

Aber ich wollte nicht mit der Tür ins Haus fallen, solange ich nicht wußte, wo der andere Kerl steckte.

Ungeachtet der Gefahr, daß zufällig jemand vorbeikam und ihn bemerkte, schob Peter Khoury mit der Klinge seines Taschenmessers den Riegel der Verandatür zurück. Die Tür, die von der Veranda ins Haus führte, war mit einem besseren Schloß gesichert, aber sie hatte ein großes Fenster, das sich notfalls schnell einschlagen ließ. Er schlug es aber nicht ein, sondern warf nur einen Blick hinein und dabei stellte er fest, daß Albert auch nicht im Wohnraum war.

Er kam nach hinten, um das zu melden. Albert konnte also nur noch oben sein oder er war auf ein Bier gegangen. Ich begann gerade zu überlegen, welche Möglichkeiten es gab, Callander lautlos auszuschalten und Phase zwei später anzugehen, als TJ mit einem Fingerschnippen meine Aufmerksamkeit auf sich lenkte. Als ich in seine Richtung schaute, kauerte er vor einem Kellerfenster.

Ich ging zu ihm und bückte mich. Er hatte die Taschenlampe schräg nach unten gerichtet und ließ ihren Strahl durch einen großen Kellerraum wandern. In einer Ecke befand sich ein großes Waschbecken; daneben standen eine Waschmaschine und ein Trockner. In der gegenüberliegenden Ecke stand eine Werkbank, flankiert von ein paar Bohrmaschinen und anderen Heimwerkergeräten. Die Werkzeugwand darüber war gut bestückt. In der Mitte des Raums stand eine Tischtennisplatte mit durchhängendem Netz, und darauf lag einer der Koffer, offen, leer. Albert Wallens – er trug dieselben Sachen, die er auf dem Friedhof angehabt hatte – saß in einem Stuhl am Tischtennistisch. Man hätte denken können, er würde das Geld im Koffer zählen, bloß daß es dafür ein bißchen dunkel war und kein Geld im Koffer war. Die einzige Lichtquelle war der Strahl von TJs Taschenlampe.

Obwohl ich sie nicht sehen konnte, wußte ich, daß um Alberts Hals eine Klaviersaite geschlungen war, und mit ziemlicher Sicherheit handelte es sich dabei um dasselbe Stück Draht, mit dem an Pam Cassidy und vielleicht auch an Leila Alvarez eine Mastektomie vorgenommen worden war. In diesem Fall hatte sie allerdings in puncto chirurgischer Präzision etwas zu wünschen übriggelassen, da sie nicht nur auf nachgiebiges Fleisch gestoßen war, sondern auf Knochen und Knorpel. Dennoch hatte sie ihren Zweck erfüllt. Alberts Kopf war grotesk angeschwollen, da das Blut zwar hineinströmen, aber nicht mehr abfließen konnte. Sein Mondgesicht hatte die Farbe eines Blutergusses, und seine Augen traten weit aus ihren Höhlen. Da ich schon mal ein Garrotte-Opfer gesehen hatte, wußte ich sofort, was los war, aber dennoch gibt es nichts, was einen auf so etwas vorbereiten kann. Der Anblick, der sich mir bot, war so grauenhaft wie nur irgend etwas, was mir bisher unter die Augen gekommen ist.

Aber er erhöhte unsere Erfolgsaussichten.

***

Als Kenan Khoury noch einmal einen Blick durch das Küchenfenster warf, konnte er nirgendwo eine Schußwaffe sehen. Ich hatte das Gefühl, daß sie Callander bereits weggepackt hatte. Er hatte bei keiner der Entführungen eine Schußwaffe dabeigehabt, hatte auf den Friedhof nur als Verstärkung für das Messer an Lucias Kehle eine mitgenommen und hatte auch, als er seine Partnerschaft mit Albert beendete, lieber auf eine Garrotte zurückgegriffen.

Alles hing davon ab, wie lange wir brauchen würden, um von einem der drei Zugänge zum Haus zu der Stelle zu kommen, wo Callander das Geld zählte. Drangen wir durch die Hintertür oder die Seitentür ins Haus ein, mußten wir noch die paar Stufen zur Küche hochstürmen. Kamen wir durch die Eingangstür, über die Veranda, mußten wir erst durchs ganze Haus.

Kenan Khoury schlug vor, wir sollten möglichst leise durch die Vordertür eindringen. So konnte uns wenigstens keine knarzende Stufe verraten, und außerdem war die Eingangstür so weit von der Küche entfernt, daß kaum anzunehmen war, daß Callander, ganz mit Geldzählen beschäftigt, hören würde, wie wir die Scheibe einschlugen.

»Am besten, wie bekleben sie mit Klebstreifen«, schlug Peter Khoury vor. »Dann fällt die Scheibe nicht auf den Boden, wenn sie bricht, und es entsteht wesentlich weniger Lärm.«

»Lernt man das als Junkie?« stichelte sein Bruder.

Aber wir hatten kein Klebeband dabei, und alle Läden in der Gegend, in denen wir welches hätten besorgen können, waren längst zu. TJ meinte, in der Werkstatt im Keller müsse bestimmt welches rumliegen, aber da wir, um an es ranzukommen, auch ein Fenster hätten einschlagen müssen, brachte uns das nicht weiter. Peter schlich noch mal nach vorne und kehrte mit der Nachricht zurück, daß der Wohnzimmerboden mit Teppich ausgelegt war. Wir sahen uns an und zuckten mit den Achseln. »Lassen wir's einfach drauf ankommen«, meinte jemand.

Ich hob TJ hoch, damit er Callander durchs Küchenfenster beobachten konnte, während Peter die Glasscheibe der Eingangstür einschlug. Wir konnten das Klirren nicht hören, und allem Anschein nach hörte auch Callander nichts. Lautlos schlichen wir zum Vordereingang, stiegen vorsichtig über die zerbrochene Scheibe, verharrten, um zu lauschen, und tasteten uns schließlich durch das stille Haus.

Ich bildete die Spitze, Kenan Khoury schräg hinter mir. Wir hatten beide unsere Waffen gezogen, als wir die Küchentür erreichten. Raymond Callander hatte uns das Profil zugekehrt. In einer Hand hatte er ein Bündel Geldscheine, in der anderen einen Bleistift. Tödliche Waffen in den Händen eines guten Buchhalters, aber nicht annähernd so gefährlich wie eine Schußwaffe oder ein Messer.

Ich könnte nicht sagen, wie lange ich wartete. Wahrscheinlich nicht länger als fünfzehn oder zwanzig Sekunden, wenn überhaupt, obwohl es mir länger erschien. Ich wartete, bis sich in der Haltung seiner Schultern eine Veränderung bemerkbar machte – das Zeichen, daß unsere Anwesenheit sein Bewußtsein gestreift hatte.

Ich sagte: »Polizei. Keine Bewegung.«

Er bewegte sich nicht, er drehte nicht einmal seine Augen in die Richtung, aus der meine Stimme kam. Er saß einfach da, als würde gerade ein Abschnitt seines Lebens zu Ende gehen und ein anderer beginnen. Erst nach einer Weile drehte er sich herum, um mich anzusehen, und seine Miene spiegelte weder Angst noch Wut wider, nur tiefe Enttäuschung.

»Sie sagten, eine Woche«, sagte er. »Sie haben mir Ihr Ehrenwort gegeben.«

***

Vom Geld schien noch nichts zu fehlen. Wir packten einen Koffer voll. Der andere war im Keller, aber niemand hatte große Lust, ihn zu holen. »An sich finde ich, TJ sollte ihn holen«, sagte Kenan Khoury. »Aber nachdem er auf dem Friedhof schon mal einen Rückzieher gemacht hat, nehme ich an, er traut sich auch diesmal nicht, zu dem Toten runterzugehen.«

»Das sagen Sie bloß, damit ich gehe. So 'n richtig blödes Psychospiel.«

»Ja.« Khoury nickte. »Hab mir fast gedacht, daß du was in der Art sagen würdest.«

TJ verdrehte die Augen und ging den Koffer holen. Als er damit zurückkam, sagte er: »Stinkt ganz schön da unten. Riechen Tote immer so? Wenn ich mal jemand umbringe, erinnert mich dran, daß ich's aus der Ferne tue.«

Es war eigenartig. Callander saß weiter am Küchentisch, und wir waren um ihn herum am Arbeiten, als wäre er gar nicht da – ein Gefühl, in dem er uns noch bestärkte, als er sich nicht rührte und kein Wort sagte. Er sah kleiner aus, wie er so dasaß, und schwach und harmlos. Ich wußte sehr genau, daß er nichts von all dem war, aber durch seine Passivität erweckte er diesen Eindruck.

»Das wär's.« Kenan Khoury ließ die Verschlüsse des zweiten Koffers zuschnappen. »Wir können zu Yuri zurückfahren.«

Peter sagte: »Alles, was Yuri wollte, war, seine Tochter zurückhaben.«

»Dann ist heute sein Glückstag. Er kriegt auch sein Geld zurück.«

»Er hat gesagt, das Geld ist ihm egal«, sagte Peter verträumt. »Auf das Geld kommt es ihm nicht an.«

»Petey, willst du damit was sagen, ohne es beim Namen zu nennen?«

»Er weiß nicht, daß wir hier waren.«

»Nein.«

»Nur so ein Gedanke.«

»Nein.«

»Das ist eine Menge Geld, Babe. Und du bist erst kürzlich ganz schön badengegangen. Den Haschdeal kannst du doch vergessen, oder?«

»Und?«

»Gott bietet dir eine Chance, die Scharte auszuwetzen; so ein Angebot wirst du doch nicht abschlagen.«

»Jetzt hör aber mal, Petey. Weißt du nicht mehr, was unser alter Herr gesagt hat?«

»Der hat uns jede Menge Scheiße erzählt. Wann haben wir darauf schon mal was gegeben?«

»Er hat gesagt, man soll nie etwas stehlen, wenn man nicht mindestens eine Million Dollar stehlen kann. Kannst du dich noch erinnern?«

»Na, siehst du. Dann ist das hier unsere Chance.«

Kenan schüttelte den Kopf. »Nein. Falsch. Erstens sind es nur achthunderttausend, zweitens sind eine Viertelmillion Blüten, und drittens gehören hundertdreißigtausend mir. Wieviel bleibt da noch? Vierhundert und ein paar Zerquetschte? Vierhundertzwanzig? Irgendwas um den Dreh.«

»Damit wärst du quitt, Babe. Um vierhunderttausend hat dich dieser Sack da erleichtert, plus die zehn, die du Matt gegeben hast, plus Spesen, wieviel macht das? Vier-zwanzig? Das kommt doch ziemlich genau hin.«

»Es geht mir aber nicht darum, quitt zu werden.«

»Wie?«

Kenan Khoury starrte seinen Bruder finster an. »Es geht mir nicht darum, quitt zu werden« sagte er noch einmal. »Ich habe für Francey Blutgeld bezahlt, und du willst, daß ich Yuri Blutgeld stehle. Mann, du bist wirklich schlimmer als der letzte Junkie: Klau jemandem die Brieftasche und hilf ihm, sie zu suchen.«

»Stimmt, dagegen läßt sich nichts sagen.«

»Hör mal, Petey, wie hast du dir das eigentlich –«

»Nein, du hast ja recht. Es ist völlig richtig, was du gesagt hast.«

An dieser Stelle brach Callander sein Schweigen: »Sie haben mir Falschgeld angedreht?«

»Du mieses Stück Scheiße«, fuhr ihn Kenan Khoury an. »Fast hätte ich vergessen, daß du überhaupt da bist. Was denkst du dir eigentlich, hast du etwa Angst, sie schnappen dich, wenn du es ausgibst? Ob du's glaubst oder nicht, aber du wirst nicht dazu kommen, es auszugeben.«

»Sie sind der Araber. Der Mann.«

»Und?«

»Ich dachte nur.«

Ich sagte: »Ray, wo ist das Geld, das Sie von Mr. Khoury gekriegt haben? Die vierhunderttausend.«

»Wir haben es geteilt.«

»Und was ist daraus geworden?«

»Was Albert mit seiner Hälfte gemacht hat, weiß ich nicht. Ich weiß nur, daß das Geld nicht im Haus ist.«

»Und Ihre Hälfte?«

»Ist in einem Bankschließfach. In der Brooklyn First Mercantile, Ecke New Utrecht und Fort Hamilton Parkway. Ich werde morgen noch dort vorbeifahren, bevor ich die Stadt verlasse.«

»So, wirst du?« knurrte Kenan Khoury.

»Ich kann mich nicht entscheiden, ob ich den Honda oder den Kombi nehmen soll«, fuhr er fort.

»Leicht weggetreten, der Knabe, was meinen Sie, Matt? Was die Kohle angeht, sagt er, glaube ich, die Wahrheit. Die Hälfte auf der Bank können wir vergessen. Und Alberts Hälfte, ich weiß nicht, wir könnten natürlich das ganze Haus auf den Kopf stellen, aber ich glaube nicht, daß wir das Geld finden würden, was meinen Sie?«

»Kaum.«

»Wahrscheinlich hat er's im Garten vergraben. Oder auf dem Scheißfriedhof oder sonstwo. Aber was soll's? Es soll eben nicht sein, daß ich das Geld wiederkriege. Das war mir von Anfang an klar. Bringen wir's hinter uns und dann nichts wie weg hier.«

Ich sagte: »Sie müssen eine Entscheidung treffen, Kenan.«

»Inwiefern?«

»Ich kann ihn der Polizei übergeben. Inzwischen liegen jede Menge Beweise gegen ihn vor. Da ist sein toter Partner im Keller, und der Kombi in der Garage dürfte voll sein von Fasern und Blutspuren und Gott weiß was sonst noch allem. Pam Cassidy kann ihn als den Mann identifizieren, der sie verstümmelt hat. Durch anderes Beweismaterial wird sich die Verbindung zu Leila Alvarez und Marie Gotteskind herstellen lassen. Er muß mit dreimal lebenslänglich rechnen, und als Dreingabe zwanzig oder dreißig Jahre extra.«

»Können Sie dafür garantieren, daß er für den Rest seines Lebens einsitzt?«

»Nein. Was unsere Rechtsprechung betrifft, kann niemand für etwas garantieren. Am ehesten würde ich sagen, wird er im State Hospital für geisteskranke Straftäter in Matteawan landen und dort nicht mehr lebend rauskommen. Aber grundsätzlich ist alles möglich. Sie kennen das ja. Ich kann mir zwar nicht vorstellen, daß er ungeschoren davonkommt, aber das habe ich auch schon von anderen behauptet, und die sind nicht einen Tag eingesessen.«

Das ließ er sich durch den Kopf gehen. »Um auf unsere Abmachung zurückzukommen«, sagte er. »Wir sind nicht so verblieben, daß Sie ihn der Polizei übergeben.«

»Ich weiß. Darum habe ich gesagt, daß Sie eine Entscheidung treffen müssen. Wenn Sie sich allerdings für die andere Möglichkeit entscheiden, möchte ich vorher gehen.«

»Sie wollen nicht dabeisein?«

»Nein.«

»Weil Sie es nicht richtig finden?«

»Ich finde es weder richtig noch falsch.«

»Aber es ist etwas, was Sie nie tun würden.«

»Nein, das ist nicht der Grund. Weil ich so was schon mal getan *habe*. Ich habe mich schon mal selbst zum Henker ernannt. Aber das ist nichts, was ich zur Gewohnheit werden lassen möchte.«

»Das kann ich verstehen.«

»Und ich sehe keinen Grund, warum ich es in diesem Fall tun sollte. Jedenfalls glaube ich nicht, daß ich es später bereuen könnte, wenn ich ihn der Brooklyner Mordkommission übergebe.«

Darüber dachte er kurz nach. »Da bin ich mir nicht so sicher.«

»Darum habe ich gesagt, daß Sie zu einer Entscheidung kommen müssen.«

»Ja, und ich glaube, ich habe sie bereits getroffen. Das muß ich selbst in die Hand nehmen.«

»Dann gehe ich jetzt besser.«

»Ja, und die anderen auch. Zu dumm, daß wir nicht mit zwei Wagen da sind. Matt, Sie und TJ und Peter bringen das Geld zu Yuri.«

»Ein Teil davon gehört Ihnen. Wollen Sie das Geld, das Sie ihm geliehen haben, gleich zurückhaben?«

»Machen Sie das bei ihm. Aber ich möchte möglichst keine Blüten kriegen.«

»Die sind alle in den Bündeln mit den Chase-Banderolen«, sagte Peter.

»Ja, bloß hat dieser Holzkopf alles durcheinandergebracht, als er das Geld gezählt hat. Checkt das also bei Yuri lieber noch mal genau, ja? Und dann holt ihr mich ab. Wißt ihr was? Zwanzig Minuten zu Yuri und zwanzig Minuten zurück, zwanzig Minuten dort, also etwa eine Stunde. Ihr kommt hierher zurück und holt mich in eineinviertel Stunden an der Ecke ab.«

»Gut.«

Er nahm einen Koffer. »Los«, sagte er. »Bringen wir das Geld zum Wagen raus. Matt, passen Sie solange auf ihn auf, ja?«

Sie gingen, und TJ und ich standen da und sahen auf Raymond Callander hinab. Wir hatten beide Schußwaffen, aber inzwischen hätte ihn jeder von uns mit einer Fliegenklatsche in Schach halten können. Er schien gar nicht richtig dazusein.

Ich sah ihn an und mußte an unser Gespräch im Friedhof denken, die ein, zwei Minuten, in denen ein menschlicher Funke durchschien. Ich wollte noch einmal mit ihm sprechen und sehen, was diesmal dabei herauskam.

Ich sagte: »Hätten Sie Albert so zurückgelassen, wie er da unten sitzt?«

»Albert?« Er mußte nachdenken. »Nein«, sagte er nach einer Weile. »Ich hätte vorher noch aufgeräumt.«

»Was hätten Sie mit ihm getan?«

»Ihn in Stücke geschnitten. Jedes einzeln verpackt. Im Schrank sind jede Menge Müllsäcke.«

»Und was dann? Hätten Sie sie in den Kofferraum eines Autos gepackt und vor jemandes Haustür stehengelassen?«

»Ach so«, sagte er, als er sich wieder erinnerte. »Nein, das war nur für den Araber. Aber so was ist überhaupt kein Problem. Man verteilt sie einfach, wirft sie in irgendwelche Mülltonnen. Das merkt kein Mensch. Wenn man sie in die Container eines Restaurants wirft, gehen sie als Fleischreste durch.«

»Sie machen das nicht zum erstenmal«

»Natürlich nicht. Da waren noch andere Frauen, von denen Sie nichts wissen.« Er sah TJ an. »An eine Schwarze kann ich mich noch gut erinnern. Sie hatte in etwa deinen Hautton.« Er seufzte schwer. »Ich bin müde.«

»Es wird nicht lange dauern.«

»Sie lassen mich mit ihm allein, und er wird mich umbringen. Der Araber.«

Phönizier, dachte ich.

»Sie und ich, wir verstehen uns doch ganz gut«, sagte er. »Ich weiß, daß Sie mir was vorgemacht haben. Ich weiß, daß Sie Ihr Versprechen gebrochen haben. Das mußten Sie natürlich tun. Aber immerhin haben wir uns ganz gut miteinander unterhalten. Wie können Sie da zulassen, daß er mich umbringt?«

Sein winselnd-vorwurfsvoller Ton erinnerte mich unwillkürlich an Eichmann, als ihm in Israel der Prozeß gemacht wurde. Wie konnten wir ihm so etwas antun?

Und plötzlich fiel mir auch eine Frage ein, die ich ihm auf dem Friedhof gestellt hatte, und nun speiste ich ihn mit der bemerkenswerten Antwort ab, die er mir damals gegeben hatte.

»Sie sind jetzt im Lieferwagen«, sagte ich.

»Wie? Das verstehe ich nicht.«

»Sobald Sie im Lieferwagen sind, sind Sie nur noch Körperteile.«

***

Wie verabredet, holten wir Kenan Khoury um Viertel vor drei Uhr früh vor dem Juwelier in der Eigth Avenue ab, gleich um die Ecke von Albert Wallens' Haus. Als er mich am Steuer sah, wollte er sofort wissen, wo sein Bruder war. Ich sagte, wir hätten ihn vor ein paar Minuten in der Colonial Road abgesetzt; er hatte eigentlich den Toyota holen wollen, hatte es sich aber dann doch anders überlegt und gesagt, er würde sich gleich schlafen legen.

»Tatsächlich? Was mich betrifft, bin ich so überdreht, daß man mir mit einem Holzhammer eine überziehen müßte, um mich zum Schlafen zu bringen. Nein, bleiben Sie sitzen, Matt. Sie können ruhig fahren.« Er ging um den Wagen und warf einen Blick nach hinten, wo TJ wie eine Stoffpuppe über den Rücksitz geflezt war. »Ist wohl ein bißchen spät geworden für ihn«, meinte er. »Diese Flugtasche kommt mir bekannt vor, aber ich hoffe, diesmal ist sie nicht voll Falschgeld.«

»Es sind Ihre hundertdreißigtausend. Wir haben aufgepaßt wie die Luchse. Ich glaube nicht, daß irgendwelche Blüten dabei sind.«

»Und wenn schon. Wäre auch nicht weiter tragisch. Sie sind fast genauso gut wie richtige Scheine. Ich würde sagen, wir nehmen den Gowanus. Wissen Sie, wie Sie am besten hinkommen?«

»Ich glaube schon.«

»Und dann die Brücke oder den Tunnel, das bleibt Ihnen überlassen. Hat Ihnen mein Bruder angeboten, das Geld mit ins Haus zu nehmen und für mich darauf aufzupassen?«

»Ich hielt es für einen Teil meines Auftrags, es Ihnen persönlich zu übergeben.«

»Ja, das haben Sie aber wirklich diplomatisch ausgedrückt. Da ist etwas, was ich zu ihm gesagt habe, das ich gern zurücknehmen würde: daß er schlimmer als der letzte Junkie ist. Ganz schön hart, jemandem so was zu sagen.«

»Er hat Ihnen recht gegeben.«

»Das ist das Schlimmste daran. Wir wissen beide, daß es stimmt. War Yuri überrascht, als Sie mit dem Geld ankamen?«

»Er war von den Socken.«

Er lachte. »Das kann ich mir denken. Wie geht's der Kleinen?«

»Der Arzt meint, sie wird schon wieder.«

»Ganz schön schlimm, was diese Schweine ihr angetan haben, oder?«

»Dürfte ziemlich schwer sein, eine Grenze zu ziehen zwischen den physischen und den psychischen Schäden, die sie von der Sache davongetragen hat. Sie haben sie mehrfach vergewaltigt, und soviel ich mitgekriegt habe, hat sie außer dem Verlust der zwei Finger auch noch verschiedene innere Verletzungen erlitten. Der Arzt hat ihr natürlich ein Beruhigungsmittel gegeben. Und Yuri, glaube ich, auch.«

»Ich glaube, das hätten wir auch vertragen können.«

»Das hat Yuri sogar vorgeschlagen. Er wollte mir etwas Geld geben.«

»Sie haben es doch hoffentlich genommen.«

»Nein.«

»Warum nicht?«

»Ich weiß nicht, warum. Das einzige, was ich dazu sagen kann, ist, daß das eher atypisch für mich war.«

»Ganz im Gegensatz zu dem, was sie Ihnen im Achtundsiebzigsten Revier beigebracht haben?«

»Allerdings. Da habe ich im Achtundsiebzigsten weiß Gott was anderes gelernt. Ich habe Yuri gesagt, ich hätte bereits einen Klienten und wäre bereits bezahlt worden. Vielleicht hat das, was Sie über Blutgeld gesagt haben, irgendeine Saite in mir zum Schwingen gebracht.«

»Mann, das ist doch total bescheuert. Sie haben hart gearbeitet, und Sie haben gute Arbeit geleistet. Da sollten Sie auch zugreifen, wenn er Ihnen was dafür geben will.«

»Ist schon in Ordnung so. Ich habe ihm gesagt, er könnte ja TJ was geben.«

»Wieviel hat er ihm gegeben?«

»Ich weiß nicht. Ein paar Dollar.«

»Zweihundert«, sagte TJ.

»Ach, du bist wach, TJ? Ich dachte, du schläfst.«

»Nee, hab nur die Augen zugehabt, sonst nichts.«

»Halt dich ruhig weiter an Matt. Ich glaube, er übt einen positiven Einfluß auf dich aus.«

»Ohne mich wär der total aufgeschmissen.«

»Stimmt das, Matt? Wären Sie ohne ihn aufgeschmissen?«

»Absolut«, sagte ich. »Das wären wir alle.«

***

Ich nahm die BQE und die Brücke, und als wir in Manhattan von ihr runterkamen, fragte ich TJ, wo ich ihn absetzen sollte.

»Deuce wär gut«, sagte er.

»Es ist drei Uhr früh.«

»Gibt kein Eingangstor am Deuce, Bruce. Is nie geschlossen.«

»Hast du was, wo du schlafen kannst?«

»He, ich hab Geld in der Tasche. Vielleicht schaue ich, daß ich mein altes Zimmer im Frontenac kriege. Stell mich drei oder viermal unter die Dusche un laß mir was auf's Zimmer bringen. Hab was zum Schlafen, Mann. Mach dir wegen mir keine Sorgen.«

»Und sonst zapfst du geistige Reserven an.«

»Meinst, machst Witze, aber weißt ganz genau, daß 's stimmt.«

»Voll konzentriert.«

»Beides.«

Wir setzten ihn an der Ecke von Eighth Avenue und Forty-second Street ab, und mußten an der Forty-fourth bei Rot halten. Ich sah in beide Richtungen, und es war weit und breit niemand zu sehen, aber keiner von uns hatte es eilig. Ich wartete, bis es grün wurde.

Ich sagte: »Ich hätte nicht gedacht, daß Sie dazu in der Lage sind.«

»Wozu? Callander?«

Ich nickte.

»Das dachte ich auch nicht. Ich habe noch nie jemanden getötet. Hin und wieder war ich zwar wütend genug, um jemanden umzubringen, aber die Wut war schnell verraucht.«

»Ja.«

»Es war, als existierte er gar nicht richtig. Ein richtiges Nichts. Und ich dachte, wie soll ich diesen Wurm umbringen? Aber ich wußte, daß ich es tun mußte. Also hab ich mir überlegt, was ich zu tun hatte.«

»Was war das?«

»Ich hab ihn zum Reden gebracht. Ich stellte ihm ein paar Fragen, und er gab mir kurze, einsilbige Antworten. Aber ich ließ nicht locker und brachte ihn zum Reden. Er hat mir erzählt, was sie mit Yuris Tochter gemacht haben.«

»Ach.«

»Was sie ihr angetan haben und welche Angst sie hatte und alles. Sobald er mal auf den Geschmack gekommen war, war es ihm ein regelrechtes Bedürfnis, darüber zu sprechen. Als ob er es auf diese Weise noch mal erleben könnte. Ist ja auch nicht wie bei der Jagd, wo man, wenn man den Hirsch erlegt hat, den Kopf ausstopfen läßt und an die Wand hängt. Wenn er eine Frau mal erledigt hatte, blieb ihm nichts als die Erinnerung, deshalb war er dankbar für die Gelegenheit, sie wieder vorzukramen und abzustauben und anzuschauen, wie hübsch sie waren.«

»Hat er was von Ihrer Frau erzählt?«

»Ja, hat er. Hat ihm gefallen, daß er es mir erzählen konnte. Genauso wie es ihm gefallen hat, sie mir in Stücken zurückzuschicken, mich voll mit der Nase in die Scheiße zu tunken. Ich wollte ihm das Maul stopfen, ich wollte es nicht hören, aber dann dachte ich mir, was soll's? Schließlich ist sie tot. Ich hab sie verbrannt. Sie spürt nichts mehr. Also ließ ich ihn reden, soviel er wollte, und dann konnte ich tun, was ich tun mußte.«

»Und dann haben Sie ihn umgebracht.«

»Nein.«

Ich sah ihn an.

»Ich hab noch nie jemanden umgebracht. Ich bin kein Mörder. Ich sah ihn an und dachte mir, nein, du Dreckskerl, ich bringe dich nicht um.«

»Und?«

»Wie könnte ich zum Mörder werden? Ich sollte Arzt werden. Das hab ich Ihnen doch erzählt, oder?«

»Ihr Vater wollte das.«

»Ich sollte Arzt werden. Und Petey Architekt, weil er ein Träumer war. Ich hatte immer schon eine praktische Ader, deshalb sollte ich Arzt werden. ›Was Besseres kannst du gar nicht werden‹, meinte er. ›Du hilfst den Menschen und verdienst auch noch ganz gut dabei.‹ Er hatte sich sogar schon seine Gedanken gemacht, was für ein Arzt ich werden sollte. ›Am besten, du wirst Chirurg. Damit ist das meiste Geld zu machen. Und du gehörst zur absoluten Elite, zu den Besten der Besten. Sieh zu, daß du Chirurg wirst.‹« Er schwieg eine Weile. »Also schön«, fuhr er schließlich fort. »Heute nacht war ich Chirurg. Ich habe operiert.«

Es hatte zu regnen begonnen, aber nicht stark. Ich schaltete die Scheibenwischer nicht an.

»Ich hab ihn nach unten geschafft«, erzählte Khoury weiter. »In den Keller, zu seinem Freund. TJ hatte übrigens recht, es stank ganz fürchterlich da unten. Vermutlich verliert man die Kontrolle über die Schließmuskeln, wenn man auf diese Weise stirbt. Ich dachte, ich müßte kotzen, aber ich mußte nicht, und vermutlich habe ich mich dann daran gewöhnt.

Ich konnte ihm keine Narkose geben, aber das war nicht weiter tragisch, weil er sowieso sofort ohnmächtig wurde. Ich hatte sein Messer, ein großes Klappmesser mit einer fünfzehn Zentimeter langen Klinge, und auf der Werkbank gab es jede Menge Werkzeug, alles, was ich brauchte.«

»Sie brauchen mir das nicht zu erzählen, Kenan.«

»Nein, da täuschen Sie sich. Ihnen alles erzählen, ist genau das, was ich tun muß. Wenn Sie es sich nicht anhören wollen, ist das was anderes. Aber ich muß es Ihnen erzählen.«

»Also gut.«

»Ich habe ihm die Augen ausgestochen«, sagte er, »damit er nie mehr eine Frau ansehen kann. Ich habe ihm die Hände abgeschnitten, damit er nie mehr eine anrührt. Ich habe ihm Aderpressen angelegt, damit er nicht verblutet, ich habe sie aus Draht gemacht. Die Hände habe ich ihm mit einem Hackmesser abgehackt, ein richtig fieses Ding. Ich glaube, das haben sie benutzt, um, äh –«

Er atmete tief durch, ein und aus, ein und aus.

»Um die Körper zu zerstückeln«, fuhr er fort. »Ich hab ihm seine Hose aufgemacht. Ich wollte ihn nicht anfassen, aber ich hab mich überwunden, und ich hab ihm sein Ding da unten abgeschnitten, weil er sowieso nichts mehr damit anfangen kann. Und dann seine Füße, ich hab ihm seine Scheißfüße abgehackt, denn wo soll er noch hingehen? Und seine Ohren, denn was braucht er noch zu hören? Und seine Zunge, einen Teil davon. Ganz hab ich sie nicht erwischt, aber ich hab sie ihm mit einer Zange aus dem Mund gezogen und abgeschnitten, soviel ich erwischt hab, denn wer will ihn noch reden hören? Wer will sich diese Scheiße anhören? *Halten Sie an.*«

Ich bremste und fuhr an den Straßenrand, und er öffnete die Tür und erbrach sich in den Rinnstein. Ich gab ihm ein Taschentuch, und er wischte sich den Mund ab und warf es auf die Straße. »Entschuldigung«, sagte er und zog die Tür wieder zu. »Ich dachte, ich hätte nichts mehr drin. Tank leer.«

»Alles in Ordnung, Kenan?«

»Ja, ich denke schon. Doch, ich glaube schon. Ich habe zwar gesagt, ich habe ihn nicht umgebracht, aber ich weiß nicht, ob das stimmt. Als ich ging, hat er noch gelebt, aber inzwischen könnte er tot sein. Und wenn er nicht tot ist, ich meine, was hat er noch übrig? Ein richtiges Gemetzel, was ich da veranstaltet habe. Warum habe ich ihm nicht einfach eine Kugel in den Kopf gejagt? Peng, und das Ganze ist vorbei.«

»Warum haben Sie das nicht getan?«

»Ich weiß nicht. Vielleicht dachte ich irgendwas wie Auge um Auge, Zahn um Zahn. Er hat sie mir in Stücken zurückgegeben, also zeige ich ihm, was Stückwerk ist. Irgendwas in der Richtung wahrscheinlich. Ich weiß nicht.« Er zuckte mit den Achseln. »Wie auch immer, was passiert ist, ist passiert. Ob er lebt oder stirbt, egal, es ist vorbei.«

Ich parkte vor meinem Hotel, und wir stiegen beide aus und standen verlegen am Straßenrand. Er deutete auf die Flugtasche und fragte, ob ich etwas von dem Geld wollte. Ich sagte, sein Vorschuß sei mehr als genug für meine Bemühungen. Ob ich da auch sicher sei? »Ja«, sagte ich, »ich bin sicher.«

»Na schön«, sagte er. »Wie Sie meinen. Rufen Sie mich mal an, dann gehen wir zusammen essen. Werden Sie das machen?«

»Klar.«

»Und jetzt sehen Sie zu, daß Sie ein bißchen schlafen.«

23

Aber ich konnte nicht schlafen.

Ich duschte und ging ins Bett, aber ich konnte nicht mal eine Stellung finden, in der ich es länger als zehn Sekunden ausgehalten hätte. Ich war zu unruhig, um an Schlaf auch nur zu denken.

Ich stand wieder auf und rasierte mich und zog mir frische Sachen an. Dann stellte ich den Fernseher an und zappte einmal alle Kanäle durch und schaltete den Kasten wieder aus. Ich verließ das Hotel und wanderte eine Weile durch die Gegend, bis ich einen Coffee Shop fand, in der ich eine Tasse Kaffee bekam. Es war schon vier vorbei, und alle Bars waren geschlossen. Mir war nicht danach, was zu trinken, ich hatte die ganze Nacht kein einziges Mal an diese Möglichkeit gedacht, aber ich war trotzdem froh, daß keine Bar mehr offen hatte.

Ich trank meinen Kaffee aus und setzte meine nächtliche Wanderung fort. Mir gingen eine Menge Dinge durch den Kopf, und ich fand es leichter, im Gehen darüber nachzudenken.

Schließlich kehrte ich ins Hotel zurück, und kurz nach sieben nahm ich ein Taxi nach Downtown und ging zum Halb-acht Treffen in der Perry Street. Als es um halb neun aus war, ging ich in einen griechischen Coffee Shop in der Greenwich Avenue frühstücken. Ich ertappte mich dabei, wie ich mich fragte, ob der Inhaber die Mehrwertsteuer schwarz einstrich, wie Peter Khoury behauptet hatte. Ich nahm ein Taxi zurück ins Hotel. Kenan Khoury wäre stolz auf mich gewesen, ich nahm ein Taxi nach dem anderen.

Zurück in meinem Zimmer, rief ich Elaine an. Ihr Anrufbeantworter schaltete sich ein. Ich sprach eine kurze Nachricht darauf. Dann saß ich da und wartete, daß sie zurückrief. Es war gegen halb elf, als sie das tat.

Sie sagte: »Ich hatte gehofft, du würdest dich melden. Ich mache mir schon die ganze Zeit Sorgen, was passiert ist. Nach diesem Anruf –«

»Es ist einiges passiert«, sagte ich. »Ich würde es dir gern erzählen. Kann ich vorbeikommen?«

»Jetzt?«

»Nur, wenn du nichts vorhast.«

»Absolut nichts.«

Ich ging nach unten und nahm das dritte Taxi an diesem Morgen. Als sie mir öffnete, schaute sie mir forschend ins Gesicht. Sie schien beunruhigt über das, was sie dort sah. »Komm rein«, forderte sie mich auf. »Mach es dir schon mal bequem, ich habe Kaffee gemacht. Fehlt dir auch nichts?«

»Nein, alles in Ordnung. Ich habe nur gestern nacht nicht geschlafen, das ist alles.«

»Schon wieder? Du hast doch nicht etwa vor, dir das zur Gewohnheit zu machen?«

»Eigentlich nicht.«

Sie brachte mir eine Tasse Kaffee, und wir saßen im Wohnraum, sie auf der Couch und ich in einem Sessel, und ich begann mit dem ersten Gespräch, das ich am vorangegangenen Tag mit Kenan Khoury geführt hatte, und ließ nichts aus bis zu unserer letzten Unterhaltung, als er mich vor dem Northwestern abgesetzt hatte. Weder unterbrach sie mich, noch ließ ihre Aufmerksamkeit nach. Ich brauchte lange, um alles zu erzählen, denn ich ließ nichts aus und gab verschiedene Gespräche mehr oder weniger im Wortlaut wieder. Wie gebannt hing sie an jedem Wort.

Als ich fertig war, sagte sie: »Ich muß sagen, ich bin überwältigt. Ohne Übertreibung. Das ist vielleicht eine Geschichte.«

»Nur eine von diesen Brooklyner Nächten.«

»Mhm. Ich bin ehrlich überrascht, daß du mir alles erzählt hast.«

»Ich eigentlich auch. Aber das war eigentlich gar nicht, was ich dir erzählen wollte.«

»Nein?«

»Allerdings hätte ich kein gutes Gefühl gehabt, wenn ich es dir nicht erzählt hätte. Ich möchte nicht, daß es Dinge gibt, die ich dir nicht erzähle. Und das *ist*, was ich dir erzählen wollte, weswegen ich hergekommen bin. Ständig renne ich zu irgendwelchen Treffen und sage einem ganzen Saal voll wildfremder Menschen Dinge, die ich dir nie erzählen würde, und irgendwie finde ich, daß das nicht angehen kann.«

»Ich glaube, ich kriege es mit der Angst zu tun.«

»Da bist du nicht die einzige.«

»Willst du noch eine Tasse Kaffee? Ich kann –«

»Nein. Ich bin noch kurz am Straßenrand gestanden und habe Kenan Khoury hinterhergeschaut, als er heute morgen weggefahren ist, und dann bin ich nach oben gegangen und hab mich ins Bett gelegt, aber das einzige, woran ich denken konnte, waren Dinge, die ich dir nicht gesagt habe. Man möchte meinen, Kenans Geschichte müßte jedem den Schlaf rauben, und trotzdem habe ich nicht einen Gedanken an das alles verschwendet – weil in meinem Kopf kein Platz dafür war, so voll war er von der Unterhaltung, die ich mit dir geführt habe. Allerdings war es eine ziemlich einseitige Angelegenheit; du warst ja gar nicht da.«

»So ist es manchmal einfacher. Dann kann man auch den Text des anderen schreiben.« Sie runzelte die Stirn. »Seinen. Ihren. Meinen?«

»Vielleicht solltest du dir deinen Text lieber von jemand anderem schreiben lassen, wenn tatsächlich das herausgekommen wäre, wenn du ihn dir selbst ausgedacht hättest. Herrgott noch mal, was rede ich hier eigentlich lange rum. Es gibt nur eine Möglichkeit, es zu sagen, und die ist, es einfach zu sagen. Es macht mir was aus, wie du dein Geld verdienst.«

»Mhm«

»Ich wußte nicht, daß es mir was ausmacht, und am Anfang hat es mir vermutlich auch nichts ausgemacht, wahrscheinlich war es sogar mit einem speziellen Reiz verbunden, zumindest ganz am Anfang, als es mit uns losging. Und dann kam eine Zeit, in der ich dachte, es würde mir nichts ausmachen, und dann kam eine Phase, in der ich wußte, daß es mir was ausmachte, ich mir aber einzureden versuchte, daß es nicht so war. Hatte ich außerdem ein Recht, etwas zu sagen? Es ist ja nicht so, daß mir nicht von Anfang an klar war, worauf ich mich da eingelassen hatte. Dein Beruf ist nun mal ein Bestandteil deiner Person. Außerdem wollte ich dir keine Vorschriften machen, was du tun und lassen sollst.«

Ich ging ans Fenster und sah nach Queens hinüber. Queens ist der Stadtteil der Friedhöfe, es wimmelt dort nur so davon, während es in Brooklyn nur den Green-Wood gibt.

Ich drehte mich zu ihr um und sagte: »Außerdem hatte ich Angst, etwas zu sagen. Vielleicht wäre es auf ein Ultimatum hinausgelaufen: Du mußt dich entscheiden; hör endlich auf, es für Geld zu tun, oder du hast mich die längste Zeit gesehen. Und mal angenommen, du hättest dich nicht für mich entschieden? Oder angenommen, du hättest es getan. Wozu hätte mich das verpflichtet? Hätte es dir das Recht gegeben, mir zu sagen, was dir an mir und meinem Leben nicht paßt?

Angenommen, du hörst auf, mit deinen Kunden ins Bett zu gehen – heißt das automatisch auch, daß ich nicht mit anderen Frauen ins Bett gehen kann? Im übrigen hatte ich mit keiner anderen Frau etwas, seit es mit uns losging, aber ich hatte immer das Gefühl, ein Recht darauf zu haben. Es ist nie so weit gekommen, und ein- oder zweimal habe ich mich ganz bewußt entschieden, es nicht so weit kommen zu lassen. Aber ich habe mich nicht dazu verpflichtet gefühlt. Oder wenn doch, dann nur unterschwellig. Jedenfalls hatte ich nicht vor, es einen von uns beiden wissen zu lassen.

Welche Auswirkungen hätte das auf unsere Beziehung? Bedeutet es, wir müssen heiraten? Ich weiß nicht, was ich will. Ich war schon mal verheiratet, und es hat mir nicht besonders gefallen. Ich war auch nicht sehr gut darin.

Bedeutet es, wir müssen zusammenleben? Ich weiß nicht mal, ob ich das will. Seit ich Anita und die Jungen verlassen habe, habe ich mit niemandem mehr zusammengelebt, und das ist schon ziemlich lange her. Bestimmte Dinge am Alleinleben mag ich. Ich weiß nicht, ob ich das aufgeben will.

Aber es macht mich total fertig – das Wissen, daß du mit anderen Typen was hast. Ich weiß, daß das nichts mit Liebe zu tun hat, ich weiß, daß dabei sogar herzlich wenig Sex im Spiel ist, im Grunde genommen ist das Ganze nichts weiter als eine bessere Art von Massage. Aber die Tatsache, daß ich das alles sehr wohl weiß, scheint nichts daran zu ändern.

Und das macht mir manchmal ganz schön zu schaffen. Zum Beispiel heute morgen. Ich habe dich angerufen, und du hast eine Stunde später zurückgerufen. Und ich habe mich die ganze Zeit gefragt, wo du warst, als ich bei dir angerufen habe, aber natürlich habe ich dich das nicht gefragt, denn du hättest ja sagen können, daß du einen Freier da hattest. Oder du hättest es nicht gesagt, und ich hätte mich gefragt, was du mir alles nicht erzählst.«

»Ich war beim Friseur«, sagte sie.

»Oh. Steht dir übrigens gut, deine neue Frisur.«

»Danke.«

»Irgendwie anders, nicht? Sieht gut aus. Ich hab's zwar nicht gemerkt – so was merke ich nie –, aber es gefällt mir.«

»Danke.«

»Ich weiß nicht, wozu das alles führen wird«, fuhr ich fort. »Aber ich finde, ich muß dir einfach erzählen, was in mir vorgeht. Ich liebe dich. Ich weiß, das ist ein Wort, das wir nicht in den Mund nehmen wollten, und ein Grund, warum ich damit Probleme habe, ist, daß ich nicht weiß, was es eigentlich bedeutet. Aber was es auch bedeutet, genau das ist es, was ich für dich empfinde. Unsere Beziehung ist mir sehr wichtig. Genaugenommen ist ihre Wichtigkeit sogar ein Teil des Problems, weil ich die ganze Zeit solche Angst hatte, sie könnte sich in eine Richtung entwickeln, die mir nicht paßt, daß ich mich nie ganz auf dich eingelassen habe.« Ich machte eine Pause, um Atem zu holen. »Das war's, schätze ich. Ich hatte keine Ahnung, daß ich so viel sagen würde, und ich weiß nicht, ob es bei dir richtig angekommen ist, aber ich schätze, das ist es.«

Sie sah mich an. Es war schwer, ihren Blick zu erwidern.

»Du bist ein sehr tapferer Mann«, sagte sie.

»Jetzt hör aber mal.«

»›Jetzt hör aber mal.‹ Hattest du keine Angst? *Ich* hatte Angst, und ich habe kein Wort gesagt.«

»Ja, ich hatte Angst.«

»Das ist es doch, was tapfer sein bedeutet: etwas zu tun, wovor man Angst hat. Gestern nacht auf dem Friedhof diesen eiskalten Killern gegenüberzutreten, muß doch dagegen ein Klacks gewesen sein.«

»Das Komische ist«, sagte ich, »auf dem Friedhof hatte ich gar nicht so viel Angst. Ein Gedanke, der mir dabei kam, war, daß ich lange genug gelebt habe, um mir keine Sorgen mehr machen zu müssen, jung zu sterben.«

»Das muß aber ein toller Trost gewesen sein.«

»Komischerweise war es das tatsächlich. Meine größte Angst war, daß dem Mädchen etwas zustoßen könnte und ich schuld daran wäre – weil ich einen Fehler gemacht oder nicht richtig reagiert habe. Sobald sie bei ihrem Vater war und in Sicherheit, habe ich mich gleich wesentlich besser gefühlt. Ich habe nie ernsthaft für möglich gehalten, daß mir etwas passieren könnte.«

»Gott sei Dank war das ja auch nicht der Fall.«

»Was hast du denn?«

»Ach, nur ein paar Tränen.«

»Ich wollte dir nicht –«

»Was? Zu nahe treten? Du wirst dich doch nicht etwa entschuldigen wollen?«

»Na ja.«

»Dann verläuft eben meine Wimperntusche. Und wenn schon?« Sie betupfte mit einem Papiertuch ihre Augen. »Meine Güte, wie peinlich. Ich komme mir richtig lächerlich vor.«

»Wegen der paar Tränen?«

»Nein, wegen dem, was ich als nächstes zu sagen habe. Jetzt bin doch ich an der Reihe, oder?«

»Wenn du meinst.«

»Aber unterbrich mich nicht, ja? Da ist etwas, was ich dir nicht erzählt habe, und ich komme mir deswegen richtig blöd vor, und ich weiß nicht, wo ich anfangen soll. Also gut, machen wir's kurz und schmerzlos. Ich hab aufgehört.«

»Was?«

»Ich hab aufgehört. Ich hab zu vögeln aufgehört, ja? Mein Gott, du solltest mal dein Gesicht sehen. Andere Männer, du Dummkopf. Ich hab aufgehört.«

»Das mußt du nicht«, sagte ich. »Ich wollte dir nur sagen, was ich für dich empfinde, und –«

»Du wolltest mich nicht unterbrechen.«

»Entschuldige, aber –«

»Ich habe nicht gesagt, daß ich jetzt aufhöre. Ich habe schon vor drei Monaten aufgehört. Vor mehr als drei Monaten. Irgendwann vor Neujahr. Vielleicht sogar schon vor Weihnachten. Nein, nach Weihnachten hatte ich, glaube ich, noch einen Typen. Ich könnte nachsehen.

Aber das tut nichts zur Sache. Ich könnte es nachsehen, wenn ich mal mein Jubiläum feiern möchte – so, wie du den Tag deines letzten Drinks feierst. Aber vielleicht auch nicht. Ich weiß es nicht.«

Es fiel mir schwer, nichts zu sagen. Ich hatte Dinge zu sagen, Fragen zu stellen, aber ich ließ sie weiterreden.

»Ich weiß nicht, ob ich dir das mal erzählt habe«, fuhr sie fort. »Aber vor ein paar Jahren wurde mir bewußt, daß mir die Prostitution das Leben gerettet hat. Das ist mein voller Ernst. Bei meiner Kindheit, bei meiner verrückten Mutter, bei dem Teenager, zu dem ich herangewachsen bin, hätte ich mich wahrscheinlich selbst umgebracht – oder jemanden gefunden, der es für mich getan hätte. Statt dessen habe ich angefangen, meinen Körper zu verkaufen, und das machte mir meinen Wert als Mensch bewußt. Eine Menge Mädchen ruiniert es, ohne Übertreibung, aber mir hat es das Leben gerettet. Stell dir mal vor.

Ich habe mir ein schönes Leben gemacht. Ich habe Geld gespart, habe es investiert, habe mir diese Wohnung gekauft. Ich war rundum zufrieden, wie alles lief.

Aber irgendwann letzten Sommer merkte ich, daß es mit meinem bisherigen Rezept plötzlich nicht mehr so recht hinhaute. Wegen uns. Wegen dir und mir. Ich versuchte mir einzureden, ich sei meschugge; was zwischen dir und mir ist, ist eine Sache, und was ich für Geld tue, eine andere, aber es fiel mir immer schwerer, diese beiden Bereiche auseinanderzuhalten. Ich kam mir treulos vor, was ein eigenartiges Gefühl für mich war, und ich kam mir schmutzig vor, das hatte ich bis dahin nie gekannt, und wenn doch, ist es mir nie bewußt geworden.

Also dachte ich mir, na schön, Elaine, du bist schon länger im Geschäft als die meisten anderen, und außerdem wirst du langsam ein bißchen alt für deinen Job. Und dazu noch diese neuen Krankheiten, die in letzter Zeit aufgekommen sind, und die letzten paar Jahre war dein Geschäft ohnehin rückläufig, und wie viele Herren in leitenden Positionen, glaubst du wohl, würden sich aus dem Fenster stürzen, wenn du deinen Job an den Nagel hängen würdest?

Aber ich hatte Angst, dir davon zu erzählen. Zum einen, woher sollte ich wissen, daß ich es mir nicht wieder anders überlegen würde? Ich hielt es für das Beste, mir einfach beide Möglichkeiten offenzulassen. Und dann, nachdem ich allen meinen Stammkunden erzählt hatte, daß ich mich aufs Altenteil zurückziehe, nachdem ich mein Adreßbuch verkauft und alles getan hatte, außer meine Telefonnummer zu ändern, hatte ich Angst, es dir zu sagen, weil ich nicht wußte, wie du darauf reagieren würdest. Vielleicht hättest du nichts mehr von mir gewollt. Vielleicht wäre ich nicht mehr interessant für dich gewesen, sondern nur noch eine alte Schachtel, die von einem Abendkurs zum andern rennt. Vielleicht hättest du dich in die Enge getrieben gefühlt, als wollte ich dich erpressen, mich zu heiraten. Vielleicht *hättest* du ja sogar heiraten wollen – oder mit mir zusammenleben –, aber ich war noch nie verheiratet und wollte das auch noch nie sein. Ich habe allein gelebt, seit ich bei meiner Mutter ausgezogen bin, und ich fühle mich wohl dabei und bin an dieses Leben gewöhnt. Aber wenn nun einer von uns heiraten möchte und der andere nicht – wie soll es dann weitergehen?

Das ist also mein schmutziges kleines Geheimnis, wenn du es mal so nennen willst, und ich hoffe nur, ich könnte zu weinen aufhören, weil ich lieber halbwegs manierlich, wenn nicht sogar umwerfend aussehen möchte. Aber eher sehe ich wahrscheinlich wie ein Waschbär aus, oder?«

»Nur im Gesicht.«

»Na ja, immerhin etwas. Du bist einfach ein alter Bär. Wußtest du das?«

»Das hast du mal gesagt.«

»Doch, das stimmt. Du bist mein Bär, und ich liebe dich.«

»Ich liebe dich.«

»Fehlt nur noch Myrrhe und Weihrauch. Eine richtig rührselige Geschichte. Bloß, wem sollen wir sie erzählen?«

»Auf keinen Fall einem Diabetiker.«

»Der würde auf der Stelle einen Zuckerschock kriegen, oder?«

»Das ist fast anzunehmen. Wo gehst du eigentlich hin, wenn du zu deinen mysteriösen Terminen losziehst? Ich dachte immer, na ja, du weißt schon –«

»Daß ich irgendeinem Kerl in einem Hotelzimmer einen blase? Manchmal war ich beim Friseur.«

»Wie heute morgen.«

»Richtig. Und manchmal war ich bei meiner Therapeutin und –«

»Ich wußte gar nicht, daß du eine Therapie machst.«

»Doch, zweimal die Woche, seit Mitte Februar. Mein Selbstverständnis hängt sehr stark damit zusammen, was ich all die Jahre getan habe, und plötzlich kam diesbezüglich eine Menge unverdautes Zeug hoch. Ich habe das Gefühl, es tut mir gut, mit ihr zu sprechen.« Sie zuckte mit den Achseln. »Und ich war auch bei ein paar Anonyme-Alkoholiker-Treffen.«

»Das ist ja ganz was Neues.«

»Woher solltest du das auch wissen. Ich habe es dir nicht erzählt. Ich dachte, ich könnte mir dort ein paar Tips holen, wie ich mit dir am besten umgehe. Statt dessen ging es dort aber nur darum, wie ich mit mir selbst umgehe. Ganz schön hinterfotzig, würde ich sagen.«

»Das kannst du laut sagen.«

» Wie dem auch sei, ich komme mir ziemlich dumm vor, daß ich dir nie davon erzählt habe, aber ich war einige Jahre eine Hure, und Aufrichtigkeit ist nicht gerade eine Eigenschaft, die in diesem Job besonders gefragt ist.«

»Ganz im Gegensatz zum Polizeidienst.«

»Ach, stimmt. Mein armer Bär, die ganze Nacht auf den Beinen und hinter irgendwelchen Irren in Brooklyn her. Und trotzdem wird es noch Stunden dauern, bis du endlich zu deinem verdienten Schlaf kommst.«

»Was du nicht sagst?«

»Mhm. Du bist jetzt mein einziges sexuelles Ventil, bloß damit du dich schon mal darauf einstellen kannst, was da jetzt auf dich zukommt. Könnte gut sein, daß ich mich als unersättlich entpuppe.«

»Das werden wir gleich sehen.«

***

Später sagte sie: »Du hattest tatsächlich mit keiner anderen Frau was, seit wir zusammen sind?«

»Nein.«

»Na ja, was nicht ist, kann noch werden. So ist es jedenfalls bei den meisten Männern. Ich spreche da aus Berufserfahrung.«

»Schon möglich«, sagte ich. »Aber heute nicht.«

»Nein, heute nicht. Und wenn es mal soweit ist, geht davon bestimmt nicht gleich die Welt unter. Solange du nur weiter nach Hause kommst, wo du hingehörst.«

»Ganz wie du meinst, Liebling.«

»›Ganz wie du meinst, Liebling.‹ Du willst wohl bloß noch eines: endlich schlafen. Hör zu, was das andere betrifft, können wir heiraten oder nicht, und wir können zusammenleben oder nicht. Wir könnten zusammenleben, ohne zu heiraten. Könnten wir auch heiraten, ohne zusammenzuleben?«

»Wenn wir wollen.«

»Glaubst du? Weißt du, wie sich das anhört? Wie ein polnischer Witz. Aber vielleicht wäre es nicht mal das Schlechteste. Du könntest dein schäbiges Hotelzimmer behalten, und ein paar Abende die Woche könntest du von deiner ›Anrufweiterleitung‹ Gebrauch machen und die Nacht *avec moi* verbringen. Und wir könnten – weißt du was?«

»Was?«

»Ich glaube, das sind lauter Dinge, die wir immer schön Tag für Tag angehen sollten.«

»Guter Spruch«, sagte ich. »Muß ich mir merken.«

24

Etwa einen Tag danach führte ein anonymer Hinweis Beamte des 72. Reviers drüben in Brooklyn zu dem Haus, das Albert Wallens vor drei Jahren von seiner verstorbenen Mutter geerbt hatte.

Sie fanden dort Wallens, einen achtundzwanzigjährigen arbeitslosen Bauarbeiter, der wegen sexueller Belästigung und Tätlichkeit mehrfach vorbestraft war. Wallens war tot, mit einer Klaviersaite erdrosselt. Im selben Kellerraum befand sich auch die, wie es schien, verstümmelte Leiche eines anderen Mannes, aber der sechsunddreißigjährige Raymond Joseph Callander, dessen Lebenslauf unter anderem ein siebenmonatiges Zwischenspiel bei der Verwaltung des New Yorker Büros der Drug Enforcement Administration beinhaltete, war noch am Leben. Er wurde ins Maimonides Medical Center gebracht, wo er zwar das Bewußtsein wiedererlangte, aber mit Ausnahme von ein paar krächzenden Lauten nicht mehr imstande war, sich seiner Umwelt mitzuteilen, bevor er zwei Tage später starb.

Die Beweismittel, die im Haus von Wallens und in zwei Fahrzeugen in der dazugehörigen Garage gefunden wurden, legten den Schluß nahe, daß beide Männer in eine Reihe von Morden verwickelt gewesen waren, von denen die Brooklyner Polizei vor kurzem zu der Überzeugung gelangt war, daß sie von einer Gruppe von Serientätern begangen worden waren. Man versuchte sich den schauerlichen Vorfall mit den unterschiedlichsten Theorien zu erklären. Die plausibelste Erklärung lautete, daß der Gruppe ein dritter Mann angehört hatte, der seine beiden Partner ermordet und anschließend untergetaucht war. Einer weiteren Theorie zufolge, die jedoch vor allem bei jenen auf Ablehnung stieß, die Callander gesehen oder die Beschreibung seiner Verletzungen auch nur flüchtig zur Kenntnis genommen hatten, hatte Callander durchgedreht und seinen Partner mit einer Garrotte erwürgt, um sich anschließend in einer anfallartigen Selbstverstümmelungsorgie bis zur Unkenntlichkeit zu entstellen. In Anbetracht der Tatsache, daß er es irgendwie geschafft hatte, sich seiner Hände, Füße, Ohren, Augen und Genitalien zu entledigen, dürfte ›anfallartig‹ dem Sachverhalt jedoch nicht annähernd gerecht werden.

Drew Kaplan vertrat Pam Cassidy bei den Verhandlungen mit einer großen Boulevardzeitung. Sie brachten ihre Geschichte unter dem Titel ›Ich verlor eine Brust an die Sunset Park–Schlächter‹ und zahlten ihr, was Kaplan ›eine hohe fünfstellige Summe‹ nannte.

In einem Gespräch, das ich in Abwesenheit ihres Anwalts mit ihr führte, konnte ich Pam glaubhaft versichern, daß Albert und Ray tatsächlich die Männer waren, die sie entführt hatten, und daß es keinen dritten Mann gab. »Sie meinen, Ray hat sich tatsächlich selbst so zugerichtet?« fragte sie skeptisch, worauf ihr Elaine erklärte, daß es gewisse Dinge gab, die zu wissen uns nicht bestimmt war.

***

Etwa eine Woche nach Callanders Tod, was irgendwann gegen Ende der Woche nach unserem Abstecher in den Friedhof war, rief mich Kenan Khoury von der Rezeption unten an; er stünde in zweiter Reihe vor dem Eingang und ob ich Lust hätte, auf eine Tasse Kaffee mit ihm zu kommen oder sonst was?

Wir gingen ins Flame um die Ecke und bekamen einen Fensterplatz. »Ich war gerade in der Gegend«, sagte er. »Da dachte ich, schau doch mal vorbei, kurz guten Tag sagen. Schön, Sie wiederzusehen.«

Ich fand es auch schön, ihn wiederzusehen. Er sah gut aus, und das sagte ich ihm.

»Tja, ich habe einen Entschluß gefaßt«, sagte er. »Ich gehe auf Reisen.«

»Aha?«

»Genauer, ich verlasse Amerika. In den letzten paar Tagen habe ich eine Reihe unerledigter Dinge erledigt. Unter anderem habe ich das Haus verkauft.«

»So schnell?«

»Ich habe es bereits abbezahlt, und ich habe mich in bar auszahlen lassen. Ich habe es sehr billig verkauft. Die neuen Besitzer sind Koreaner, und zum Vertragsabschluß kam der Alte mit seinen zwei Söhnen und einer Einkaufstüte voll Geld. Erinnern Sie sich noch, wie Petey sagte, schade, daß Yuri kein Grieche wäre, sonst hätte er problemlos jede Menge Cash beschaffen können? Ich sage Ihnen, er hätte Koreaner sein sollen. In der Branche, in der die tätig sind, hat man noch nie was von Schecks, Kreditkarten, Lohnsteuerkarten, Mehrwertsteuer und was sonst noch alles gehört. Da wird jedes Geschäft in bar abgewickelt. Ich habe das Geld, sie haben die Besitzurkunde, und als ich Ihnen gezeigt habe, wie die Alarmanlage funktioniert, sind ihnen fast die Augen rausgefallen. Die waren richtig platt. Was Besseres können sie ja auch nicht kriegen. Kein Wunder, daß sie baff waren.«

»Und wo soll's hingehen?«

»Erst nach Belize, Verwandte besuchen. Dann nach Togo.«

»Steigen Sie in diesen Familienbetrieb ein?«

»Für eine Weile zumindest. Um erst mal zu sehen, wie es mir in Afrika gefällt und ob ich es da drüben überhaupt aushalte. Sie wissen ja, ich bin waschechter Brooklyner. Bin hier geboren und großgeworden. Ich weiß nicht, ob ich so weit von zu Hause klarkomme. Könnte gut sein, daß ich mich in einem Monat zu Tode langweile.«

»Oder Sie sind hellauf begeistert.«

»Um das rauszufinden, muß ich es erst mal ausprobieren. Zurückkommen kann ich immer noch.«

»Klar.«

»Außerdem ist das gerade ein guter Zeitpunkt, sich aus dem Staub zu machen. Von dem Hasch–Deal habe ich Ihnen doch erzählt, oder?«

»Sie haben gesagt, daß Sie kein gutes Gefühl bei der Sache haben.«

»Ja, ich bin einfach ausgestiegen. Hab zwar einen Haufen Geld investiert, aber ich hab die Sache trotzdem sausen lassen. Wenn ich's nicht getan hätte, müßten Sie jetzt durch ein paar Gitterstäbe mit mir sprechen.«

»Ist es zu einer Festnahme gekommen?«

»Allerdings, und sie hatten auch eine Einladung auf meinen Namen dabei, aber wie die Sache aussieht, können sie mir nichts anhaben, selbst wenn diese anderen Typen umfallen, was sie bestimmt tun werden. Aber was soll ich mich lange mit dieser ganzen Scheiße rumärgern, jede Menge gerichtliche Vorladungen und so. Ich bin nie verhaftet worden. Darum verschwinde ich lieber, solange ich noch eine weiße Weste habe.«

»Wann fliegen Sie?«

»Meine Maschine geht in – warten Sie mal – sechs Stunden. Vom JFK. Vorher werde ich noch zu einem Buick-Händler am Rockaway Boulevard rausfahren und sehen, wieviel er mir für den Wagen gibt. ›Die Kiste gehört Ihnen‹, werde ich sagen, ganz gleich, wieviel er mir bietet. ›Vorausgesetzt, es springt noch eine Fahrt zum Flughafen raus.‹ Das sind von dort sowieso höchstens fünf Minuten. Es sei denn, Sie wollen sich einen Wagen zulegen, Matt. Sie können ihn für die Hälfte des Listenpreises haben, und Sie tun mir noch einen Gefallen damit.«

»Ich kann nichts damit anfangen.«

»Ich hab's Ihnen jedenfalls angeboten. Damit ich mir später nicht vorwerfen muß, nicht alles in meiner Macht Stehende versucht zu haben, Sie von dieser blöden U-Bahn-Fahrerei abzubringen. Würden Sie ihn als Geschenk von mir nehmen? Ohne Witz. Fahren Sie mich zum Kennedy raus, und Sie können ihn haben. Ich meine, wenn Sie ihn nicht wollen, können Sie damit anschließend gleich selber zu einem Autohändler fahren und sich ein paar Dollar dabei verdienen.«

»Sie wissen ganz genau, daß ich das nicht tun würde.«

»Na ja, aber Sie könnten es. Sie wollen den Wagen also nicht, hm? Das ist das einzige, was ich noch regeln muß. In den letzten paar Tagen war ich bei ein paar von Francines Verwandten und hab ihnen mehr oder weniger erzählt, was passiert ist. Allerdings habe ich den wahren Sachverhalt, so gut es ging, abzuschwächen versucht. Aber wie man es auch dreht und wendet, es läuft immer noch darauf hinaus, daß eine wunderbare Frau völlig sinnlos gestorben ist.« Er stützte den Kopf in die Hände. »Mein Gott, da denkt man, man wäre drüber hinweg, aber plötzlich, wie aus heiterem Himmel, bricht es wieder über einen herein. Jedenfalls habe ich ihren Leuten gesagt, daß sie gestorben ist. Ein Terroranschlag, als wir in Beirut waren, rein politische Hintergründe, irgendwelche Fanatiker, und sie haben es mir abgenommen, oder zumindest glaube ich, daß sie es mir abgenommen haben. So, wie ich ihnen den Hergang geschildert habe, ging es kurz und schmerzlos; sie war sofort tot, die Terroristen selbst wurden von einer christlichen Miliz getötet, und die Beerdigung fand in aller Stille statt, weil der Zwischenfall nicht an die große Glocke gehängt werden sollte. Zum Teil kam es der Wahrheit sogar ziemlich nahe. Und zum Teil hätte ich gerne, daß es so gewesen wäre. Vor allem, was das ›kurz und schmerzlos‹ angeht.«

»Vielleicht war es das wirklich. Man weiß es nicht.«

»Ich habe doch noch mit ihm gesprochen, Matt. Wissen Sie noch? Er hat mir erzählt, was sie mit ihr gemacht haben.« Er schloß die Augen und atmete tief durch. »Zeit für einen Themawechsel. Haben Sie in letzter Zeit meinen Bruder bei einem Treffen gesehen? Was haben Sie denn plötzlich? Darf ich das nicht fragen?«

»Eigentlich nicht. Wie der Name schon sagt, wird bei den Anonymen Alkoholikern allergrößter Wert auf Anonymität gelegt, und deshalb ist einer unserer wichtigsten Grundsätze, daß man Außenstehende nicht erzählt, was bei den Treffen gesprochen wird – oder wer daran teilnimmt oder nicht teilnimmt. Als wir alle in diese Geschichte verwickelt waren, habe ich diesbezüglich ein Auge zugedrückt, aber unter normalen Umständen ist das eine Frage, die ich Ihnen nicht beantworten kann.«

»Es war ja auch gar keine richtige Frage.«

»Inwiefern?«

»Eigentlich wollte ich nur vorfühlen, wieviel Sie schon wissen – falls Sie überhaupt schon etwas wissen. Was soll das Herumgerede, ich weiß auch nicht, wie ich es Ihnen schonender beibringen soll. Vorgestern nacht hat die Polizei bei mir angerufen. Der Toyota war auf mich zugelassen, wen hätten sie also sonst anrufen sollen?«

»Was ist passiert?«

»Sie haben den Wagen auf der Brooklyn Bridge gefunden. Er stand verlassen am Fahrbahnrand.«

»O mein Gott, Kenan.«

»Tja.«

»Das tut mir sehr leid.«

»Das weiß ich, Matt. Es ist verdammt traurig!«

»Wirklich traurig.«

»Er war ein prima Kerl, doch, das war er. Natürlich, er hatte seine Schwächen, aber wer hat die nicht, oder?«

»Sind Sie sicher, daß er –«

»Es hat ihn niemand springen gesehen, und sie haben auch keine Leiche gefunden, aber sie haben gesagt, daß die Leiche vielleicht gar nicht mehr auftaucht. Das hoffe ich auch. Wissen Sie, warum?«

»Ich glaube schon.«

»Klar wissen Sie's. Er hat Ihnen doch erzählt, daß er im Meer begraben sein wollte?«

»Nicht mit so vielen Worten. Aber er hat mir erklärt, daß das Wasser sein Element wäre und daß er nicht verbrannt oder in der Erde verscharrt werden wollte. Es war unschwer zu überhören, was er damit sagen wollte, und die Art, wie er darüber gesprochen hat –«

»Als würde er sich darauf freuen.«

»Ja. Als ob er sich danach *sehnen* würde.«

»Er hat mich angerufen, Matt. Ich weiß nicht mehr genau, wann – ein, zwei Tage, bevor er es getan hat. Ob ich dafür sorgen könnte, daß er im Meer bestattet wird, falls ihm etwas zustößt. Ich sagte, klar, aber sicher, Petey. Ich buche so eine

Scheiß-Luxuskabine der Queen Elizabeth Zwei und schiebe dich durchs Bullauge. Und wir mußten beide lachen, und ich hängte auf und vergaß es völlig, und dann kriege ich einen Anruf von der Polizei, daß sie seinen Wagen auf der Brücke gefunden haben. Er hat Brücken geliebt.«

»Das hat er mir erzählt.«

»Ja? Als kleiner Junge hatte er einen richtigen Brückenspleen. Ständig lag er unserem Vater in den Ohren, daß er über eine Brücke fahren soll. Konnte gar nicht genug davon kriegen, als ob Brücken das Schönste auf der Welt für ihn wären. Die, von der er gesprungen ist, die Brooklyn Bridge, ist zufällig tatsächlich eine schöne Brücke.«

»Ja.«

»Das Wasser darunter ist allerdings dasselbe wie unter allen anderen auch. Aber wenigstens hat er jetzt seinen Frieden, der arme Teufel. Im Grunde genommen hat er nun endlich bekommen, was er immer schon wollte. Wann hat er in seinem Leben schon mal so was wie Frieden gehabt? Doch nur, wenn er sich einen Schuß gesetzt hatte. Denn abgesehen vom Flash ist an Heroin das Schönste, daß es wie der Tod ist. Ein vorübergehender Tod. Das ist das Gute daran. Oder auch das Schlechte, je nachdem, wie man es sieht.«

***

Ein paar Tage danach wollte ich mich gerade schlafen legen, als das Telefon klingelte. Es war Mick.

»Du bist aber früh auf«, sagte ich.

»Findest du?«

»Da drüben muß es doch jetzt sechs Uhr früh sein. Hier ist es ein Uhr nachts.«

»Tatsächlich? Meine Uhr ist stehengeblieben, weißt du, und da dachte ich, ruf doch mal Matt an, vielleicht kann er dir sagen, wie spät es ist.«

»Muß jedenfalls eine gute Zeit zum Telefonieren sein. Die Verbindung ist optimal.«

»Glasklar, nicht wahr?«

»Als ob du nebenan wärst.«

»Das will ich auch hoffen, weil ich nämlich im Grogan's bin. Rosenstein hat alles geregelt. Wenn meine Maschine nicht Verspätung gehabt hätte, wäre ich schon ein paar Stunden früher angekommen.«

»Schön, daß du wieder zurück bist.«

»Was soll da ich erst sagen. Ist 'n eindruckvolles, altes Land, aber leben möchte ich da nicht. Aber was treibst du so alles? Burke sagt, du hast dich in letzter Zeit kaum blicken lassen.«

»Nein, so gut wie gar nicht.«

»Warum kommst du dann jetzt nicht vorbei?«

» Klar, warum nicht?«

»Gut, der Mann. Ich setz schon mal Kaffee auf und erbreche das Siegel einer Flasche Jameson. Ich habe eine Menge Geschichten auf Lager.«

»Und ich erst.«

»Dann schlagen wir uns doch die Nacht damit um die Ohren, hm? Und morgen früh gehen wir zur Metzgermesse.«

»Könnte sein, daß wir das tun«, sagte ich. »Würde mich jedenfalls nicht wundern.«